स्थितप्रज्ञ

स्थितप्रज्ञ

डॉ० सच्चिदानंद झा

GenNext Publication

स्थितप्रज्ञ

ISBN : 978-93-8022-297-4

मूल्य : 290/-

भारत सन् 2016 में प्रकाशित
जेन्नेकस्ट पब्लिकेशन
5, अंसारी रोड, दरियागंज, नई दिल्ली–110002
Phone : 9811692060
ई–मेल : gennext@hotmail.com

भारत
के
महान साधकों
को
सादर समर्पित।

सच्चिदानन्द झा

प्राक्कथन

एक विधा के रूप में आध्यात्मिक प्रसंगों को लेकर उपन्यास लिखना जितना ही कठिन होता है, उतना ही आक्षेपपूर्ण आलोचनाओं को आमंत्रण देना सहज होता है। मैंने अपने इस शोध को रोचक बनाने के लिए इसे उपन्यास का आकार दिया है। मैंने मानवीय मूल्यों, अनुभवों और अनुभूतियों के आधार पर यथार्थवादी शैली अपनाने के क्रम में कई शोधकार्यों को पढ़ा। ऐतिहासिकता और वास्तविकता से जुड़े पुण्यश्लोकी स्थलों को जाकर देखा भी।

मैंने उन यथार्थ तथ्यों को उजागर करने का प्रयास किया है, जिसे आधुनिक विद्वान रहस्यवाद, एकेश्वरवाद, बहुईश्वरवाद इत्यादि कहकर उलझन पैदा करते आ रहे हैं। रहस्यवाद, एकेश्वरवाद, बहुईश्वरवाद इत्यादि परिकल्पनाओं में उलझकर आध्यात्म को समझने में मानव सत्य से अलग-थलग पड़ जाता है। रति, विरति और भक्ति का अर्थ नहीं समझने वाले ही आध्यात्म को रहस्यवाद कहते हैं। यदि वृंदावन की गोपिकाओं से किसी ने महाभारत काल में पूछा होता कि समर्था रति किसे कहते हैं तो वे सब सम्भवतः झेंप जाती या चुप्पी साध लेतीं, जबकि इसी रति में वे सब रत रहा करती थीं। इस तरह के किसी भी शब्द-जालों में नहीं उलझकर देह की अतीतावस्था को प्राप्त किये बिना कोई आध्यात्म को नहीं समझ सकता है।

व्यक्त साकार भगवान् की भक्ति के साथ-साथ अव्यक्त निराकार परमात्मा की भक्ति दोनों का निरुपण महाभारत और श्रीमद्भागवत् महापुराण में व्यास ने किया है। कबीर ने भी सहमति जतायी है-

सरगुन की सेवा करो, निरगुन का करो ध्यान।
निरगुन सरगुन के परे, वहीं हमारा ध्यान।।

शब्दों का सही अर्थ प्रयोक्ता के प्रयोगों में अवगुंठित रहते हैं।वे मटमैला या मलिन या मृतप्राय कर दिये गये शब्दों का अद्‌भुत प्रयोग कर उसे सार्थक, सप्राण और सतेज कर डालते हैं।यह सब प्रयोग उपन्यास में सहज हो जाता है। इस शोध-पुस्तक में मौखिक परम्परा से गृहीत तथ्यों की अवहेलना कर प्रमाणिक तथ्यों को ही सम्मिलित किया गया है।मैं क्रिया-योग पथ का पथिक महर्षि वेदव्यास की कथावस्तु पर आधारित प्रसंगों पर स्थितप्रज्ञ उपन्यास लिखने में कहाँ तक सफल हुआ, इसे सुधि पाठकगण पुस्तक पढ़कर स्वयं निर्णय करें। स्थितप्रज्ञ का अर्थ होता है जो दुःख में अनुद्विग्न रहे और सुख में स्पृहा न हो।

पाठकों के लिए विषयवस्तु को बोधगम्य बनाने के लिए जिन पुस्तकों से सहयोग प्राप्त हुए हैं, उनके प्रति मैं आभारी हूँ।श्री कृष्ण कुमार राय, पुनाईचक, पटना से प्राप्त पुस्तकों से कई सामग्रियाँ मुझे घर बैठे ही मिल गई।इन संदर्भ पुस्तकों और ग्रन्थों के प्रति भी मैं आभारी हूँ।

पाठकों की अभिरुचि के अनुरूप यदि यह पुस्तक सार्थक हुई तो मैं अपने को कृतार्थ समझूँगा।

14-01-2016 **–सच्चिदानन्द**

रीजेन्ट गार्डेन
फ्लैट-4बी, ब्लॉक-बी
कृष्णपुर, सोलह फूट रास्ता
कोलकाता-700102(भारत)
मो0-91-8017828219

सूर्य अपनी प्रखर और प्रदीर्घ किरणों के साथ उदयमान रथ पर आरुढ़ होकर दिग्विजय करते हुए आ रहा था। उसी समय दिग्विजयी होकर भोजपुर के राजा कुन्तीभोज भी अपने रथ पर आरुढ़ होकर राजप्रासाद लौट रहे थे। मानो एक साथ दो-दो सूर्य दिग्विजय कर लौट रहे हों। राजप्रासाद के प्राचीर की पताकाएं विजयोन्माद में आकाश को चुनौती दे रही थी। फल-फूल से लदे राजमार्ग के सभी वृक्ष झूमझूम कर योद्धाओं का स्वागत कर रहे थे। पुष्प मालाओं से सुसज्जित नगरी में तुतही, दुन्दुभि, मृदंग, पटह, शंख इत्यादि बज रहे थे। प्रत्येक अटारियों पर से सुहागिनें पुष्पों की वर्षा कर रहीं थीं। जय-जयकारों से राजप्रासाद का सम्पूर्ण प्रांगण जब गूँज रहा था, तभी दुर्वासा मुनि आ धमके।सती अनसूया और महर्षि अत्रि के पुत्र थे दुर्वासा।

कुन्तीभोज को देखते हुए क्रोध में दुर्वासा चिल्लाकर बोले, 'राजन्! बंद करो यह विजयोन्माद!! मुझे शीघ्र ही तुम्हारे राज्य में अश्वनदी और चर्मण्वती नदी के संगम पर एक यज्ञ करना है।यज्ञ का मुहूर्त बीता जा रहा है और तुम विजयोन्माद में मग्न हो।'

राजप्रासाद के प्रांगण में नीरवता छा गयी। तुतही, मृदंग, पटह इत्यादि वाद्ययंत्रों के स्वर शांत हो गये। जय-जयकार करने वाले सभी नगरजन चुप हो गये। विजयोन्माद में निमीलित राजा कुन्तीभोज ने भयाक्रांत होकर दुर्वासा मुनि को निर्निमेष देखा। भय से कॉपते हुए रथ से नीचे उतर कर राजा ने मुनि को भूमिष्ठ प्रणाम किया और कहा, 'महामुने! आपकी आज्ञा का पालन अभी होगा। यज्ञ की सारी व्यवस्था शीघ्र पूरी होगी। आप चिन्ता न करें। प्रसन्न होइए, प्रभु!'

भय से कुन्तीभोज की थरथराहट बढ़ती ही जा रही थी। क्रोध में मुनि कहीं श्राप न दे दे, अतः शीघ्र चरण प्रक्षालन के उपरान्त उचित

सत्कार कर राजा ने उनको प्रसन्न किया। यज्ञ के सारे प्रबंध करने के पश्चात राजा ने दुर्वासा मुनि की सेवा का दायित्व सुकुमारी कुन्ती पर डाल दिया। कुन्ती मथुरा के राजा शूरसेन की पुत्री थी। नाम था उसका पृथा।

विशाल राज्य के राजा होते हुए भी कुन्ती के मानस पिता कुन्तीभोज निःसंतान होने के कारण विषण्ण रहा करते थे। पृथा के पिता शूरसेन को अपने फुफेरे भ्राता कुन्ती भोज का दुःख में म्रियमाण रहना देखा नहीं जा रहा था। एक दिन उन्होंने अपने फुफेरे भ्राता कुन्तीभोज को निःसंतान होने के कारण विषण्ण मुद्रा में देखा तो उनके निकट आकर गह्वरित कंठ से कहा, 'विषण्ण नहीं होइए, भ्राता! आपका दुःख मुझसे देखा नहीं जा रहा है। मैं अपनी बड़ी संतान आपको ही सौंप दूँगा।'

कुन्तीभोज यह सुनकर चिहुँक उठे। वे विस्मित होकर शूरसेन को देखने लगे। उन्होंने संशय करते हुए पूछा, 'क्या यह संभव है? शूरसेन! क्या ऐसा तुम कर पाओगे?'

'हाँ, भ्राता! मैं वचन देता हूँ,' शूरसेन ने संशयापन्न कुन्तीभोज की ओर देखकर कहा।

प्रमुदित कुन्तीभोज ने संशयापन्न मुद्रा में शूरसेन के और निकट आकर पूछा, 'संतान तो माता-पिता के लिए अमूल्य निधि होती है। भाग्यवान् को ही संतान की प्राप्ति होती है। यदि तुम अपनी संतान मुझे देने के लिए तैयार भी हो जाओगे तो क्या तुम्हारी पत्नी इसके लिए सहमत होगी?'

'मेरी पत्नी मान जायेगी। वह माननी है, मैं उसे मना लूँगा,' यह कहकर शूरसेन अपने फुफेरे भ्राता को समझाने का प्रयास करने लगे।

शूरसेन बड़े सत्यनिष्ठ और कर्तव्यनिष्ठ थे। बारह वर्ष पहले जो वचन शूरसेन ने दिया था, उसे उन्होंने निभाया। पिता शूरसेन के साथ यमुना तट पर स्थित मथुरा से पृथा अश्वनदी के तट पर बसा भोजपुर आ गई। उस दिन भोजपुर से मथुरा लौटते समय पिता शूरसेन ने अश्रु से

डबडबायी आँखों को पोंछते हुए पृथा से कहा, 'पुत्री! मैं तुम्हें यहाँ छोड़कर आज मथुरा तो लौट रहा हूँ किन्तु मुझसे भी अधिक तेरी मां का मन तेरी ओर ही लगा रहेगा। अपना ध्यान रखना।'

'हाँ, पिताजी! मैं यह जानती हूँ। किन्तु आप चिंता न करें, निश्चिन्त रहें,' पृथा अपने पिता का चरण छूकर प्रणाम करती हुई बोली।

पिता शूरसेन ने आशिष देते हुए फिर कहा, 'पुत्री, तुम्हारी मां ने मथुरा से भोजपुर आते समय तुझे कुछ समझाया होगा! तुझे स्मरण तो होगा ही! मैं फिर वही बात तुझे स्मरण दिलाना चाहता हूँ कि आर्य कन्याओं को विवाह होने तक अपने शील स्वभाव की रक्षा का प्रयत्न करते रहना चाहिए। अक्षुण्ण कौमार्य ही आर्य कन्याओं के लिए सुखद वैवाहिक जीवन की अमूल्य निधि होती है। इसे सदा स्मरण रखना।'

'हाँ! मुझे स्मरण है। मां ने मुझे बताया है। आप चिन्ता न करें। निश्चिन्त रहें, पिताजी! मैं सदैव ही सतर्क रहा करुँगी।' यह कहकर कुन्ती मथुरा के लिए अपने पिता को विदा करने के क्रम में राजप्रासाद के प्रांगण तक आयी और वहाँ से अपने कक्ष में लौट गई। राजप्रासाद की दासी धात्री भी उसके साथ थी, वह भी कुन्ती के साथ लौट आयी।

भोजपुर आकर पृथा कुन्तीभोज की मानस कन्या कुन्ती बन गई। विषण्ण कुन्तीभोज के जीवन में अब आनन्द की वर्षा होने लगी। प्रसन्नता के आवेश में एक दिन राजा कुन्तीभोज दिग्विजय पर निकल पड़े और जब वे दिग्विजय से लौटे तो दुर्वासा ने यज्ञ के प्रबंध का दायित्व उन पर सौंप दिया।

यज्ञ के लिये महल से थोड़ा हटकर कुटी बनायी गई। मुनि उसी में रहने लगे। कुन्ती ने दुर्वासा की सेवा में किसी प्रकार की त्रुटि नहीं होने देने के लिए सतर्कता बरतती हुई प्रार्थीभाव से पूछा, 'भगवन्! यज्ञ के लिए कौन-कौन सी याज्ञिक सामग्रियाँ ले आऊँ?'

'कुन्ती! यह यज्ञ सभी यज्ञों से श्रेष्ठ यज्ञ होता है। इसमें किसी भी प्रकार की वाह्य याज्ञिक सामग्रियों की आवश्यकता नहीं होती है।' यह कहकर दुर्वासा मुनि मुस्कुराने लगे।

'मुनिवर! क्या याज्ञिक समिधाओं की भी आवश्यकता नहीं होगी?' विस्मित होकर कुन्ती ने पूछी।

'नहीं, इसकी भी आवश्यकता नहीं है। इस यज्ञ में पत्र, पुष्प, नैवेद्य इत्यादि किसी भी वस्तु की आवश्यकता नहीं होती है।प्राण ही समिधा है और देह ही यज्ञकुण्ड।प्राण की आहुति की क्रिया कर यज्ञ किया जाता है।' यह कहकर दुर्वासा मुनि ने अल्पाहार लाने के लिए कुन्ती को कुछ संकेत किया।

कुन्ती यज्ञ के संबंध में कुछ समझ नहीं पायी। उसने मुनि के इंगित करने के अनुसार पूछा, 'मुनिवर! आपके आहार के लिए क्या ले आऊँ?'

दुर्वासा प्रसन्न हो गये कुन्ती की व्यवहार कुशलता पर।वे प्रमुदित होकर बोले, 'कुन्ती! मैं अभक्ष्य पदार्थो का सेवन नहीं करता हूँ।'

'अभक्ष्य पदार्थ! अभक्ष्य पदार्थ क्या होता है? भगवन्!' कुन्ती यह पूछकर दुर्वासा की ओर विस्मित मुद्रा में देखने लगी।

दुर्वासा यह सुनकर मुस्कुरा उठे।उन्होंने कहा, 'जैसे मत्स्य, मांस, तीव्र गंधयुक्त खाद्य, कुपाच्य पदार्थ इत्यादि।'

'इन सब पदार्थो का सेवन तो मैं भी नहीं करती हूँ। मैं अपनी मां के कहने पर इन सब पदार्थो का सेवन नहीं करती हूँ। परन्तु मैं जानती नहीं हूँ कि मां ने क्यों इन सबके सेवन के लिए मनाही की है?' कुन्ती यह बुदबुदाती हुई कुटिया में मुनि के यज्ञासन का प्रबंध करने लगी।

कुटिया के बाहर से ही दुर्वासा ने कहा, 'तुम्हारी मां संस्कार सम्पन्न वंश की है। उसको पता है कि इन सब पदार्थो के सेवन से प्रमाद उत्पन्न होता है। प्रज्ञा-प्रक्षेत्र कुंठित होता है।'

'प्रमाद!' कुन्ती चौंककर बोली।

दुर्वासा समझाते हुए कुन्ती से बोले, 'प्रमाद प्रज्ञा-प्रक्षेत्र को प्रशमित कर संस्कारशीलता को कुंठित कर देता है। व्यक्ति निर्णय नहीं कर पाता है कि क्या उचित है और क्या अनुचित।वह जो कुछ करता है, उसी को उचित समझने की भूल करते रहता है।'

'तो फिर मैं आपके लिए कौन सी भोजन सामग्रियाँ लाऊँ? मैं मिष्टान्न ले आती हूँ', यह कहकर कुन्ती राजप्रासाद की ओर जाने लगी।

'ठहरो, कुन्ती! यद्यपि मैं दुर्वादल रस ही पीने का अभ्यस्त हूँ तथापि श्रद्धा से बनाया हुआ पायस भी खा लेता हूँ। मैं मिष्टान्न या किसी प्रकार का अन्न यज्ञ के अनन्तर ग्रहण नहीं करूँगा।' मुनि ने यह कहकर कुन्ती को हस्त संकेत से अपने निकट बुलाया।

कुन्ती ने मुनि के निकट आकर पूछा, 'मुनिवर! अन्न क्यों नहीं? मिष्टान्न नहीं तो फिर आप क्या ग्रहण करेंगे?'

मुनि ने कहा, 'अन्न से आलस्य बढ़ता है। यज्ञ करने में कठिनाई होगी। मात्र सामयिक फल और दूध दिन में आराधना के बाद ग्रहण करूँगा। रात्रि के लिए सन्ध्या काल संन्ध्योपासना के पश्चात मात्र दूध।'

'आप मेरी मां की प्रशंसा करते हैं।वह तो मथुरा में ही है। आप ने यह यज्ञ वहीं क्यों नहीं अनुष्ठित किया? वह आपसे अनुगृहित हो जाती!' यह पूछकर कुन्ती प्रश्नवाची नेत्रों से मुनि को देखने लगी।

मुनि ने कहा, 'यज्ञ तो मथुरा में ही करना था, किन्तु मुझे संवाद मिला कि तुम मथुरा से भोजपुर आ गई हो। आर्यावर्त्त के कई दुष्ट दानवों और असुरों के विनाश के लिए तेरे ही पिता के वंश में ईश्वर अवतार लेने वाले हैं।'

यह सुनकर कुन्ती प्रसन्न हो गई और फलाहार का प्रबंध करने के लिए राजप्रासाद की ओर चली गई।

नित्य अश्वनदी में स्नानकर दुर्वासा मुनि कुटी में यज्ञ करने लगे। पंचमहाभूतों पर नियंत्रण पाने के लिए वे अपने देह में स्थित क्षिति को अप् में, अप् को तेज में, तेज को मरुत में और मरुत को व्योम में लय कर यज्ञ करते रहे। क्षिति की साधना से पृथ्वी तत्त्व, अप् की साधना से जल तत्त्व, तेज की साधना से अग्नि तत्त्व, मरुत की साधना से वायु तत्त्व और व्योम की धारणा से आकाश तत्त्व पर नियंत्रण पाने के उपरान्त वे ब्रह्म भाव में निमग्न होने लगे।

यज्ञ के अनन्तर कुन्ती बहुत कुछ ज्ञान अर्जित करती रही मुनि से। ब्रह्म क्या है? आत्मा क्या है? सृष्टि कैसे होती है? मानव देह की आध्यात्मिक पहचान क्या है? इत्यादि। उसकी बौद्धिक सुन्दरता और दैहिक सुन्दरता दोनों इस बीच प्रस्फुटित होती रही।

पंचमहाभूत, दस इन्द्रियाँ और मन कुल सोलह तत्त्वों से शरीर का निर्माण हुआ है। ब्रह्म के अव्यक्त प्रकृति से महतत्त्व, महतत्त्व से अहंकार तत्त्व और अहंकार तत्त्व से व्योम तत्त्व, व्योम तत्त्व से मरुत तत्त्व, मरुत तत्त्व से तेज तत्त्व, तेज तत्त्व से अप् तत्त्व और अप् तत्त्व से क्षिति तत्त्व की उत्पत्ति हुई है। दुर्वासा मुनि यह जानते थे कि इसी के उल्टा क्रम से इन आठ मूल प्रकृति के लय करने की प्रक्रिया में आत्मा को देखा जा सकता है। वे यह भी जानते थे कि इसके विपरीत प्रक्रिया में स्रष्टा ही अन्ततः सृष्टि बनकर स्थित है। यह सब उन्होंने महर्षि अत्रि से सीखा था।

पंचमहाभूतों पर नियंत्रण पाने के लिए महामुनि तीन महीनों तक प्राणक्रिया करते रहे। पुनः एक मास के लिए अचानक पर्णकुटी का कपाट बंद हो गया। अब वे न स्नान करते थे, न फलाहार ही करते थे, न जल ग्रहण करते थे और न नित्यक्रिया ही करते थे। एक मास के पश्चात आश्विन पूर्णिमा के दिन कपाट खुला। चारों ओर अपूर्व शांति और नीरवता ही नीरवता। तेजोद्दीप्त मुनि के देह से तेज टपकता रहा। अपार सफलता मिली उन्हें यज्ञ से। उन्होंने प्रसन्नचित्त होकर कुन्ती के मस्तक का आघ्राण किया और वे मेघगंभीर वाणी में बोले, 'कुन्ती! मेरी सेवा का फल अमोघ है। तुम अब साधारण सौंदर्यमयी राजकन्या ही नहीं, विद्या, बुद्धि और ज्ञान की पराकाष्ठा हो। संसार में तुम वीरों की जननी कहलाओगी। यह ले अभिचार सह देवाहुत मंत्र! अथर्ववेद के शिरोभाग में उत्कीर्ण इस मंत्र को अभिमंत्रित कर जिस-जिस देवत्व का तुम मंत्र पढ़कर स्मरण करोगी, वही देव तेरे उदर में तेजस्वी पुत्र का वीजारोपण कर अदृश्य हो जायेंगे।' यह कहकर दुर्वासा मुनि स्वयं अदृश्य हो गये।

कुन्ती अनुक्षण हर्ष और विस्मय में काँपने लगी। वह कुछ भी निर्णय नहीं कर पा रही थी। एक दिन मेघाच्छन्न स्थिति में विद्युत की गड़गड़ाहट के बीच झमाझम वर्षा होते ही उसके मन को मंत्र गुदगुदाने लगा।अपने मन पर नियंत्रण पाना उसे असंभव लग रहा था।वह कौमार्य अवस्था में ही वरदान को परखने की भूल कर बैठी। माघ शुक्ल प्रतिपदा के दिन सूर्यदेव का स्मरण कर विह्वल और विचलित कुन्ती भूल से वरदान को अभिशाप में परिवर्तित कर बैठी। दासी धात्री यह भेद जान गई। घर की दासी से घर का कोई भी भेद छिप नहीं पाता है। वह धिक्कारती हुई कुन्ती से बोली, 'राजकुमारी! आपने अपने कृत्य से माता-पिता की दी हुई सीख को प्रमथित ही नहीं, अपितु प्रशमित भी कर डाली?'

माता-पिता की सीख के स्मरण से भी अधिक धात्री के कटु आक्षेप ने उसे और भी उद्विग्न कर डाला। उसने अपराधबोध स्वर में कहा, 'क्या करूँ, धात्री! मन पर नियंत्रण रखना कठिन हो गया। उत्सुकतावश वरदान को परखने की भूल कर बैठी मैंने।'

इस पर धात्री तुरंत बोली, 'फिर भी अपने मन पर नियंत्रण रखना प्रत्येक संस्कार सम्पन्न नारी का कर्तव्य होता है, क्या यह रंचमात्र भी स्मरण नहीं रहा? मर्यादा भी भूल गई और अस्मिता भी?' धात्री यह कहकर समस्या का निराकरण ढूंढने लगी।

जब कुन्ती को कानीन पुत्र हुआ तो लोक लाज के भय से उसने उसी रात्रि को दासी धात्री की सहायता से एक पेटिका में उस शिशु को बंद कर अश्वनदी की द्रुतगामी धारा में प्रवाहित कर डाला। उस समय कुन्ती की तरह नदी की द्रुतगामी धारा भी हाहाकार मचाती हुई अपनी संवेदना, संचेतना और संकल्पना व्यक्त करती रही। किन्तु उस संवेदना की अवहेलना करती हुई पेटिका कलकल करती हुई अश्वनदी से चर्मण्वती(चम्बल)और उसके पश्चात यमुना नदी होती हुई गंगा नदी में आ गई। चम्पापुरी के निकट वह पेटिका अधिरथ को मिली। उसने उस

पेटिका से प्राप्त शिशु का नाम वृषसेन रखा। उसके देह में जन्म से ही कवच और कानों में कुण्डल देखकर लोग उसे कर्ण कहने लगे।

**

पिता को संतान के सभी क्रिया-कलापों की जानकारी रहती है। किसी भी संवाद को जानने का प्रथम सूत्र पत्नी होती है। कुन्ती के विषय में सभी घटनाओं को जानकर राजा शूरसेन चिन्तित हो उठे। प्रतिष्ठा पर कोई आँच न आये, अतः शूरसेन कुन्ती के विवाह की तैयारी में लग गये। राजा कुन्तीभोज ने भी अतिशीघ्र कुन्ती का विवाह करने के लिए शूरसेन को अपना परामर्श दे डाला। अन्ततः मथुरा में कुन्ती के विवाह हेतु स्वयंवर का आयोजन हुआ। दूर-दूर से राजा, महाराजा, अधिपति इत्यादि स्वयंवर में भाग लेने आये। पुरुषश्रेष्ठ हस्तिनापुराधिपति कुरुराज महाराज पाण्डु के गले में कुन्ती ने वरमाला डाल दी।दुलारी पृथा से कुन्ती बन गई अब महारानी कुन्ती।

सजे-सजाये रथ से महाराज पाण्डु कुन्ती के संग हस्तिनापुर चल पड़े। सभी सुरक्षा प्रहरी भी साथ में ही चल पड़े। मथुरा से उत्तर-पूर्व दिशा में गंगा के पश्चिमी तट पर स्थित तीन योजन क्षेत्र में विस्तृत सूर्यवंश की हस्तिनापुर नगरी के सभी महल श्वेत संगमरमर के बने हुए थे। सभी मुख्य अट्टालिकाओं के शीर्ष नीलमणि से मण्डित थे। आर्यावर्त्त के इस सर्वश्रेष्ठ नगर की परिधि परिसीमा के प्राचीर और मुख्य द्वार हरितमणि से गढ़े हुए थे। रंग-बिरंग के मोती की लड़ियों से महलों के सभी प्रकोष्ठ सजे हुए थे। भवनों की कलाकृत्तियाँ और मंदिरों के कलश आकाश को भी चुनौती देते शोभायमान थे। मनु, पुरुरवा, नहुष, अहंयाती, देवातिथि, दुष्यन्त, भरत, हस्ती, कुरु, प्रतीप, विदुरथ, अनश्वन इत्यादि कितने ही प्रतापी राजर्षि हुए है इस सूर्यवंश में! गिनती करना भी कठिन

है। महारानी कुन्ती तो हस्तिनापुर का अवलोकन करते-करते विस्मित होती चली गई। न मथुरा में और न भोजपुर में इस तरह की प्रभुता उसने देखी थी।

महाराजा पाण्डु ने कुन्ती को चकित होते देख कहा, 'महारानी! चौंकिए नहीं। हस्तिनापुर को समझने का प्रयास कीजिए। यहाँ के राजसिंहासन के आगे आर्यावर्त्त के समस्त राजाओं को अपना माथा झुकाना पड़ता है। न्याय के लिए यह सिंहासन सम्पूर्ण आर्यावर्त्त में युगों-युगों से प्रसिद्ध है।'

कुन्ती चुपचाप सब सुनती रही। यहाँ के हरे-भरे प्राकृतिक दृश्य, पतझड़ और सदावहार वृक्षों से लदे राजमार्ग, गंगा की लहरों में अठखेलियाँ करते सौंस और मगर, जंगलों में कुलाचे मारते बारहसिंहा और हरिण, सरोवरों में तैरते मीन और मेढ़क तथा जलीय क्षेत्रों के किनारे-किनारे तीतर, सारस, बगुला इत्यादि के कलरव जैसे प्राकृतिक सौंदर्य को देख कुन्ती आनन्दित होकर दुर्वासा मुनि को मन ही मन अपनी कृतज्ञता अर्पित करने लगी।

सौंदर्यनिधि महारानी कुन्ती के स्वागत में सम्पूर्ण राजप्रासाद में पुष्प छींटे गये। सुहागिनी पुष्पों की वर्षा कर स्वागत गीत गायीं। अभिनन्दनम्! अभिनन्दनम्! कह कर प्रजा ने हर्ष प्रकट किया।

सौंदर्यनिधि महारानी कुन्ती के आते ही हस्तिनापुर का प्रभुत्व और गौरव बढ़ गया। प्रजा स्वयं को गौरवान्वित समझने लगी।

एक दिन संध्या में सूर्य के आरक्त रंगों पर रात्रि जब अपना श्यामल अंशुक बिछाने लगी, महाराज पाण्डु दिग्विजय का प्रबंध करने में ऐसे जुट गये मानो अपने जीवन में भी दुःख का श्यामल अंशुक बिछाने में लग गये हों। उसी रात वे कुन्ती से बोले, 'महारानी! मैं कल दिग्विजय पर जा रहा हूँ। आपके लिए दिग्विजय से कौन सा रत्न लाऊँ? यह कहकर महाराज पाण्डु कुन्ती के चिबुक को दाहिने हाथ से हिलाकर निर्निमेष देखते रहे। फिर बुदबुदाये, 'अप्रतिम सुन्दर!'

कुन्ती मुस्कुरा उठी और लजा भी गई। वह महाराज के प्रश्नोत्तर में हँसती हुई बोली, 'बस आप सकुशल लौट आइये। और मुझे क्या चाहिए? हस्तिनापुर में मुझे किसी वस्तु की कमी तो है नहीं और न किसी वस्तु की मुझे आकांक्षा हीं।'

महाराज हँसते हुए महारानी के अधरों पर आतुर प्रेम का चुम्बन अंकित कर बोले, 'महारानी! इस तरह का उत्तर किसी संस्कार सम्पन्न नारी के मुख से ही सुनने को मिल सकता है।' यह कहकर वे वहाँ से चले गये और दिग्विजय के विषय में सोचते-सोचते अपने पलंग पर सो गये।

ब्रह्ममुहूर्त में उठकर महाराज ने मुख प्रक्षालन किया।फिर नित्यक्रिया से निवृत्त होकर वे स्नान-ध्यान में लग गये। दिग्विजय पर जाने से पहले कुन्ती के हाथों दधि-गुड़ ग्रहण कर वे सैनिकों को साथ में लेकर विदा हो गये।

महाराज चार महीने के बाद दिग्विजय कर ढ़ेर सारे मणि, हीरा, मोती, रजत, स्वर्ण, रत्नजटित राजमुकुट इत्यादि के साथ-साथ राजा शल्य की बहन सर्वागसुन्दरी माद्री को रानी बनाकर हस्तिनापुर लौट आये। कुन्ती सोच में पड़ गई। क्या इसी रत्न को लाने महाराज गये थे! किन्तु, कुन्ती ने धैर्य नहीं खोया। अपनी सौत माद्री को देखकर कुन्ती ने प्रतिकार नहीं किया और न अपने मुख पर विषण्णता का भाव ही आने दिया, अपितु बिहँसती हुई वह बोली, 'महाराज! अनिंद्यसुन्दरी माद्री की सुन्दरता तो अपूर्व है। आकाश में झांककर तो जरा देखिए, सूर्य भी अपने पथ से इसकी सुन्दरता को निहारते रहने की अभिलाषा में खड़े हैं।'

माद्री यह सुनकर लजा गई। उसका मुखमंडल लाज से आरक्त हो उठा। अपनी प्रशंसा सुनकर उसी समय उसने कुन्ती को अपनी बड़ी बहन बना डाला।

अब सूर्यवंश के हस्तिनापुर में दो सौंदर्यमयी महारानियाँ कुन्ती और माद्री को पाकर महाराज अपार प्रसन्नता में डूब गये। नगरजन महाराज

को प्रसन्नता में देख स्वयं भी प्रसन्न रहने लगे। राजप्रासाद में कुन्ती और माद्री भी स्नेह बंधन में बंध गयीं। प्रेम और स्नेह मन की ऐसी अचूक औषधियां हैं, जो द्वेष से होने वाली क्षति को निष्फल कर देतीं हैं। कुन्ती यह अच्छी तरह जानती थी कि प्रेम करने से प्रेम बढ़ता है। उसने माद्री को स्नेह और प्रेम के बाहुपाश में ऐसा बांध डाला कि माद्री अब कुन्ती की मात्र सौत ही नहीं, उसकी अनुगामिनी भी बन गई।

दिग्विजय में मिली अपार सफलता से प्रसन्न होकर एक दिन महाराज पाण्डु ने कुन्ती से कहा, 'महारानी! वारणावत के अरण्य में मृगया खेलने जा रहा हूँ। विलम्ब हो जाने की संभावना है।'

कुन्ती परिहास गर्भित स्वर में बोली, 'स्वामी! अब क्या एक और रानी लाने की आकांक्षा है?'

'नहीं, महारानी! दो,दो मणियों के होते अब तीसरी की कोई आकांक्षा नहीं,' यह कहकर महाराज मृगया के लिए चले गये।

महाराज शिकार खेलने क्या गये, किन्दम ऋषि के श्राप से सदा के लिए अभिशप्त हो गये। महाराज के बाण से प्राणान्त होते ऋषि ने क्रोध में आकर श्राप देते हुए कहा, 'राजन्! मेरी ही तरह स्त्री संग करते समय तेरी भी मृत्यु हो जायेगी।'

महाराज अपराधबोध और पश्चाताप की अग्नि में झुलसते हुए राजप्रासाद लौट आये। कुन्ती और माद्री सम्पूर्ण स्थिति से अवगत हुई तो दुःखी होकर विषादग्रस्त महाराज को प्रबोधन देने लगीं, किन्तु महाराज की चिन्ता बढ़ती ही गई। श्राप से चिन्तित महाराज ने कुन्ती से कहा, 'भद्रे! मन पर संयम रखना बड़ा ही दुष्परिहार्य है। बड़े-बड़े ऋषि-मुनि भी मन पर नियंत्रण नहीं रख पाते हैं। जीवन में वैराग्य लेकर संन्यासी की तरह ही अब अरण्य में रहना भाग्य में लिखा है।'

'नहीं, स्वामी! ऐसा न कहें।संन्यास और संसार में सदैव से संघर्ष होते देखा गया है। किन्तु सत्य तो यह है कि संघर्ष करते हुए संन्यासी की तरह संसार में रहकर ब्रह्म तक पहुँचा जा सकता है। आप हस्तिनापुर

में ही संन्यासी की भाँति रहें।' यह कहकर कुन्ती महाराज पाण्डु को धैर्य बंधाने का अथक प्रयास करती रही।

महाराज श्राप से भी अधिक अपनी दोनों सुन्दर पत्नियों को देख-देखकर चिन्तित होने लगे। सुन्दरता संकट भी लाती है। कुछ ही वर्ष पहले तो सौंदर्यनिधि कुन्ती आयी है और अभी सौंदर्यस्रोत माद्री भी। यह सोचकर वे विषण्णता में बोले, 'भद्रे! यह अब कैसे संभव है? यदि यही होना था तो विधाता ने तुम दोनों मणियों को मुझ अभागे के अभिशप्त जीवन में क्यों संलग्न कर दिया?'

जीवन को भाग्य से जोड़कर व्यक्ति सत्य से अलग-थलग पड़ जाता है। कर्म से दुर्भाग्य को सौभाग्य में परिवर्तित किया जा सकता है, इसे समझने के लिए मानव को स्वयं पर भरोसा भी नहीं रहता है। महाराज के दाहिने हाथ को अपने दोनों हाथों में लेकर कुन्ती अनुच्च स्वर में बोली, 'धैर्य रखिए, महाराज! दुःख की आहट ही सौभाग्य के सूर्योदय को आमंत्रित करती है। आपकी दोनों पत्नियाँ सौंदर्य की ऐसी प्रतिमूर्तियाँ हैं, जिसे देखते ही अभिलाषित देवता भी कुछ अप्रमेय वरदान देने के लिए विवश हो जायेंगे। आप चिन्ता न करें।'

महाराज पाण्डु यह सब सुनने के लिए तैयार नहीं हुए। उन्होंने स्पष्टतः मेघगंभीर वाणी में कहा, 'नहीं, भद्रे! मैं अपने निर्णय पर अटल हूँ। सूर्यवंशी अपने निर्णय पर अटल रहा करते हैं।'

महाराज के सूर्यवंशी निर्णय को सुनकर कुन्ती सोच में पड़ गई। अब क्या होगा? वह घबरा गई किन्तु, उसने धैर्य नहीं खोया। कुछ क्षण के बाद वह बोली, 'स्वामी! आपका निर्णय अब मेरा भी निर्णय है। आपकी दोनों पत्नियाँ आपके निर्णय के अनुपालनार्थ अब आपके साथ अरण्य में ही रहेंगी।'

दो, दो महारानियाँ और वन में! राजप्रासाद के सुखों को त्यागकर अरण्य के कष्टों को क्या झेल पायेगी? क्या यह सम्भव है? महाराज यह सोचकर विचलित हो गये और तुनककर बोले, 'नहीं, कथमपि

नहीं।तुम दोनों महारानियाँ यहीं रहकर राजकाज देखो। मैं अकेले ही वन जाऊँगा।'

कुन्ती महाराज को समझाती हुई बोली, 'स्वामी! आपके बिना हमदोनों महारानियाँ हस्तिनापुर में कैसे रह पायेंगे? पति की सेवा करना पत्नी का दायित्व बनता है। अपने दायित्व से हम दोनों को वंचित मत कीजिए। आप मेरी बातों को समझने की चेष्टा कीजिए। आपके असीम आकाश में किन्दम ऋषि के श्राप से व्याप्त अन्तराल को दुर्वासा मुनि के अतुल्यनीय वरदान रूपी इन्द्रधनुषी रंग से भरने का प्रयास आपकी दोनों पत्नियाँ करेंगी। आप संतान के प्रति निश्चिन्त रहें, महाराज! मैं हूँ ना।'

'वरदान! दुर्वासा मुनि!' यह बुदबुदाते महाराज भावशून्य हो गये। फिर कुछ पलों के पश्चात अर्थगर्भित बात सुनकर महाराज प्रसन्न हो गये और अन्ततः कुन्ती के विचारों से सहमत भी हो गये।जिस तरह कुरुवंश के महाराज देवापी ने शान्तनु को राज्य सौंपकर राज्य का परित्याग किया था, उसी प्रकार पाण्डु ने भी धृतराष्ट्र को राज्य सौंपकर कुन्ती और माद्री के साथ अरण्य जाने का मन बना लिया।

सुबह कौवों के काँव-काँव सुनते हीं बड़े सवेरे महाराज जाग गये। ब्रह्ममुहूर्त में नित्य क्रिया से निवृत्त होकर वे स्नान-ध्यान में लग गये। कुन्ती और माद्री महाराज से पहले ही तैयार हो गई। बहुत सवेरे ही वे लोग हस्तिनापुर से प्रस्थान भी कर गये। नगरजन महाराज को विदा करने जब आये तो वे सब यह जानकर क्षुब्ध हो उठे कि उनके महाराज ब्रह्ममुहूर्त में ही हस्तिनापुर छोड़ चुके हैं। विषण्ण होकर वे लोग अपने-अपने घर लौट गये।

पहले नागशत पर्वत पर महाराज अपनी पत्नियों के साथ गये और फिर चैत्ररथ पर्वत पर कुछ वर्ष बिताने के बाद वे लोग गंधमादन पर्वत पर रहने लगे। देवदारु, फर, ओक, चीड़ इत्यादि के लम्बे-लम्बे वृक्ष, पुष्पों से आच्छादित श्यामल धरती, कलकल करतीं

नदियाँ, शीतल मन्द सुगन्धित वायु पाण्डु को प्रलोभित करने लगे। ऐसे में उन्होंने कुन्ती से कहा, 'भद्रे! संतान ही स्त्री के सौंदर्य, संवृद्धि और सुकीर्ति का मापदण्ड कहलाता है। अब देर किस बात की? परिस्थितियों से समझौता कर दुर्वासा मुनि के वरदान से पुत्र रत्न देकर मुझे उपकृत करो।'

पाण्डु की अभिलाषा जानकर कुन्ती मुस्कुरा उठी और माद्री झेंप गई। गंधमादन पर्वत से कुछ दिन के पश्चात मार्गक्रमण करते हुए कुन्ती और माद्री के साथ पाण्डु हंसकूट पर्वत पर आ गये। श्यामल आकाश, गंगा नदी की हरीभरी धरती, इन्द्रधनुषी आंचल ओढ़े अरण्य, फल-फूल से आच्छादित प्रकृति कुन्ती को भाने लगी। यम देवता का आह्वान करने से आश्विन शुक्ल पंचमी, ज्येष्ठा नक्षत्र, अभिजित मुहूर्त में जब सूर्य की स्थिति तुला राशि पर थी, तब श्वेत वर्ण के युधिष्ठिर का जन्म गंगा तट पर हुआ। एक वर्ष बाद वायु देवता का आह्वान कर पीत-गौर वर्ण के भीम का जन्म हुआ। उस दिन वायु की गति कुछ अधिक ही तीव्र थी और मन भावन भी।

अगले वर्ष जब हिमालयी वसंत ऋतु समाप्त होने को आई, तब भी कोयल के विह्वल कूक से श्यामल शतश्रृंग पर्वत निनादित होता रहा, मानो किसी की बांसुरी का स्वर गूँज रहा हो। कुसुम समूहों से झरते मकरन्द। मन्द शीतल पवन, मानो प्रकृति अंगराई ले रही हो। ऐसे में इन्द्र के सौजन्य से उत्तरा फाल्गुनी नक्षत्र में दोपहर के समय अर्जुन का जन्म हुआ। पिता पाण्डु ने श्वेत-श्याम देह वाले इस शिशु का नाम रखा कृष्ण और उत्तरा फाल्गुनी नक्षत्र में जन्म लेने के कारण ऋषि-मुनियों ने नामकरण किया 'फाल्गुनी'। इसके बाद कुन्ती ने देवाहुत मंत्र माद्री को प्रतिहस्तान्तरित कर दिया। दोनों अश्विनी कुमारों का आह्वान करने से माद्री को सौंदर्यवान् नकुल और सौंदर्यस्रोत सहदेव हुए। दुर्वासा मुनि ने जो युक्ति कुन्ती को बतलायी थी, उससे विशुद्धाख्य चक्र की साधना से व्योम तत्त्व युधिष्ठिर, अनाहत चक्र की साधना से मरुत तत्त्व भीम

और मणिपुर चक्र की साधना से तेज तत्त्व अर्जुन हुए। माद्री को स्वाधिष्ठान चक्र की साधना से अप् तत्त्व नकुल और मूलाधार चक्र की साधना से क्षिति तत्त्व सहदेव हुए।

कुन्ती और माद्री के सभी पुत्र दिनानुदिन खेलते-कूदते ग्यारह वर्ष होते-होते किशोरावस्था में प्रवेश कर गये। कुन्ती अपने पुत्रों की अपेक्षा माद्री के पुत्रों को अधिक स्नेह करती थी। ऐसा ही माद्री भी स्नेह करती थी। पाण्डु अपने पुत्रों को देख-देखकर प्रमुदित हो जाते थे, किन्तु दुष्कर और दुरुह जीवन के कारण विषण्ण भी हो जाते थे। ईश स्मरण करते रहने के बावजूद कठिनाईयों पर कठिनाई होते रहने पर मानव को ईश्वर पर से विश्वास डगमगाने लगता है। परन्तु कुन्ती को ऐसा कुछ नहीं हुआ। अनुभव और अनुभूति से वह जान गई कि कठिनाई के मार्ग से ही होकर कीर्ति मिलती है। जब कष्टों को सहते-सहते कुन्ती के पुत्रों को अभावपूर्ण जीवन सहन नहीं हुआ तो एक दिन भीम झुंझलाकर बोला, 'माँ! हमलोग राजकुमार होकर भी क़ष्ट भोग रहे हैं। सम्पत्ति के बिना न सुख है और न सम्मान ही!'

अपने पुत्र से यह सुनकर पाण्डु विषण्ण हो गये। अपनी भूल पर पश्चाताप करने लगे। किन्तु कुन्ती इन सबको समझाती हुई बोली, 'पुत्र! सम्पत्ति तो विपत्ति है। इससे भगवान् की विस्मृति हो जाती है। अभाव ही ईश्वर की प्रतीति होने का भाव उत्पन्न करता है। जहाँ इच्छा, वहाँ ईश्वर नहीं।जहाँ ईश्वर, वहाँ इच्छा की अवश्यकता नहीं। इसीलिए तो मैं सदैव ही कष्ट की कामना ईश्वर से करती रही हूँ ताकि भगवान् का स्मरण करती रहूँ।'

भीम इस तर्क को मानने के लिए तैयार नहीं हुआ। उसने कहा, 'माँ! कष्टों को भुलाने के लिए यह आत्मप्रवंचना है। दरिद्रता में जीवन जीना क्या कोई जीवन है? सम्पत्ति से तो सब कुछ हस्तगत किया जा सकता है!'

'क्या ईश्वर भी?' कुन्ती प्रांजल प्रश्न कर बैठी।

तब भीम तो कुछ नहीं बोला किन्तु अर्जुन ने ही पूछा, 'माँ! तुम सतत कष्ट ही सहती आई हो। सदा ईश्वर का स्मरण करती रही हो। क्या तुझे ईश्वर की प्रतीति कभी हुई?'

'अवश्य, पुत्र! अवश्य। यदि मेरे बताये पथ पर चलोगे तो तुझे भी इसी जन्म में उनकी प्रतीति भी होगी और उनसे प्रीति भी।' कुन्ती मुस्कुराती हुई अर्जुन की आँखों में झाँककर बोली।

भीम अब भी कुन्ती की बातों से सहमत नहीं हो रहा था। वह बोला, माँ! ईश्वर तो जब मिलेंगे तब न। अभी तो सम्पत्ति की कमी से भरपेट भोजन भी नहीं मिल पाता है। अर्थ के अभाव में कुछ हस्तगत भी तो नहीं हो पाता है।'

'नहीं, पुत्र! ऐसा न कहो। प्रेम, दया, श्रद्धा, स्नेह, ममता, भक्ति ये सब सम्पत्ति से हस्तगत नहीं किये जा सकते हैं। यदि यह सब मानव में नहीं है तो ऐसी सम्पत्ति किस काम की?' कुन्ती यह सब कहकर अपने पुत्रों को कर्तव्य के पथ पर लाने का प्रयास करती रही।

उसी दिन से भीम सहित सभी पाण्डव कुन्ती के इस कथन को समझने का प्रयास करने लगे।

किन-किन कष्टों का स्मरण करती रहेगी कुन्ती! उसकी सोच थी कि कष्टों का स्मरण करते रहने से अच्छा है कृष्ण का ही स्मरण मानव करता रहे। एक दिन कुन्ती के जीवन में दुःख का एक और पहाड़ टूट पड़ा। सिर पर जल का घड़ा रखकर भागिरथी नदी की ओर से जब माद्री कुटिया की ओर लौटने लगी तो घड़ा से रिसते और छलकते जल ने उसकी देह को भिगो दिया। भीगे वस्त्र उसकी देह से चिपक कर काम्य हो गये। पाण्डु सन्ध्यावन्दन करने उधर ही आ गये।शतश्रृंग पर्वत की ओट में छिपते सूर्य के कामुक परिदृश्य और माद्री के अंग से चिपके हुए काम्य वस्त्र ने पाण्डु को कामातुर बना डाला। वे अपने पर नियंत्रण नहीं रख पाये। भूल गये किन्दम ऋषि के श्राप को भी। अन्ततः पाण्डु तड़प-तड़पकर मर गये। कुन्ती और माद्री के जीवन में क्रूर दुर्भाग्य आ

धमका। धैर्य और सांत्वना देने वाला भी उस निर्जन पर्वत पर कोई नहीं!

सुना है, सारस पक्षी अपने प्रेमी का विक्षोह सहन नहीं कर पाती है। तड़प-तड़पकर मर जाती है। विवशता में और विषण्णता में डूबी माद्री की भी यही स्थिति हो गई। उसने अपने पति के विक्षोह में पाण्डु की चिता पर अपने प्राण की आहुति दे डाली, किन्तु कुन्ती ऐसा कुछ नहीं कर पायी। वह सब आपदा सहती रही। सब कष्ट झेलती रही। दायित्व जो निभाना है! दायित्व होता ही है ऐसा। बचपन से ही दुष्कर और दुरुह दायित्व निभाते-निभाते नेत्रों में जमा हो गये अश्रु अब रुदन बनकर पसीज भी नहीं पा रहे हैं कुन्ती के।

मृत्यु जीवन का एक ऐसा कठोर सत्य है, जिसको झुठलाकर कोई आज तक उस सत्य से बचकर निकल नहीं पाया है। कुन्ती अब यह जान गई कि शोक दुःख का अन्तिम निराकरण नहीं है और न ही औषधि हैं आंसू।

**

गगन में क्षोभ मण्डल के कपाल को सूर्य अपनी रश्मियों से अनेकानेक रंगों से रंगते हुए जो परिदृश्य सजाते जा रहे थे, वे एक-एककर उद्भासित होते हुए अदृश्य भी होते जा रहे थे। यदि इन मिटते परिदृश्यों को अपनी स्मृति पटल पर संचित रखकर सहेजने का प्रयास किया जाये तो मस्तिष्क ही विदीर्ण हो जाये। प्रकृति द्वारा प्रदत्त विस्मृति मानव के लिए सदैव अभिशाप हीं नहीं, अमोघ वरदान भी है।

जीवन के कष्टों को अपने स्मृति पटल पर संचित रखना कुन्ती का स्वभाव ही नहीं रहा। पाँचों कुमारों को लेकर कुन्ती एक दीर्घ अन्तराल के बाद पाण्डु द्वारा सौंपे गये अपने राज्य हस्तिनापुर लौट आयी।

हस्तिनापुर में आकर कुन्ती राजमाता बन गई। शान्तनुनन्दन भीष्म की गर्जना में अब भी धाक थी। उनके वर्चस्व के कारण ही हस्तिनापुर चहुँ ओर से सुरक्षित रहा। उनके कारण कुन्ती राजमाता तो बन गई, लेकिन महाराज धृतराष्ट्र के कारण न अधिकार का प्रयोग कर पाती और न कर्तव्य का। अधिकार का प्रयोग तभी किया जाता है, जब कर्तव्य की पूर्ति की जाये। बिना कर्तव्य किये अधिकार नहीं मिलता है। हस्तिनापुर में आकर क्लांत कुन्ती कर्तव्य निभाने का प्रयास करने लगी। कष्टों में संलिप्त जीवन का अभिनय करते-करते वह और भी थक गई। बचपन में शूरसेन की पुत्री पृथा, फिर कुन्तीभोज की मानस पुत्री कुन्ती, फिर दुर्वासा की परिचारिका, उसके बाद हस्तिनापुर की राजवधू और राजरानी, फिर बन गई वनरानी और अब बन गई विधवा कुन्ती हस्तिनापुर की राजमाता।

इन बारह वर्षो के दीर्घ अन्तराल में हस्तिनापुर में बहुत सारे परिवर्तन होते रहे। अंधत्व के कारण महाराज धृतराष्ट्र का विवाह नहीं हो पा रहा था। गान्धार देश के राजा सुबल की पुत्री गान्धारी का अपहरण कर पराक्रमी भीष्म ने उसका विवाह नेत्रहीन धृतराष्ट्र से करवा डाला। शक्ति का अनर्थकारी प्रदर्शन अन्तत: अनर्थ को ही आमंत्रित करता है। सुबल का पुत्र शकुनि इस अपमान को सहन नहीं कर पाया। वह प्रतिशोध लेने के लिए हस्तिनापुर में ही रह कर कुचक्र रचने लगा। कुरुवंश चलाने के लिए गान्धारी को सौ पुत्र हुए और दुश्शला नामक पुत्री भी। सबसे बड़े पुत्र का नाम दुर्योधन। अधिक संतान होना संवृद्धि और समृद्धि के लिए अनिष्ट कारक होता है। गान्धारी ने नेत्रहीन पति के कारण अपने नेत्रों पर श्वेत पट्टी बांधकर अंधत्व को स्वीकार कर लिया। माता-पिता की आंखों पर पट्टी होने से संतान के संस्कार पर भी पट्टी लग जाती है। गांधारी ने यह समझने की चेष्टा भी कभी नहीं की।

द्रोणाचार्य की देखरेख में अन्य कुमारों के साथ पाण्डु के पाँचों कुमार हस्तिनापुर में युद्ध विद्या सीखने लगे। गुरुकुल में गदा, खड्ग, शूल, तोमर

इत्यादि संचित कर रखे हुए थे। यहाँ अनेक आकार-प्रकार के धनुष और बाण भी थे। किसी-किसी धनुष की प्रत्यंचा की टंकार इतनी प्रखर और प्रचण्ड थी कि अर्जुन का कोमल मन झंकृत होकर प्रबल हो उठता था। युद्ध विद्या सीखने के लिए गुरुकुल और युद्धशाला दोनों गंगा के पश्चिमी तट पर थे, जहाँ श्येन, सारस, बगुला, पत्ररथ, क्रौंच, कपोत इत्यादि के कलरव से वातावरण और भी सुहावना लगने लगता था। अर्जुन तो जब-तब गंगा के तट पर आकर उस परिदृश्य को देखता रहता था।

एक दिन गुरुकुल में द्रोणाचार्य ने अपने शिष्यों को धनुर्विद्या सिखाने के क्रम में कहा, 'शिष्यों!! एक-एककर तुम लोग वट वृक्ष पर बैठे उस निर्जीव गीध की आँख में लक्ष्य वेधन करो!'

सभी शिष्यों ने एक स्वर में कहा, 'जी, गुरुदेव! आपकी जैसी आज्ञा।'

सभी एक-एककर आते गये और असफल संधान करते गये। द्रोणाचार्य शिष्यों के असफल संधान करने का कारण समझ रहे थे। तब उन्होंने शिष्यों से पूछा, 'लक्ष्य की ओर क्या दिखाई दे रहा है?'

कोई भी शिष्य जब उचित उत्तर नहीं दे पाया, तब अन्त में उन्होंने अर्जुन से संधान करने के लिए कहा। अर्जुन ने आश्रम संस्कृति के अनुरूप द्रोण को पहले प्रणाम किया और कहा, 'प्रणिपाद्, गुरुदेव!'

द्रोण ने कहा, 'यशस्वी भव!'

प्रणिपाद् के उपरान्त अर्जुन ने संधान करने धनुष-बाण लेकर पैंतरा लगाया।अर्जुन को प्रभावशाली पैंतरा में संधान करते देख उन्होंने पूछा, 'अर्जुन! बोलो, संधान करते हुए तुम्हें क्या दिखाई दे रहा है?'

अर्जुन ने झटपट उत्तर देते हुए कहा, 'गुरुदेव! मुझे मात्र एक आँख दिखाई दे रही है। क्या अब मैं लक्ष्य वेधन करूँ?'

प्रसन्न और प्रमुदित होकर द्रोण ने अर्जुन के निकट आकर देखा और कहा, 'ठीक है, बाण चलाओ।'

शू...श...शू स्वर करते हुए बाण चला। अर्जुन ने लक्ष्य वेधन कर

द्रोण के मन में अपनी पैठ बना डाली। सभी शिष्य अपनी-अपनी असफलता पर अपना-अपना माथा झुकाये वहाँ से चले गये।

कुशाग्र और विनम्र होने के कारण अर्जुन भीष्म और द्रोण का प्रिय पात्र बन गया। भीष्म तो कुरुवंश का दीपक समझकर अर्जुन से स्नेह करने लगे। परन्तु, द्रोण! द्रोण को यह विश्वास हो गया कि यही वह शिष्य है, जो पांचाल नरेश द्रुपद के विश्वासघात का प्रतिशोध ले पायेगा। उन्होंने उसी दिन से समस्त युद्ध विद्या अर्जुन को बतलाने का निश्चय कर डाला।

भारद्वाज पक्षी जैसी वाणी थी द्रोण की। स्वर में खनखनाहट ऐसी थी कि सुनने वालों के दोनों कान स्वतः सचेत हो जाये। वस्त्र, दाढ़ी, केश, भौंहें सब कुछ श्वेत मेघ की तरह शुभ्र और सौम्य। भव्य मस्तक पर श्वेत-श्याम मिश्रित भस्म की पट्टीदार लम्बी रेखाएं। उस रूप को देखकर अर्जुन को अकस्मात गुरु सेवा करने का मन हो जाता था। एक दिन उसने आश्रम में गुरु सेवा करते हुए द्रोणाचार्य से पूछा, 'गुरुदेव! कल रात भोजन करते समय अचानक प्रदीप के बुझ जाने पर भी रात्रि के अंधेरे में सभी आश्रम कुमार भोजन कैसे करते रह गये? न भोजन दिखायी देता था और न मुँह ही!'

'अभ्यास से, अर्जुन! अभ्यास से। अभ्यास करने से ही लोग शब्दवेधी बाण चलाकर लक्ष्य को वेध डालता है,' यह कहकर द्रोण क्रियायोग का अभ्यास करने के लिए चले गये।

समय बीतता रहा।आश्रम कुमार बहुत सारे विद्या प्राप्त करते रहे।चैत्र कृष्णपक्ष चतुर्दशी तिथि की अर्धरात्रि में द्रोण की नींद टूट गई।बाण की शू...श...शू स्वर उन्हें सुनायी दे रही थी। 'कौन है? इतनी रात गये धनुर्विद्या का अभ्यास कर रहा है?' द्रोण ने रात्रि की नीरव शान्ति को भंग करते हुए उच्च स्वर में पूछा।

'मैं, गुरुदेव!' अर्जुन ने अपने माथे पर आये प्रस्वेद कण को पोंछते हुए उत्तर दिया।

द्रोण कुछ समझ नहीं पा रहे थे। दिन के उजाले में अभ्यास नहीं कर रात्रि के अंधेरे में! उन्होंने फिर खनखनाते शब्दों में पूछा, 'कौन मैं?'

अर्जुन ने अब लक्ष्य संधान रोककर गुरुकुल की ओर देखते हुए उत्तर दिया, 'मैं अर्जुन, गुरुदेव! आपका शिष्य। धनुर्विद्या का अभ्यास कर रहा हूँ।'

अर्जुन के माथे पर आये प्रस्वेद कण टप-टपकर धरती पर गिर रहे थे। द्रोण ने चुपके से प्रदीप उठाया और उसके प्रकाश में जाकर देखा युद्धशाला में कोई और नहीं, अर्जुन एक-एक बाण लक्ष्य पर साध रहा है। अर्जुन की यह निष्ठा देखकर द्रोण प्रसन्न हो गये। अर्जुन जब रात के अंधेरे में एक बाण लक्ष्य पर चलाता था तो उसकी प्रतिध्वनि पर तुरंत दूसरा बाण चला कर सही संधान कर डालता था।

उस रात द्रोण फिर सो नहीं पाये। रात भर अर्जुन के विषय में ही सोचते रहे। धनुर्विद्या सीखने में इस किशोर को कितनी श्रद्धा और कितना समर्पण! यही वह नर ऋषि है, जिसके माध्यम से एक न एक दिन कृष्ण रुपी ब्रह्म का दर्शन होगा। गुरु द्रोण धन्य हो गये ऐसा शिष्य पाकर।

अगले ही पूर्णिमा को सभी राजकुमार गंगा स्नान करने आये। द्रोण पहले से ही गंगा नदी में स्नान कर रहे थे। अचानक द्रोण चिल्लाने लगे, 'दौड़ो! दौड़ो!! बचाओ! बचाओ!!' सभी शिष्य दौड़ पड़े। स्नान करते समय एक मगर ने द्रोण की जाँघ जकड़ ली थी। द्रोण को बचाने के प्रयास में इधर-उधर भाग दौड़ मच गई। किन्तु अर्जुन बिना विलम्ब किये लगातार पाँच बाणों से मगर को वेध डाला। द्रोण के प्राण बच गये। इस पर उन्होंने प्रसन्न होकर अर्जुन की पीठ थपथपायी। युद्धशाला में आकर उन्होंने अर्जुन को ब्रह्मशिर अमोघ दिव्य अस्त्र देते हुए कहा, 'यह लो अमोघ दिव्य अस्त्र! वध करने वाले से बचाने वाले का महत्व अधिक होता है। तुम ही इस प्रकार के अमोघ आयुध के सच्चे अधिकारी हो।'

उस अमोघ आयुध को लेने के पहले अर्जुन ने द्रोण को प्रणाम किया और पूछा, 'गुरुदेव! इस आयुध का प्रयोग और उपशमन कैसे होता है?'

प्रसन्न होकर द्रोण ने प्रयोग और उपशमन विधि बतलाते हुए अर्जुन से कहा, 'अर्जुन! यह अचूक दिव्यास्त्र है। जनहित में ही इसका प्रयोग करना।'

ब्रह्मशिर अस्त्र के उपशमन, प्रत्यावर्तन और प्रयोग विधि जानकर अर्जुन निहाल हो गया। प्रमुदित होकर उसने द्रोण को प्रणिपाद् कहते हुए पुनः प्रणाम किया।

यद्यपि द्रोण ने सभी शिष्यों को सारी युद्धविद्या सिखायी थी, तथापि पुत्र मोह में पड़कर उन्होंने नारायणास्त्र की शिक्षा मात्र अपने पुत्र अश्वत्थामा को ही दी थी। अपनी पत्नी की मृत्यु के बाद द्रोण ने दूसरा विवाह नहीं किया और अश्वत्थामा की देखरेख के लिए एक दासी को रख लिया। दासी का संस्कार अश्वत्थामा को प्रभावित करता रहा और उसका अधिकांश समय दुर्योधन के संग ही बीतने से उसका अहंकार बढ़ता गया। ब्रह्मज्ञान की ग्रंथात्मक जानकारी रहते हुए भी उसे ब्रह्म की पहचान नहीं हुई।

मन के स्वच्छ और निष्कपट रहने से संसार के सभी रहस्य स्वतः उन्मोचित्त हो जाते हैं। यह बात अर्जुन को उसकी मां कुन्ती ने बतायी थी। वह यह अच्छी तरह जान भी गया था। उसने गुरु की निष्कपट सेवा कर नारायणास्त्र की शिक्षा भी प्राप्त कर ली।

महाराज धृतराष्ट्र के ज्येष्ठ पुत्र दुर्योधन को जब इसकी भनक लगी तो उसने अश्वत्थामा को भड़काना शुरु कर दिया। दुर्योधन का भड़काना काम कर गया। एक दिन अश्वत्थामा ने अपने पिता द्रोण से कहा, 'पिता जी! आपने मुझे वह ब्रह्मशिर दिव्यास्त्र क्यों नहीं दिया, जो आपने अर्जुन को दिया है?'

द्रोण ने परिस्थिति की गंभीरता को भाँपते हुए कहा, 'पुत्र! अच्छे विचार अर्जुन के ही मन में क्यों उठते हैं, तेरे मन में क्यों नहीं? दिव्य ज्ञान और दिव्यास्त्र सक्षम व्यक्ति को ही मिलता है, सभी को नहीं, अन्यथा उसका दुरुपयोग होने की संभावना बढ़ जाती है। मेरी बात सुनो।

कुसंगति संस्कार सम्पन्न व्यक्ति को भी भ्रष्ट कर डालती है। अच्छे विचार से अच्छे संस्कार बनते हैं और अच्छे संस्कार से अच्छे विचार। अर्जुन ने संघर्ष कर सार्थकता प्राप्त की है किन्तु तुम सुखमय जीवन को सार्थक होना समझ बैठे हो।'

अश्वत्थामा ने कहा, 'पिता जी! आप जिसके कुसंस्कार की बात कर रहे हैं, वही कल हस्तिनापुर का सम्राट बनने वाला है।'

'पुत्र! सम्पत्ति संस्कार का मापदण्ड नहीं कहलाता है,' यह कहकर द्रोण क्षुब्ध हो गये।

अश्वत्थामा यह सब सुनने के लिए तैयार नहीं हुआ। ज्ञान का अहंकार उसे अज्ञान के पथ पर ढ़केल रहा था। वह कुछ बोले बिना अपना पैर पटकते हुए वहाँ से चला गया।

अर्जुन अब द्रोण को इतना भाने लगा कि अर्जुन की श्रेष्ठता स्थापित करने के लिए द्रोण ने एकलव्य के दाहिने हाथ का अंगूठा गुरु दक्षिणा में कटवा लिया। कोई भी घटना निरर्थक नहीं होती है, आशय सम्पन्न होती है। एकलव्य ने गुरु की अवज्ञा कर आयुध-विज्ञान की जानकारी छिपकर प्राप्त कर ली थी। आयुध यदि उत्तरदायित्वविहीन व्यक्ति के अधिकार में रहेगा तो उसके दुरुपयोग होने की संभावना बढ़ जाती है।

युद्धशाला हो या राजप्रासाद का प्रांगण या राजमार्ग पर चलते समय द्रोण की नेत्रभाषा और देहभाषा से यह परिलक्षित होने लगा कि द्रोण अपने पुत्र अश्वत्थामा से भी अधिक स्नेह अर्जुन से ही करते हैं। अर्जुन के प्रति द्रोण की स्नेहिल कृपा को कृपाचार्य जान गये। वे मन ही मन बुदबुदाते हुए बोले, 'गुरु की कृपा तो अमोघ होती है। अर्जुन एक न एक दिन पृथ्वी का सर्वश्रेष्ठ धनुर्धर बन ही जायेगा।'

श्वेत-श्यामल देह का अर्जुन पराक्रम, बुद्धि, भक्ति, प्रेम और तत्त्वज्ञान का अद्वितीय, अप्रतिम और अप्रमेय दृष्टांत बन गया। बाँयें हाथ से वह आंजलिक, सर्पमुखी, गजाहस्थी, पूती, नाराच, अश्वास्थी, कपिश,

शूलाग्र, कर्णी, नालीक, बस्तिक, सूची, जिह्म, गवास्थी इत्यादि बाणों का अचूक संधान कर लेने में निष्णात हो गया।

समय का चक्र चलता रहता है। यह चक्र किसी के लिए रुकता नहीं है। कुछ राजकुमार युवावस्था में प्रवेश कर गये और कुछ अभी भी किशोर। दुःशासन सदैव भीम से उलझ जाता। हर बार भीम उसे मल्लयुद्ध में पराजित कर देता। ईर्ष्या से वह भीम को बैल कहकर चिढ़ाने लगता। दुर्योधन तो गदायुद्ध में भीम को कभी परास्त ही नहीं कर पाया। एक दिन दुर्योधन ने ईर्ष्यावश भीम को मार डालने की मंशा से पायस में विष मिलवा दिया। भीम और दुर्योधन की जन्म तिथि एक ही थी, किन्तु भीम अधिक शक्तिशाली था दुर्योधन की अपेक्षा। उस विषाक्त पायस को खाने से भीम प्रमाणकोटि वट वृक्ष के पास निश्चेष्ट होकर गिर पड़ा। अपने अनुज दुःशासन की सहायता से दुर्योधन ने भीम को लताओं से बांधकर गंगा नदी में ढ़केल दिया। गंगा नदी के नीचे कुन्ती के मातामह का नागलोक था। नागलोक में भीम को बचा लिया गया। वहाँ से और भी अधिक बलिष्ट होकर भीम जीवित ही लौट आया।

अगले वर्ष वसंत पूर्णिमा के दिन गंगा तट पर सभी कुलीन कुमारों की युद्धविद्या परीक्षा का आयोजन किया गया। हस्तिनापुर का वर्चस्व दिखलाने के लिए अमात्य वृषवर्मा के द्वारा भोजपत्र पर आर्यावर्त्त के सभी राजाओं को आमंत्रण भेजा गया। एक योजन परिधि के अखाड़ों पर गदा, खड़ग, शूल, चक्र, बाण, तोमर, मल्लयुद्ध इत्यादि के अलग-अलग स्थल निर्धारित किये गये।सम्पूर्ण अखाड़ा आमंत्रितों से खचाखच भर गया। अनेक राज्यों के राजा, महाराजा, अधिपति, नगरपति आये। हस्तिनापुर राज्य का भगवाध्वज फहराया गया। नगाड़े, तुतही इत्यादि बजने लगे। महाराज धृतराष्ट्र, भीष्म, द्रोण, कृप, विदुर इत्यादि के अतिरिक्त महारानी गांधारी और राजमाता कुन्ती की उपस्थिति में सभी कुमार योद्धाओं की परीक्षा ली गई। भीम और दुर्योधन के बीच गदायुद्ध का निर्णय नहीं हो पाया क्येंकि दुर्योधन युद्धविद्या की परीक्षा में

अशिष्टता और क्रूरता पर उतर आया। इन दोनों के गदायुद्ध को बीच में ही रोक देना पड़ा। धनुर्विद्या की परीक्षा में अर्जुन के आते ही करतल ध्वनि से सम्पूर्ण प्रांगण गूँज उठा। प्रशस्त वक्ष, ऐंठनदार बाँहें, श्वेत वस्त्रधारी इस किशोर के पराक्रम से सभी दर्शक झूम उठे।वे सब धन्य!! धन्य!! साधु! साधु!! कह उठे।

अर्जुन ने आग्नेयास्त्र चलाया तो अग्नि की वृष्टि होने लगी। तभी सभी दर्शक अग्नि वर्षा से बचने के लिए इधर-उधर भागने लगे। किन्तु शीघ्र ही अर्जुन पर्जन्यास्त्र चलाया तो आकाश में जलपूरित मेघ छा गये। झमाझम वर्षा से आग्नेयास्त्र की अग्नि बुझ गई। सभी दर्शकों ने राहत की साँस ली। फिर अर्जुन ने वारुणास्त्र चलाया। उससे आंधी आ गई। भौमास्त्र से थल और पर्वतास्त्र से पर्वत प्रकट हो गये। साधारण दर्शक तो यह सब देखकर चौंक गये, किन्तु दूसरे राज्यों से आये राजा, महाराजा और अधिपति भयाक्रांत हो उठे। द्रोण का ध्येय भी यही था। अन्तर्धानास्त्र से अर्जुन ने स्वयं को अदृश्य कर लिया। कुछ देर बाद लक्ष्य पर जब उसने पाँच बाणों को चलाया तो दर्शकों को लगा जैसे एक ही बाण चला हो, किन्तु पाँच लक्ष्यों के वेधन हो चुके थे। 'श्रेष्ठ धनुर्धर! श्रेष्ठ धनुर्धर!!' की ध्वनि प्रांगण में गूँजने लगी।

अखाड़े में यद्यपि खड़्ग-युद्ध, गदा-युद्ध, मल्लयुद्ध इत्यादि भी अन्य राजकुमारों के द्वारा दर्शाये गये, तथापि जयघोष हुई मात्र श्रेष्ठ धनुर्धर की। अर्जुन! अर्जुन!! और मात्र अर्जुन का नाम।अर्जुन के नाम से शोर! फिर कोलाहल! अन्ततः विजयश्री के रूप में पीत मंदार पुष्पों की माला अर्जुन को ही पहनाकर पुरस्कृत किया गया। तभी अचानक अखाड़े में कवच-कुण्डलधारी एक युवक प्रवेश कर उच्च स्वर में सभासदों से बोला, 'जो पुरुषार्थ और पराक्रम अर्जुन ने अभी-अभी दिखाया है, उन सबका प्रदर्शन मैं भी अति सहजता से कर सकता हूँ।'

सम्पूर्ण अखाड़े में खुसुर-फुसुर होने लगी। दर्शक उझक-उझककर उस पुष्ट देहयष्टि वाले युवक को देखने लगे। यद्यपि गेरुआ

वस्त्रधारी कृपाचार्य उस युवक को जानते थे, तथापि उन्होंने पूछा, 'वीर युवक! तुम्हारा वंश परिचय क्या है? यहाँ मात्र कुलीन आश्रम कुमारों के पुरुषार्थ और पराक्रम की परीक्षा है।'

पुष्ट सौष्ठव वाले उस युवक का नाम था वृषसेन। कानों में कुण्डल रहने के कारण लोग उसे कर्ण कहते। कृपाचार्य की प्रश्न शैली पर उसका मस्तक लज्या से झुक गया। तभी अखाड़े के मण्डप में बैठी कुन्ती यह सब देखकर और सुनकर निश्चेष्ट हो गई। वह उस युवक को पहचान गई। संवृद्धि के शिखर पर आसीन रहते भी वह चिन्तित रहा करती थी। मन स्वस्थ रहने पर तन भी स्वस्थ रह पाता है। कुवांरी अवस्था की भूल उसे खाये जा रही थी। शारीरिक और मानसिक आहार द्वारा अपनी देह को प्राकृतिक रुप से स्वस्थ रखना कुन्ती जानती थी। जब उसकी चेतना लौटी तो वह नहीं! नहीं! नहीं! की त्रिवाचा भरना चाहती थी, 'मेरे पुत्र! तुम सारथीपुत्र नहीं, राधेय नहीं, कौन्तेय हो! ज्येष्ठ कौन्तेय!! तुम सूर्य पुत्र हो!!'

कुन्ती लाज से कुछ कह नहीं पायी। संतान के प्रति माता का कृत्य दायित्वपूर्ण न होने से उसके भयंकर परिणाम को कोई टाल नहीं सकता है। उसी समय सामर्थ्य का पुजारी दुर्योधन ने कर्ण को अंगराज बनाकर राज्याभिषेक कर डाला। अपने पुत्र कर्ण के अंगराज बन जाने पर भी कुन्ती प्रसन्न नहीं हुई। सम्पूर्ण प्रकरण को देखकर वह सोच में पड़ गई। अपने पुत्र को सम्भ्रमित होते देख वह कुछ कर भी नहीं पायी। अपने सम्भ्रमित पुत्र को अंधविश्वास से बचाने के लिए न अधिकार का और न कर्तव्य का ही प्रयोग वह कर पायी। जब कर्तव्य से ही चूक गई तो फिर अधिकार कैसा? कर्ण ने वह सब कर दिखाया जो पुरुषार्थ अर्जुन ने किया था। दुर्योधन ने कर्ण को अंगराज बनाकर पथच्युत और सम्भ्रमित कर डाला। तीव्र गंध के कारण लहसुन खाने वाले की प्रज्ञा-प्रक्षेत्र को जैसे प्रशमित कर डालता है, वैसे ही दुर्योधन ने अंगराज बनाकर सूर्यपुत्र कर्ण की भावना को सदा के लिए कुंठित कर दिया।

सभी आश्रम कुमारों की युद्धाभ्यास परीक्षा हो जाने के पश्चात द्रोणाचार्य ने युद्ध विद्या में निष्णात सभी राजकुमारों से गुरु दक्षिणा मांगा। सभी शिष्य गुरुदक्षिणा देने के लिए तत्पर। अर्जुन ने द्रोणाचार्य को साष्टांग प्रणाम कर पूछा, 'आचार्य! क्या दूँ गुरुदक्षिणा?'

द्रोण ने उत्फुल्ल होकर कहा, 'राजकुमारो! मेरे प्रिय शिष्यो!! तुम लोग पांचाल के राजा द्रुपद को बंदी बनाकर मेरे पास ले आओ। यही होगी गुरु दक्षिणा।'

प्रतिशोध की भावना से उद्दीप्त मन अति कुक्षेप और क्रूर हो जाता है। यद्यपि प्रतिशोध का कुक्षेप अधर्म को प्रश्रय देता है तथापि द्रोण ने पूर्व से ही द्रुपद के अहं को प्रशमित करने का मन बना रखा था। द्रूपद और द्रोण दोनों एक ही गुरु के शिष्य थे। द्रूपद जब राजा हुए तो द्रोण अपने मित्र द्रुपद से अर्थ सहायता प्राप्त करने में असफल हो गये। इसी अनादर के कारण द्रोण ने अपने शिष्यों के बल पर द्रुपद को बंदी बना लेना चाहा। सभी राजकुमार पांचाल पर आक्रमण कर द्रुपद से युद्ध करने लगे। परन्तु द्रुपद को कोई बंदी बना नहीं पाये।द्रुपद को बंदी बना लेना असंभव भी था। अब द्रोण की दृष्टि अर्जुन पर पड़ी।अर्जुन उसका तात्पर्य समझ गया। वह गुरुदेव को प्रणाम कर पांचाल देश गया और द्रुपद से युद्ध करने लगा। उसने युद्ध में द्रुपद का वध नहीं किया वरन् उसे पराजित कर बंदी बना लिया। उस दिन अर्जुन के नेत्रों से तेज टपक रहा था। उसका मस्तक चमक रहा था। अंग-अंग फड़फड़ा रहा था। बंदी बनाकर अर्जुन ने द्रुपद को द्रोणाचार्य के समक्ष खड़ा कर दिया। अर्जुन का युद्ध कौशल देखकर द्रुपद उस पर मुग्ध हो गया और द्रोण गौरवान्वित।

**

संध्या की गहरी कालिमा नित्य की भाँति धरती पर पसरती गई। अंतरिक्ष में उगते तारे आसनस्थ होने के लिए संघर्ष कर अपना-अपना

स्थान ग्रहण करने लगे। अनिश्चय और आतंक के बीच पक्षीगण अपने-अपने घोंसले में जाकर दुबक गये। इसी अनिश्चय और आतंक के क्षणों में जब रात और गहरी हो गयी, तब भक्तों को संरक्षण देने और न्याय की पुनर्स्थापना के लिए कीलक संवत्सर में भाद्र कृष्ण पक्ष के अष्टमी तिथि, रोहिणी नक्षत्र और वृष लग्न में अर्द्धरात्रि को मथुरा के बंदीगृह में कृष्ण का जन्म हुआ। श्रीवर्ष योग, सर्वार्थ सिद्धियोग और अमृत योग का अद्‌भुत मिलन!

एक आकाशवाणी सुनकर मथुरा के राजा कंस को भय समा गया कि उसकी चचेरी बहन देवकी की आठवीं संतान से ही उसकी मृत्यु होगी। भयाक्रांत होकर उसने अपनी चचेरी बहन और उनके पति वसुदेव को बंदीगृह में डाल दिया।फिर उनके छः संतानों को उत्पन्न होते ही मार डाला। देवकी की सातवीं संतान का संकर्षण हो गया। कंस के आतंक के भय से पिता वसुदेव ने घनघोर वर्षा काल में यमुना पारकर अपने आठवें शिशु को गोकुल में नन्द और यशोदा के यहाँ दे आये। यहीं पर कृष्ण का बचपन बीता।

माता यशोदा की ममता, नन्द बाबा के स्नेह और गोकुल के नर-नारियों के प्रेम ने उनकी ओजस्विता को इतना शीर्ष तक पहुँचा डाला कि हँसते-खेलते कई दुष्टों का संहार इन्होंने सहज ही कर डाला।मथुरा के शासक कंस ने इनका वध करने के लिए एक-एककर पूतना, वृषभासुर, शकटासुर, तृणावर्त इत्यादि को गोकुल भेजा। कोई भी कृष्ण का वध नहीं कर पाया। सभी असुरों और दानवों को कृष्ण ने मार डाला। गोकुल में बचपन से ही वे माखन के प्रेमी बने रहे। माखन चोर कहलाना स्वीकार किये, किन्तु मथुरा में कर चुकाने हेतु दूध, दही, माखन की आपूर्ति पर पाबंदी लगाते रहे।

पाँच वर्ष की अवस्था में गोकुल से कृष्ण अपने सगे-संबंधियों के साथ वृंदावन आ गये। भांडीर वन में बरसाने वाली राधा से उनका विवाह हो गया। वहाँ उन्होंने गोपिकाओं का चीर हरण कर उन सब

को देहातीत अवस्था प्राप्त करने का संकेत दे डाला। महारास रचाकर भक्ति का अपूर्व दृष्टांत भी स्थापित कर डाला। कुछ वर्षों के बाद गोपिकाओं को जब पता चला कि कृष्ण को मथुरा ले जाने के लिए अक्रूर वृंदावन आये हैं, तब उन सबके नेत्र युगल रो पड़े। राधा की सखी ललिता भी रो पड़ी। किन्तु राधा नहीं रोयी। वह तो यह सुनकर अवाक् रह गई। वह दुःख में म्रियमाण होकर कृष्ण से बोली, 'मत जा मुझे छोड़कर। तुम्हारे बिना मेरे प्राण ही निकल पड़ेंगे।'

'राधे! ऐसा न कहो। कर्तव्यपूर्ति के लिए मुझे मथुरा जाना ही होगा। तुम कभी रोना नहीं। तुम्हारे द्वारा अर्पित वैजयन्तीमाला की नूतन पुष्पमाला मैं नित्य धारण करूँगा। तेरे हृदय में मैं सतत निवास करूँगा और तुम मेरे हृदय में,' यह कहकर राधा को समझाने की चेष्टा कृष्ण करने लगे।

राधा मूक प्रतिमा की तरह खड़ी रही। वह सब कुछ सुनती रही। कृष्ण ने उसे अपनी वंशी देते हुए कहा, 'ले मेरी मुरली। प्रेमातुर धुन से निनादित करने वाली यह वंशी अब तेरे पास रहेगी प्रेम का दृष्टांत बनकर। अब जब भी मेरी बांसुरी से कोई धुन निकलेगी तो कर्तव्यपूर्ति की ही धुन निकलेगी।'

सोलह वर्ष की अवस्था में कृष्ण ने मथुरा आकर मामा कंस को मार डाला और अपने माता-पिता देवकी और वसुदेव को बंदीगृह से निकालकर नाना उग्रसेन को मथुरा के राजसिंहासन पर बैठाया। फिर वे अवन्ती के आचार्य सान्दीपनि आश्रम में विद्या प्राप्त करने आ गये। अवन्ती से प्रस्थान करने के बाद उन्होंने प्रथमतः सुदर्शन चक्र से दुष्ट श्रृगाल को मार डाला। बचपन से ही कई असुरों और दानवों को मारकर वे मथुरा, करवीर, प्राग्ज्योतिषपुर जैसे राज्यों पर सहज ही उचित निर्णय कर लिया, किन्तु हस्तिनापुर की गुत्थी सुलझाना उन्हें असंभव लगने लगा। तभी अर्जुन द्वारा राजा द्रुपद को बंदी बना लेने की घटना सुनकर कृष्ण चौंक पड़े। द्रुपद को पराजित करने का साहस द्रोण में भी नहीं

था। अब उन्हें हस्तिनापुर की समस्या के निराकरण का आभास मिलता दिखायी देने लगा। आर्यावर्त्त का महासाम्राज्य स्थापित कर सुदृढ़ सुशासन लाने का ध्येय भी उन्हें अब पूरा होते दिखायी देने लगा। सूर्य ग्रहण के अवसर पर कुरुक्षेत्र में आने पर पाण्डवों से उनकी भेंट होने वाली थी। इसके पहले काका अक्रूर को हस्तिनापुर भेजकर बुआ कुन्ती के सभी कष्टों की जानकारी वे प्राप्त कर लिए। इसके पहले उद्धव को वृंदावन भेजकर गोपिकाओं से प्रेम और भक्ति का ज्ञान प्राप्त करने के लिए उन्होंने प्रेरित किया। उद्धव कृष्ण की बुआ आर्यकिंसा और उसके पति देवभाग का पुत्र था।

उस दिन कुरुक्षेत्र में कृष्ण और अर्जुन का प्रथम मिलन चित्र कितना आशय सम्पन्न हो गया और कितना सार्थक भी! मन को भक्ति से उद्वेलित और भाव से उत्फुल्ल कर देने वाला परिदृश्य! सूर्यग्रहण के उपरान्त सरोवरों से सम्पन्न कुरुक्षेत्र में सूर्यकुण्ड के तट पर अचानक कृष्ण! कृष्ण!! शब्द का मधुर और मंगल स्वर अर्जुन के तन-मन को छू गया। जब-तब यह शब्द वातावरण में गूंजने लगा। चंदन और पुष्प की सुगंध उस दिन वायु में तैरती हुई कहाँ से आती रही, अर्जुन को पता ही नहीं चल पाया। विदुर के साथ कुन्ती पाण्डवों को लेकर कुरुक्षेत्र आयीं थीं। किसी ने कहा, 'नीलमणि आये हैं।'

कितना सुन्दर नाम है! कौन हैं कृष्ण? कौन हैं नीलमणि?' माता कुन्ती की ओर मुड़कर अर्जुन ने बुदबुदाकर पूछा।

कुन्ती मुस्कुराती हुई बोली, 'पुत्र, कृष्ण का आशीर्वाद ले लो! तुम्हारा जीवन परम सार्थक हो जायेगा कृष्ण का सखा बनकर। तुम्हारा भी नाम तुम्हारे पिता ने कृष्ण ही रखा था शतश्रृंग पर्वत पर। ईश्वर में प्रीति और उसकी प्रतीति के अवसर का लाभ उठा लो, पुत्र!'

माता कुन्ती से सुमधुर और सुमंगल वचन सुनकर अर्जुन के मन में कृष्ण दर्शन के लिए उत्सुकता बढ़ने लगी। कृष्ण के प्रति अर्जुन के मन की अकुलाहट देखकर कुन्ती बोली, 'पुत्र! कृष्ण के रूप और गुण के

विषय में सुनोगे तो सुधबुध खो दोगे। कहने लगोगे कि कृष्ण के बिना यह जीवन निरर्थक है। कृष्ण है नीला आकाश और तुम हो आकाश में उद्‌भासित श्यामल मेघ। कृष्ण है विशाल सागर तो तुम हो उस सागर की लहरें।'

अर्जुन ने आश्चर्यचकित होकर पूछा, 'मां! क्या वे इतने मोहक हैं? इतने आकर्षक हैं? इतने सुन्दर हैं?'

कुन्ती पुलकित होकर बोली, 'हाँ, पुत्र! आज तुम देख ही लो उस सौंदर्य-स्रोत को। कृष्ण का तन और मन दोनों इतने सुन्दर हैं कि किसी को भी अपनी ओर खींच लेते हैं। उनका रूप माधुर्य सुन्दरता के निष्कर्षो से परे है। पहली दृष्टि में हीं कोई भी व्यक्ति उनका रुप-सौंदर्य देखते ही उनपर न्योछावर होने के लिए विवश हो जाता है। उनकी एक ही मुस्कुराहट किसी को भी मोहित कर देती है।'

तभी दो चरण कमल देख अर्जुन अचम्भित हो गया और कुन्ती आनन्दित। दो चरण कमल देखकर विस्मय में अर्जुन ने सोचा, 'कहीं ये ही तो कृष्ण नहीं!'

अर्जुन ने धरती पर ध्वजा, वज्र, कमल, चक्र, शंख, अंकुश इत्यादि चिह्नों से युक्त चरणों को देखा। दो रक्तिम पद्‌म सा नीलचरण!

अर्जुन ने सोचा, 'जिसका चरण कमल इतना दिव्य है, उनका मुखमंडल कितना दिव्य होगा?'

अर्जुन ने जब कृष्ण का मुखमंडल देखा तो अतीन्द्रिय आनन्द में डूब गया। टकटकी लगाये देखता रहा। नीलकमल जैसी सौम्य देहयष्टि, दोनों कानों में वैदुर्यमणि के कुण्डल, बिम्बाफल सदृश अधर का रंग, काले घने घुंघराले केश, कुन्द पुष्पों सदृश दाँतें, झिलमिलाते पीताम्बर, केसरिया उत्तरीय, कटि में बांधा नीला दुकूल, सिर पर मोर मुकुट, ललाट पर केसर और चन्दन के तिलक, नील पद्‌म सी दोनों नेत्र, मणिमय हार, कलाइयों में कंकण, बाँहों में बाजूबन्द, वन पुष्पों की माला, प्रशस्त वक्ष पर कौस्तुभमणि, गले में वैजयन्ती माला, करतल में बांसुरी, मृदु-मृदु मुस्कान, मोहक चितवन। नितान्त नीलमणि की तरह!

अर्जुन ने देखा कृष्ण की हथेली में घ्वज, चक्र, शंख, यव, मत्स्य, त्रिकोण इत्यादि के चिह्न हैं। कृष्ण ने आते ही कुन्ती को प्रणाम करते हुए कहा, 'प्रणिपाद्, बुआ!'

कुछ देर के पश्चात उन्होंने त्रिभंग मुद्रा में खड़े होकर कहा, 'बुआ! अर्जुन अब मेरा सखा है। इसकी सारी प्राप्ति-अप्राप्ति, पाप-पुण्य, सुख-दुःख, जय-पराजय सबका दायित्व अब मुझ पर।'

उसी क्षण कुन्ती के दोनों आँखें पुलकित होकर अश्रुजल से वष्पाच्छादित हो गईं और वह आत्मविभोर हो गई।तभी अर्जुन ने स्वयं को कृष्ण के आगे समर्पित कर दिया। उसने कहा, 'केशव! मेरे कर्म मेरे नहीं, मेरा कर्मफल भी मेरा नहीं। सब कुछ तेरा।मैं भी तेरा।'

कृष्ण के एक मुस्कान पर अर्जुन अपना सर्वस्व न्योछावर कर देने के लिए विवश हो गया। कृष्ण के नेत्रों से रसभरी मादकता ऐसी छलकती रही कि कोई भी उस मादकता का रसास्वादन कर उनपर न्योछावर होने के लिए विवश हो जाय। अर्जुन के पुष्ट कन्धे को थामकर उसकी आँखों की गहराई में झांकते हुए कृष्ण ने कहा, 'अर्जुन! मैं वर्षो से तुम्हें ही ढूंढ रहा था।'

आश्चर्यचकित होकर अर्जुन सोचने लगा, 'भक्त द्वारा भगवान् को ढूढने की बात तो मैंने सुनी है, किन्तु यहाँ तो भगवान् ही भक्त को ढूंढ रहे हैं!' उस समय कृष्ण की निर्मल, निराभिमानी और निश्छल मुस्कुराहट ने अर्जुन को सदा के लिए भक्ति के रस से ओतप्रोत कर डाला।

कृष्ण के चले जाने के बाद अर्जुन ने कुन्ती से पूछा, 'मां! सखा के गले में वैजयन्ती माला और माथे पर मोर पंख देखकर तो कोई भी सदा के लिए इन पर न्योछावर हो जायेगा!! कब से इन सबको ये धारण करते आ रहे हैं?'

कुन्ती बिहँसती हुई बोली, 'हाँ, पुत्र! राधा ने ही प्रथमतः वैजयन्ती माला कृष्ण को अर्पित की है और बचपन में यशोदा ने मोर पंख। तब से वैजयन्ती माला इनकी पहचान बन गई है और मोर पंख श्रृंगार।'

**

इस सृष्टि के श्याम विवर प्रवेश द्वार के परे भी अनेकानेक दिव्य सृष्टि है, यह देखने और समझने के लिए मानव के पास न समय है और न सोच। ईर्ष्या, द्वेष, प्रपंचादि ने संसार में मानव को भ्रमित कर उलझा डाले हैं। दिव्य चक्षु पाने का अभ्यास कर इन दिव्य सृष्टि को देखने और समझने के बदले कुछ लोग तो क्रूर कूटनीति प्रतिपादित कर अपने को गौरवान्वित ही समझने लगते हैं, जबकि उन नीतियों से प्रजा भ्रमित होने लगती है। ऐसे लोगों को ज्ञान और विज्ञान के परे प्रज्ञान तथा विद्या और अविद्या के परे प्रविद्या की प्रतीति ही नहीं होती है।

कणिक ने जो क्रूर कूटनीति प्रतिपादित की, उससे सम्भ्रमित होकर दुर्योधन ने पाण्डवों को जीवित जलाने के लिए छल से महाराज धृतराष्ट्र की आज्ञा लेकर उन सबको वारणावत भेज दिया। वारणावत का प्राकृतिक दृश्य, नदियों की समुच्छिलकाएं, हरीभरी धरती, फल-फूल से लदे सदावहार वृक्ष, पाण्डवों को सदा से आकृष्ट करते रहे थे। पुरोचन ने वारणावत में ज्वलनशील किन्तु मनमोहक लाक्षागृह बनवाकर कुन्ती सहित पाण्डवों को उसमें ठहराया।मंत्री विदुर यह कुचक्र जानकर स्तब्ध रह गये। उन्होंने दुर्योधन के इस कुचक्र को विफल करने के लिये सांकेतिक और द्विअर्थी भाषा में बचाव की सारी युक्तियाँ युधिष्ठिर को इंगित कर दिया।वारणावत के लिए मार्गक्रमण करते पाण्डवों को विदुर ने कहा, 'संकट आने पर चूहे जिस तरह अपने विवर में समाकर बहुत दूर निकल जाते हैं और अपना बचाव कर लेते हैं, उसी तरह ज्ञानीजन भी संकट आने पर अपना वचाव कर लेते हैं।'

भविष्य का पारखी माद्रीनन्दन सहदेव सब कुछ समझ गया। वह जितना ही सुंदर था, उतनी ही सुलझी हुई थी उसकी प्रज्ञा। अपने गुप्तचरों के द्वारा विदुर ने गंगा नदी के तट से लेकर लाक्षागृह तक सुरंग बनवा डाला था। पुरोचन ने जब एक दिन उस लक्षागृह में आग लगवा डाला, तब सुरंगमार्ग से सभी पाण्डव अपनी माता कुन्ती के साथ बचकर निकल

भागे।स्वयं पुरोचन ही उस अग्नि में स्वाहा हो गया। मनुष्य संसार को धोखा दे सकता है, परन्तु अपने मन को नहीं। छल-कपट की अपनी एक सीमा होती है क्योंकि उस सीमा के आगे सत्य चट्टान की तरह अडिग रहता है, जिसे विदीर्ण कर पाना असंभव होता है।

वारणावत से बचकर निकल जाते समय गंगा तट पर सोमाश्रयण तीर्थ में गन्धर्वराज चित्ररथ से अर्जुन का युद्ध हो गया। चित्ररथ रात्रि में कुछ युवतियों के संग विहार कर रहे थे। अर्जुन को देखकर उसने रोक-टोक करते हुए कहा, 'रात्रि में मानव का जलक्षेत्र में प्रवेश वर्जित है। क्या तुम यह नहीं जानते'?

अर्जुन ने उत्तेजित होकर कहा, 'गन्धर्वराज! सनातन धर्म के अनुसार समुद्र, पर्वत, नदी और सरोवर सभी जगहों पर रात-दिन सभी के लिए सत्कर्म हेतु आने-जाने में कोई रोक-टोक नहीं है'।

इतना सुनते ही क्रोध में आकर चित्ररथ जहरीले बाणों से अर्जुन पर प्रहार करने लगा। अर्जुन हतप्रभ रह गया। किन्तु शीघ्र ही उसने ढ़ाल से अपना बचाव करते हुए चित्ररथ के बाणों के सारे प्रहार को व्यर्थ कर दिया। फिर उसने त्वरित गति से चित्ररथ पर आग्नेयास्त्र छोड़ दिया। यह आग्नेयास्त्र वृहस्पति ने भारद्वाज को, भारद्वाज ने अग्निवेश्य को और अग्निवेश्य ने द्रोण को दिया था। द्रोण ने अपने प्रिय शिष्य अर्जुन को बहुत ही स्नेह से यह अस्त्र दिया था। बाण लगते ही चित्ररथ दग्ध हो गया। वह दग्ध होकर मूर्छित हो गया। ऐसी स्थिति आने पर भी अर्जुन ने उसका वध नहीं किया। वह युद्ध करते समय कभी वीभत्स कार्य नहीं करता था। इसीलिए उसका एक नाम वीभत्सु भी था। मूर्छा टूटने के पश्चात चित्ररथ ने अपनी हार स्वीकार कर ली। अर्जुन से पराजित होने पर उसके युद्ध कौशल पर मुग्ध होकर उसने अर्जुन से कहा, 'तपतीनन्दन! मैं आपका युद्ध कौशल पर प्रसन्न हूँ। मैं प्रेमवश आपसे मित्रता करना चाहता हूँ और इस अवसर पर चाक्षुषी नामक माया विद्या उपहार में आपको बतला देना चाहता हूँ'।

अर्जुन ने विस्मय में पूछा, 'गन्धर्वराज! पहले शत्रुता और फिर मित्रता! किन्तु, आप यह तो बतलाइए कि आप इसे किस प्रयोजन से मुझे बतलाना चाहते हैं और इस माया विद्या की क्या विशेषता है?'

चित्ररथ ने अर्जुन से कहा, 'तपतीनन्दन! इस विद्या के बलपर जगत के सूक्ष्मातिसूक्ष्म वस्तु को देखा जा सकता है। आपको यह विद्या बतलाने का मेरा अभिप्राय यह है कि भविष्य में आपको इसकी आवश्यकता पड़ सकती है।'

युधिष्ठिर सब कुछ सुन रहे थे। उन्होंने कहा, 'अर्जुन! जिस क्रूरता से हम लोगों पर आपदायें यदा-कदा होती ही रहतीं हैं, इस विद्या को सीख लेना आवश्यक है।'

चित्ररथ ने कहा, 'धर्मराज! संकट ही तो सघर्ष करना सिखलाता है और संघर्ष से ही सफलता मिलती है। बिना संघर्ष के सार्थकता की बात सोची भी नहीं जा सकती है।'

जब अर्जुन ने चाक्षुषी विद्या सीख ली, तब उसे चित्ररथ से भी मित्रता हो गई। 'मित्रता करने के उपरान्त चित्ररथ ने युधिष्ठिर के निकट जाकर कहा, 'धर्मराज! धौम्य मुनि को आप अपना पुरोहित बना लें।' दैनिक जीवन में ये आपको अपना परामर्श दिया करेंगे।'

युधिष्ठिर ने वैसा ही किया।वहाँ से एक चक्रा नगरी की ओर जाते समय भीम ने रात्रि में हिडिम्बासुर का वध कर दिया। उसके बाद माता कुन्ती की आज्ञा लेकर हिडिम्बा से उसने विवाह कर लिया। कुछ वर्ष के बाद घटोत्कच का जन्म हुआ।

गंगा के उस पार एक चक्रा नगरी पहुँचकर एक ब्राह्मण के घर पर रहते हुए सभी पाण्डव वेदाध्ययन करने लगे। उस नगरी के एक व्यक्ति को एक न एक दिन बकासुर का ग्रास बनना पड़ता था। एक दिन बकासुर के मुख का ग्रास बनने की बारी उस ब्राह्मण की आई। उसी के रक्षार्थ वेत्रवन में जाकर भीम ने बकासुर को मार डाला। अपने गुप्तचरों से बकासुर के वध का संवाद सुनकर कृष्ण का मुख दीप्तिमान

हो उठा। बकासुर को मारने का साहस किसी में नहीं था। अब तो कृष्ण को पाण्डवों के जीवित रहने की जानकारी हो गई और जरासंध के वध की युक्ति भी उन्हें मिल गई।

**

अर्जुन की सहायता से बंदी बना लेने के प्रतिशोध में द्रुपद ने कश्यप ऋषि के वंशज याज और उपयाज ऋषियों से द्रोण के वध के लिए पुत्र कामेष्टि यज्ञ करवाया। मन से प्रपंचात्मक सृष्टि होती है। यह देह और ब्रह्माण्ड एक ही नियम के अधीन कार्यरत है। रज रुप इड़ा, तम रुप पिंगला और सत्त्व रुप सुषुम्ना रूपी यन्त्र में रहकर पंचभूत, मन, बुद्धि और अहंकार सहित इस देह में बहत्तर हजार नाड़ियों के साथ कूटस्थ ब्रह्म आबद्ध है। ऋषिगण यह जानते थे कि 'वायुराकाश संभवः आकाश तत्त्व से वायु तत्त्व की उत्पत्ति होती है। वायुतत्त्व से अग्नि तत्त्व आत्मतेजोद्भवाः पुण्या आपोऽमृतरसोपमाः।' फिर 'सृजस्यपो रश्मिभिर्जातवेद।' अग्नितत्त्व से जलतत्त्व की उत्पत्ति होती है। 'द्रवं यत् सलिलं तस्य घनं यत्पृथिवी भवत्।' जल तत्त्व से पृथ्वी तत्त्व की उत्पत्ति होती है और जीव का आविर्भाव सुनिश्चित होता है।

इसी क्रम में यज्ञ त्वरित गति में सफल हुआ। यज्ञ के अग्निकुण्ड से किरीट मुकुट और कवच सहित धनुष-बाण लेकर गर्जना करते हुए एक योद्धा प्रकट हुआ। उसकी गर्जना ऐसी धधकती हुई थी कि कोई भी उससे वार्त्तालाप करने तक से भी कतराने लगता। नितान्त यज्ञ की अग्नि की तरह प्रज्वलित थी उसकी गर्जना। उत्कंठित ऋषिगण हर्षित होकर द्रुपद से कापते स्वर में बोले, 'राजन्! राजन्! अब तो द्रोण का वध निश्चित है।यही द्रोण का वध करेगा। आपकी मनोकामना पूर्ण हो!!'

द्रुपद प्रसन्न हो गये। उन्होंने याज ऋषि से कहा, 'ऋषिवर! कृपाकर इसका नामकरण आप ही करें।'

ऋषि ने नामकरण किया, 'धृष्टद्युम्न!'

तभी वहाँ उपस्थित लोग चकित होकर यज्ञकुण्ड से निकली एक दिव्य ज्योति की ओर देखने लगे। यज्ञकुण्ड से अग्नि की तरह धधकती हुई दिव्य याज्ञसेनी प्रकट हो गई। ऋषिगण भी हतप्रभ रह गये। अग्नि की तरह पवित्र नील कमल की तरह कोमल देहयष्टि थी द्रुपद पुत्री द्रौपदी की। नीली गहरी आँखें, सागर की लहरों जैसी लहराती घनी लम्बी केश राशि, अभी से नवयौवनसम्पन्नां पीनोन्नतपयोधराम्, घनी और टेढ़ी भौंहें, मोती सी झिलमिलाती दंतपंक्ति।याज्ञसेनी जब भी हँसती तो लगता मानो आकाश में तारे चमक रहे हों। कमल की सुगंध बिखेरती पांचाली को देखकर जितेन्द्रिय मुनिगण के कांपते अधर द्वारा मंत्रोच्चारण स्वत: होते रहे। विस्मित युवा संन्यासियों की यतिमति निश्चेष्ट हो गई।वे सब अवाक्, अचम्भित और आश्चर्यचकित होकर याज्ञसेनी को टकटकी लगाये देखते रह गये और सोचने लगे, 'द्रोण के वध के लिए यह यज्ञ हुआ था न कि याज्ञसेनी के प्रकट होने के लिए! यह अग्निपुत्री प्रकट हुई तो कैसे?'

प्रश्न का उत्तर ढूंढे भी नहीं मिल रहा था उन लागों को। याज्ञसेनी पर से उन मुनिगण की दृष्टि हटती ही नहीं थी। श्यामल देह वाली याज्ञसेनी प्रकट होते ही राजा द्रुपद से मुस्कुराती हुई बोली, 'मैं अग्निसुता, आपके चरणों में प्रणाम करती हूँ, पिता जी!'

तत्क्षण पिता द्रुपद ने उसका नाम रख दिया 'कृष्णा'।

अप्रतिम सुन्दरी याज्ञसेनी के प्रकट होने का संवाद सुनकर पांचालराज द्रुपद के यहाँ कृष्ण पधारे। सम्पूर्ण आर्यावर्त्त में सुकेशा द्रौपदी के सौंदर्य की ख्याति गूँज रही थी। कृष्ण के व्यंतित्व की जानकारी द्रौपदी को थी। उनके पधारने की आहट सुनकर द्रौपदी की अकुलाहट कृष्ण दर्शन के लिए बढ़ गई। वह बारबार अन्त:पुर से राजप्रसाद के बाहरी प्रांगण

की ओर झांकने लगी। कभी आरक्तवर्ण की साड़ी पहनती तो कभी हरित। कभी नीली अंशुक ओढ़ लेती तो कभी पीत। कृष्ण को पीताम्बर पसन्द है।अन्ततः उसने पीत रंग की साड़ी पहन ली। कृष्ण जब राजा द्रुपद के संग द्रौपदी से मिलने अन्तःपुर आये, तब कृष्ण के चरण युगल देखकर द्रौपदी अतीन्द्रिय आनन्द में खो गई। वह सोचने लगी, 'संसार की श्रेष्ठ लेखनी भी इन दिव्य चरणों का वर्णन नहीं कर पायेगी। कृष्ण के चरण युगल का वर्णन यदि कोई लेखनी न कर पाये, तो वह मुख, अधर, नेत्र, सौष्ठव इत्यादि का वर्णन क्या कर पायेगी! यदि नहीं तो वह कैसी लेखनी?'

कृष्ण के चरणों में कमल, ध्वज, वज्र, अंकुश, चक्रादि के मंगलमय चिह्न के दर्शन मात्र से द्रौपदी को सुखानुभूति होने लगी।

प्रत्येक व्यक्ति की लेखनी कुछ लिखना चाहती है। कोई उकेर लेता है लेखपट पर और कोई अपने मन के पटल पर सदा के लिए उत्कीर्ण कर लेता है। द्रौपदी जो कुछ अपने मन में उत्कीर्ण करती थी, उसे भुर्जपत्र पर भी उकेर लेती थी और उसे गुनगुनाती रहती थी।

हे अन्तर्यामी!
कैसे तेरी लीला को
व्यक्त करुँ मैं

किस विधि से
अहेतुकी कृपा को
व्यक्त करुँ मैं

अंतरिक्ष के
भुर्जपत्र भी कम
पड़ जायेगा

लेखनी हेतु
सागर-जल भी तो
घट जायेगा।

राजा द्रुपद और उनकी पत्नी सौत्रामणि ने कृष्ण से अपनी इच्छा प्रकट की, 'माधव! कृष्णा का विवाह आपसे ही हो तो हम लोगों के लिए प्रसन्नता और गौरव की बात होगी। आप दोनों के नाम में अपूर्व सामंजस्य भी है।'

कृष्ण ने पहले टोका और फिर कहा, 'नहीं, राजन्! मेरे ही नाम का मेरा एक सखा है। मेरा ही प्रतिरूप! मेरा ही रंगढ़ंग!! उसी से पांचाली का विवाह करना उचित होगा।'

द्रुपद ने पूछा, 'कौन है कृष्ण नाम का दूसरा वह श्रेष्ठ पुरुष?'

'हस्तिनापुर का अर्जुन!' कृष्ण ने मुस्कुराकर कहा।

'अर्जुन!' यह बोलकर द्रुपद चौंक उठा और सोचने लगा, 'कुछ ही वर्ष पहले तो उसने युद्ध में मुझे बंदी बनाया था! अब उसे ही द्रौपदी के लिए मुझे चयन करने कह रहे हैं! क्या यह संभव है? क्या मेरा मन इस संबंध को स्वीकार करेगा?'

किन्तु कृष्ण की कृपा से द्रुपद के मन में अर्जुन के प्रति पूर्वाग्रह नहीं हुआ। वह तो पहले से ही अर्जुन के युद्ध कौशल पर मुग्ध था और अब तो कृष्ण की अनुमति भी मिल गई। कृष्ण की उदात्त सोच ने एक साथ कई समस्याओं का निदान क्षणभर में कर डाला। दीर्घलक्षी और दूरदर्शी सोच थी उनकी।

द्रौपदी यह जानकर प्रसन्न हो गयी कि अर्जुन के साथ उसके विवाह के संदर्भ में कृष्ण काम्पिल्यनगर आये हैं। द्रौपदी के पिता द्रुपद और कृष्ण के पिता वसुदेव में मित्रता रहने से द्रौपदी भी कृष्ण से मित्रवत् ही व्यवहार करने लगी। दोनों के नाम में भी अपूर्व सामंजस्य था। एक का नाम कृष्ण और दूसरे का नाम कृष्णा। कृष्ण के पधारते ही द्रौपदी मुस्कुराती आई और कृष्ण के चरणों को छूकर प्रणाम की। किसी-किसी

की छुअन में चुम्बकीय विद्युत की ऐसी तरंगें होतीं हैं कि उसे छूकर तनमन झंकृत हो उठते हैं। कृष्ण के चरणों का स्पर्श करते ही द्रौपदी अतीन्द्रिय आनन्द में खो गई। कुछ पल के पश्चात बोली, 'हे अन्तर्यामी! मैं आपकी सखी हूँ। मेरे कर्म और कर्मफल भी आपके।'

द्रौपदी के कमल पुष्प वाली विश्व विख्यात देहगंध कृष्ण के वैजयन्ती माला की तीव्र गंध में समाकर क्षीण पड़ गयी। कमल पुष्प की भीनी-भीनी सुगंध का आनन्द लेकर कृष्ण मृदु-मृदु मुस्कुराते हुए बोले, 'सखी! मेरा सखा अर्जुन भी यही कहता है। वह प्रतिदिन मुझे अर्पित किये बिना वायु और जल भी ग्रहण नहीं करता है। वह जो भी प्रत्येक श्वास-प्रश्वास में मुझे अर्पित करता है, उसमें संलिप्त भाव को मैं ग्रहण कर लेता हूँ। अर्जुन के सूक्ष्मातिसूक्ष्म देहातीत सत्ता के साथ मेरा अदृश्य सम्पर्क है।'

अर्जुन की प्रशंसा सुनकर द्रौपदी का श्यामल मुखमंडल आरक्त हो उठा। वह लजा गई। उसके तन-मन में अर्जुन की कल्पनातीत छवि झिलमिलाने लगी।

राधा की तरह द्रौपदी भी प्रेम और भक्ति का दृष्टांत बनकर कृष्णमय हो गयी। कृष्ण को दोनों सदैव कहतीं रहीं, 'तवैवाहम्' मैं तेरी हूँ।

**

प्रकृति के प्रति प्रेम ही पूजा है। इसी प्रेम के अनुरुप सफलता और सार्थकता प्रकृति स्वयं निर्धारित कर देती है। एकचक्रा नगरी में पाण्डवों को द्रौपदी स्वयंवर की जानकारी एक ब्राह्मण से प्राप्त हुई। पुरोहित धौम्य ने ज्योतिष गणना कर युधिष्ठिर को बतलाया, 'धर्मराज! इस स्वयंवर में अर्जुन की ही जीत होगी। अर्जुन को निश्चय ही स्वयंवर में भाग लेना चाहिए।'

इस पर युधिष्ठिर चिहुँक उठे और तत्काल ही आपत्ति जताते हुए पूछ बैठे, 'बिना आमंत्रण के स्वयंवर में भाग लेना क्या उचित होगा?'

'हाँ, धर्मराज! बिना निमंत्रण के भी गुप्त रूप से स्वयंवर के दर्शक दीर्घा में उपस्थित हो सकते हैं। द्रौपदी ही महाभारत साम्राज्य की सम्राज्ञी बनने वाली है। इस अवसर का लाभ अवश्य ही उठा लेना चाहिए।'

तब युधिष्ठिर हर्षित होकर अर्जुन और भीम की ओर देखने लगे और आदेश देते हुए बोले, 'फाल्गुनी! तुम और भीम दोनों गुप्त रूप में काम्पिल्यनगर जाओ और तुम स्वयं स्वयंवर में भाग लो।'

अर्जुन ने स्थितप्रज्ञ की तरह कहा, 'जैसी अपकी आज्ञा।'

इधर राजा द्रुपद ने जहाँ स्वयंवर का आयोजन किया, वहाँ स्वयंवर स्थल में सदैव चक्कर काटते एक कनक मीन टंगवा दिया। समतल सभा स्थल के ईशान कोण में स्वयंवर मण्डप बनाया गया। अगुरुधूप की सुगंध वहाँ फैला दी गई। स्वयंवर स्थल में तोरणद्वार और आम्रपल्लव के बन्दनवार लटकाये गये। राजपथ के किनारे पुष्पों और फलों से लदे वृक्ष ऐसे लगने लगे मानो किसी कलाकार के द्वारा वे सब अलंकृत किये गये हों। कोकिल के मधुर स्वर सुखानुभूति प्रदान करने लगे।

स्वयंवर के दिन द्रौपदी रजत-पीत मिश्रित वस्त्र पर रंग-बिरंगे बूटे की अंशुक पहन कर सौम्य केश विन्यास और सुन्दर आभूषणों में सजधज कर हाथ में स्वर्ण की वरमाला लिए मन्द गति से मण्डप में धृष्टद्युम्न के साथ आयी। संग में कुछ सहेलियाँ भी आयीं। उसकी देह-गंध से स्वयंवर स्थल कमल पुष्प की तरह सुवासित होती रही। उसके शरीर से सौंदर्य के स्रोत झरते रहे। सभी राजागण टकटकी लगाये द्रौपदी की सौंदर्य आभा को देखने लगे।

राजा द्रुपद जब अपने सिंहासन पर बैठ गये, तब धृष्टद्युम्न ने खड़े होकर हस्त संकेत करते हुए मेघगंभीर बाणी में उद्घोषित कर कहा, 'स्वयंवर सभा में उपस्थित वीरों! पांचाल नरेश द्रुपद की ओर से आप सभी का स्वागत है। द्रौपदी स्वल्पभाषिणी, विद्यावती, दिव्यदर्शिनी और

संगीतनिपुणा है। धैर्य, सहिष्णुता, मर्यादा, बुद्धि सब में निष्णात है। यह धनुष है। यह रहे पाँच बाण। और यह है लक्ष्य। आपमें से एक-एककर अधिक से अधिक पाँच बाणों के द्वारा नीचे जल की परछायी देखते हुए जो कोई इस यंत्र के छिद्र होकर कनक मीन के नेत्र का लक्ष्य वेधन कर देंगे, उन्हीं पराक्रमी के साथ याज्ञसेनी का विवाह होगा!' यह कहकर धृष्टद्युम्न अपने निर्धारित आसन पर बैठ गया।द्रौपदी और उसकी सहेलियाँ भी निर्धारित आसन पर बैठ गईं। कुछ सहेलियाँ वहीं खड़ी रहीं।

स्वयंवर की शर्त बड़ी कठिन! अर्जुन के अतिरिक्त कोई विरले ही इस तरह के लक्ष्य-वेधन करने में समर्थ होंगे। कृष्ण इसके पहले अपनी पटरानी लक्ष्मणा के स्वयंवर में अर्जुन के पराक्रम को परख चुके थे। मद्र देश के राजा बृहत्सेन की पुत्री लक्ष्मणा के स्वयंवर में ऐसी ही शर्त थी। आज वही शर्त फिर दोहरायी गई।

स्वयंवर सभा में आमंत्रण के अनुरुप धृतराष्ट्र के पुत्र दुर्योधन, दुःशासन, विकर्ण इत्यादि के साथ-साथ शकुनि, कर्ण, अश्वत्थामा इत्यादि उपस्थित हुए। भोज, मणिवान्, शल्य, शिशुपाल, जरासंध इत्यादि एक से बढ़कर एक पराक्रमी स्वयंवर में पधारे।कृष्ण और बलराम भी विशिष्ट आसन पर बैठे। राजा द्रुपद ने अपने राजसिंहासन से सब ओर इस तरह दृष्टि डाली, मानो लक्ष्य वेधने की अनुमति दे रहे हों। एक-एक कर सभी लक्ष्य-वेधन करने आये। किन्तु जो भी वीर धनुष उठाने आते, वे या तो धनुष उठा ही नहीं पाते या एक जोर का झटका खाकर धरती पर गिर पड़ते। मात्र जरासंध ही धनुष उठा पाया किन्तु प्रत्यंचा चढ़ा नहीं पाया।

कर्ण को देखने नगर की युवतियाँ आतुर। कवच-कुण्डल और ऐंठनदार देहयष्टि के कारण वह आकर्षण का पात्र बन गया। धनुष के निकट जाकर जब उसने प्रत्यंचा चढ़ा दी तो कृष्ण चिन्तित हो उठे। उन्होंने झट नेत्र इंगित कर द्रौपदी को कुछ संकेत दे डाला। द्रौपदी तत्क्षण कर्कश स्वर में बोली, 'ठहरिये! रुकिये! मैं सूत पुत्र को नहीं वरूँगी।'

अपमान और अनादर का बोध कर क्रोध सूचक हँसी हँसते हुए कर्ण ने कहा, 'हूँह...!' और धनुष को पटक कर वह चला गया।

वह अपने निर्धारित आसन पर बैठकर तिर्यक दृष्टि से द्रौपदी को देखने लगा। उसका क्रोध अन्ततः क्रौर्य में परिवर्तित होने लगा। भाषा भावना को व्यक्त करती है और साहित्य का सृजन करती है। परन्तु जिस तरह द्रौपदी ने रोक-टोक की, वह अपमान सूचक शैली थी।

अब कोई आगन्तुक पराक्रमी थे ही नहीं जो लक्ष्य वेधन करने आते। उसी समय कृष्ण ने दर्शक दीर्घा में बैठे श्वेत वस्त्रधारी तेजोद्दीप्त ब्राह्मण की ओर देखकर मुस्कुराया। कृष्ण के नेत्र संकेत पर उस ब्राह्मण ने भी मुस्कुराते हुए धनुष के पास आकर लक्ष्य वेधन के लिए इधर-उधर देखा, मानो सभासदों से अनुमति मांग रहा हो। भगवान् शंकर की मन ही मन आराधना कर उसने कृष्ण की स्वीकृति लेने सिर झुकाकर प्रणाम किया। कृष्ण फिर मुस्कुराये और उन्होंने कुछ इंगित किया। द्रौपदी तिरछी नेत्रों से सब कुछ देख रही थी। वह सोचने लगी, 'इस अकिंचन ब्राह्मण के प्रति कृष्ण इतने उत्सुक क्यों हैं! ऐसी उत्कण्ठा क्यों! कौन है यह ब्राह्मण?'

उस ब्राह्मण ने लक्ष्य वेधने के लिए धनुष को उठाकर प्रत्यंचा चढ़ा दी। सबने विस्मित होकर देखा वीरासन की प्रभावशाली पैंतरा। ब्राह्मण ने पेंतरा लेकर पाँच बाणों में से मात्र एक बाण के द्वारा ही लक्ष्य वेध डाला। स्वयंवर स्थल प्रकम्पित हो उठा।सभी राजकुमार, अधिपति, नगरपति विस्मित! स्तम्भीभूत!! मंत्रमुग्ध!!! करतल ध्वनि से प्रांगण गूँज उठा।

अर्जुन के प्रति समर्पिता द्रौपदी अब इस अनजान और अकिंचन ब्राह्मण का वरण कैसे करेगी? पिता द्रुपद ने पहले सोचा द्रौपदी का विवाह कृष्ण से हो। परन्तु कृष्ण ने सुझाया कि अर्जुन के साथ ही द्रौपदी का विवाह हो। कृष्ण का परामर्श पिता द्रुपद मान गये। अब वारणावत में लाक्षागृह की शोकाकुल घटना के बावजूद पिता के द्वारा स्वयंवर

के आयोजन कराने से द्रौपदी की भावना प्रशमित हुई है। अब स्वयंवर की इस अप्रत्याशित निष्कर्ष पर द्रौपदी करे तो क्या करे!

कृष्ण ने द्रौपदी को दुखी देख उसके निकट जाकर अनुच्च स्वर में फुसफुसाया, 'सखी! क्या सोच रही हो? हर्षित होकर शीघ्र अपने सौभाग्य को माल्यार्पित करो। संशय न करो। आनन्द के अवसर पर आनन्दित न होकर अकारण सोच की कल्पना क्यों?'

'कैसे मान जाऊँ आनन्द का क्षण? अर्जुन के स्थान पर अकिंचन ब्राह्मण!' द्रौपदी बुदबुदायी।

इस पर कृष्ण हँसने लगे और बोले, 'सखी! शुभ सोचने से शुभ होता है। अस्तु सतत शुभ ही सोचना चाहिए। कोई भी शुभ कार्य हर्षित होकर करना चाहिए। हर्ष पूर्वक किये गये कार्य से हर्ष की प्राप्ति होती है।'

'कृष्ण के स्मरण मात्र से संसार का हर संशय, हर संताप दूर हो जाता है। अभी तो प्रत्यक्ष में कृष्ण खड़े हैं, फिर संशय कैसा?' द्रौपदी बुदबुदायी और अपने मन को समझाती रही।

यद्यपि द्रौपदी की भावना अवदमित हुई, तथापि कृष्ण के कहने पर उसने हर्षित होकर कृष्ण! कृष्ण! स्मरण करते हुए वरमाला उस ब्राह्मण के गले में डाल दी। जय-जयकार की ध्वनि होने लगी।करतल ध्वनि से स्वयंवर स्थल गूँज उठा।

अचानक कामातुर राजागण द्रुपद और उस ब्राह्मण पर आक्रमण कर बैठे। शिशुपाल ने चिल्लाकर कहा, 'ब्राह्मणों को स्वयंवर में भाग लेने का कोई अधिकार नहीं है।'

जरासंध भी चिल्लाया, 'मेरे समक्ष यह ब्राह्मण स्वयंवर स्थल से क्षत्राणी को नहीं ले जा सकता है।'

कुछ लोग अपना हित नहीं होते देख दूसरों की सफलता और सार्थकता से ईर्ष्यातुर होकर कार्य में अड़चन डालने में आनन्द का अनुभव करते हैं। वस्तुतः वह आनन्द नहीं, ईर्ष्या की तुष्टि होती है। स्वयंवर स्थल युद्ध स्थल बन गया। सर्वत्र हाहाकार। मारो! पकड़ो! एक

दूसरा ब्राह्मण बड़ी तेजी से दौड़ा और टूट पड़ा आक्रमणकारियों पर। दोनों ब्राह्मणों ने कर्ण समेत सभी आक्रमणकारियों पर प्रहार कर कुछ को अचेत कर डाला। कर्णपुत्र सुदामन इसी क्रम में मारा गया। पराजित सभी कामुक राजागण उस विजयी ब्राह्मण पर तिर्यक दृष्टि डालते हुए, अपने-अपने पैर पटकते हुए और दाँत कटकटाते हुए घायल अवस्था में स्वयंवर स्थल से भाग खड़े हुए। कृष्ण सम्पूर्ण प्रकरण पर मुस्कुराते रहे। उनकी नेत्रभाषा और मंदहास अद्‌भुत रही।

विजयी होने पर अर्जुन की दृष्टि द्रौपदी पर जाकर ठहर गई और जब द्रौपदी ने उधर दृष्टि डाली तो अर्जुन ने अपनी दृष्टि दूसरी ओर घुमा डाली। मर्यादा तो यही कहती है। द्रौपदी इस ब्राह्मण का मुख देखकर विस्मित हो गई। उसकी दृष्टि उस ब्राह्मण पर से हट ही नहीं रही थी। वह सोचने लगी, 'कितना साम्य है कृष्ण और इस ब्राह्मण के अंग-प्रत्यंग में! कृष्ण की प्रतिकृति है यह ब्राह्मण!'

ब्राह्मण के रूप से आकर्षित होकर नगर की युवतियाँ कोई न कोई बहाना ढूंढकर उसे देखने लगीं। कहीं किसी की कुदृष्टि न लग जाये इस दूल्हे को! एक सुन्दर सुहागिन तेजी से आयी और अर्जुन के आँखों में काजल लगाकर चली गई।

अर्जुन की चाल एक योद्धा की चाल सी अकड़ वाली थी, किन्तु कृष्ण की चाल सहज, सरल, और सौम्य। सुहागिनें अर्जुन से ठिठोली करने लगी। सखियाँ फुसफुसाकर बोली, 'अभी तक प्रीति की बात को नहीं समझा है आपने। प्रीति और प्रत्यंचा की भाषा एक जैसी नहीं होती है। अपनी अकड़ अभी भी ढ़ीली नहीं की है आपने?'

सुहागिनों को परिहास करते देख अर्जुन चुप नहीं रहा। वह मुस्कुराते हुए कृष्ण की भाँति बोला, 'प्रत्यंचा और प्रीति के नियम एक ही होते हैं, लक्ष्य पर संधान।'

इस पर सभी सुहागिनें खिलखिलाकर हँसने लगीं। एक सुहागिन बोली 'प्रेम की प्रत्यंचा चढ़ाने की कला हमें भी सिखला दें,' यह कहते हीं सभी खिलखिलाकर फिर हँसने लगीं।

**

अर्जुन के स्थान पर अकिंचन ब्राह्मण के द्वारा द्रौपदी स्वयंवर में हुई अप्रत्याशित जीत से राजा द्रुपद प्रसन्न नहीं हुए। वैदिक रीति से विवाह हुए बिना उस अकिंचन ब्राह्मण के साथ द्रौपदी को पैदल ही नंगे पांव विदा होना पड़ा। एकचक्रा नगरी से आकर सभी पाण्डव पांचाल देश के काम्पिल्यनगर के बाहरी हिस्से में एक कुम्भकार के घर पर ठहरे हुए थे। दोनों पाण्डव द्रौपदी के संग कुम्भकार के घर पर पहुँचे। द्रौपदी को देखते ही शेष पाण्डव स्वयंवर की जीत पर प्रसन्न हुए और कुटिया की ओर देखकर प्रमुदित स्वर में बोले, 'मां! हमलोग आज ये भिक्षा लाये हैं।'

भिक्षा देखे बिना माता कुन्ती कुटिया के अन्दर से ही उत्फुल्ल होकर बोली, 'पुत्रो! पाँचों भ्राता मिलकर उपभोग करो।'

किसी भी भाषा में शब्दों का भ्रामक प्रयोग अनर्थ का कारण बन जाता है। माता की बात सुनकर पाँचों पाण्डवों में खुसुर-फुसुर होने लगा। उमंग, उत्साह, उत्फुल्लता सब मंद पड़ गये। अब क्या होगा? खुसुर-फुसुर सुनकर कुछ क्षण के बाद वह स्नेहप्रदा, सर्वसहा और सौंदर्यमूर्ति कुन्ती कुटिया से बाहर आयी और सभी पर दृष्टि डाली। सर्वांगसुन्दरी राजकुमारी पर उनकी दृष्टि जैसे ही पड़ी, वह स्तब्ध, अनुतप्त और विषण्ण होकर बोली, 'हे कृष्ण! लाज बचाओ। हाय! मैंने यह क्या अनर्थ कह डाला?'

अब तो सभी भाई आपस में विचार करने लगे कि धर्म, अस्मिता, परम्परा, न्याय, मर्यादा के अनुसार क्या करना उचित होगा! पांचाली को अधर्म न लगे और मां की अवमानना न हो। परम्परा और अस्मिता से भी श्रेष्ठ धर्म होता है।युधिष्ठिर ने असमंजस की स्थिति में कहा, 'सुना है, द्रौपदी विदुषी और धर्म में निष्णात है। वही निर्णय करे, क्या उचित होगा!'

द्रौपदी मन ही मन दुख में म्रियमाण होकर सोचने लगी, 'भिक्षाटन पर जीवित रहने वाले ये ब्राह्मणगण क्या निर्णय लेंगे? यदि अर्जुन आज रहते तो ऐसी स्थिति नहीं आती! मेरे निर्णय लेने से क्या होगा? कृष्ण की लीला कृष्ण ही जाने!'

पांचाली की अपूर्व सुन्दरता देखकर जो कृश या क्लीव या किन्नर होगा, वही आकृष्ट नहीं होगा। निर्णय हुआ कि द्रौपदी पाँचों भ्राताओं की पत्नी बनेगी। तभी बलराम के साथ-साथ कृष्ण पधारे। उन दोनों ने अपनी बुआ कुन्ती के चरणों में प्रणाम किया। तत्पश्चात कृष्ण बोले, 'बुआ! आपका वचन सत्य हो। फिर वे अपनी शुभकामनाएं देते हुए युधिष्ठिर से बोले, 'बड़े भइया! आपका निर्णय सार्थक हो।'

यह सब देखकर और सुनकर द्रौपदी चौंक पड़ी, 'ऐं! तो ये सब पाण्डव हैं!! ये ब्राह्मण क्या स्वयं अर्जुन!! क्या वारणावत की घटना असत्य थी?'

कभी हर्ष और कभी विस्मय में द्रौपदी का मन उद्‌बुदाने लगा। कृष्ण के मृदुल मुस्कान में बहुत सारे रहस्य अवगुंठित रहते हैं, उस मुस्कान का तात्पर्य तत्काल समझ पाना बहुत ही कठिन होता है। बाद में उस मुस्कुराहट के सभी रहस्य उन्मोचित्त हो जाते हैं।

पाँचों भ्राताओं से विवाह होने की बात सोचकर द्रौपदी फिर चिंता में डूब गई, 'अब तो इन सबके प्रकृति, प्रवृत्ति और परिस्थिति से सामंजस्य करना होगा! अवगुंठन, अनादर और अपमान के बीच ही जीवन जीना होगा!!'

तभी कृष्ण मन्द-मन्द मुस्कुराते हुए द्रौपदी के निकट जाकर अनुच्च स्वर में बोले, 'सखी! जीवन जीना कोई शास्ति नहीं, यह देह आनन्द प्राप्ति का मंदिर है। मानव देह प्राप्त करने के लिए देवगण भी तरसते हैं। आर्षग्रंथों का मात्र पाठ कर लेने से सम्पूर्ण ऐश्वर्य प्राप्त नहीं हो जाते। ये सब ग्रंथें मात्र अभिलेख नहीं, निधिध्यासन करने के प्रेरणास्रोत

है। इन ग्रंथों के निर्देशानुसार मन को आत्मा में अटकाने पर अन्तर्बोध, अनुभव और अनुभूति द्वारा ज्ञान का ऐश्वर्य प्राप्त होता है। स्वयं को जान लेना जीवन का सर्वश्रेष्ठ ज्ञान है।'

'सखा! मैं तो तेरी सखी हूँ। जब मेरे कर्म और कर्मफल दोनों तुझे समर्पित है, तब मुझे फिर क्या सोचना? मैं, अग्निसुता कौन हूँ, यह जानना भी तो तेरी ही कृपा पर निर्भर है।' यह कहकर कृष्ण के चरण युगल पर द्रौपदी ने अपनी विवशता के आँसूओं का अर्घ्य अर्पित कर डाला।

द्रौपदी के नेत्रों में आँसू देखकर कृष्ण ने पुनः प्रबोधन देते हुए कहा, 'सखी! यह समस्त सृष्टि ग्रंथागार है। सृष्टि के एक-एक अणु से लेकर ग्रह, नक्षत्र और उसके परे अन्तहीन अंतरिक्ष ब्रह्ममय ग्रंथ ही तो है। सहस्त्रों जन्मों में भी ब्रह्मज्ञान का अवकलन करते रहने पर भी तृषा और तृष्णा बढ़ती ही जातीं हैं। ब्रह्म-ज्ञान से तृप्त होने पर भी यह नहीं कहना चाहोगी कि बस! अब और नहीं।'

'सखा! यह सृष्टि कैसा ग्रंथागार है जहाँ ब्रह्मज्ञान प्राप्त करने के बदले हरपल आंसू बहाने के अनुभवों को ही पढ़ना पड़ता है।?'

'सखी! जीवन की हर अनुभूति, हर अभिज्ञान और हर अन्तर्बोध आंसू बहाने के मार्ग नहीं, अपितु निष्काम होकर आनन्द पाने का साधन है।इसे जब जानने लगोगी तो स्वयं के विषय में भी जान जाओगी,' कृष्ण ने मुस्कुराते हुए कहा।

द्रौपदी फिर प्रश्न कर बैठी, 'सखा! क्या अपने आपको जान लेने मात्र से सभी प्रश्नों का उत्तर स्वतः मिल जायेगा?'

मन्दहास में कृष्ण ने कहा, 'हाँ, सखी! मूलभूत प्रश्न के उत्तर जान लेने से कोई भी प्रश्न अनुत्तरित नहीं रहते हैं।'

मां की उक्ति और भ्राताओं के प्रत्युत्तरों ने अर्जुन के भाव-आकलन को निरुत्तर कर दिया। कर्तव्य के लिए अपनी भावना को प्रशमित करना पड़ता है। दूसरों के लिए जो जीता है, वही सही अर्थों में मानव है।अर्जुन

दुःख में उत्ताप नहीं और सुख में उत्फुल्ल नहीं, नितान्त स्थितप्रज्ञ की तरह!

माता कुन्ती और पाँचों पाण्डवों के संग राजकुमारी द्रौपदी ने रात बितायी पर्णकुटी में। जीर्ण और अपरिष्कृत कुटीर में रात्रि का अवसान तो किसी तरह हुआ, किन्तु जीवन के संघर्षों का अवसान नहीं हुआ। राजकुमार धृष्टद्युम्न रात्रि में छिपकर पाण्डवों के विषय में सब कुछ देखकर और सुनकर राजप्रासाद वापस आ गया।उसने राजा द्रुपद से कहा, 'पिताजी! कुछ सुना आपने? वह ब्राह्मण, जो स्वयंवर में अपना पराक्रम दिखाकर विजयी हुआ है, स्वयं अर्जुन हैं।'

'अर्जुन! हस्तिनापुर का अर्जुन? वे सब तो वारणावत में.....।' राजा द्रुपद चौंककर जैसे ही बोले, धृष्टद्युम्न ने बीच में ही टोका और कहा, 'यही न कि पाण्डव लोग अग्निकांड में जलकर मृत्यु को प्राप्त हो गए।परन्तु, पिताजी! सत्य तो यही है कि वे सब जीवित हैं।'

'तुम मिथ्या तो नहीं कह रहे हो।सुनी-सुनायी बातें तो नहीं है यह?' राजा द्रुपद ने पूछा।

'नहीं, पिताजी! दूसरा ब्राह्मण, जिसने सभी को मार भगाया, भीम थे।मैंने कुम्भकार के घर पर कृष्ण को अपनी बुआ से बातें करते हुए भी देखा है।' यह कहकर धृष्टद्युम्न ने राजा द्रुपद को और भी विस्मय में डाल दिया तथा रात्रि की सारी कथा भी कह सुनायी।

जब राजा द्रुपद ने यह सब सुना तो हर्षित होकर प्रातःकाल द्रौपदी, कुन्ती और पाँचों भाइयों को रथों से राजभवन बुलवा लाया वैदिक रीति से विवाह सम्पन्न कराने के लिए।

राजप्रासाद में पाण्डवों के आते ही राजा द्रुपद यह सुनकर चिंता में पड़ गये कि पाँचों पाण्डवों से द्रौपदी का विवाह होने वाला है। उन्होंने कहा, 'यह तो अनुचित, अमर्यादित और अधर्म सा लग रहा है, एक नारी के बहुत सारे पति! इस तरह का परम्परा विहीन विवाह मुझे अमान्य है।'

युधिष्ठिर ने विस्मय में पड़े द्रुपद से कहा, 'राजन्! धर्म की व्याख्या करना सहज नहीं है। धर्म किसी समुदाय की अवधारणा पर आधारित सिद्धांत नहीं है और न लाभुक विचारों का संग्रह ही।यह न सम्यक अनुष्ठित निष्कर्षो का संकलन है और न परम्परा। प्रकृति और परमात्मा से प्रीति तथा उनकी प्रतीति पाने पंचभूतों की तपस्या कर ऋषियों को जो विज्ञ ज्ञान मिला है, वही धर्म है। मां की उक्ति का पालन करना सन्तान का धर्म होता है।'

राजा द्रुपद ने कुछ सोचते हुए कहा, 'आज तक इस तरह के धर्म की बातें सुनने को तो नहीं मिलीं है! फिर ऐसा अधर्म आज क्यों?'

इस पर युधिष्ठिर ने कहा, 'राजन्! धर्म और मर्यादा के बीच यदि किसी एक को चुनना हो तो मर्यादा को त्यागकर धर्म को ही चुनना चाहिए।'

उसी अनन्तर महर्षि वेदव्यास आ गये।वे सरस्वती नदी के पश्चिमी तट पर सम्याप्राश आश्रम में रहते थे। साधना के द्वारा जीवन के रहस्यों को जानकर ऐसे ऋषि-मुनि जो अपने सुसंस्कृत आश्रमों में शिष्यों को ज्ञान युगों-युगों से बाँटते रहे, उसी ने आज तक आर्यावर्त्त को एक पुण्य धरोहर के रूप में अक्षुण्ण रखा है। यही कारण है कि संस्कार सम्पन्न आर्यावर्त्त में देवगण भी मानव देह प्राप्त कर यहाँ जन्म लेने के लिए तरसते रहे हैं। वे पूर्व के दृष्टांत और पूर्वजन्मों की कथा तथा उस कथा से संबंधित परिदृश्य को दिखलाते हुए बोले, 'राजन्! आप स्वयं देख लीजिए उस पूर्वजन्म के परिदृश्य को।शंकर से प्राप्त पाँच बार वरदान मांगने से द्रौपदी पाँच अलग-अलग विभूतियों की पत्नी बनने के लिए ही इस धरती पर आयी है। धर्म की रक्षा और दुष्टों का संहार करने में सहयोग देने के लिए लक्ष्मी अंश से पृथ्वी पर आपके यज्ञ कुण्ड से सम्भूत हुई है। इसके बाद ही आपको आठ और संतानें हुई हैं।'

तब तक कृष्ण भी वहाँ आ गये। वे वेदव्यास की बातें सुनकर मन्द-मन्द मुस्कुराते हुए द्रौपदी की ओर देखने लगे। उस समय द्रौपदी

धरती की ओर देखकर सोचने लगी, 'मेरी जैसी वरणनारी को अब वारनारी बनकर अछूत और अस्पृश्य जीवन जीना होगा! हे कृष्ण! तुम्हारी यह कैसी लीला है?'

कृष्ण ने द्रौपदी को समझाते हुए कहा, 'सखी! सृष्टि के पाँचों महाभूत एक जैसे नहीं होते। किन्तु उन्हीं से एक सुदृढ़ देह का निर्माण होता है। इन एकीकृत पाण्डव रुपी महाभूतों की डोर तेरे पास है, सखी!'

द्रौपदी दुःख की अग्नि से जुझते हुए धरती की ओर ही देख रही थी। द्रौपदी को विषण्ण देखकर कृष्ण ने कहा, 'सखी! प्रारब्ध पर अनुशोक क्यों करती हो तुम? पराक्रम पर प्रवंचना प्रमाद है। प्रारब्ध पर पश्चाताप करना निरर्थक है।अर्जुन ने पराक्रम से तुम्हें जीता है, प्रवंचना से नहीं। वृहत्तर लक्ष्य के लिए हमलोग आये हैं इस पृथ्वी पर। इसे कभी मत भूलो।'

कभी-कभी लगता है कि कृष्ण में किसी भी प्रकार की ईश्वरीय शक्ति है ही नहीं, इसीलिए अपने भक्तों की सुध वे नहीं लेकर उन्हें और भी कष्ट में ही तड़पते छोड़ देते हैं किन्तु, आश्चर्य तो तब होता है, जब भक्तों के कष्टों में छिपे सभी परिणाम अन्ततः हितकर ही हो जाते हैं।

**

द्रौपदी के मन में अन्ततः अर्जुन की छवि गुदगुदाने लगी। बिम्बाफल जैसा अधर का रंग, सिंह जैसे पुष्ट कंधे, धनुष के दण्ड जैसी घनी भौंहें, बाण जैसी तीक्ष्ण नासिका, कमल जैसी सौम्य देहयष्टि, शिलाखण्ड जैसा ललाट, सागर की तरह गहरे दोनों नेत्र, गरदन पर झूलते घने कुंचित केश, भुजदण्ड इन्द्रायण की लता सदृश ऐंठनदार। ऐसे काम्य पुरुष को देखकर द्रौपदी के दोनों चक्षु लज्जा से झुक गये। उसका मन करने लगा निहारती रहे इस काम्य पुरुष को। द्रौपदी के अंग-अंग में अर्जुन की छवि चित्रित हो गई।

आर्य संस्कृति में वैदिक यज्ञ विधि द्वारा विवाह से ही अर्धांगिनी होने का अधिकार मिलता है, किसी अन्य विधि से विवाह होने पर मात्र पत्नी। अग्नि को साक्षी रखकर शुभ मुहूर्त में ही विवाह सम्पन्न होने से अर्धांगिनी होने का कर्तव्य निभाना पड़ता है। वैदिक रीति से अग्नि को साक्षी रखकर पति वरण करने के लिए किसी आर्य कन्या का अक्षुण्ण कौमार्य रहना पहली शर्त है। विवाह मण्डप सजाया गया। चन्द्रमा पुष्य नक्षत्र पर।तेजस्वी पुरोहित धौम्य ने युधिष्ठिर के साथ द्रौपदी का पाणिग्रहण वैदिक रीति से करवाया। वेदी पर सात वचन बोलकर और सात बार अग्नि के भाँवरे फिराकर विवाह संस्कार सम्पन्न हुआ। यज्ञकुण्ड से सम्भूत याज्ञसेनी ने अक्षुण्ण कौमार्य व्रत का पालन करते हुए शेष पाण्डवों का एक-एककर धर्म रक्षार्थ पाणिग्रहण किया। ऋषि-मुनियों ने दुर्वाक्षत मंत्र पढ़कर सबों को आशिष दिया। राजा द्रुपद एवं अन्य विशिष्ठजनों ने भी आशीर्वाद दिया। याज्ञसेनी रूपी सूत्र में पाँचों पाण्डव रूपी महाभूत के पुष्पों से कृष्ण के लिए धर्म पुनर्स्थापनार्थ विजयश्री माला तैयार हो गई।

विवाह के बाद पुत्रवधू द्रौपदी ने माता कुन्ती के चरणों को छूकर प्रणाम किया और बोली, 'प्रणिपाद्, मां!'

कुन्ती अमोघ आशीर्वाद देती हुई बोली, 'जैसे इन्द्राणी ने इन्द्र से, स्वाहा ने अग्नि से, रोहिणी ने चन्द्रमा से, दमयन्ती ने नल से, अरुन्धती ने वसिष्ठ से और लक्ष्मी ने नारायण से प्रेम निभाया है, वैसे ही तुम भी अपने पतियों से प्रेम निभाना। तुम आयुष्मती, वीर प्रसविनी, सौभाग्यवती और पतिव्रता होकर सुख भोगो।अतिथि, अभ्यागत, साधु और बूढ़े लोगों की आवभगत तथा बालकों और असहाय लोगों के पालन-पोषण में ही तुम्हारा समय प्रसन्नतापूर्वक व्यतीत हो। तुम अपने सम्राट पतियों की पटरानी बनो। जगत के सारे सुख तुम्हें मिलें और तुम सौ वर्षों तक उनका उपभोग करो।'

कुन्ती आशिष देने के कुछ पल बाद द्रौपदी को समझाती हुई बोली,

'पांचाली! परिवार का प्यार एक औषधि होता है। परिवार प्रेम और कर्तव्य के पथ को सहज कर देता है, इसे सदैव स्मरण रखना। प्रेम और कर्तव्य पथ पर चलना धर्म है। कर्तव्य यदि विवशता बन जाये तो सत्य खण्डित हो जाता है।'

विवाह के अनन्तर राजा द्रुपद ने सभी भाइयों को दहेज में ढेर सारे रत्न, वस्त्र और श्रेष्ठ सामग्रियाँ दीं। कई घोड़ों, रथों, हाथियों और दासियों को भी दहेज में दिया। विवाह के अवसर पर द्वारिका से कृष्ण ने द्रौपदी के लिए वैदुर्यमणि, इन्द्रनील मणि और हरितमणि से जुड़े स्वर्णाभूषणों के अतिरिक्त अगणित दिव्य वस्त्रों, दासियों, हाथियों, रथों और घोड़ों को भेंट स्वरूप भेजा।

अपने पतियों के दीर्घायु और संवृद्धि के लिए एक वर्ष के लिए द्रौपदी संध्या पूजन करने में व्यस्त हो गई।

विवाह के बाद पाण्डव पांचाल देश में ही रह गये। याज्ञसेनी के साहचर्य में पाण्डव लोग संसार की क्रूरता को भूल गये। कौरवों के कुटिल कुचक्र और कुत्सित कृत्य कृष्ण की कृपा से निष्फल हो गये। कुन्ती और माद्री के पुत्रों में मन-मुटाव पैदा करने तथा राजा द्रुपद और उनके मंत्रियों को वश में करके पाण्डवों को पांचाल से बाहर निकालने संबंधी दुर्योधन के कुत्सित कुचक्रों को द्रौपदी की विवाह प्रक्रिया रूपी प्रहार ने व्यर्थ कर दिया। अद्‌भुत दूरदर्शी सोच थी कृष्ण की।

दुर्योधन अनुक्षण सोचने लगा कि विधि का विधान ही बलवान होता है। उसकी ऐसी सोच रहने के बावजूद वह क्रौर्य में ही संलिप्त रहने लगा। उसकी कुत्सित मानसिकता और क्रूर कृत्य उसके सौभाग्य को दुर्भाग्य में परिवर्तित करने लगे। कायमनोवाक् से किया गया सत्कर्म दुर्भाग्य को सौभाग्य में परिवर्तित कर देता है, इसे समझने के लिए दुर्योधन कभी तैयार नहीं हुआ। पिता की मानसिक सोच संतान के संस्कार का निर्माण करती है। धृतराष्ट्र की संकीर्ण सोच के कारण दुर्योधन सम्भ्रमित और उद्दण्ड बनता गया।

दुःशासन, कर्ण, शकुनि और दुर्योधन की चौकड़ी पांचाल पर आक्रमण कर पाण्डवों को क्षति पहुँचाना चाहती थी। समस्या विकराल होती जा रही थी। भीष्म और विदुर दोनों दुर्योधन की इस क्रूर कुचक्र को जान गये। वे दोनों विचलित तो हुए किन्तु शीघ्र ही समस्या के निराकरण में व्यस्त हो गये। भीष्म, द्रोण, कृप और विदुर महाराज धृतराष्ट्र को आक्रमण नहीं करने के लिए समझाने लगे। दिखावटी में महाराज धृतराष्ट्र पाण्डवों का हित करते रहे, परन्तु मन में पाण्डवों के प्रति प्रपंच और प्रवंचना ही संजोये रहे। भीष्म ने महाराज को धर्म, न्याय और नीति समझाते हुए कहा, 'पुत्र! यदि धर्म में तेरी आस्था है तो बिना युद्ध किये शीघ्र से शीघ्र पाण्डवों को पाण्डु का सम्पूर्ण राज्य नहीं तो आधा राज्य ही लौटा दो।'

अचानक इस परामर्श पर धृतराष्ट्र स्तब्ध और अनुतप्त हो गये। वे महामंत्री विदुर की ओर देखने लगे। विदुर ने भी भीष्म की सहमति में कहा, 'महाराज! जहाँ धर्म है, वहीं विजय है। धैर्य, दया, क्षमा और सत्य के प्रतीक धर्मराज युधिष्ठिर को कोई युद्ध में पराजित नहीं कर सकता है। जिसके सहायक कृष्ण हैं, उन पाण्डवों के विरुद्ध युद्ध की बात सोची भी नहीं जा सकती है। पराजित होने के लिए युद्ध करना बुद्धिमानी नहीं है, महाराज! दुर्योधन को युद्ध करने से रोक लीजिए, महाराज! हस्तिनापुर का विनाश होने से बचा लीजिए। बिना युद्ध किये सौहाद्रपूर्ण वातावरण में पाण्डवों का पैतृक राज्य लौटा दीजिये।'

धृतराष्ट्र पहले राज्य लोभ में और अब पुत्र मोह में उलझते रहे। वे पुत्र प्रेम और राज्य प्रेम का ढ़ोंग करते रहे। यदि ऐसी बात नहीं थी तो पुत्र और राज्य को पथभ्रष्ट होते वे कैसे देखते रह गये? उन्हें विदुर से इस तरह के उत्तरों की अपेक्षा नहीं थी, किन्तु जब द्रोण और कृप ने भी यही परामर्श दे डाला, तब उन्होंने पांचाल देश के काम्पिल्यनगर से कुन्ती और राजवधू द्रौपदी सहित पाण्डवों को हस्तिनापुर लाने का मन बना लिया। विदुर को ही पाण्डवों को लाने के लिये पांचाल देश भेजा गया।

अनेक प्रकार के वस्त्र, आभूषण, रत्न, फल-फूल, पकवान इत्यादि को लेकर विचित्रवीर्य नन्दन विदुर पांचाल पहुँचे। यहाँ आकर उन्होंने राजा द्रुपद से भेंट कर कहा, 'राजन्! आप महान पराक्रमी और महाज्ञानी भी हैं। याज्ञसेनी के विवाह से हस्तिनापुर की प्रसन्नता बढ़ गई है। यश और प्रभाव में भी बढ़ौत्तरी हुई है। आप द्रौपदी सहित पाण्डवों को हस्तिनापुर भेजने की कृपा कीजिए। कुरुवंशी राजवधू को देखने के लिए उत्कण्ठित हैं।'

विदुर की यह बात सुनकर राजा द्रुपद ने हर्षित होकर कहा, 'विदुर! पाण्डवों को यहाँ से जाने के लिए कहना मर्यादा का हनन कहलायेगा, किन्तु हस्तिनापुर में रहना इन सबों का अपना अधिकार बनता है।'

उसी समय कृष्ण ने सहमति जताते हुए कहा, 'हाँ! अभी द्रौपदी के साथ पाण्डवों का हस्तिनापुर जाना समयानुकूल भी है। मैं भी इन सभी के साथ हस्तिनापुर चलूँगा।'

शुभ मुहूर्त में कई रथों पर विविध सौगात और सामग्रियाँ लेकर कुन्ती, द्रौपदी और कृष्ण सहित पाँचों पाण्डव हस्तिनापुर पहुँचे। हस्तिनापुर के राजप्रासाद और राजमार्ग पर नई पताकायें लगायी गयीं। तोरणद्वार, बन्दनवार, अल्पनाएं इत्यादि से राजपथ और राजप्रासाद के प्रांगण सजाये गये। नगर के पश्चिमी द्वार पर पाण्डवों की आगवानी के लिए द्रोणाचार्य, कृपाचार्य, विकर्ण, संजय, वृषवर्मा इत्यादि आये। द्रौपदी के पहुँचते ही पुष्पों की वर्षा की गई और स्वागत गान गाये गये।

बने मधुरं
अभिनन्दनम् व
सुस्वागतम्

धन्य, धन्य हो
अभिनन्दनम् व
सुमंगलम्

सौभाग्यवती
स्वीकार करो तुम
सुस्वागतम्

अभिनन्दन
हो अनन्त मधुरं
सुमंगलम्

द्रौपदी द्वारा रचित गीत को उसके ही स्वागत में ललित स्वर में गाये जाने पर वह हर्षित होकर कृष्ण की ओर देखने लगी। भव्य स्वागत देखकर द्रौपदी अत्यन्त प्रसन्न हो गई।उसका रोम-रोम आनन्द से पुलकित हो उठा। कभी विस्मित, कभी विमोहित और कभी विश्वस्त होकर कृष्ण की कृपा पर मन ही मन कृतज्ञता प्रकट करती रही।

सौभाग्य के सूर्योदय ने द्रौपदी को पांचाल की राजकुमारी से हस्तिनापुर की राजवधू बना डाला। सौभाग्य का सूर्योदय प्रकृति की एक ऐसी अदृश्य एवं अचूक व्यवस्था है, जो किसी से पूछकर नहीं होती है। बिना युद्ध के यह सब व्यवस्था देखकर भीष्म चकित हो गये। वे उसी दिन से कृष्ण को वासुदेव कहकर पुकारने लगे।

आपस में मन मुटाव नहीं रहे, अतः कौरवों ने हस्तिनापुर का आधा राज्य खाण्डवप्रस्थ पाण्डवों को दे दिया। यमुना नदी से खाण्डव वन तक का भूभाग पाण्डवों ने कृष्ण के परामर्श पर स्वीकार कर लिया। महर्षि व्यास, पुरोहित धौम्य इत्यादि ने शुभ मुहूर्त में इक्षुमती नदी और यमुना नदी के संगम पर वास्तु शास्त्र के अनुसार युधिष्ठिर के द्वारा राजभवन की नींव डलवायीं। विश्वकर्मा, त्वष्टा, गर्गमुनि, मय, ताराक्ष, ककलाक्ष, विद्युत्माली, मायाविन, दुन्दुभि, अजकर्ण, कालिक इत्यादि ने मिलकर सुन्दर और भव्य नगरी बना डाला। नगर का नाम इन्द्रप्रस्थ रखा गया।यह नगरी अमरावती जैसी हो गई। द्वारका की प्रतिकृति हो गई

इन्द्रप्रस्थ नगरी। प्रशस्त पथ, अलंकृत चौराहे, स्वच्छ गलियाँ, बड़े-बड़े फाटक, आकाश को चुनौती देती अट्टालिकाएं, मूंगों के स्तम्भ, भिन्न-भिन्न रत्नों से सजे गोपुर तथा महलों एवं प्राचीर पर फहराती पताकाएं।

युद्धशिक्षा के अखाड़ों में शूल, तोमर, धनुष, खड्ग इत्यादि को सजा कर रखे गये। बड़ी-बड़ी वाटिकाओं, उद्यानों और फल-फूल से लदे वृक्षों के कारण राज्य की शोभा बढ़ गई। पक्षियों के कलरव, मोर का नृत्य, कोकिल की मधुर पंचमतान, शुक की मनोहारिणी ध्वनि सब कुछ मन को छूने लगीं।

शस्त्रागार, अश्वशाला, गजशाला, उष्ट्रशाला, व्यायामशाला इत्यादि से परिपूर्ण इन्द्रप्रस्थ में नये-नये वस्त्रों और आभूषणों से अलंकृत नर-नारी उपहारों को लेकर अनुष्ठान स्थल पर आये। नवग्रहों और अन्य देव-देवियों की पूजा की गई। वेदों की ऋचाओं से इन्द्रप्रस्थ गूँज उठा। गृहप्रवेश उत्सव मनाया गया।

हस्तिनापुर का महत्व इन्द्रप्रस्थ के सामने कम पड़ने लगा। कृष्णा राजवधू से राजरानी बन गई। पाण्डवों की कीर्ति ध्वजा और भी ऊँची हो गई।

सुबह की ओस हरी-हरी घास पर यहाँ-वहाँ पड़ी थी। वायु का शीतल झोंका कृष्ण को चुपके से छू कर चला जाता था। इन्द्रप्रस्थ के उद्यान में कृष्ण मुरली की अनेकानेक सुमधुर धुनों से दसों दिशाओं को निनादित कर रहे थे और इन्द्रप्रस्थ का प्रांगण कर्तव्यपूर्ति की धुनों से गूँजायमान हो रहा था। तभी टहलते-टहलते अर्जुन भी वहाँ आ पहुँचा। अर्जुन को देखते ही कृष्ण ने मुरली बजाना बंद कर दिया और मुस्कुराते हुए पूछ बैठे, 'कहो, अर्जुन! इन्द्रप्रस्थ कैसा लगा तुझे?'

अर्जुन ने गह्वरित कंठ से कहा, 'केशव! भक्तों पर आपकी कृपा होते हुए तो मैंने सुनी है, किन्तु अब उसे देख भी ली है। आपकी कृपा से अनुपजाऊ और अनुन्नत खाण्डवप्रस्थ भी अब उपजाऊ और उन्नत इन्द्रप्रस्थ बन गया।'

अर्जुन की ओर देखकर और उसके पुष्ट वृषभ कंधे पर हाथ रखते हुए कृष्ण पहले तो मुस्कुराये और फिर बोले, 'अर्जुन! एकता, एकाग्रता, धर्मनिष्ठा, सत्यनिष्ठा और कर्तव्यनिष्ठा के बल पर अनुर्वर भी उर्वर हो जाता है।'

मुरली की तान सुनकर द्रौपदी भी अपने को रोक नहीं पायी। सुमधुर धुन सुनकर थिरकने लगी। अपना सुध-बुध खो बैठी। फिर वह भी वहीं आ गई। वायु का झोंका धीरे से कृष्ण को छू कर बह रहा था। द्रौपदी को देखते ही कृष्ण मुस्कुरा उठे और उन्होंने चुपके से अर्जुन के कान में कहा, 'सुलक्षणा स्त्री के संग संवृद्धि, समृद्धि और सुकीर्ति स्वतः आ जाती है।'

कृष्ण की बातें द्रौपदी ने सुन ली। बातें सुनकर वह झेंप गई। आते ही बोली, 'सखा! आपकी कृपा से ही कोई स्त्री सुलक्षणा बन जाती है। आपकी कृपा से ही इन्द्रप्रस्थ की संवृद्धि का डंका बज रहा है।'

कुछ ठिठककर और कुछ मुस्कुराकर कृष्ण ने द्रौपदी से कहा, 'सखी! संवृद्धि का अर्थ है समग्र विकास। प्रजा में संस्कार सम्पन्न मानसिक वृद्धि भी विकास का एक पक्ष है। इस प्रकार के विकास को प्राप्त करने का सम्पूर्ण दायित्व अब तुम पर ही है।'

द्रौपदी चौंक गई और सजग हो गई कृष्ण के इस परामर्श पर। वह सोचने लगी, 'सखा के यह सब कहने का तात्पर्य क्या है?'

द्रौपदी के संग रहने के लिए पाण्डवों ने नियम बना लिये। जब कोई भाई द्रौपदी के संग एकान्त में होंगे, तब दूसरे भाई वहाँ नहीं जायेंगे। जो कोई भी इस नियम को तोड़ेंगे, उन्हें बारह वर्ष तक के लिए द्रौपदी के संग नहीं रहकर नगर से कहीं दूर चला जाना होगा।

* *

कृष्ण के संग अर्जुन ब्रह्म, आत्मा, क्रियायोग इत्यादि की चर्चा में व्यस्त रहने लगा। युधिष्ठिर धर्म, न्याय, राजनीति, प्रशासन

प्रबंधन इत्यादि पर ऋषि-मुनियों के साथ विचार-विमर्श करने में समय देने लगे। देह प्रिय बलिष्ठ भीम को स्वादिष्ट भोजन के अतिरिक्त कुछ चाहिये ही नहीं। रूपवान नकुल सुन्दर-सुन्दर प्रजाति के अश्व की देख-रेख में समय व्यतीत करने लगा। अल्पभाषी सहदेव का समय नक्षत्रों, तारों और अंतरिक्ष के विभूतियों की खोज में व्यस्त रहने लगा। पति-पत्नी को एक दूसरे की प्रकृति, प्रवृत्ति और प्रतीति का ज्ञान तो रहना ही चाहिए। इसी के आधार पर एक दूसरे के प्रति विश्वस्त रहा जा सकता है। धर्मात्मा पुरुष के प्रति श्रद्धा हो सकती है, प्रेम नहीं। बलिष्ट पुरुष से भयवश, रूपवान पुरुष से मोहवश और ज्ञानवान् से मर्यादावश आकर्षण हो सकता है, किन्तु प्रेम तभी संभव है, जब मन की गहराई में सामंजस्य स्थापित हो। प्रेम तो वही है जो एक बार हो जाये तो फिर सदा के लिए अटूट रहे।यह सब द्रौपदी को माता सौत्रामणि ने बतलायी थी। हर मां अपने अनुभव से अपनी पुत्री को विवाह के पूर्व सफल दाम्पत्य जीवन के रहस्य को समझा देती है।

द्रौपदी हर पल फाल्गुनी का संग चाहती। किन्तु फाल्गुनी या तो वेदाध्ययन में व्यस्त रहता या धनुर्विद्या के अभ्यास में। वह या तो कृष्ण के साथ क्रियायोग पर चर्चा करने में व्यस्त रहा करता या उपासना में व्यस्त रहता।पांचाली को यह पता चल जाता कि अर्जुन कब सोता है और कब जागता है। कब खाये और क्या खाये इन सब बातों का पत्नी होने का दायित्व वह निभाती। दो वर्षों की लम्बी प्रतीक्षा के बाद एक वर्ष फाल्गुनी के संग अंकशायिनी बनने का सौभाग्य मिलेगा! आर्यावर्त्त की संस्कार सम्पन्न कुवांरी कन्या इसी अभिप्राय से विवाह होने तक कुवांरी व्रत का अनेकानेक कठिन अनुष्ठान करती रहती है। ये सभी व्रत वैवाहिक जीवन को सुदृढ़ ढ़ांचा प्रदान कर देते हैं।

द्रौपदी का साहचर्य अर्जुन ने भी चाहा, परन्तु कृष्ण ने समझाया और कहा, 'अर्जुन! कामना और वासना मानव को पथभ्रष्ट कर प्रेम से अलग-थलग कर डालते हैं।जल में रहकर भी कमल जल से निर्लिप्त

रहता है। संसार में रहकर संन्यासी की तरह रहो मन को नितान्त ही संसार से विरक्त रखकर।उन्मेष नहीं निवृत्ति पर मन केन्द्रित करो। मेरी तो आठ पटरानियाँ और सहस्त्र रानियाँ भी हैं, परन्तु धर्म तथा न्याय की पुनर्स्थापना और भक्तों को सुरक्षा का भरोसा दिलाना मेरा ध्येय है।तुम और याज्ञसेनी इसके सहायतार्थ हो। इसे कभी भूलना नहीं।'

विद्रूप में फाल्गुनी के अधर पर हास्य की एक छटा उभर आयी।उसने कहा, 'केशव! परन्तु ....।'

'परन्तु क्या? जिस क्षणिक और क्षुद्र आनन्द की प्राप्ति के लिए तुम उत्सुक हो, उससे बढ़कर अनन्त आनन्द शंकर की आराधना से प्राप्त हो जायेगा।' यह कहकर कृष्ण झकझोरने लगे अर्जुन के स्कन्ध को।

आश्चर्यचकित होकर अर्जुन ने पूछा, 'वह कैसे? केशव!'

कृष्ण ने बिना विलम्ब किये कहा, 'देखो, अर्जुन! यह देह उमा स्वरूप है। शंकर को प्राप्त करने के लिये इसी देह में उमा की तरह तप करना पड़ता है। यही प्रकृत पूजा शिव की आराधना कहलाती है। इसमें पत्र, पुष्प, धूप, दीप, नैवेद्यादि की आवश्यकता नहीं होती है।'

कृष्ण की इच्छानुरूप भविष्य की कार्ययोजना बनाने में अर्जुन व्यस्त हो गया। विरह के दो वर्ष पूर्ण होने के पहले ही अर्जुन और द्रौपदी के युग्म जीवन में पक्षाघात हो गया। अमावस्या की रात्रि में कुछ लुटेरे एक ब्राह्मण के गौओं को बलपूर्वक ले जाने लगे। गौओं की रक्षा नहीं करने पर राजा को अधर्म लग जाने का प्रश्न उठ गया। इस सबका दायित्व अर्जुन पर ही था। उसके धनुष-बाण द्रौपदी के शयनकक्ष में रहने से बड़ी असमंजस की स्थिति बन गई। युधिष्ठिर के रहने पर जब तक द्रौपदी अपना अंगवस्त्र सहेजती, तब तक शयनकक्ष से अर्जुन धनुष-बाण ले आया। लुटेरों को मार कर उसने ब्राह्मण को गायें सौंप दी। उसके बाद उसने अपराधबोध स्वर में युधिष्ठिर से कहा, 'महाराज! मैंने आपके एकान्त कक्ष में जाकर नियम को भंग किया है। अतः मुझे बारह वर्षो तक इन्द्रप्रस्थ से बाहर रहने की आज्ञा दीजिए।'

युधिष्ठिर स्तब्ध! उनका बनाया नियम उनके लिए ही घातक हो गया। अर्जुन के बिना राजकाज कैसे चलेगा? वे सोच में पड़ गये। उन्होंने धर्म की व्याख्या करते हुए कहा, 'अर्जुन! पंचभूत के कल्याणार्थ संस्कारित जीवन के विकास के लिए जो प्रावधान धारण किया जाता है, वह धर्म है। बड़े भाई यदि पत्नी के संग एकान्त में बैठे रहे तो वहाँ छोटे भाई का जाना अपराध नहीं है। यदि तुम इसे नियम भंग मान भी रहे हो तो मैं उसे क्षमा करता हूँ।'

'नहीं, महाराज! मैंने नियम तोड़ा है तो इन्द्रप्रस्थ से बाहर निश्चय ही जाऊँगा।' यह कहकर अर्जुन अपना धनुष-बाण लेकर द्रौपदी से भेंट किये बिना वन जाने लगा।

यह सब देखकर स्तब्ध रह गई द्रौपदी।उसके दोनों नेत्र रो पड़े। वह तब तक पथराई दृष्टि से अपने विरह मार्ग को निहारती रही, जब तक अर्जुन आँखों से ओझल नहीं हो गया। कैसे संयत करे द्रौपदी आत्म-प्रवंचना! सौंदर्यनिधि होते हुए भी स्वयं पर से आस्था खो बैठी। सौंदर्य पर से भी उसका भरोसा उठ गया। जब प्रेमी ही विमुख हो जाये तो ऐसी सुन्दरता किस काम की? जाते समय स्वामी ने पूछा तक नहीं!! क्यों लाये स्वयंवर से जीतकर? स्वयं को ठगने के लिये भिन्न-भिन्न मार्ग ढूंढना भी द्रौपदी को बड़ा असहज लगने लगा। किससे कहे वह अपने मन की व्यथा! अपनी व्यथा की कथा कहने में भी वह संकोच करने लगी।उसका मन विचलित हो उठा। वह इतना ही बोल पायी, 'हे माधव!'

महाभारत साम्राज्य का निर्माण कर सुदृढ़ प्रशासनिक व्यवस्था सुनिश्चित करना आवश्यक है।प्रजा को भयमुक्त रखने के लिए चहुँ और भरोसेमंद संबंध बनाने के क्रम में कई अरण्य, सरोवर, नदी, तीर्थ इत्यादि होते हुए अर्जुन हरिद्वार पहुँचा। ब्रह्ममुहूर्त में उठकर नित्य-क्रिया से निवृत्त होने के पश्चात नित्य की भाँति वह गंगा स्नान करने चला गया। गंगा के जल पर दोनों हाथों को छपछप मारता हुआ वह तैरता रहा। कभी

डूबकी लगाता तो कभी दूर निकल जाता। वह कभी अचानक जल पर स्थिर हो जाता मानो कोई योगी गंगा के जल के ऊपर क्रियायोग का अभ्यास कर रहा हो। गंगा के शीतल जल के स्पर्श से उसका अंग-अंग निखर उठा। जल की बूंदें उसके देह पर मोती की भाँति चमकने लगीं। उसी समय नाग कन्या उलूपी अपनी सखियों के साथ गंगा के तट पर विहार करने आ गई। वह अर्जुन को देखकर कामासक्त हो गई। उसने अपनी सखियों से पूछा, 'सखी! कौन है यह सौम्य कांति वाला पुरुष?'

सखी लुम्बा बिहँसती हुई बोली, 'मुझे क्या पता? स्वयं जाकर पूछ लो।'

नीले सागर जैसी गहरी आँखें, कुंचित केश, पुष्ट वृषभ कंधे, कानों में कुंडल पहने ऐसे काम्य पुरुष को देखकर कोई भी युवती स्वयं को कैसे संयत करे! उलूपी अपने को रोक नहीं पायी। उसने स्वयं अर्जुन के निकट जाकर पूछा, 'आप कौन? देह के वेश-भूषा से तो यहाँ के नहीं लगते हैं! यहाँ किस प्रयोजन से आये हैं?'

'मैं, इन्द्रप्रस्थ का अर्जुन! अरण्य में स्वछन्द विहार करने आया हूँ।' यह कहकर अर्जुन पुनः स्नान करने लगा।

'इन्द्रप्रस्थ का अर्जुन!' इतना सुनते ही उलूपी का तन-मन झनझना उठा। उसकी उत्सुकता और बढ़ गई। वह अपने भाग्य को सराहने लगी। वह कामातुर होकर अर्जुन को निहारती रही।

जब अर्जुन स्नान कर जाने लगा तो उलूपी पर उसकी दृष्टि पड़ी। उलूपी के नेत्र युगल लज्जा से नत हो गये। वह कुछ देर के लिए झेंप गई। उसी समय ऐरावत वंश के कारव्य नागकन्या के प्रेमपाश में अर्जुन बंध गया। धर्मयुद्ध के लिए उलूपी को इड़ावान नामक पुत्र हुआ।

अर्जुन से परितृप्त होने पर उलूपी वरदान देती हुई बोली, 'स्वामी! कोई भी जलचर जीव कभी भी आपको भयाक्रांत नहीं कर पायेगा। आपसे अनुरोध है कि जीवन में जब कभी भी मेरी या मेरे पुत्र की आवश्यकता प्रतीत हो अपने पास बुला लीजिएगा।'

हरिद्वार होते हुए अर्जुन ने हिमालय तराई में अगस्तवट, वसिष्टपर्वत, भृगश्रृंग इत्यादि तीर्थों का दर्शन किया। हिमालय के ऊपरी क्षेत्र में कोणधारी वन और तराई में सदावहार वन उसे आकर्षित करते रहे। उसके बाद वह अंग, वंग होते हुए कलिंग देश पहुँचा। कुमारी आर्या से सम्पर्क होने के बाद वह महेन्द्र पर्वत होते हुए मणिपुर पहुँचा। मणिपुर के राजा चित्रवाहन की अति सुन्दर कन्या चित्रांगदा उसे उपवन में विहार करती हुई मिली। वह अर्जुन को देखकर अपने पर नियंत्रण नहीं रख पायी। कोई भी युवती अर्जुन के संग प्रथम मिलन में ही स्वयं को अर्पित करने की भूल कर बैठेगी। इन्द्रप्रस्थ के अर्जुन को पाकर चित्रांगदा धन्य हो गई। समय बीतता गया। कुछ दिनों के पश्चात चित्रांगदा और पुत्र बभ्रुवाहन को राजा चित्रवाहन के पास ही छोड़कर अर्जुन सोमभद्र तीर्थ चला आया। यहाँ मगर के रूप में रहने वाली अप्सरा का उसने उद्धार किया। इस तरह उसने नैमिषारण्य, दण्डकारण्य और पुष्करारण्य की यात्रा की।

सागर के किनारे-किनारे चलकर अर्जुन पौलोम, कारन्धम, भारद्वाज, गोकर्ण क्षेत्र होते हुए प्रभास क्षेत्र पहुँचा। सम्पूर्ण क्षेत्र कृष्ण से सुवासित था। यहाँ के रैवतक पर्वत पर राजोचित सभी सुविधाएं पहले से ही अर्जुन के स्वागत के लिए द्वारकाधीश की आज्ञा से उपलब्ध करायी गई। बलराम की पत्नी रैवती के पिता ककुद्मिन का रैवतक राज्य के प्रमुख होने से स्वागत प्रबंधन में कोई कमी नहीं हुई। अर्जुन के आने की सूचना संभवतः वसंत ऋतु को भी मिल गई। प्रकृति ने वसंती वर्षा की फुहारों से सराबोर होकर स्वयं को सजा ली। पतझड़ किस्म के वृक्षों के साथ सदावहार किस्म के वृक्षें भी शोभा बढ़ाते रहे। रंग-बिरंगे पुष्पों का चंदोवा सम्पूर्ण रैवतक पर्वत पर पसार कर वसंत ऋतु अर्जुन की प्रतीक्षा में मुस्कुराती हुई लगी रही। अर्जुन के आते ही मानो रैवतक पर्वत ने सुनहली धूप के संग सरोवर रूपी पूजापात्र में कमल और कौमुदी पुष्पों को सजाकर उसका अर्घ्य अर्जुन को अर्पित किया। कौमुदी और कमल

पुष्पों से सुसज्जित यह सरोवर अर्जुन को बहुत पसंद आया। रैवतकों की कुलदेवी का मंदिर रैवतक पर्वत पर रहने से मंदिर में घंटा, शंख इत्यादि की ध्वनि अर्जुन को स्पष्ट सुनायी देती रही। वहाँ के लोग मंदिर जाकर गंध, धूप, पुष्पादि से पूजा अर्चना में व्यस्त हो गये।

यहाँ द्वारका से कृष्ण भी आ पहुँचे। दोनों सखा रैवतक पर्वत पर विहार करते हुए आत्मा, ब्रह्म, जीवात्मा इत्यादि पर चर्चा करते रहे।पर्वत पर पूजा–अर्चना देखकर अर्जुन ने पूछा, 'केशव! इतने सारे लोग यहाँ आराधना करने आते हैं, यह पूजा भी तो भक्ति ही है?'

कृष्ण पहले मुस्कुराये और फिर ईश्वरोपासना का अर्थ बतलाते हुए कहा, 'अर्जुन! मानव कामनाओं की पूर्ति के लिए भिन्न-भिन्न देवताओं की पूजा–अर्चना करते हैं। जो भक्त जिस देवता की पूजा करते हैं, मैं उस देवता के प्रति उसकी श्रद्धा को अटल कर देता हूँ। किन्तु...।'

'किन्तु क्या? केशव!' अर्जुन ने चिहुँक कर पूछा।

तब कृष्ण ने कहा, 'कामना की पूर्ति हेतु की गई पूजा का फल स्थायी नहीं होता है। ब्रह्म की उपासना ही स्थायी भक्ति है।'

'केशव! ब्रह्म की पूजा कैसे की जाती है? अर्जुन ने उत्कण्ठित होकर पूछा।

तब कृष्ण ने कहा, 'अर्जुन! जन्म-जन्मान्तर में किये गये वाह्य पूजा से जब पुण्योदय होता है तब अंतरंग पूजा की ओर अभिरुचि होती है। अन्नादि के दान से, पुष्प, चन्दन, कुंकुम, कर्पूर, नैवेद्य या इत्र इत्यादि के अर्पण करने से भी इस ईश की अर्चना सम्पन्न नहीं होती है।'

'फिर कैसे अर्चना की जाती है? केशव!' अर्जुन ने उत्सुकता जताते हुए पूछा।

'यद्यपि सब कुछ ब्रह्म ही है, तथापि स्वयं ब्रह्ममय हुए बिना ब्रह्म की भक्ति असम्भव है। इन्द्रियों द्वारा की गई पूजा तब तक पूर्ण नहीं होती जब तक उस पूजा में मन का समावेश न हो।' कृष्ण ने यह कहकर अर्जुन को विस्मय में डाल दिया।

तब अर्जुन ने पूछा, 'माधव! पूजा-अर्चना क्या सभी लोग मन से किया करते हैं?'

उसी समय कृष्ण की बहन सुभद्रा रैवतक पर्वत पर पूजा-अर्चना करने आ गई। उसके साथ रुक्मिणी थी।

कृष्ण ने अर्जुन के प्रश्न का उत्तर देते हुए कहा, 'पार्थ! लोग मन से भी पूजा करते हैं और नहीं भी करते हैं। आर्त्त, जिज्ञासु, अर्थार्थी और ज्ञानी मुझको भजते हैं। मैं इन सबको प्रिय लगता हूँ। ऐसे लोग मुझे प्रिय लगते हैं। किन्तु दुष्कृत लोग दम्भ, दर्प, क्रोध और निष्ठुरता इत्यादि भाव को प्राप्त कर मेरा भजन नहीं करते हैं।'

तभी सुभद्रा की दृष्टि अर्जुन पर पड़ी। अर्जुन को देखते ही वह मुस्कुरा उठी, मानो वह अर्जुन को पहले से ही जानती हो। यह देखकर रुक्मिणी चौंक उठीं। अर्जुन को देख लेने से सुभद्रा पर हो रही प्रतिक्रिया को देखकर रुक्मिणी पहले तो अचकचा उठी, फिर संभल गई और मन ही मन मुस्कुरा उठी। उसे प्रेम की परख थी। वह समझ गई सुभद्रा के मन की बात।

उसी अनन्तर अर्जुन ने पूछा, 'केशव! परमात्मा और जीवात्मा में क्या संबंध है?'

कृष्ण ने संक्षेप में समझाते हुए कहा, 'परमात्मा और जीवात्मा में अंशी और अंश भाव की सत्ता है। जीव अंश है और परमात्मा अंशी। ब्रह्म से आत्मा के स्फुरण होते ही जब वे प्रकृतिस्थ होते हैं तभी प्राण के संचार होने लगते हैं। चंचल प्राण ही मन है। अर्जुन! वस्तुतः स्रष्टा ही अन्ततः सृष्टि बन जाते हैं। हेय गुणों से रहित यही अंश भगवान् कहलाते हैं।'

अर्जुन ने विस्मित होकर पूछा, 'स्रष्टा ही अन्ततः सृष्टि कैसे हो जाते हैं? माधव!'

कृष्ण ने गंभीर होकर कहा, 'ब्रह्म से प्रस्फुरित भैरवाकार महाकाल और उसकी स्पन्दन अद्याशक्ति के संयोग से सृष्टि होती है। इसी

आद्याशक्ति प्रकृति में गुणक्षोभ होने पर नाद अर्थात् महतत्त्व की उत्पत्ति होती है।इसी महतत्त्व से अहंकारतत्त्व की उत्पत्ति के उपरान्त पंचमहाभूत क्रमशः प्रकट होते हैं।'

कुछ क्षण तक इसी तरह तत्त्वज्ञान पर चर्चा होती रही। उसके बाद अर्जुन विश्राम करने चला गया। उसके चले जाने के बाद रुक्मिणी ने अर्जुन के लिए सुभद्रा पर होने वाली प्रतिक्रिया का रहस्य कृष्ण को कह डाला। अब तो कृष्ण सुभद्रा से अर्जुन की त्रुटियों की चर्चाकर सुभद्रा के मन की थाह पाने का प्रयास करने लगे। किसी के भी मन की थाह पा लेना कृष्ण जानते थे। सुभद्रा तो तनमन से अर्जुन को चहती थी। अर्जुन के विरुद्ध वह कुछ सुनना ही नहीं चाहती थी। कुछ मास पूर्व ही वर्षा काल में बलराम के यहाँ वेश बदलकर त्रिदण्डी वैष्णव के रूप में सुभद्रा से अर्जुन मिल चुका था। इसकी जानकारी कृष्ण को भी थी।

सुभद्रा का देह रंग कौमुदी पुष्प जैसा था। कोमल कचनार सा अंग सौष्ठव। आरक्त अधर। अनार के दानों सदृश दाँतें। कजरारी कामुक आँखें जैसे नील कमल हो। रक्तवर्ण पद्म के पंखुड़ी की तरह पाँव और करतल।

कृष्ण तो सुभद्रा का विवाह अर्जुन से कराने के लिए तैयार हो गये, किन्तु अड़चन मात्र भ्राता बलराम बन गये। वे अपने शिष्य हस्तिनापुर के राजकुमार दुर्योधन से सुभद्रा का विवाह कराने की पहल करने लगे। उसी दिन बलराम सुभद्रा से बोले, 'सुभद्रे! मेरा शिष्य हस्तिनापुर का राजकुमार दुर्योधन बड़ा बलशाली है। मैंने ही उसे गदायुद्ध की शिक्षा दी है। उसी से तुम्हारे विवाह की चर्चा हमलोग करना चाहते हैं।'

सुभद्रा दाऊ के सुझाव को ठुकराती हुई बोली, 'दाऊ! शक्ति का प्रयोग संहार के लिये भी किया जाता है और सृजन के लिये भी। उस उद्दण्ड और उद्धत से सृजन नहीं मात्र संहार की ही अपेक्षा की जा सकती है। ऐसे व्यक्ति से मेरा विवाह! उससे विवाह करने से अच्छा है द्वारका के प्रभास सागर में जल समाधि ले लूँ।'

कृष्ण ने तत्क्षण सुभद्रा को टोका और कहा, 'सुभद्रे! दाऊ से ऐसे नहीं बोला जाता है।'

'कैसे नहीं बोलूँ? क्या ये नहीं जानते कि दुर्योधन कितना बड़ा उद्दण्ड और उत्पाती है!' यह कहकर सुभद्रा वहाँ से चली गई।

सुभद्रा और अर्जुन के प्रेम की प्रगाढ़ता कृष्ण जान गये।प्रेम के भाँति-भाँति रुपों की पहचान उनको थी। अब तो वे सुभद्रा के विवाह की युक्ति सोचने लगे। शीघ्र ही उन्होंने युक्ति भी सोच ली। उन्होंने अर्जुन से भेंटकर कहा, 'अर्जुन! सुभद्रा उत्सव के अनन्तर रैवतक पर्वत पर पूजा करने आयी है। पूजा के पश्चात द्वारका लौटते समय तुम उसका हरण कर लो। दाऊ सहजता से मानने वाले नहीं हैं।'

'नहीं, केशव! ऐसा न कहें। हमारा प्रेम निश्छल है। यह तो आप भी जानते हैं। हरण करने की आवश्यकता ही क्यों पड़ेगी मुझे?' अर्जुन यह कहकर कुछ सोचने लगा।

कृष्ण ने भ्राता बलराम की असहमति की चर्चा करते हुए कहा, 'दाऊ नहीं चाहते हैं, अर्जुन! वे दुर्योधन से सुभद्रा का विवाह कराना चहते हैं। इसीलिए मेरी बात सुनो। विदर्भ कन्या भीष्मक पुत्री रुक्मिणी आयु में मुझसे बहुत ही छोटी रहने के बावजूद मैंने उसके प्रेम के आमंत्रण को स्वीकारते हुए कौण्डिल्यनगर पहुँच कर उसके हरण करने का निर्णय लिया था। तुम भी उसी तरह सुभद्रा का हरण कर लो। सुभद्रा स्वयं रथ चलाना जानती है। हरण करने में वह तुझे सहयोग भी देगी।'

अर्जुन ने वैसा ही किया। इधर कृष्ण न जाने कितने समय तक वंशी पर कर्तव्यपूर्ति की अतीन्द्रिय धुन बजाते रहे, यह उन्हें भी पता नहीं रहा। रथ से सुभद्रा के साथ जब अर्जुन इन्द्रप्रस्थ प्रस्थान करने लगा तो यदुवंशी इस अपहरण से अपने को अपमानित समझने लगे। वे लोग अर्जुन पर आक्रमण कर बैठे। यदुवंशियों से घिरे अर्जुन ने आमोदपूर्ण स्वर में कहा, 'सुभद्रे! यदि यदुवंशियों ने विवाह में अड़चन डालकर विवाह नहीं होने दिया तो?'

'तो मैं आजन्म कुंवारी रहूँगी।' यह कहकर सुभद्रा ने अपना होंठ भींच लिया।

संस्कार सम्पन्न नारी मात्र देह से ही नहीं मन से भी पर पुरुष की अंकशायिनी बनने की कामना नहीं करती है। यह संस्कार मात्र आर्यावर्त्त में ही पाया जाता है। सुभद्रा मन से अर्जुन का वरण कर चुकी थी।

कृष्ण ने चतुराई से सभी पराक्रम दिखलाने वालों को चिल्लाकर कहा, 'वीरों! आप सबों का पराक्रम स्तुत्य है। किन्तु अर्जुन को पराक्रम से जीतना भगवान् शंकर के अतिरिक्त किसी और के लिए दुष्कर है। इस समय पराक्रम से नहीं प्रेमभाव से अर्जुन को वश में किया जा सकता है।'

कृष्ण की चतुराई की प्रतीति बाद में उन्मोचित्त होती है।बलराम अन्ततः कृष्ण की चतुराई जान गये। सभी यदुवंशियों ने अर्जुन पर प्रहार करना छोड़ दिया।

मरकतमणि सदृश शोभित द्वारका नगरी में महल, उपवन, राजमार्ग, वाटिका, सब कुछ अर्जुन के स्वागतार्थ सजा दिये गये।द्वारका का राजप्रासाद इत्र-फूलेल, धूपादि की महक से सुवासित हो उठा।मण्डप में पीतवर्ण की अंशुक ओढ़ी सुभद्रा संग अर्जुन का विवाह संस्कार वैदिक रीति से सम्पन्न हो गया। वैदिक रीति से विवाह प्रक्रिया में जो परम्पराएं निभायी जाती है, उसमें शुभ भावना के प्रस्फुटित होते ही दाम्पत्य जीवन में शुभ संस्कार और सौभाग्य का उदय होता है।विवाह एक ऐसा बंधन है, जो क्षणभंगुर जीवन के परिप्लोष को भुलाकर गुदगुदाने वाले सार्थक प्रेम की महक प्रदान करता है।

शयनकक्ष में मधुशय्या सजायी गई।हरसिंगार के छोटे-छोटे श्वेत और सुगंधित पुष्पों से सजी हुई शय्या पर सुभद्रा सलज्ज होकर बैठी।यह रात्रि बन गई संकोच, सम्मोह और समर्पण की! दाम्पत्य जीवन का आधारभूत संरचना सुनिश्चित होने की शुभ रात! आकाश से चन्द्रमा अपनी चाँदनी मुक्तहस्त से द्वारका के ऊपर उस दिन कुछ अधिक ही उँड़ेलने लगा।सुमधुर स्वर में गूँजते समुद्र और उसी ओर से मन्द शीतल

पवन के झोंके महल में आते रहे। कुसुम समूहों से मकरन्द झरते रहे।शयन कक्ष में अर्जुन के प्रवेश करते ही कक्ष के ताखों पर रखे रत्नदीपों की ओर इंगित करती सुभद्रा त्वरित गति से उठी और एक-एककर सभी रत्नदीपों को बुझा डाली।गवाक्ष के अधखुले कपाटों के झरोखे से निर्झर बनकर शयनकक्ष में प्रवेश करने वाली चाँदनी और सागर की ओर से आती स्वर लहरी संग मन्द शीतल पवन के झोंके दो हृदयाकाशों को गुदगुदाने लगे।

सुभद्रा-विवाह के पश्चात अर्जुन का कृष्ण से मिलना बारबार होने लगा।प्रत्येक मिलन में तत्त्वज्ञान, धर्मतत्त्व, युद्धकौशल इत्यादि पर चर्चा होते रहने से अर्जुन में मानवीय अवगुण कम होता चला गया और स्थितप्रज्ञता की ओर उसकी अभिरुचि बढ़ने लगी।

एक वर्ष तक द्वारका में रहकर शेष समय अर्जुन ने पुष्कर में व्यतीत किया।पुष्कर ब्रह्मा की नगरी कहलाती है।यहाँ के सरोवर को पवित्र माना जाता है।यहाँ पर्वत पर सावित्री का सुविख्यात मंदिर भी है।द्रौपदी से अलग रहकर कुल बारह वर्षों के पश्चात सुभद्रा के साथ इन्द्रप्रस्थ लौटने का समय आ गया।

सम्पूर्ण इन्द्रप्रस्थ की रंगाई-पुताई, साज-सज्जा होने लगी।उल्लास और उमंग से ओतप्रोत नगरी में पताकाओं, पुष्पमालाओं और बन्दनवार से अट्टालिकाओं को सजाया गया।राजमार्ग पर पुष्प छींटे गये।इन्द्रप्रस्थ में सब उत्फुल्ल और प्रसन्न। द्रौपदी सबसे अधिक उत्फुल्ल! फाल्गुनी के आगमन की आहट द्रौपदी के मन को गुदगुदाने लगी।अचानक इन्द्रप्रस्थ में कृष्ण की महक से द्रौपदी चौंक उठी। उनकी उपस्थिति द्रौपदी के लिए कौतूहल का विषय बन गई।

इन्द्रनीलमणि के नानाविध किरणपूंजों की भाँति चमकते हुए अन्त:पुर होकर सीधे द्रौपदी के शयन कक्ष में कृष्ण पधारे। स्वाभाविक मृदुल मुस्कान बिखेरते हुए उन्होंने द्रौपदी के निकट आकर कहा, 'सखी! तुम्हारे सम्राज्ञी होने के उपरान्त दायित्व और व्यस्तता अधिक रहने के कारण

तुम्हारे राज-काज की जटिलताओं को सुलझाने में सहयोग देने के लिए अर्जुन के संग सुभद्रा आयी है।'

'सुभद्रा! इन्द्रप्रस्थ में! सहयोग कैसा? क्या आर्यश्रेष्ठ से सुभद्रा का विवाह हो गया है?' यह बुदबुदाते हुए द्रौपदी अवश होकर पलंग पर बैठ गई। बारह वर्षो तक प्रतीक्षा करने के पश्चात अंकशायिनी बनने के प्रत्युत्तर में यह शास्ति! द्रौपदी के उल्लास, उमंग और उत्साह सब मंद पड़ गये।

द्रौपदी से बातें करके कृष्ण वहाँ से निकल कर युधिष्ठिर से मिलने चले गये। सुभद्रा की आगवानी के लिए युधिष्ठिर की पत्नी रत्नपूर्णा, नकुल की पत्नी करेणुमती, सहदेव की पत्नी विजया इत्यादि अन्तःपुर के मुख्य द्वार पर आ गईं।

अपने शयनकक्ष में अवश और विवश होकर बैठी द्रौपदी अन्तःपुर के प्रांगण में झांकते ही विस्मित हो गई।उसने देखा अन्तःपुर में लक्ष्मी के दो चरणों की तरह नूपुर शोभित दो रक्तपद्म पाद! द्रौपदी सोचने लगी, 'जिसके चरण ही आरक्त-कमल की तरह इतने सुंदर हैं, उसका मुखमण्डल कितना सुन्दर होगा?'

आरक्त वर्ण की रेशमी साड़ी में लिपटी छुईमुई सी घूँघट की ओट में सुभद्रा ने पहले रनिवास जाकर राजमाता कुन्ती के चरणों को छू कर प्रणाम किया।सौंदर्यनिधि गोरी पुत्रवधू को देखकर कुन्ती निहाल हो गई।कृष्ण की कृपा पर वह मन ही मन कृतज्ञता अर्पित करने लगी।उसने सुभद्रा को स्नेहातुर होकर आशीर्वाद दे डाला, 'सौभाग्यवती भव।' पति जिसे आजीवन और आकण्ठ प्रेम का सुहाग-भाग्य प्रदान करता रहे, वही सौभाग्यवती।

रुनझुन-रुनझुन सुभद्रा की नूपुर ध्वनि द्रौपदी के तनमन को झंकृत करती रही।शनैःशनैः नूपुर ध्वनि द्रौपदी के निकट से निकटतर आते-आते तीव्र से तीव्रतर होती रही।पलंग पर अवश होकर बैठी द्रौपदी के निकट जाकर सुभद्रा ने उसके चरणों को छुआ और अश्रुजल से डबडबायी

नेत्रों से बोली, 'बहन! मैं तुम्हारी दासी हूँ, सौत नहीं। मुझ पर विश्वास करो। तुम्हारी जैसी पुनीता की सेवा करने ही मैं यहाँ आई हूँ, राजरानी बनने नहीं। तुम्हारी सेवा कर मैं धन्य हो जाऊँगी। सेवा स्वीकार करोगी तो इन्द्रप्रस्थ में रहूँगी, अन्यथा दाऊ के संग आज ही सदा के लिए द्वारका लौट जाऊँगी। फिर कभी इन्द्रप्रस्थ नहीं लौटूँगी।'

द्रौपदी सोचने लगी कि यदि सुभद्रा द्वारका लौट गई तो अर्जुन को पुनः इन्द्रप्रस्थ छोड़ने का कारण अकारण ही मिल जायेगा। वह किसी भी परिस्थिति में अर्जुन से दूर रहना अब नहीं चाहती थी।

द्रौपदी में यह नैसर्गिक गुण था कि वह स्त्रियोचित संस्कार किसी भी परिस्थिति में भूलती नहीं थी। मधुर वचन सुनकर उसने प्रसन्नता से सुभद्रा को अंक में भरकर गले लगा लिया। द्रौपदी के प्रगाढ़ आलिंगन में जो स्नेहातुर ऊष्मा सुभद्रा को मिली, वह ऊष्मा रुक्मिणी के आलिंगन सदृश ही उसे भायी। सुभद्रा की शालीनता, सहजता और सादगी द्रौपदी के मन को छू डालीं। कुछ देर तक बातें करने के बाद सुभद्रा वहाँ से चली गई।

द्रौपदी प्रजाजनों से सुनती आयी थी कि एक मात्र वही है सौंदर्यवती इस आर्यावर्त्त में, किन्तु सुभद्रा की सुन्दरता को देखकर उसका भ्रम टूट गया। सुन्दरता की कोई अन्तिम परिभाषा नहीं होती है। उसके मुखमंडल पर उभरती देह भाषा बहुत कुछ कह रही थी। अर्जुन वहीं खड़ा-खड़ा अहंकार विहीन द्रौपदी पर हो रही प्रतिक्रिया का विश्लेषण करता रहा। यद्यपि द्रौपदी अर्जुन को देखकर सोचने लगी कि सुभद्रा जैसी गोरी और सुन्दर पत्नी पाकर अर्जुन उसकी ओर से वीतस्पृहा हो जायेंगे, तथापि प्रेमभरा उलाहना देती हुई बोली, 'स्वामी! इन्द्रप्रस्थ प्रासाद के अन्तःपुर में मन नहीं लग रहा था। आपने अच्छा किया जो सुभद्रा को ले आये। अब तो निश्चय ही इन्द्रप्रस्थ को छोड़कर अन्यत्र जाने का कोई कारण ढूंढ नही पाइएगा।'

द्रौपदी की बौद्धिक सुन्दरता ने अर्जुन को निरुत्तर कर डाला। कुछ क्षणों

तक अर्जुन ने चुप रहना ही उचित समझा।फिर उसने द्रौपदी के निकट जाकर कहा, 'ऐसा न कहो, कृष्णा! आक्षेप न लगाओ!! तुम्हारा स्थान सुभद्रा या उलूपी या चित्रांगदा नहीं ले पायेगी।कभी नहीं।यह सब तो कर्तव्यपूर्ति की झलक है। दूसरों के लिए जो जीता है, वही सही अर्थों में मानव है।प्राणवायु के बिना वायु, सुर के बिना संगीत, आत्मा के बिना देह जैसे निरर्थक है उसी प्रकार याज्ञसेनी के बिना फाल्गुनी का अस्तित्व भी निरर्थक है।'

पत्नी को यदि समय समय पर स्नेह, सांत्वना और सहानुभूति मिलती रहे तो वह इतने में ही प्रसन्नता के साथ जीवन में प्रमुदित होकर रह लेती है।यह रहस्य जो जान लेता है, वह दाम्पत्य जीवन की हर कठिनाईयों का निराकरण क्षण भर में कर लेता है।

सुभद्रा के विवाह के अवसर पर दहेज में सहस्त्रों अश्व, हाथी, गाय, रथ, दासी, दिव्य वस्त्र, स्वर्णाभूषण तथा अनेकानेक प्रकार के फल और मधुर मिष्टान्न से कृष्ण ने इन्द्रप्रस्थ को परिपूर्ण कर दिया।आज तक इन्द्रप्रस्थ और हस्तिनापुर में इतना सारा दहेज कभी नहीं आया।लक्ष्मी जब आती है तो अपने साथ वैभव भी ले आती है।सुभद्रा को तो द्वारका और इन्द्रप्रस्थ में कोई अन्तर ही नहीं दीख पड़ा।

**

अन्ततः बारह वर्षों के एक दीर्घ अन्तराल के पश्चात फाल्गुनी और याज्ञसेनी का युग्म जीवन आरम्भ हुआ।ग्रीष्म ॠतु की पतझड़ से छायी उदासी वर्षा ॠतु के आगमन का आभास पाते ही धीरे-धीरे कम होने लगी।ॠतु मिलन के आगमन होते ही नव किसलय से प्रकृति आलोड़ित होने लगी।इसी क्षण यह कितना आशय सम्पन्न परिदृश्य हो गया! दासी धात्रेयिका ने द्रौपदी के निर्देशन में मधुशय्या सजायी।द्रौपदी हर कला

में निष्णात थी। साहित्य का सृजन करना, चित्रकला को जीवन्त रुप देना, कवित्व का पारखी होना इत्यादि सब कुछ थी। वह स्वयं कविता लिखती भी थी।

रात्रि में दासी धात्रेयिका द्रौपदी का श्रृंगार करने के पश्चात बोली, 'महाराज्ञी! कल तो आपके आर्यश्रेष्ठ से मैं इस श्रृंगार के लिए पारितोषिक माँगूगी।'

द्रौपदी मुस्कुरा उठी और एक हार अपने गले से निकालकर बोली, 'मालिनी! कल क्यों? आज ही तू यह हार ले ले। उनसे कल तुम कुछ मत मांगना।'

'उन्हीं से पारितोषिक लेने में श्रृंगार की श्रेष्ठता आंकी जायेगी,' यह कहकर वहाँ से धात्रेयिका मुस्कुराती चली गई।

निभृत रात्रि में शयनकक्ष में प्रवेश करते ही अर्जुन ने कहा, 'कृष्णा! शयनकक्ष की सज्जा तो अपूर्व है। विविध रंगों का सामंजस्य ऋतु-मिलन अनुरुप अद्‌भुत है।'

द्रौपदी कुछ नहीं बोली। वह मात्र मुस्कुराती रही कृष्ण की तरह। कुछ क्षण बाद अर्जुन अपनी दृष्टि द्रौपदी पर डालते हुए बोला, 'कृष्णा! तुम्हारे नाम का सखा के नाम से समतुल्य रहने के कारण तुमसे विवाह करने की आकांक्षा ने पांचाल के स्वयंवर में मेरी जीत सुनिश्चित की है।'

द्रौपदी यह सुनकर लज्जा से दुहरी हो गई। अपने होंठों पर मुस्कान बिखेरती हुई वह बोली, 'आर्य! क्या नाम से ही तृप्ति हो गई?'

''तुमको जब-जब मैं देखता हूँ और तुझे जब-जब 'कृष्णा' कहकर पुकारता हूँ, तब-तब केशव का स्मरण होता रहता है। इतनी बड़ी उपलब्धि संसार की किसी भी परितृप्ति से क्या कम है?'' यह कहकर अर्जुन पलंग पर बैठ गया।

द्रौपदी के दोनों नेत्र लाज से नत हो गये। वह विस्मय में प्रश्न कर बैठी, 'स्वामी! क्या सम्पूर्ण संसार में यही बड़ी उपलब्धि है।? संसार शब्द का अर्थ है, समस्त दृश्य सृष्टि। क्या सम्पूर्ण दृश्यमान में सखा भी?'

"हाँ, कृष्णा! सखा से भी बढ़कर सखा का नाम महत्व रखता है।'कृष्ण' ब्रह्मवाचक शब्द है।इस प्रणव नाम के स्मरण मात्र से ईश की कृपा निःसृत होने लगती है।कितना लुभावना नाम है!" यह कहकर अर्जुन चुप हो गया।

कुछ देर के लिए शयनकक्ष में निभृत नीरवता छा गयी।अर्जुन ने ही निःशब्दता भंग करते हुए कहा, 'कृष्णा! सुना है, सखा को इंगित कर तुमने कुछ साहित्यिक रचना की है।'

'किसने कहा है? द्रौपदी ने चौंककर पूछा।'

अर्जुन ने मंदहास में उत्तर दिया, 'सखा ने कहा है।वे तो तुम्हारी रचना की प्रशंसा भी करते हैं और तुम्हारी रचना गुनगुनाते भी रहते हैं। हम दोनों का युग्मजीवन उसी प्रशंसा की परिणति है।'

द्रौपदी झेंप गई।उसका मुख लाज से रक्तिम हो उठा।वह अपनी अंगुली से सुन्दर आस्तरण वाली शय्या पर अपना नाम बारबार लिखने लगी मानो किसी कविता की रचना कर रही हो।किन्तु कृष्णा के स्थान पर मात्र कृष्ण ही लिख पायी।फिर वह मुस्कुराती हुई बोली, 'क्या मेरी रचना को वे गाते भी हैं?'

हाँ, कृष्णा! वे तो इतना अच्छा गाते हैं कि कभी-कभी मुरली की धुन पर तुम्हारी रचना को बजा भी लेते हैं।'

'अपनी रचना सुनाऊँ आपको!' यह कहकर द्रौपदी अर्जुन की ओर देखने लगी।

'सुनाओ! सार्थक साहित्य लिखना साहित्यकार का दायित्व होता है।प्रजाजनों में विद्रूपता फैलाने वाली रचना से अच्छा है, प्रेम की प्रतीति होने वाली रचना प्रजाजनों को देना।' यह कहकर अर्जुन देखने लगा द्रौपदी की ओर।

द्रौपदी ने विस्मय में पूछा, 'क्या कोई प्रजाजनों में विद्रुपता फैलाने वाली रचना भी लिखते हैं?'

'हाँ, कृष्णा! लेखनी के चातुर्य से भ्रमित करने वाले ऐसे अनर्थकारी

जन बहुत हैं, कणिक को ही देख लो,' यह कहते हुए अर्जुन ने पुनः कहा, 'छोड़ो इन सब छिद्रान्वेषण की बातें, सुनाओ अपनी रचना।'

तब द्रौपदी मन्द किन्तु मधुर स्वर में गाने लगी–

'सखी! पत्र में
लिखूँ क्या संबोधन
यदुवंशी को

निज मन का
संदेश कैसे भेजूँ
वृष्णिवंशी को

'कृष्ण' लिखूँ तो
टूटती है शिष्टता
होगी धृष्टता

'नाथ' लिखूँ तो
छोटापन व 'सखा'
से तटस्थता

प्रेम भी मिथ्या
लगेगा नितान्त ही
'स्वामी' लिखूँ तो

प्रणय होगा
नष्ट होते घायल
'ब्रह्म' लिखूँ तो

'दिव्य रचना सुनाकर द्रौपदी लजा गई। फिर अपने अधर पर अंगुली रखकर होंठों को धीरे से उसने भींच लिया।'

द्रौपदी की आँखों में अपनी आखें डालकर अर्जुन बोला, 'कृष्णा! ऐसी प्रेमातुर रचना सखा के अतिरिक्त किसी अन्य को तुम अभिइंगित कर रचती तो मैं तुझे आजन्म क्षमा नहीं करता।'

इस पर द्रौपदी खिलखिलाकर हँस पड़ी। उसके हँसने से लगा मानो हीरों के कई कणें एक साथ झरने लगे हों।

कुछ क्षण के पश्चात अर्जुन ने कहा, 'यह तुम्हारा दोष नहीं है, कृष्णा! कोई भी सखा का दर्शन अनजाने में भी एक बार कर लेता है तो उनकी रसभरी मादक नेत्रों को देखकर वह उन्हीं पर न्योछावर हो जाता है।'

द्रौपदी पुनः खिलखिलाकर हँस पड़ी।

अब अर्जुन कुछ गंभीर होकर बोला, 'कृष्णा! तुम्हारी अनुभूति काव्य बनकर उभर आयी है।शब्दों के सार्थक प्रयोग से प्रतीयमान अर्थो में अनुभूतियों को उकेरने में तुम निष्णात हो।धन्य हो तुम और धन्य है तुम्हारी रचना!'

अपनी प्रशंसा सुनकर भी द्रौपदी कुछ न बोली, केवल होंठ दबाकर हँस दी।अर्जुन का मुग्ध, सौम्य और कांत रूप देखकर वह सोचने लगी, 'तन से भी सुन्दर है इनका निर्मल मन, पत्नी को और क्या चाहिए!'

जहाँ ईश्वर की चर्चा हो, वहाँ प्रभु न आये! ऐसा हो नहीं सकता है।कृष्ण की महक कृष्णा को और केशव की आहट किरीटी को मिलने लगी।उन दोनों ने देखा शयनकक्ष के कपाट पर मृदु-मृदु मुस्कुराते हुए कृष्ण खड़े हैं।वे कब से ही इन दोनों की बातें सुन भी रहे थे।इन दोनों से भेंट करने वे इधर ही आ गये थे।कपाट के पास से ही उन्होंने कहा, 'क्या मैं सखी के शयनकक्ष में एक अनुमति लेने हेतु प्रवेश कर सकता हूँ?'

'हाँ, हाँ।आइए, पधारिए!' द्रौपदी और अर्जुन दोनों एक साथ बोल पड़े।

द्रौपदी के शयनागार में प्रवेश करते ही कृष्ण ने कहा, 'सखी! अर्जुन तो श्वासों में लेने वाले प्रत्येक वायु को भी मुझे ही अर्पित करता है।प्रत्येक श्वास में वह मेरा ही स्मरण करता रहता है।'

यह सुनकर द्रौपदी और अर्जुन मुस्कुराने लगे। द्रौपदी सोचने लगी सखा को कहीं मेरे विषय में भी तो यही जानकारी नहीं हो गई! फिर दोनों ने अपने पलंग पर जैसे ही उन्हें बिठाया, वैसे ही कृष्ण द्रौपदी से बोले, 'सखी! इतना निर्मम न बनो। निशार्ध हो रही है। अब तो अर्जुन को प्रेमानुभूति कराओ। प्रेम करना समझाओ। प्रेम ही दुरुह जीवन में आने वाले कठिनाईयों का निराकरण पल भर में कर देता है। क्या तुम यह नहीं जानती हो?'

तभी अर्जुन ने कहा, 'केशव! प्रेम क्या कोई सीखने-सिखाने की वस्तु है? यह तो स्वतः हो जाता है।'

इस पर द्रौपदी खिलखिलाकर हँसती हुई बोली, 'सखा को गोकुल के स्नेह संसार और वृंदावन के प्रेम प्रसंग का अनुभव तो है हीं!' फिर अर्जुन की ओर मुड़कर वह बोली, 'उस प्रेम के प्रभाव का अनुमान तो आर्यश्रेष्ठ को भी अब तक हो ही गया होगा!'

यह सुनकर अर्जुन चौंक पड़ा और बोला, 'ठिठोली तो नहीं कर रही हो। मुझसे? कृष्णा!'

अर्जुन को विस्मय में पड़े देख द्रौपदी बोली, 'चंचल प्राण ही मन है। मन में प्रज्ञा के कारण अनुभव और अनुभूति की शक्ति होती है। उसी से प्रेम की तरंगें लहराती है। इसी अनुभव और अनुभूति से प्रेम की कला सीखी जाती है। प्रज्ञा के बिना निःस्वार्थ प्रेम असंभव है।'

'सुना, अर्जुन! इसे कहते हैं प्रज्ञा। समदर्शी हुए बिना प्रज्ञावान होना असंभव है। प्रेम करने से प्रेम बढ़ता है। प्रेम ईश्वरी प्रेरणा है। प्रेम में छल और उसका उपहास अनर्थकारी होता है। सात्विक प्रेम से ही ईश में प्रीति और उनकी प्रतीति होती है।' कृष्ण यह कहकर हास्य की एक अद्भुत छटा बिखेरते हुए अर्जुन की ओर देखने लगे।

जब अर्जुन कुछ न बोला, तब कृष्ण ने द्रौपदी की ओर मुड़कर कहा, 'सखी! प्रेम करना तो कोई तुमसे सीखे।'

'धत्! आप भी परिहास करने लगे,' यह कहकर द्रौपदी लजा गई।

इसपर कृष्ण ने कहा, 'ठिठोली नहीं कर रहा हूँ।सच कहता हूँ, सखी! मुझ पर विश्वास करो।'

द्रौपदी झटसे बोल पड़ी, 'ई श श्ऽऽऽ! वृंदावन की गोपिकाएं आप पर विश्वास करके तो विरह में पछता रही हैं, अब क्या मुझे भी विरहातुर होकर पछताने के लिए आप विवश करेंगे?'

'उन गोपिकाओं की बात मत पूछो, सखी! मैं तो जन्म-जन्म का ऋणी हो गया हूँ उन सबका।' यह कहते ही कृष्ण के दोनों नेत्र अश्रुजल से वाष्पाच्छादित हो गये।

कृष्ण की आँखों में उदात्त आंसू देखकर अर्जुन ने स्थिति को संभालते हुए बड़ी चतुराई से विषयान्तर करना चाहा, किन्तु कृष्ण ने उसकी चतुराई की अवहेलना करते हुए गंभीर होकर कहा, 'लोगों ने उन सब के विरह अग्नि का आभास मात्र ही समझ पाया है।वास्तविक विरह तो कोई जान ही नहीं पाया है।उन सबकी विरह गाथा ने तो मुझे विवश कर दिया है, उन सबके मन में सतत निवास करने के लिए।'

अब द्रौपदी भी कृष्ण के आँखों में अश्रुजल देखकर प्रसंग को परिवर्तित करने के लिए अपनी उत्सुकता जतायी, 'सखा! कुरुवंश क्या सदैव....., किन्तु कृष्ण ने टोका और स्वयं उसी प्रेम प्रसंग को फिर से दोहराते हुए कहा, 'सखी! रूप संग प्रज्ञा होने पर पुरुष का मन आकृष्ट होता है।तुझमें रूप और प्रज्ञा दोनों है।'

यह सुनकर द्रौपदी झेंप गई।कुछ क्षण के पश्चात द्रौपदी कुरुवंश के विषय में कृष्ण से फिर पूछ बैठी।ससुराल के विषय में कुछ जानने की उत्कण्ठा सभी नारी में होती है।वह बोली, 'सखा! कुरुवंश का इतिहास क्या सदैव से विडम्बनापूर्ण रहा है?'

प्रश्न सुनकर अर्जुन झेंप गया, किन्तु कृष्ण पहले तो मुस्कुराये और फिर बोले, 'ऐसी बात नहीं है, सखी! पुरु, कुरु, विदुरथ, हस्ती, प्रतीप इत्यादि के शौर्य गाथाओं को कौन नहीं जानता है? क्या वे सब विडम्बित इतिहास के दृष्टांत हैं? नहीं न? बोलो! बलखाती नौका में बैठकर इतराती

यमुना नदी में पराशर मुनि ने दशराज कन्या मत्स्यगंधा को देखते जिस दिव्य मुहूर्त में रतिभिक्षा की याचना की, वह विडम्बना नहीं, आशय सम्पन्न थी और सार्थक भी। मत्स्य जैसी दुर्गंध करने वाली से अभिसरण को विडम्बना नहीं निःस्वार्थ विवशता कहो। वस्तुतः विनष्ट हो रहे क्रिया-योग के बचाव और कुरुवंश की आधारभूत संरचना के निर्माण हेतु वह मुहूर्त एक उपकारपूर्ण घटना बन गई। महामुनि से परितृप्त होने पर मत्स्यगंधा को योजनगंधा में रूपान्तरित कर देना भी निरर्थक नहीं हुआ, आशय सम्पन्न हुआ। कृष्ण द्वैपायन के जन्म होने के पश्चात योजनगंधा सत्यवती बन गई राजा शान्तनु की पत्नी। जन्म हुआ चित्रांगद और विचित्रवीर्य का। जब दोनों ही निःसंतान रहे, तब सत्यवती की ही अनुमति से उनके ही पुत्र व्यास के औरस कृपा से अम्बिका ने धृतराष्ट्र को, अम्बालिका ने पाण्डु को और राजप्रासाद की दासी ने धार्मिक पुत्र विदुर को जन्म देकर मात्र कुरुवंश को ही नहीं, सम्पूर्ण जगत को उपकृत कर डालीं।'

'ऊँह...! ऐसे में तो लोग आक्षेप लगायेंगे कि कुरुवंश उपकृत नहीं अपकृत हो गया है!' यह बोलकर द्रौपदी ने अपने दाँतों तले जीभ को भींच लिया।

कृष्ण ने कहा, 'सखी! यह कभी नहीं भूलो कि इन्द्रियों द्वारा किया गया कोई भी कर्म तब तक अपकृत नहीं कहलाता जब तक मन का संयोग न हो। निष्काम कर्म और निःस्वार्थ कृत अपकृत नहीं होते। पराशर मुनि ने निःस्वार्थ कृत किया है। यद्यपि प्रत्येक जीव ईश्वरीय अंश है तथापि धर्म का कोई भी प्रावधान विद्रुपता फैलाने के लिए नहीं, अपितु प्रेमातुर संस्कारित जीवन जीने के लिए होता है।' यह कहकर द्रौपदी की आँखों में आखें डालकर कृष्ण झाँकने लगे।

द्रौपदी और अर्जुन कृष्ण की ओर टकटकी लगाये यह सब सुनकर विस्मित और अचम्भित हाने लगे। द्रौपदी सोचने लगी, 'कृष्ण को कुरुवंश की वंशावली की इतनी गहरी जानकारी हुई कैसे?'

द्रौपदी के मन की बात जानकर कृष्ण ने कहा, 'आचार्य सान्दीपनि, गर्ग मुनि और घोर आंगिरस के अतिरिक्त मैंने बुआ कुन्ती से यह सब जाना है। इसके बाद वे अचानक सोच में पड़कर अन्यमनस्क से हो गये और इस प्रसंग को तुरंत ही समाप्त करते हुए बोले, 'तुम दोनों को शुभ रात्रि! तुम सबको शुभ रात्रि कहने के लिए ही मैं यहाँ आया था, किन्तु बातें करते-करते बहुत देर हो गई है। मैं अभी द्वारका जा रहा हूँ।'

'अभी! आधी रात को? निशार्ध में'!! यह कहकर द्रौपदी विस्फुरित नेत्रों से कृष्ण को देखने लगी।

'हाँ, सखी! अभी निशार्ध में ही जाना होगा। कहीं कोई मेरी अनुपस्थिति में द्वारका पर आक्रमण न कर बैठे।द्वारका की प्रजा के प्रति मेरा कुछ दायित्व भी बनता है।इन्द्रप्रस्थ में रहते हुए बहुत दिन हो गये हैं।'

कृष्ण के जीवन में स्थैर्य कभी रास ही नहीं आया।वे अर्जुन को भी सतत प्रवाह बनाने लगे।इसी कारण आज के दिन द्रौपदी और अर्जुन के युग्मजीवन आरम्भ कराने का मुहूर्त सुनिश्चित हुआ।

सारथी दारुक और सैनिकों से संरक्षित रथों से कृष्ण के द्वारका चले जाने के पश्चात निभृत कक्ष में रातभर तत्त्वज्ञान पर ही चर्चा होती रही।चर्चा के अनन्तर महाभाव के विषय में अर्जुन ने पूछा, 'कृष्णा! तुम विद्या, बुद्धि और ज्ञान में निष्णात हो।कृष्ण प्रेम में महाभाव कैसे होता है? यथार्थतः बतलाओ।'

इस पर द्रौपदी अकलुष मुस्कुरायी और बोली, 'क्या यह आर्यश्रेष्ठ को बताना पड़ेगा?'

'हाँ, कृष्णा! मुझे यथार्थतः समझाओ।तुझे वृंदावन की सभी जानकारियाँ है।' अर्जुन यह कहकर द्रौपदी को निर्निमेष देखने लगा।

तब द्रौपदी नितान्त ही सहज होकर बोली, 'रति, विरति और भक्ति के बिना कृष्ण प्रेम असंभव है।'

'रति!' अर्जुन चौंकते हुए बोला।

द्रौपदी मुस्कुराकर बोली, 'हाँ, आर्यश्रेष्ठ!'

अब मर्यादित भाषा में अर्जुन ने कहा, 'महाराज्ञी! शाब्दिक ठिठोली न करो मुझसे। यथार्थ कहो।'

द्रौपदी गंभीर होकर बोली, 'आर्यश्रेष्ठ को यथार्थ ही कहा है मैंने। ठिठोली नहीं की है। ब्रह्म में रति ही तो महारास है। इसीलिए वृंदावन में महारास देखने शंकर भगवान् भी अपनी अभिलाषा रोक नहीं पाये।'

आश्चर्यचकित होकर अर्जुन ने पूछा, 'ऐसा क्या होता है महारास में? कृष्णा!'

द्रौपदी अधिक समय तक अर्जुन को विस्मय में रखना नहीं चाहती थी, अतः बोली, 'रति के तीन प्रकार हैं। एक तो वह जो कुब्जा ने साधारणी रति कृष्ण में रत होकर अपनाया, दूसरी समंजसा रति, जिसे रुक्मिणी, सत्यभामा आदि ने अपनाया और तीसरी है समर्था रति, जिसे राधा और गोपिकाओं ने कृष्ण में रत होकर अपनाया। मात्र समर्था रति में ही महाभाव होता है। ब्रह्म में रति का अर्थ ही होता है महाभाव। प्रणय, राग और अनुराग क्रमशः महाभाव के लक्षण हैं। वृंदावन के महारास में जैसे ही गोपिका कहती, 'ददामि अधरामृतम्' वैसे ही प्रत्येक गोपिकाओं को ब्रह्मामृत भाव में लाने के लिये कृष्ण कभी यहाँ तो कभी वहाँ पहुँचकर कभी नेति-नेति और कभी अस्ति-अस्ति की दशा में उन सबको ले आते। चीर हरण जैसी घटना से देहातीत अवस्था का अभ्यास होते ही महारास में किसी को आभास होने लगता 'प्रज्ञानं ब्रह्म,' कोई समझने लगती 'अहं ब्रह्मास्मि', कोई कहने लगती 'तत्त्वमसि' और कोई कहती 'अयमात्मा ब्रह्म' ।अमृत का अर्थ ही होता है अविनाशी।'

'कृष्णा! तुमने अभी जो विरति और भक्ति की चर्चा की है, वह क्या इस रति की ही तरह है? अर्जुन प्रश्नवाची नेत्रों से द्रौपदी की ओर देखने लगा।

द्रौपदी तथ्य को और भी स्पष्ट करती हुई बोली, 'संसार से विरक्ति और ब्रह्म में रति ही भक्ति है। इसी को कृष्ण-प्रेम कहते हैं। कृष्ण वस्तुतः ब्रह्म का पर्यायवाची शब्द है। साधारणी रति और समंजसा रति में संसार

से विरक्ति नहीं होती है और न ब्रह्म-भक्ति ही।यही प्रणव है। मात्र समर्था रति में ही ब्रह्म-भक्ति होती है। ऋषि-मुनि सहस्त्रों वर्ष तक प्रणव जप कर ब्रह्म-भक्ति ही किया करते हैं। आत्मा में अटककर आत्मा की प्रणव कीर्त्तन।'

द्रौपदी के विलक्षण ज्ञान ने अर्जुन को कृष्ण प्रेम से ओतप्रोत कर दिया।रात्रि का अवसान होने लगा, किन्तु फाल्गुनी और याज्ञसेनी के निभृत वार्त्तालाप का अवसान नहीं हुआ।द्रौपदी सुबह होते-होते अश्रुजल से छलछलायी नेत्रों से पूछ बैठी, 'स्वामी! उलूपी, चित्रांगदा, सुभद्रा प्रभृति आपके जीवन में आयी।मुझमें क्या कमी रही?'

द्रौपदी के ऐसे वचन सुनकर अर्जुन के दोनों नेत्र अश्रुजल से डबडबा उठे।कर्तव्यपूर्ति के लिए अपनी भावना को प्रशमित करना पड़ता है।दूसरों के लिए जो जीता है, वही मानव है।स्नेह का आलिंगन करते हुए उसने कहा, 'कृष्णा! उलूपी या चित्रांगदा मात्र दायित्व निभाने के लिए है, सौंदर्य पिपासा के लिए नहीं।इसे तुम सदा स्मरण रखो कि नारी की सौंदर्य पुरुष की दृष्टि में प्रमुख आकर्षण हो सकता है, प्रधान आकर्षण नहीं।पुरुष के लिए प्रज्ञा प्रधान है सौंदर्य नहीं।इसका कारण है कि रुप नेत्रों की पिपासा तक ही रहता है किन्तु गुण तो आत्मा के अतल तक छा जाता है।तुझमें प्रज्ञा और सौंदर्य दोनों है।'

द्रौपदी बोली, 'परन्तु.......!' इतना कहते-कहते उसके आँखों से आँसू टपक पड़े।वह कुछ बोल नहीं पायी।

अर्जुन ने आश्रु से डबडबायी अपनी नेत्रों को पोंछते हुए स्नेह से पूछा, 'परन्तु क्या? बोलो, कृष्णा!'

'आपके हृदय साम्राज्य की सम्राज्ञी अब सुभद्रा!! मैं नहीं!' द्रौपदी ने इतना ही कह कर अपने होंठ भींच लिया।

'ऐसा न सोचो, कृष्णा! सुभद्रा तो यहाँ नहीं, द्वारका में रहेगी।तुम तो मेरी आत्मा में बसी हो।तुम्हारी जैसी पत्नी पाकर मैं धन्य हो गया हूँ। तुमने जितना सहन किया है, क्या कोई नारी इतना सहन कर पायेगी?

मेरे जीवन में आकर तुमने मुझे सार्थक बना डाला है। उलूपी या चित्रांगदा या सुभद्रा मेरे हृदय से याज्ञसेनी को विच्युत नहीं कर सकतीं। सुभद्रा हो या कोई और, इन्द्रप्रस्थ की रानी तो वे सब नहीं बन सकतीं? कथमपि नहीं। इन्द्रप्रस्थ की सम्राज्ञी सिर्फ याज्ञसेनी ही रहेगी।' यह कहकर द्रौपदी को आतुर प्रेम का प्रगाढ़ आलिंगन देकर अर्जुन क्रिया-योग का अभ्यास करने चला गया।

**

काल-खण्ड का चक्र अनवरत अपने ध्येय पर चलता रहता है।वह रुकता नहीं है।समय के चक्र के साथ महायुद्ध के लिए सुभद्रा को पुत्र हुआ अभिमन्यु।द्रौपदी को युधिष्ठिर से प्रतिविन्द्य, भीम से सुतसौम, अर्जुन से श्रुतकर्मा, नकुल से शतनीक और सहदेव से श्रुतसेन नामक पुत्र हुए।

कृष्ण की प्रतिबद्धता न्याय की पुनर्स्थापना के लिए समर्पित थी।उनकी प्रयोगधर्मिता समरस प्रजा और जनहित गणतंत्र के लिए प्रतिबद्ध थी।इसी प्रयोगधर्मिता के आधार पर धर्मराज युधिष्ठिर को राजा के रूप में पाकर इन्द्रप्रस्थ की प्रजा सुख और शांति से रहने लगी।धर्मराज कभी अनुचित, असत्य और अप्रिय वाणी का प्रयोग नहीं करते थे।इसी तरह के संवेदनशील प्रशासनिक प्रबंधन का अभ्यस्त प्रजा होती रही।कृष्ण का यह प्रतिदर्श अध्ययन धर्म की स्थापना क्रम में एक दृष्टांत बन गया प्रजा के हृदय में।कृष्ण की सोच थी कि न्याय की परिसीमा में रहने से न्याय भी मानव की रक्षा करता है।

महापर्व का अनुष्ठान निकट रहने से युद्धस्वरूप और युद्धप्रबंधन का निर्धारण करना था। कोई नहीं जानता था कि महायुद्ध कब होगा और क्यों होगा? अर्जुन स्थितप्रज्ञ की तरह कृष्ण का अनुगामी बन गया।

दु:ख में अनुद्विग्न नहीं, सुख की स्पृहा नहीं।वे दोनों अग्निदेव के अनुरोध पर वरुणदेव के कारण खाण्डव वन पर आक्रमण कर बैठे। इस युद्ध में अर्जुन के विजयी होने के पश्चात अग्निदेव और पराजित वरुणदेव दोनों प्रतिद्वन्दी अर्जुन का युद्ध कौशल देखकर उस पर प्रसन्न हो गये। वहाँ इन्द्र भी आ गये। देवलोक में अर्जुन की आवश्यकता को ध्यान में रखकर इन्द्र ने दिव्यास्त्र मिलने के रहस्य को उन्मोचित्त करते हुए कहा, 'शंकर को प्रसन्न किये बिना दिव्यास्त्र मिलना असंभव है।अर्जुन में तप करने की क्षमता है और सामर्थ्य भी।अत: वह कठिन तप कर दिव्यास्त्र प्राप्त कर सकता है।'

तभी अर्जुन को कृष्ण के उस परामर्श का स्मरण हो आया, 'यह देह उमा स्वरूप है। इसी देह में तप कर शंकर को प्राप्त किया जा सकता है।यही तप शंकर की आराधना कहलाती है।'

इन्द्र की बातों को सुनकर अग्निदेव देखने लगे कभी इन्द्र की ओर और कभी वरुण की ओर।फिर वरुण से अनुरोध करते हुए उन्होंने कहा, 'वरुणदेव! देवलोक के कल्याणार्थ आप भविष्य में पृथ्वी पर होने वाले युद्ध में विजयी होने के लिए अर्जुन की सहायतार्थ कुछ भेंट तो दीजिए!'

इस अनुरोध को वरुणदेव टाल नहीं पाये।उन्होंने राजा सोम से प्राप्त अक्षय तरकश, गाण्डीव धनुष और कपिध्वज वाले नन्दीघोष रथ अर्जुन को भेंट में देते हुए कहा, 'कुन्तीनन्दन! यह गाण्डीव धनुष किसी भी अस्त्र-शस्त्र से कट नहीं सकता है।'

धनुष और तरकश लेकर अर्जुन ने प्रमुदित होकर पूछा, 'वरुणदेव! इस तरकश की क्या विशेषता है?'

प्रसन्नता में वरुण ने कहा, 'अर्जुन! यह तरकश कभी खाली नहीं रहेगा, सदैव अक्षय रहेगा।'

उसी समय मयासुर वहाँ आ गया।खाण्डव वन के स्वाहा हो जाने के समय कृष्ण की कृपा से वह असुर बच गया था।कृष्ण ने उसे कहा, 'असुरराज! युधिष्ठिर के लिए अद्भुत सभा भवन का निर्माण कर दो, जो हस्तिनापुर के सभा-भवन से भी उत्तम हो।'

मयासुर ने मुस्कुराते हुए कहा, 'आपकी जैसी आज्ञा! आपके अनुग्रह के कारण ही मैं अग्नि की ज्वाला से बच पाया हूँ। आपके निर्देशानुसार ही मैं सृष्टि का अद्‌भुत सभा भवन बनाऊँगा।'

उस असुर ने युधिष्ठिर के लिए चौदह महीनों में 'श्री कृपा' नामक एक दिव्य सभा भवन का निर्माण किया। वह मणिमय दिव्य सभा भवन दस हजार हाथ लम्बा और चौड़ा क्षेत्र में बन गया।वहाँ सुनहले वर्ण के वृक्ष लगाये गये।एक अद्‌भुत सरोवर का भी निर्माण किया गया। वह सरोवर कुमुदिनी और कमल पुष्पों से आच्छादित हो गया। उस सरोवर में हंस, सारस, चकवा इत्यादि पक्षी विहार करने आने लगीं। सरोवर के चारों ओर आकाश को छूते लम्बे-लम्बे वृक्ष लहराने लगे। सभा भवन के परिसर में सुन्दर-सुन्दर उद्यान भी लगाये गये, जहाँ विविध कुसुमों का सुवास, भ्रमरों का मधुर गुंजन, सारस का कुंजन, पक्षियों का कलरव मन को मोहने लगे।

शुभ मुहूर्त में सभा भवन के लिए गृह प्रवेश उत्सव अनुष्ठित किये गये। ब्राह्मणों ने स्वस्तिवाचन और पुण्याहवाचन करके फल-फूलों से नवग्रहों, पंचदेवताओं और अन्य देवताओं की पूजा अर्चना की।

सभा भवन के उत्सव के उपरान्त कृष्ण और अर्जुन जल विहार करने का मन बना लिये। कृष्ण ने इन्द्रप्रस्थ के अन्त:पुर में जाकर द्रौपदी से कहा, 'सखी! आज की रात शतद्रु नदी के उस पार हमलोग चलें।'

अचानक इस प्रस्ताव पर वह चौंक गई।वह शीघ्र ही प्रश्न कर बैठी, 'अकेली! और रात्रि में?'

'हाँ, सखी!' कृष्ण ने नटखट मुस्कान के साथ मुस्कुराते हुए कहा।

तभी अर्जुन भी आ गया।उसने आते ही कहा, 'कृष्णा! शतद्रु नदी पर पूर्णिमा की रात में नौका विहार अत्यन्त ही रमणीय लगता है।हम तीनों आज ही पूर्णिमा की रात में नौका विहार वहाँ करेंगे।नौका विहार का सारा प्रबंधन हो चुका है।'

द्रौपदी की भी इच्छा नौका विहार करने की हो गई।वह बोली, 'यदि ऐसी बात है तो हमलोग निश्चय ही चलें।'

शतद्रु नदी कभी सरस्वती नदी की सहायक नदी हुआ करती थी। अब यह सिन्धु नदी की सहायक नदी बन गयी है।हिमालय प्रोत्थान प्रक्रिया में यह परिवर्तन हुआ है।वे सब रथ में बैठकर शतद्रु नदी के किनारे पहुंचे और नौका में बैठकर विहार करने लगे।द्रुतगामी नदी में कभी-कभी नौका डगमगाने लगती थी।पतवार कृष्ण के हाथों में थी। वे मुस्कुराते हुए बोले, 'सखी! नौका की पतवार मेरे हाथों में है, नदी की द्रुतगामी धारा से भय तो नहीं लगता है?'

'भय कैसा? सखा! जब जीवन रुपी नौका की पतवार आपके हाथों में है तो फिर काष्ठ की नौका की पतवार के लिए सोचना क्या? यदि मझदार में छोड़ भी देंगे तो हँसी मेरी नहीं आपकी होगी।'

कृष्ण कुछ नहीं बोले, मुस्कुराते रहे।कुछ क्षण के बाद नौका विहार करते-करते द्रौपदी उत्सुकतावश कृष्ण से ठिठोली कर बैठी। उसने नाव पर परिहास गर्भित स्वर में कृष्ण से पूछा, 'सखा! आठ-आठ पटरानियों के रहते आपने सोलह सहस्त्र सुन्दरियों से क्यों विवाह कर लिया?'

अर्जुन तो इस तरह की ठिठोली पर अकचकाते हुए कभी द्रौपदी को और कभी कृष्ण पर हो रही प्रतिक्रिया को देखने लगा, किन्तु कृष्ण सहज होकर पहले तो मुस्कुराये और फिर बोले, 'सखी! दुष्टों का संहार और भक्तों का उद्धार करना मेरा संकल्प है। हम लोग इसी ध्येय से पृथ्वी पर आये हैं। भौमासुर, जिसे लोग नरकासुर भी कहते थे, ने सोलह सहस्त्र सुन्दरियों को बंदी बना रखा था।मैंने उसे मारकर उसके अन्तःपुर में बंदी सोलह सहस्त्र नारियों को मुक्त कर दिया।'

'हाँ, हाँ, आपने पुनः अपने बंधन में डालने के लिए ही तो उन सुन्दरियों को मुक्त किया! जब आपने उन सबको मुक्त कर ही दिया था तो फिर आप उन सबसे विवाह कर उन सबको अपने बंधन में क्यों डाल दिया?' यह कहकर द्रौपदी मुस्कुराने लगी।

कृष्ण असहज नहीं हुए। अपितु सहज होकर उन्होंने कहा, 'सखी! बंधन नहीं, मर्यादा। उन मुक्त नारियों को उनके भाई या पिता या पति

या प्रेमी अपने पास रखने के लिए तैयार नहीं हुए। उन कलंकित नारियों को समाजिक पहचान एवं प्रतिष्ठा दिलाने के लिए ही मैंने उन सबसे विवाह किया है।'

अचानक कृष्ण की तर्जनी अंगुली से रक्त बहने लगा। द्रौपदी किंकर्तव्यविमूढ़ होकर चिल्लायी, 'रुधिर!' और फिर उसने पूछी, 'यह हुआ कैसे?'

कृष्ण ने कहा, 'हाँ, सखी! किसी के प्राण रक्षार्थ सुदर्शन चक्र दुष्ट का संहार कर लौट आया है। मेरे अन्यमनस्क रहने से चक्र अंगुली में अटक नहीं पाया। फलतः अंगुली में चक्र के आघात से रक्त बहने लगा है। इसके लिए चिंता न करो, सखी! यह सब तो होता ही रहता है।'

'क्या कोई असुर फिर कहीं उपद्रव मचा रहा है? केशव!' तेजी से उठते हुए अर्जुन ने कृष्ण से पूछा।

तुरंत ही गाण्डीव हाथ में लेकर उनकी ओर देखते हुए अर्जुन ने फिर कहा, 'मुझे आज्ञा कीजिए। मैं अभी वहाँ पहुँचकर उसका शिरोच्छेदन कर दूँगा।'

अर्जुन की बात पर कृष्ण मुस्कुराने लगे। वे हस्त संकेत से अर्जुन को बैठ जाने के लिए बोले। कृष्ण की अंगुली से रक्त बहना अर्जुन को सहन नहीं हुआ। वह वहाँ बैठा नहीं, दौड़कर औषधि लाने वन चला गया। इधर द्रौपदी ने विवाह के अवसर वाली पहन रखी साड़ी को फाड़कर एक टुकड़ा कृष्ण की तर्जनी अंगुली में लपेट दिया। रक्त बहना बंद हो गया। तब तक अर्जुन भी औषधि लेकर आ गया। द्रौपदी की प्रत्युत्पन्नमति देखकर वह विस्मित, अचंभित और आश्चर्यचकित हो गया। वह सोचने लगा, 'केशव तो वस्त्र का एक टुकड़ा भी यदि स्वीकार कर लेते हैं तो सहस्त्रों वस्त्र कभी न कभी लौटा ही देते हैं!'

कृष्ण ने गंभीर स्वर में द्रौपदी से कहा, 'सखी! शुभ अवसर पर पहनी हुई साड़ी चीरी नहीं जाती है और न जलायी जाती है। रुक्मिणी या सत्यभामा या जाम्बवती भी ऐसा नहीं कर पातीं, जो आज तुमने कर दिखाया है। मैं कभी भी इस उपकार को भूल नहीं पाऊँगा।'

कृष्ण तो कहते रह गये, किन्तु द्रौपदी अतीन्द्रिय आनन्द में खो गई। भक्त की प्रशंसा भगवान् करे, इससे बढ़कर सुख और क्या होगा?

**

प्रभुतासम्पन्न महा–साम्राज्य ही संवृद्धि करने और संवेदनशील सुशासन देने में सक्षम होता है। कमजोर प्रशासन में संवृद्धि और सुशासन की बात सोची भी नहीं जा सकती है। युधिष्ठिर को राजसूय यज्ञ करने की अभिलाषा स्वर्गीय पाण्डु की अभिलाषा के कारण बढ़ती जा रही थी। यद्यपि स्वर्गीय पाण्डु स्वयं दिग्विजय कर लेते थे, तथापि राजसूय यज्ञ करने की उनकी इच्छा अधूरी ही रह गई थी। व्यास, धौम्य आदि पूर्वजों की इच्छा पूर्ति हेतु राजसूय महायज्ञ करने के लिए युधिष्ठिर को अभिप्रेरित करने लगे, किन्तु इस महायज्ञ के अनुष्ठान करने का साहस युधिष्ठिर जुटा नहीं पा रहे थे। धौम्य ने युधिष्ठिर से कहा, 'महाराज! आप जैसा धर्मनिष्ठ, महारानी द्रौपदी जैसी सती नारी, अर्जुन जैसा धनुर्धर, भीम जैसा बलशाली और स्वयं भगवान् कृष्ण के होते आप राजसूय यज्ञ नहीं करेंगे तो फिर कौन है, इस संसार में जो यह यज्ञ कर पायेगा?'

तभी व्यास ने प्रेरणा देते हुए कहा, 'युधिष्ठिर! अभी तक सफल राजसूय यज्ञ वरुणदेव ही कर पाये हैं। तुम यह यज्ञ कर तीनों लोक में यशस्वी हो जाओगे।'

राजसूय यज्ञ के लिए परिस्थिति अनुकूल होते देख कृष्ण सचेत हो गये। उन्होंने मुस्कुराते हुए सुझाव दिया, 'बड़े भइया! इस यज्ञ के सफल अनुष्ठान के लिए युक्ति से काम लेना होगा। दिग्विजय से पहले मगध सम्राट जरासंध का वध करना होगा।'

जरासंध मगध देश का अत्यन्त ही क्रूर शासक था। वह मगध के गिरिव्रज में रहता था। यहाँ सात पर्वतों जैसे वैभारगिरि, विपुलगिरि,

रत्नगिरि, छटागिरि, शैलगिरि, उदयगिरि और सोनगिरि के प्राकृतिक प्राचीर के अतिरिक्त पानकण नदी मालाकार सुरक्षात्मक परिधि परिसीमा बनाकर बहती थी। त्रेता युग में शोणभद्र नदी की यह मुख्य धारा थी। पर्वत पंक्तियों से सुरक्षित और अभेद्य गिरिव्रज जाकर जरासंध को चुनौती देने का साहस इस पृथ्वी पर किसी में नहीं था। वह कृष्ण पर अट्ठारह बार आक्रमण कर चुका था। शतराजशीर्ष यज्ञ करने के लिए उसने पृथ्वी के छियासी राजाओं को अपने बंदीगृह में डाल रखा था।

जरासंध के वध की युक्ति द्वारका में कृष्ण को उद्धव ने बतलायी थी। तब से वे भीम की खोज में थे और जब भीम सहित पाण्डव उन्हें मिल गये तो वे हर्षित होकर जरासंध के वध का समय सुनिश्चित करने में लग गये।

शोणभद्र नदी मगध देश के मध्य होकर अंग देश की सीमा तक बहती हुई गंगा में जा मिलती थी। अपनी धारा में परिवर्तन करते रहने के कारण इस नदी को सैनिकों सहित पार कर जरासंध पर आक्रमण करना सहज नहीं था। कृष्ण, अर्जुन और भीम तपस्वियों के वेश में इस नदी को पार कर वहाँ के पश्चिमी सोनगिरि महाद्वार होकर गिरिव्रज पहुँचे।

जरासंध ने इन तपस्वियों को देखा और इन लोगों से पूछा, 'तपस्वियों! क्या मांग है आप सबों की?'

'हम तीनों में से किसी एक से आप द्वन्द्वयुद्ध करना स्वीकार करें, यही हमारी मांग है,' कृष्ण ने मुस्कुराते हुए कहा।

जैसे ही जरासंध से मल्लयुद्ध करने की इच्छा ये लोग व्यक्त किये, वैसे ही अर्जुन के कलाई पर पड़े हुए धनुष की प्रत्यंचा की रगड़ से उत्पन्न चिन्हों को देखकर जरासंध समझ गया कि ये लोग तपस्वी नहीं, कोई जाना पहचाना क्षत्रिय लोग लगते हैं, जो वेश बदलकर आये हैं। उसने सोचा, 'पीत-गौर वर्ण का यह बलशाली ही इन दोनों पराक्रमियों का कवच है। इस पुष्ट देहयष्टि वाले को परास्त कर इन तीनों को बंदी

बनाया जा सकता है। शतराजशीर्ष यज्ञ हेतु यज्ञावलि की संख्या पूरी करने में अब अधिक कमी नहीं रहेगी!'

तपसियों की मांग के अनुरूप भीम से द्वन्द्वयुद्ध करना जरासंध ने स्वीकार कर लिया। नगाड़े, रणसिंघा, मृदंग इत्यादि से युद्ध प्रेरक ध्वनि निकलने लगी। कार्तिक कृष्णपक्ष के प्रतिपदा से लेकर कार्तिक शुक्लपक्ष चतुर्दशी तक मल्लयुद्ध चलता रहा। प्रस्वेद सिक्त देह में विभिन्न समिधाओं से बना हुआ औषधीय भस्म लगा-लगाकर जरासंध और भीम थक गये। वज्रनिपात, अवरोध, बाहुकण्टक इत्यादि दाँव-पेंचों का उपयोग कर दोनों श्रांत हो गये। द्वन्द्वयुद्ध का निर्णय नहीं हो पा रहा था। जरासंध भीम को मारना नहीं चाहता था, अपितु शतराजशीर्ष यज्ञ के लिए उसे बंदी बनाना चाहता था। भीम तो जरासंध को मार डालना चाहता ही था, किन्तु उसका वध करना बहुत ही कठिन लग रहा था। कृष्ण ने देखा कि मल्लयुद्ध करते-करते भीम झुंझला गया है। वे जानते थे कि भीम का स्वभाव शीघ्रकोपी और शीघ्रतोषी है। वे भीम को धैर्य बंधाते रहे। विगत रात में भीम की त्रुटियों को सुधारने का परामर्श देते हुए उन्होंने जरासंध को चीर कर मार देने की युक्ति बतलायी थी। अगले दिन भीम ने वैसी ही किया, किन्तु जरासंध की देह का दोनों खण्ड पुनः जुड़ गया। भीम ने फिर उसकी देह चीर डाली। दोनों खण्ड पुनः जुड़ गया। भीम झुंझला उठा। उस दिन एक तृण को चीर कर विपरीत दिशा में फेंकते हुए झुंझलाते भीम को कृष्ण ने कुछ संकेत दिया। उनके इंगित पर चतुर्दशी के दिन भीम ने जरासंध को दो खण्डों में चीर कर विपरीत दिशा में उन दोनों खण्डों को फेंक दिया। बाँया अंग को दाहिनी ओर और दाहिने अंग को बाँयी ओर फेंक दिया। वर्षों से चली आ रही कृष्ण के संग जरासंध की अखण्डित वैमनस्यता का अंत सदा के लिए हो गया।

जरासंध के पुत्र सहदेव को राजसिंहासन सौंपकर उसके सौंदर्यवान रथ से वे तीनों इन्द्रप्रस्थ लौट आये। कृष्ण ने बंदी पड़े राजाओं को छुड़ाकर भक्तों की रक्षा की और जरासंध का उद्धार।

जरासंध के वध हो जाने के पश्चात दिग्विजय करना सहज हो गया। अर्जुन राजसूय यज्ञ के प्रबंधन क्रम में दिग्विजय के लिए केकय देशीय वीरों को साथ में लेकर इन्द्रप्रस्थ के उत्तर दिशा की ओर अनार्त, कालकूट, कुलिन्द, शाकल, प्राग्ज्योतिषपुर, उलूक कश्मीर, उरग, त्रिगर्त, बाह्लीक, कम्बोज, ऋषिक, किम्पुरुषवर्ग, हाटक इत्यादि देशों पर विजय प्राप्त कर इन्द्रप्रस्थ के उत्तरीय द्वार होकर लौट आया।

भीम मद्रदेशीय वीरों को साथ में लेकर पूरब दिशा की ओर, सहदेव सृंजय वीरों को साथ में लेकर दक्षिण दिशा की ओर और नकुल मत्स्य देशीय वीरों को साथ में लेकर पश्चिम दिशा की ओर दिग्विजय कर इन्द्रप्रस्थ लौट आये।कंधार से लेकर कामख्या प्रदेश तक और केरल से लेकर किमपुरुषवर्ग तक दिग्विजय सम्पन्न हो गया।

कृष्ण अपनी पटरानियाँ रुक्मिणी, सत्यभामा, जाम्बवती, कालिन्दी, मित्रविन्दा, भद्रा, लक्ष्मणा और सत्या के अतिरिक्त अन्यान्य रानियों के साथ द्वारका से मार्गक्रमण करते हुए सरस्वती नदी के किनारे-किनारे चलकर इन्द्रप्रस्थ आये।सुभद्रा के ससुराल में राजसूय यज्ञ होने के कारण कई पालकियों, रथों, हाथियों, घोड़ों इत्यादि पर विविध सामग्रियाँ लदवाकर सैनिक सहित पड़ाव के बाद पड़ाव डालते हुए जब वे इन्द्रप्रस्थ आये तो उनके स्वागतार्थ घर-घर में ठौर-ठौर पर दीपक जलाये गये। अटारियों पर से पुष्पों की वर्षा नगरजन करने लगे।जल भरे कलशों, केले के थम्भों, अलपनाओं और अन्य वस्तुओं से द्वार-द्वार सजाये गये। अपने भ्राताओं और पुरोहितों के साथ युधिष्ठिर द्वारकावासी की अगवानी के लिए स्वयं आये।

राजसूय यज्ञ के लिए भोजपत्र पर देश-देश के राजाओं को निमंत्रण भेजा गया। हस्तिनापुर भी संवाद भेजा गया।आर्यों के लिए शत्रुता जीवन का ध्येय नहीं। कुटुम्ब जनों में सौहार्द्रपूर्ण संबंध बनाये रखना आर्यों का संस्कार है और संस्कृति भी। राजसूय यज्ञ में भीष्म, द्रोण, कृप, विदुर, दुर्योधन, कर्ण, शिशुपाल, जयद्रथ, कुन्तीभोज, द्रुपद, शकुनि, दु:शासन

इत्यादि आये। कोसलवंश, कुरुवंश, मत्स्यवंश, केकयवंश, सृंजयवंश के राजागण को देखकर इन्द्रप्रस्थ की प्रजा आनन्द का अनुभव करने लगी। आन्ध्र, द्रविड़, सिंहल, कश्मीर, सिंधु इत्यादि देशों के राजा भी वहाँ पहुँचे।

कौरवों और पाण्डवों के बीच यज्ञ के सम्पादन का कार्यभार सौंपने के विषय में कृष्ण ने एक दिन भीष्म से कहा, 'प्रणिपाद, पितामह! आपसे अनुरोध है कि आप सभी कुरुजनों के बीच उनकी क्षमता के अनुरूप कार्यभार का विभाजन कर दें, जिससे यज्ञ का समापन सुचारु रूप से हो जाय।'

भीष्म ने कृष्ण के अनुरोध को सहर्ष स्वीकारते हुए उन सबके अनुरुप ही कार्यभार सौंपते हुए कहा, 'कोश और सामग्रियों की देखरेख का दायित्व दुर्योधन को, वयोवृद्ध और गुरुजनों की सेवा का भार अर्जुन को, भोजन बनवाने का दायित्व भीम को, सहदेव को अभ्यागत की देख-रेख, नकुल को सामग्रियाँ एकत्र करने, द्रौपदी को भोजन परोसने और कर्ण को दान करने का दायित्व रहेगा।' इसी तरह अन्य को भी अलग-अलग दायित्व सौपा गया।

यह सब सुनकर कृष्ण ने कहा, 'पितामह! मुझे भी कुछ कार्यभार दीजिए।'

भीष्म हँसते हुए बोले, 'वासुदेव! यज्ञ का सम्पूर्ण दायित्व तो आपका ही है। बहुरानी सुभद्रा के कारण आप तो हमारे अतिथि हैं। आर्य संस्कृति में अतिथि को कार्यभार सौंपा नहीं जाता है।'

वैदिक मन्त्रों का सही रीति से उच्चारण हो और सही स्वराघात के साथ मंत्र पढ़ा जा सके, इसके लिए युधिष्ठिर ने ऋत्विज और आचार्य आदि के रूप में व्यास, भारद्वाज, गौतम, वसिष्ठ, च्यवन, कण्व, मैत्रेय, विश्वामित्र, पराशर, गर्ग, कश्यप, परशुराम, शुक्राचार्य जैसे ऋषि-मुनियों को वरण किया। सभी ऋषि-मुनियों ने इस दायित्व को सहर्ष स्वीकार किया।

वैदिक मंत्रों का वास्तविक सामर्थ्य उसके उच्चारण में निहित होते

हैं।स्वर और ध्यान की युगलबंदी आवश्यक है वेद मंत्रों के उच्चारण में।दोनों में से किसी एक की कमी मन्त्रोच्चारण की त्रुटि कहलाती है और त्रुटि अनर्थकारी होता है। परा, पश्यन्ती, मध्यमा और वैखरी का ध्यान रखा जाता है।यह सब वैदिक भाषा की देन है।यही कारण है कि इस भाषा का विशुद्ध उच्चारण पशु-पक्षी भी समझ लेते हैं और कुछ तो बोल भी लेते हैं। महर्षियों ने मंत्रों का निर्माण नहीं किया है वरन् कूटस्थ में मंत्रों को वैदिक भाषा में उत्कीर्ण होते देखा है।प्रणव से ही अन्तःस्थ, ऊष्म, स्वर, स्पर्श, ह्रस्व और दीर्घ इत्यादि लक्षणों से युक्त अक्षर समाम्नाय अर्थात् वर्णमाला की उत्पत्ति हुई।अन्तःस्थ अर्थात् य, र, ल और व; ऊष्म अर्थात् श, ष, स और ह; स्वर अर्थात् अ, आ, इ, ई, उ, ऊ, ए, ऐ, ओ, औ तथा स्पर्श अर्थात् कवर्ग से लेकर पवर्ग तक के समाम्नाय से वैदिक भाषा की उत्पत्ति हुई है।व्याकरणिक निष्ठा के कारण शब्दों का प्रहार आध्यात्मिक दृष्टि से प्रभावी हो जाता है।यही कारण है कि वैदिक भाषा में सुर, ताल, लय, गति इत्यादि संगीत के लिए सटीक बैठते हैं।

राजसूय यज्ञ में व्यास और व्यास की पत्नी धृताचि भी आयी।व्यास के कहने पर कृष्ण यज्ञवेत्ता बने।यज्ञ का आरम्भ कृष्ण की अग्रपूजा से हुआ।रुक्मिणी भी आसनस्थ हुई।रुक्मिणी को देखते ही चेदिराज शिशुपाल ईर्ष्यातुर हो उठा।वह रुक्मिणी से ही विवाह करने वाला था, किन्तु विवाह हो गया कृष्ण से।जैसे ही कृष्ण की अग्रपूजा होने लगी, उसको यह सहन नहीं हुआ।वह कृष्ण के फुफा दमघोष और बुआ श्रुतश्रवा का पुत्र था।वह अशिष्ट, अनुचित और असभ्य भाषा में कृष्ण को अपमानित करने लगा। अन्ततः कृष्ण ने कहा, 'शिशुपाल! तुम्हारे सौ अपराध को क्षमा कर देने का वचन मैंने अपनी बुआ श्रुतश्रवा को दिया है।सावधान! अब यदि सौ अपराध से तुम आगे गए तो तुम्हारा शिरोच्छेदन हो जायेगा।'

अहंकारी शिशुपाल कब मानने वाला था? उसके द्वारा जैसे ही एक

सौ एकवां अपराध हुआ, सुदर्शन चक्र का प्रक्षेपण आश्चर्यजनक रूप में हो गया।सबने देखा कि कृष्ण की तर्जनी अंगुली पर मण्डलाकार घूमता बारह आरों वाला वज्रनाभ दीप्तिमान तेज यन्त्र प्रकट हुआ।उसके तेज से सभी की आँखें चौंधिया गई।प्रक्षेपण के दिव्य मंत्र का स्मरण मात्र से तेज वलय ने शू...श...शू, शू...श...शू करते हुए शिशुपाल के सिर को धड़ से अलग कर दिया।उसका उद्धार हो गया।वह वलय जैसे ही प्रकट हुआ, वैसे ही लुप्त भी हो गया।यज्ञ स्थल में सभी स्तब्ध! अवाक्! कुछ क्षण के बाद वहाँ खुसुर-फुसुर होने लगी।

शिशुपाल वध के पश्चात यज्ञ स्थल की शुद्धिकरण की गई।गंगाजल का प्रेक्षण किया गया।पुनः कृष्ण की अग्रपूजा की व्यवस्था की गई।अंगशुद्धि, आसनशुद्धि, पुष्पादिशुद्धि के उपरान्त अंगन्यास, करन्यास, ऋषिन्यास इत्यादि किये गये।स्वस्तिवाचन, पुण्याहवाचन इत्यादि के साथ यज्ञवेता को स्वर्ण सिंहासन पर बैठा कर उनके चरण प्रक्षालन किये गये और युधिष्ठिर ने अपने बहुमूल्य उत्तरीय से द्वारकाधीश के गीले चरण पोंछ डाले। उनके साथ आसनस्थ रुक्मिणी की भी चरण पूजा की गई।कुन्ती की तरह रुक्मिणी भी विवाह के बाद कभी अपनी नैहर नहीं गई। दोनों दृढ़निश्चयी।देह वासना का भाव नहीं दोनों में।

गन्ध, पुष्प, धूप, दीप, वस्त्र इत्यादि समर्पित किये गये यज्ञवेत्ता को।फिर उनकी चार बार प्रदक्षिणा की गई।कृष्ण की आरती उतारी गई।आरती के पाँच चरण होते हैं।प्रथमतः धूप और दीप से, दूसरी आरती शंख के जल से, तीसरी वस्त्र से, चौथी चाँवर से या फूल से और पाँचवीं दण्डवत प्रणाम कर आरती की जाती है।चरणों में चार बार, नाभि के निकट दो बार, मुख के निकट एक बार और सम्पूर्ण अंग में सात बार आरती की जाती है।इस यज्ञ में वैदिक मंत्रों का सही रीति से उच्चारण किया गया।जिह्वा, तालु और होंठ के संयोग से सही स्वराघात के साथ मंत्रों को पढ़ा गया।कृष्ण के अनुग्रह से यज्ञ विधिवत सम्पन्न हुआ।यज्ञ के बाद युधिष्ठिर ने अवभृथ स्नान कर द्रौपदी के संग पत्नी संयाज

कर्मकाण्ड सम्पन्न किया। इस यज्ञ में कृष्ण ने ब्राह्मणों का उच्छिष्ट उठाकर भक्त वत्सलता का अपूर्व दृष्टांत प्रस्तुत किया।

शिशुपाल वध उपरान्त मथुरा नगरी के दक्षिण शुक्तिमती नगरी के धृष्टकेतु ही चेदिराज सिंहासन पर बैठा।उसने अपनी बहन करेणुमती का विवाह नकुल से कर अपने पिता शिशुपाल द्वारा पोषित वैमनस्यता का अंत सदा के लिए कर दिया।

राजसूय यज्ञ के सम्पन्न होने के पश्चात दुर्योधन और शकुनि कुछ दिनों के लिए इन्द्रप्रस्थ में ही रह गये।उन लोगों ने मयासुर के द्वारा निर्मित श्रीकृपा सभा भवन का अवलोकन करने का मन बना लिये। सुना है, दुष्ट और ईर्ष्यालु जनों को अपना ऐश्वर्य सभ्य जन नहीं बताते हैं और नहीं दिखलाते हैं, क्योंकि कुछ न कुछ अनर्थ हो जाने की संभावना बन जाती है।दुर्योधन और शकुनि के द्वारा सभा भवन का अवलोकन करना पाण्डवों के लिए अनर्थकारी हो गया। दुर्योधन जब अपने मामा शकुनि के साथ सभा भवन का अवलोकन करने लगा तो भ्रमवश स्फटिक चौक को जल क्षेत्र समझकर उसने अपना वस्त्र भीग जाने के भय से ऊपर उठा लिया। कुछ आगे बढ़ने पर उसने जल क्षेत्र को ही थल क्षेत्र समझ लिया।फलतः वह जलकुण्ड में जा गिरा।शकुनि ने उसे उठाया।अटारियों पर से देख रही सुहागिनें हँसने लगी।दुर्योधन इसे अपना उपहास समझ बैठा।वस्तुतः स्फटिक सदृश निर्मल जल में कमल पुष्पों से सुशोभित बावली को उसने अलंकृत थल समझ लिया।फिर कपाट की आकृति वाले भीत से वह जा टकराया।शकुनि ने फिर संभाला उसे।वह एक कपाट को खोलने के प्रयास में भित्तिका से पुनः जा टकराया।आगे बढ़ने पर भीत को कपाट समझ लिया।दुर्योधन के मन में ईर्ष्या हाने लगी और क्रोध भी।कहीं कुछ अनहोनी न हो जाय, उसने और अधिक दिनों तक इन्द्रप्रस्थ में नहीं रहना चाहा।अन्ततः उसने हस्तिनापुर लौटने का मन बना लिया।

हस्तिनापुर के लिए इन्द्रप्रस्थ से मार्गक्रमण करते हुए रथ पर आरुढ़

दुर्योधन ने शकुनि से कहा, 'मामा! युधिष्ठिर ने अर्जुन की शस्त्र कौशल के बल पर सारी पृथ्वी पर अधिकार प्राप्त कर लिया है।राजसूय यज्ञ भी कर लिया है।प्रारब्ध ही प्रगल्भ है, पुरुषार्थ नहीं।'

क्रूर और कुटिल मुस्कान शकुनि की पहचान थी।वह कहता कुछ था, करता कुछ था और सोचता कुछ और था।उसने ठहाका लगाते हुए कहा, 'दुर्योधन! तुम्हारी सोच प्रारब्ध और पुरुषार्थ के विषय में ठीक नहीं है।'

दुर्योधन यह जानता था कि अन्यायपूर्ण ऐश्वर्यशाली बनना पुरुषार्थ नहीं है।वह सामर्थ्य का पुजारी पाण्डवों पर आक्रमण कर इन्द्रप्रस्थ पर अपना आधिपत्य जमाना चाहता था।उसने अपनी मंशा जताते हुए शकुनि से कहा, 'मामा! क्यों नहीं हमसब पाण्डवों पर आक्रमण कर उसका राज्य प्राप्त कर लें?'

मीठे शब्दों में राजनीति की कुटिल चाल चलना शकुनि जानता था।उसने अपनी चंचल दृष्टि घुमाकर कहा, 'नहीं, दुर्योधन! नहीं।ऐसा भूल से भी नहीं करना और न सोचना।पाण्डवों को पराजित करना अभी असंभव है।'

शकुनि के मन्तव्य से दुर्योधन सहमत नहीं हुआ।उसने कहा, 'मामा! हमारे पास पितामह हैं। द्रोणाचार्य और कृपाचार्य हैं।अब तो कर्ण भी मेरे मित्र हैं!'

दुर्योधन को उद्विग्न होते देख शकुनि ने आँखें नचाकर कहा, 'भाँजे! मैं जो कहता हूँ, उसे ध्यान से सुनो। मेरी बात मानोगे तो इन पराक्रमियों की तुझे आवश्यकता ही नहीं पड़ेगी।'

शकुनि की बातें सुनकर दुर्योधन चौंक उठा।उसकी कंजी आँखें चमक उठी।उसने पूछा, 'ऐसा क्या है कि किसी भी पराक्रमियों की आवश्यकता ही नहीं पड़ेगी?'

शकुनि ने दुर्योधन की आँखों में झांकते हुए कहा, 'द्युत खेलना युधिष्ठिर की कमजोरी है।तुम उसे द्युत खेलने के लिए हस्तिनापुर

बुलाओ। मैं पासों की वशीकरण से उसका राज्य, वैभव और सेना जीतकर तुमको सौंप दूँगा। फिर प्रारब्ध और पुरुषार्थ को समझने की आवश्यकता ही नहीं होगी तुझे।'

स्वादहीन प्याज की तीव्र गंध जैसे देह के प्रज्ञा-प्रक्षेत्र और बहत्तर हजार नाड़ियों को अभिशप्त कर ब्रह्म प्राप्ति के मार्ग में अड़चन डालती है, उसी प्रकार शकुनि ने कौरवों के संस्कार को पथभ्रष्ट कर विनाश के मार्ग पर ढ़केल दिया।

शान्तनुपुत्र भीष्म ने पराक्रम के बल पर शकुनि की बहन गान्धारी का हरण कर नेत्रहीन से उसका विवाह करवाया था। उसी दिन शौर्य का अनर्थकारी उपयोग ने क्रौर्य को आमंत्रण दे डाला। उसी अपमान और अनादर के प्रतिशोध में शकुनि ने कुरुवंश को नष्ट करने का अपना क्रूर लक्ष्य बना लिया। उसके सभी दसों भ्राता हस्तिनापुर में ही रहकर कुरुवंश को नष्ट करने का कुचक्र रचते रहे।

**

तांत्रिक विधि से अभिमंत्रित कर मृत जरासंध की अस्थियों से द्युत के पासे बनाये गये। हस्तिनापुर में द्युतक्रीड़ा का आयोजन हुआ। आत्मनियंत्रण और आध्यात्मिक सोच होते हुए भी द्युत खेलना युधिष्ठिर की कमजोरी थी। द्रौपदी भी पाण्डवों के साथ हस्तिनापुर गयी। जुए में युधिष्ठिर सब कुछ हार गये। प्रातिकामी ने अन्तःपुर में आकर द्रौपदी को कहा, 'सम्राज्ञी! सम्राट युधिष्ठिर आपको जुए में हार गये हैं। सभा भवन में आपको बुलाया गया है।'

द्रौपदी यह सुनकर स्तब्ध रह गई। वह सभा भवन में जाने के लिए तैयार नहीं हुई। प्रातिकामी से उसने पूछा, 'द्युत में पहले महाराज स्वयं को हार गये या मुझे हार गये?'

प्रातिकामी ने कहा, 'पहले राज्य हार गये, फिर सभी भ्राताओं को और अन्त में स्वयं को हार जाने के पश्चात आपको भी हार गये।'

'स्वयं को हार गया व्यक्ति किसी को द्युत के दाँव पर कैसे लगा सकता है?' यह कहकर द्रौपदी सभा में नहीं गई।

संस्कार सम्पन्न नारी अपनी शक्ति भर अन्याय और अधर्म का प्रतिकार करने से नहीं चूकती है।

क्रोध में फुफकार मारते हुए दु:शासन अन्त:पुर में द्रौपदी के निकट जाकर कहा, 'अब तुम कौरवों की दासी हो, सभा में चलो।'

'नहीं!' यह कहकर द्रौपदी पीछे हट गई।

आज दु:शासन का विशालकाय शरीर बड़ा भयंकर लग रहा था।वह एकवस्त्रा द्रौपदी के केश को पकड़कर उसे घसीटते हुए सभा में ले आया।द्रौपदी को देखते ही पूर्वाग्रह से ग्रसित अंगराज कर्ण ने कहा, 'दु:शासन! द्रौपदी और पाण्डवों के सारे वस्त्र उतार लो।'

सभा के लोग स्तब्ध! भीष्म, द्रोण, धृतराष्ट्र इत्यादि अपना-अपना माथा झुकाये अधर्म को झेलते रहे।अधर्म का प्रतिकार न कर उसे देखते और सुनते रहने से संस्कार सम्पन्न व्यक्ति भी उसी अधर्म की मानसिकता के हो जाते हैं।कर्ण सूर्य पुत्र होते हुए भी दुर्योधन और दु:शासन को ही उत्तेजित करता रहा।

कर्ण से इतना सुनते ही प्रोत्साहित दु:शासन क्रूर अट्टहास करते हुए द्रौपदी का अंशुक उतारने लगा।वह जीवन भर भीम को पराजित तो नहीं कर पाया किन्तु द्रौपदी पर अपने बल का प्रयोग कर दंभ भरने लगा। हस्तिनापुर साम्राज्य के प्रति पिता को दिये गये वचन कहीं टूट न जाये, इसी धर्मभय से कुरुसभा में हो रहे अन्याय का प्रतिकार भी नहीं कर पाये भीष्म।धर्मभय का इतना अप्रतिम दृष्टांत!

द्रौपदी दाँतों से आंचल दबाकर दोनों हाथों को ऊपर उठाये मन ही मन प्रार्थी भाव से घिंघयाते हुए कृष्ण की पुकार लगायी, 'हे गोविन्द! हे द्वारकाधीश!! कौरव मुझे अपमानित कर रहे हैं। हे नाथ! हे व्रजनाथ!!

हे जनार्दन!!! मै आपकी सखी, आपके शरण में हूँ। मेरी रक्षा करो! मेरी लाज बचाओ!!'

उधर श्रेष्ठ धनुर्धर अर्जुन विवश मुद्रा में और बलशाली भीम अवश मुद्रा में उद्विग्न होते रहे। भीम, अर्जुन, नकुल और सहदेव अपना-अपना माथा झुकाये अपने अग्रज अनुद्विग्न युधिष्ठिर के बुद्धिभ्रंश का कारण ढूंढते रहे।परम्पराओं और धर्म नीतियों में निष्णात युधिष्ठिर कुरुसभा में सब कुछ सहते रहे, सब कुछ झेलते रहे। न्याय जब पराजित हो जाता है तो अन्याय अट्टहास करने लगता है। यही अट्टहास अन्ततः अन्याय करने वाले के लिए अनिष्ट का कारण बन जाता है।

भक्त के लिए भगवान् क्या नहीं करते हैं! द्रौपदी की आर्त्त पुकार सुनकर दूरस्थ कृष्ण ने सभा में रंग-बिरंग के सुन्दर-सुन्दर दिव्य वस्त्रों से उसे प्रच्छन्न कर सुरक्षा प्रदान किया।किसी भी आपदा को किसी भी ओर अपनी इच्छानुसार मोड़ देने का सामर्थ्य कृष्ण में था।

धर्म की श्रेष्ठता, सती नारी की महानता, धैर्य की पराकाष्ठा, मर्यादा का प्रमथन, शरणागत की रक्षा और क्रौर्य की पाशविकता का अभूतपूर्व दृष्टांत बन गया वह परिदृश्य! जिस राष्ट्र ने सम्मान और सुरक्षा देना नहीं सीखा, उसका पतन भी निश्चित है।

न्याय नहीं मिलने पर कोई भी व्यक्ति उत्क्रोश में प्रतिशोध लेने के लिए विवश हो जाता है।प्रतिशोध रक्तपात करने के लिए भी विवश कर देता है।अन्याय का प्रतिकार करने में असफल द्रौपदी रोती हुई बोली, 'मैं पांचाली, याज्ञसेनी प्रतिज्ञा करती हूँ कि जबतक दुष्ट दु:शासन के रक्त से अपनी केशराशि नहीं पखार लूँगी, तबतक कबरी नहीं बाँधूगी।'

सभा में यह सुनते ही सभी का मन विचलित हो उठा।दृष्टिहीन धृतराष्ट्र हतप्रभ रह गये।उसी समय आँखों पर पट्टी बाँध रखी गांधारी सभा में आयी और उसने भयक्रांत स्वर में बोली, 'पुत्री! इस छोटे से अपमान के बदले इतना अनिष्ट अभिशाप मत दो।'

तभी पुत्रमोह में नेत्रहीन धृतराष्ट्र ने कहा, 'पांचाली! इस अभद्र अनादर के बदले मांग ले जो मांगना हो।'

रोती हुई द्रौपदी ने कहा, 'महाराज! यदि आप न्याय करने के लिए अब विवश हो गये हैं तो ज्येष्ठ पाण्डव सहित सभी भ्राता दासत्व से मुक्त हो जायें।'

महाराज धृतराष्ट्र ने न केवल सभी पाण्डवों को दासत्व से मुक्त किया, वरन् हारा हुआ राज्य और सम्पूर्ण वैभव लौटा दिया।जीता हुआ राज्य वापस होते देख शकुनि और दुर्योधन की छटपटाहट बढ़ गई।दोबारा द्युत खेलने की स्वीकृति दुर्योधन ने छल करके महाराज धृतराष्ट्र से पुनः मांग लिया।द्युत में जो हार जाये वे बारह वर्षो तक वन में रहेंगे और तेरहवें वर्ष अज्ञातवास में।यदि अज्ञातवास का पता चल जायेगा तो पुनः बारह वर्षो तक वन में रहना होगा।

युधिष्ठिर पुनः द्युत हार गये।छल-कपट या बलात पूर्वक सम्पूर्ण वैभव हड़पने पर कुल का नाश हो जाता है, यह न शकुनि समझना चाहा और न दुर्योधन।

जाते-जाते भीम ने क्रोध में आकर गरजते हुए कहा, 'मैं भीम, प्रतिज्ञा करता हूँ कि एक दिन दुःशासन की छाती फाड़कर उसका गरम-गरम रक्त पीऊँगा।'

भीम की प्रतिज्ञा मघा मेघ की गर्जना की भाँति व्योम तक गूँज उठी।नेत्रहीन धृतराष्ट्र और आँखों पर पट्टी बांध रखी गांधारी विचलित होकर एक दूसरे की ओर देखने का असफल प्रयास करते रहे।उसी समय महर्षि मैत्रेय ने दुर्योधन को बहुत समझाया, परन्तु दुष्ट दुर्योधन स्वयं महर्षि को ही अभद्रता पूर्वक समझाने लगा।उसने अपनी जाँघ पर ताल ठोककर महर्षि के परामर्श को अशिष्टता पूर्वक ठुकरा दिया।इसपर महर्षि मैत्रेय की भृकुटि तन गई।विधि का विधान ही प्रबल होता है।तब क्रोध में आकर महर्षि ने दुर्योधन को शाप देते हुए कहा, 'दुर्योधन! तुम्हारी इन्हीं अशिष्टता, अभद्रता और अमर्यादा के कारण तेरी इसी नग्न जांघ को एक दिन भीम अपने गदा की चोट से तोड़ डालेगा।'

अकारण अपमान करने से अपने भी अनिष्ट के कारण बन जाते

हैं। द्रौपदी को सभा में अपमानित कर कौरवों ने स्वयं के लिए भयंकर विनाश को आमंत्रित कर डाला। नारी को अपमानित करने वालों से प्रतिशोध प्रकृति स्वयं ले लेती है। नारी प्रकृति है। सृष्टि की रचना का आधार। किन्तु उसकी प्रवृत्ति प्रचंड रूप धारण कर विनाश और विध्वंस का कारण भी बन जाती है।

**

प्रकृति पाण्डवों को वन में परिष्कृत और परिमार्जित कर पराक्रम और पुरुषार्थ के पथ पर ले आयी। वेदज्ञ, त्यागी, भक्त, ब्राह्मण इत्यादि पाण्डवों के साथ अरण्य चले आये। प्रजा साथ में रहने की इच्छा व्यक्त की, 'महाराज! हमलोग भी आपके साथ वन चलेंगे।'

युधिष्ठिर ने प्रजा को निर्देश दे डाला, 'आप सभी राजधानी लौट जाइए!'

युधिष्ठिर के मोह में प्रजा लौटने के लिए तैयार नहीं हुई। कौन होगा जो इतने बड़े प्रतापी महाराज को क्षणभर भी अपने से दूर होने दे! सभी उपस्थित प्रजाजन एक स्वर में बोल पड़े, 'नहीं, महाराज! हमसब आपके साथ वन में ही रहकर आपकी सेवा करेंगे।'

महाराज की इच्छानुसार अपनी प्रजा को लौटने के लिए अब अर्जुन ने प्रभावी भाषा में कहा, 'आप्तजनों! आप सभी वापस जाकर अपने-अपने धर्म के अनुसार सत्पुरुषों की सेवा करके उन्हें प्रसन्न करते रहें ताकि राज्याधिकार सुनिश्चित करने के लिए आगे होने वाले प्रयास सुविधापूर्वक सम्पन्न हो सके।'

अर्जुन की यह बात सुनकर कुछ प्रजा लौट गई। गंगा तट पर प्रमाणकोटि वटवृक्ष के पास पाण्डव लोग तीन दिनों तक शेष प्रजा के साथ रहने के पश्चात काम्यक वन चले गये। वहाँ पर रह रही कुछ प्रजा पाण्डवों के वापस आने की प्रतीक्षा में अपने-अपने घर लौट आयी।

वन में इतने सारे लोगों के लिए भोजन की व्यवस्था करना एक कठिन चुनौती बन गई। धौम्य पुरोहित ने इसके निराकरणार्थ युधिष्ठिर से कहा, 'धर्मराज! सूर्य की कृपा से ही पृथ्वी पर अन्न उपजते हैं। आप सूर्य की आराधना करें। निश्चय ही सूर्य की कृपा से कुछ न कुछ निराकरण हो जायेगा।'

युधिष्ठिर ने सूर्य का आवाहन और उनकी आराधना कर तांबे का एक वर्त्तन अक्षय पात्र प्राप्त कर लिया। सूर्यदेव ने इस पात्र को देते हुए कहा, 'युधिष्ठिर! बारह वर्षों तक जो भी अन्न, फल, मूल, मिष्टान्न, शाक इत्यादि भोजन सामग्रियों की रसोई इस पात्र में बनेगी, तबतक अक्षय रहेगी, जबतक द्रौपदी परोसती रहेगी। द्रौपदी के भोजनोपरान्त इस पात्र की सामग्रियाँ उस दिन के लिए अक्षय नहीं रहेगी।' यह कहकर सूर्यदेव अदृश्य हो गये।

प्रारब्ध से प्राप्त वस्तु में ही संतुष्ट रहने वाला सुखी रहता है। पाण्डव लोग अरण्य में धर्मनिष्ठ, कर्तव्यनिष्ठ और सत्यनिष्ठ होकर रहने लगे। ऋषि मेरु सावर्णि, महर्षि व्यास, मुनि परशुराम, भगवान् शंकर, मुनि असित, महर्षि भृगु, देवर्षि नारद, पुरोहित धौम्य, माता कुन्ती और महात्मा विदुर समय-समय पर पाण्डवों को जो उपदेश देते रहे, वे अरण्य में कष्टों को झेलने में पाण्डवों को सहयोग करते रहे। कष्टों को सहन करने योग्य पाषाण पुरुषार्थ सत्यनिष्ठ पुरुषों में ही होता है।

राजरानी से वनरानी बनकर द्रौपदी अरण्य के अनुभवों का अवकलन करती रही। जब सम्पूर्ण ब्रह्माण्ड ही ग्रंथालय है और संसार है समस्त दृश्य सृष्टि तो अरण्य भी द्रौपदी के लिए ग्रंथालय ही हो गया। वनरानी बनाकर प्रकृति ने उपकृत किया या अपकृत, इस ग्रंथालय में रहकर द्रौपदी समझने का प्रयत्न करने लगी।

धृष्टद्युम्न द्रौपदी के सभी पुत्रों को पांचाल ले गया। शिशुपाल के पुत्र धृष्टकेतु अपनी बहन करेणुमती अर्थात् नकुल की पत्नी को शुक्तिमती ले आया। सहदेव की पत्नी विजया मद्रराज्य चली आयी। कुन्ती विदुर के यहाँ पहले से ही रहने लगी।

वन में रहते-रहते भीम ने किर्मीर को मार डाला। वह वकासुर का भाई और हिडिम्बासुर का मित्र था। कृष्ण को इसकी भनक लग गई। वे सोचने लगे कि इतने गहन वन में पाण्डव लोग क्यों? तभी उन्हें पाण्डवों के ऊपर आयी आपदा और उन सबके कष्टों की जानकारी भी हो गई। पाण्डवों की दुर्गति को जानकर कृष्ण विषण्ण हो गये। इधर कृष्ण का स्मरण करते-करते द्रौपदी को यह भनक लगने लगी कि कृष्ण अब शीघ्र ही पाण्डवों के कष्टों को दूर करने काम्यक वन आयेंगे।

हुआ भी वही। वन में धूल उड़ाते हुए कई रथों को दूर से ही देखकर भीम वहीं से चिल्ला-चिल्लाकर कहते हुए आया, 'कृष्ण आ गया, पांचाली! कृष्ण आ गया। दूर से ही मैंने उसके भगवाध्वज वाले रथ को आते हुए देखा है। संग में बहुत सारे रथ भी हैं।'

सुभद्रा और अभिमन्यु को साथ में लेकर घर-गृहस्थी के सामग्रियों से भरपूर कई रथों से कृष्ण काम्यकवन पधारे। अपने भक्तों को कष्ट में देखकर उनका हृदय अनुतापवश विगलित हो उठा। अर्जुन ने उनकी स्तुति करते हुए कहा, 'हे अन्तर्यामी! आप ही सूर्य, चन्द्र, नक्षत्रादि बनकर प्रकाशित हैं। माता-पिता, भाई-बान्धव, स्त्री-पुत्रादि रुप में आप ही तो हैं। आप शान्त हो जाइए, प्रभु!'

यह सुनते ही जब वे शान्त हो गये, तब उन्होंने कहा, 'अर्जुन! जो मेरे भक्त से द्वेष करता है, वह मुझसे द्वेष करता है।'

इस पर अर्जुन ने कहा, 'हे अन्तर्यामी! आप तो सब कुछ जानते हैं। आप की कृपा सभी पर रहती है। द्वेष से भी आपका स्मरण करने वालों का कल्याण ही हो जाता है। कृपया प्रकृतिस्थ होइए, प्रभु!'

पाण्डवों से बातें करते हुए कृष्ण की दृष्टि बार-बार द्रौपदी को खोजती रही। अन्ततः निकट के एक झरने की ओर कृष्ण की दृष्टि ठहर गई। कृष्ण के आगमन का संवाद सुनने के बावजूद द्रौपदी अन्यमनस्क होकर निकट के एक झरना में हाथ-मुँह धोने के बहाने चली गई थी। जब द्रौपदी झरने से नहीं लौटी, तब कृष्ण स्वयं झरना की ओर चल पड़े।

वे वहाँ जाकर सीधे द्रौपदी के निकट खड़े हो गये। उन्हें देखते ही द्रौपदी फफक्-फफक्कर रो पड़ी। कुरु सभा में अपमानित होने पर जब उसने कृष्ण को रो-रोकर पुकार लगायी थी, उसके बाद से उसने आँसू नहीं बहाया था। आज उसकी आँखों के दमित आँसूओं ने सभी सीमाओं को तोड़ डाला।उसे रोते देख कृष्ण ने कहा, 'मत रोओ, सखी! अपने इन आँसूओं को रोको।'

'कैसे रोक लूँ इन आँसूओं को? जिसकी दुर्गति होती है, सखा! वही जानता है दुःख क्या होता है?' कृष्ण की ओर पलटकर यह कहते हुए द्रौपदी फिर रोने लगी।

कृष्ण ने कहा, सखी! दुःख को दूर करने के लिए आँसू नहीं है औषधि। कुछ कहोगी तब तो मैं जान पाऊँगा।'

इस पर द्रौपदी और जोर-जोर से रोने लगी।रोते-रोते बोली, 'हे मधुसूदन! हे अन्तर्यामी!! मेरे सखा!! मैंने असित मुनि, देवल मुनि, परशुराम मुनि, देवर्षि नारद और कश्यप ऋषि से भी सुन रखा है कि आप अपराजित विष्णु हैं।मैंने सुना है, इस सृष्टि के रचनाकार आप ही हैं। आप ही स्रष्टा और आप ही सृज्य हैं।इस सृष्टि के पहले भी आप थे और इस सृष्टि के अन्त होने के पश्चात भी आप रहेंगे। आप ही इस संसार में सृष्टि बनकर स्थित हैं।सम्पूर्ण सृष्टि की प्रतीति आपको है।फिर मेरी दुर्गति की भनक आपको कैसे नहीं लगी?'

कृष्ण की यह भी एक अद्‌भुत पहचान थी कि वे दूसरों की भावनाओं को समझते थे, किन्तु अपनी भावुकताओं पर नियंत्रण रखते थे।वे अपना होंठ भींचकर द्रौपदी की ओर देखते रहे, किन्तु उनकी दोनों आँखें क्षोभ की धुंध में वाष्पाच्छादित हो उठीं। तब तक पाँचों पति अपना-अपना माथा झुकाये झरने के निकट आकर द्रौपदी की बातें सुनने लगे। द्रौपदी उन सबको देखकर सोचने लगी 'नकुल का खड्ग, सहदेव का मूसल, अर्जुन का गाण्डीव, भीम की गदा और युधिष्ठिर का शूल जब काम नहीं आये तो यही समझ में आता है कि होता वही है, जो प्रकृति चाहती है!'

कृष्ण को मौन देखकर द्रौपदी फिर प्रश्न कर बैठी, 'सखा! क्या शब्दों का अर्थ इतना अनर्थकारी होता है कि अकस्मात अनादर, अपमान और आपदायें आच्छन्न होने लगती हैं?'

अर्जुन मान-अपमान के परे होकर कभी कृष्ण को देखता और कभी द्रौपदी को।जब कृष्ण कुछ नहीं बोल पाये तब द्रौपदी फिर पूछ बैठी, 'जिसका कृष्ण सखा हो, उसे भी ऐसी शास्ति?'

द्रौपदी के आँखों से आंसू की धारा बहते देख कृष्ण विचलित होकर आकाश की ओर देखने लगे। वे बोले, 'ऐसा न सोचो, सखी! यह शास्ति नहीं है। कर्तव्यपूर्ति होने की ध्वनित संभावनाएं हैं। संकट ही संघर्ष करना सिखलाता है और सघर्ष करने से ही सफलता तथा सार्थकता मिलती है।'

रोते-रोते द्रौपदी फिर प्रश्न कर बैठी, 'कैसी है यह कर्तव्यपूर्ति की ध्वनित कड़वाहट और क्यों नहीं ऐसी क्रूरता पर सोचूँ? सखा! न्याय की पुनर्स्थापना के लिए कर्तव्य करने में क्या जीवन भर अपमान, अनादर और आपदाएं झेलनी पड़ती है?'

तब कृष्ण की भौंहे तन गई।उनका श्यामल मुखमंडल आरक्त हो उठा।उन्होंने आक्रोश में कहा, 'सखी! तुमने जिन सब पर क्रोध कर आँसू बहाया है, उन सबकी स्त्रियाँ भी इसी तरह इतना रोयेंगीं कि उन सबको रोने के लिए आँसू भी कम पड़ जायेंगे।उन सब दु:खद घटनाओं की साक्षी प्रकृति रहेगी।'

'सखा! अपमान करने वालों को दण्डित कर देने मात्र से मेरे अपमानित जीवन को क्या मिलेगा? क्या जो अपमान हुआ, जो अनादर हुई और जो अनर्थ हुआ, वह मिट जायेगा? नहीं न!' यह कहकर द्रौपदी प्रश्नवाची नेत्रों से कृष्ण की ओर देखने लगी।

किन्तु अर्जुन द्रौपदी के मन की व्यथा जानकर सोचने लगा कि ईश प्रीत्यर्थ कार्य करने में क्या मान और क्या अपमान!

द्रौपदी की व्यथा सुनकर कृष्ण ने कहा, 'सखी! जो हो चुका उसे न भुलाया जा सकता है और न मिटाया जा सकता है। हाँ, इतना मैं

कह सकता हूँ कि उस अपमान के शमन के निए तुझे इतना सम्मान मिलेगा, उस अनादर के विस्मरण के लिए तुझे इतना आदर मिलेगा और उस आपदाक्षति को मिटाने के लिए तुम्हें इतना अतीन्द्रिय सुख मिलेगा कि तुम विगत सारे दुःखों को वर्षों तक के लिए भूल जाओगी।उस अपमान के कारण प्रजाजनों के बीच तुम युगों-युगों तक अनन्त आदर पाती रहोगी।'

यह सुनकर द्रौपदी तिर्यक दृष्टि से अर्जुन को देखने लगी, मानो जो कार्य गाण्डीव की टंकार नहीं कर पायी, वह कार्य भक्त की पुकार ने कर डाला।वह अपने दाएं पैर के अंगूठे से भूमि को कुरेदने लगी, मानो कौरवों के लिए प्रलय का आमंत्रण दे रही हो।जबसे कुरु सभा में द्रौपदी अपमानित हुई थी, तब से अर्जुन और द्रौपदी के बीच एक भी बात नहीं हुई थी। कुछ कहने की अपेक्षा सुनना अर्जुन को अधिक समयानुकूल लग रहा था, नितान्त स्थितप्रज्ञ की तरह।किन्तु आज कृष्ण की प्रतिज्ञा सुनकर और द्रौपदी को रोते देखकर कृष्ण का अनुगामी अर्जुन ने द्रौपदी से कहा, 'प्रिये! तुम मत रोओ।मधुसूदन की बात को मैं सत्य करके दिखाऊँगा। इतना ही नहीं, सम्पूर्ण पृथ्वी को जीतकर तुम्हें महाभारत साम्राज्य की साम्राज्ञी बनाऊँगा और वह सारे सुख तुझे दिलाऊँगा, जो मधुसूदन ने अभी-अभी प्रतिज्ञा की है।'

अब द्रौपदी कुछ सहज हो गई।उसे अर्जुन की प्रतिज्ञा की पहचान थी।वह जो कहता था, कर दिखाता था।इसके बाद कृष्ण ने द्रौपदी के निकट जाकर कहा, 'सखी! इन्द्रप्रस्थ के राजसूय यज्ञ में व्यस्त रहने के कारण मार्तिकावत के राजा शाल्व ने शिशुपाल वध से उत्तेजित होकर द्वारका पर आक्रमण कर दिया था।उस आक्रमण के प्रहार से प्रद्युम्न भी युद्ध करते हुए निश्चेष्ट हो गया था।शाल्व समुद्र में एक द्वीप पर मिला।उसको मारने और उसके सौभ विमान को मत्स्य देश के अर्बुद पर्वत (माउन्ट आबू) पर ध्वस्त करने में मैं उलझ गया था।इसलिए द्युतक्रीड़ा की भनक लगने पर भी उस समय हस्तिनापुर नहीं आ सका।मुझे क्षमा करना, सखी!'

इतना सुनते ही द्रौपदी फिर फफक्-फफक्कर रोने लगी। कृष्ण पर अकारण आक्षेप लगाने की भूल पर क्षुब्ध होकर उसके पश्चाताप के आँसू कृष्ण के चरण युगल पर अर्घ्य बनकर बह गये।

**

पिता धृतराष्ट्र के कुत्सित मन की उपज थी पुत्र दुर्योधन की करतूत। पिता के मन की भावना संतान के आचरण पर उभर आता है। एक दिन अरण्य से घूमते-फिरते दुर्वासा मुनि हस्तिनापुर आये। दुर्योधन ने उनका बहुत सेवा-सत्कार किया। मुनि के विदा होते समय दुर्योधन ने प्रार्थना करते हुए कहा, 'मुनिश्रेष्ठ! जैसे आपने शिष्यों के साथ हमारे अतिथि होकर हमें कृतार्थ किया है, उसी प्रकार मेरे भ्राता युधिष्ठिर के यहाँ जाकर उनपर भी कृपा करें तो वे सब भी धन्य हो जायेंगे।'

दुर्वासा मुनि तैयार हो गये। दुर्योधन ने सोचा, 'अब तो पाण्डवों को अभिशाप मिलना तय है!'

दस सहस्त्र शिष्यों के साथ मुनि रात्रि काल काम्यक वन में युधिष्ठिर के यहाँ पहुँच गये। पाण्डवों ने दुर्वासा मुनि को साष्टांग प्रणाम किया। मुनि ने सबों को आशीर्वाद देते हुए कहा, 'कीर्त्तिमान भव।'

रात्रि में अक्षय पात्र खाली हो चुका था। द्रौपदी भी खा चुकी थी। अब क्या होगा? क्या खिलायेंगे मुनि को और उनके शिष्यों को? पाण्डवों की मनोदशा भयाक्रांत कर देने वाली हो गई। द्रौपदी भी घबरा गई, किन्तु उसने धैर्य नहीं खोया। वह मन ही मन विह्वल होकर कृष्ण का स्मरण करने लगी, 'हे कृष्ण! हे गोपाल!! हे देवकीनन्दन!! हे वासुदेव!!! शरण में आये दुखियों का दुःख दूर करने वाले जगदीश्वर! आओ, अपने असहाय, असमर्थ, अपरिग्रही पाण्डव भक्तों की सहायता करो।'

भक्त की सारी व्यक्त और अव्यक्त वेदनाएं कृष्ण तत्क्षण जान गये। वे

शीघ्र वहाँ आ भी गये।आते ही अपने माथे के प्रस्वेद कणों को पोंछते हुए वे सीधे द्रौपदी के पास चले गये।द्रौपदी से बोले, 'सखी! त्वरित गति में आने से मैं थक गया हूँ। भूख भी लगी है। स्वागत मेरा नहीं करोगी?'

'मेरी बात तो पहले सुन लीजिए, सखा! दुर्वासा मुनि....।' गह्वरित कंठ से द्रौपदी यह कह ही रही थी कि उसकी बातों की अनसुनी करते हुए कृष्ण ने कहा, 'सखी! पहले कुछ खाने के लिए हो तो दो, फिर सब बातें होगी।'

'लो, ये भी भोजन की ही मांग कर रहे हैं!' द्रौपदी मन ही मन बुदबुदायी।

द्रौपदी ने सुन रखा था कि अतिथि के संतुष्ट होने पर देव संतुष्ट होते हैं।दुर्वासा मुनि को भोजन देने के लिए तो कुछ है भी नहीं, ऊपर से ये सखा भी भूखे ही आये हैं। वह घबराई हुई बोली, 'सखा! सूर्य से प्राप्त अक्षयपात्र से उस दिन के लिए तभी तक भोजन मिलता है, जबतक मैं खा नहीं लूँ।अब तो मैं भी खा चुकी हूँ।इस ताँबे के वर्त्तन की सफाई भी मैंने कर ली है।'

'सखी! टालमटोल न करो।मुझसे परिहास न करो।शीघ्र अपना अक्षय पात्र तो दिखाओ मुझे।बड़ी जोर की भूख लगी है मुझे।' यह कहते हुए कृष्ण बटलोई देखने आगे बढ़ गये।

द्रौपदी अक्षयपात्र ले आयी और रुआँसी होकर बटलोई दिखाते हुई बोली, 'सखा! मैं ठिठोली नहीं कर रही हूँ।आप स्वयं देख लीजिये, सचमुच में अक्षयपात्र खाली है।'

कृष्ण ने देखा सफाई की जा चुकी बटलोई में साग का जरा सा कण लगा हुआ है।बस उसे ही लेकर चट खा गये और बोले, 'इस साग के द्वारा सम्पूर्ण जगत की आत्मा यज्ञभोक्ता परमेश्वर संतुष्ट और तृप्त हों।'

भूखे मुनिगण निकट ही सरोवर के जल में खड़े होकर अघमर्षण कर रहे थे। सहसा उन लोगों को पूर्ण तृप्ति का अनुभव होने लगा, मानो

आवश्यकता से अधिक भोजन खाकर अजीर्ण की स्थिति हो गई हो।वे सब एक दूसरे को रहस्यमय दृष्टि से देखने लगे। तब दुर्वासा ने अपने पेट पर हाथ फेरते हुए कहा, 'व्यर्थ में रसोई बनवाकर हमलोगों ने युधिष्ठिर को कष्ट में डाला।राजा अम्बरीष वाली घटना आज भी मुझे स्मरण है। भगवान् के भक्तों से मैं सदैव डरता हूँ।'

अघमर्षण कर रहे एक शिष्य ने भयभीत होकर पूछा, 'अब क्या करें? गुरुदेव!'

दुर्वासा ने बिना विलम्ब किये कहा, 'अब तो कल्याण इसी में है कि पाण्डवों के यहाँ जाने से अच्छा है, यहीं से हमलोग निकल भागें।'

वे सब मुनिगण चुपके से निकल भागे। कीर्तिमान भव का आशीर्वाद पाण्डव लोगों को पहले ही मिल गया और अब श्राप लगने से भी बच गये।दुर्योधन की कुत्सित करतूत काम नहीं कर पायी।

विस्मित द्रौपदी को कृष्ण ने कहा, 'सखी! धन की कमी दरिद्रता नहीं है, स्वच्छ मन की कमी दरिद्रता है। जीवन का अर्थ है प्रेम। मन में स्नेह और प्रेम रहने से संसार में सब कुछ हस्तगत हो जाते हैं, इसे समझने का प्रयास सदैव करते रहना चाहिए।अरण्य में इन सबका अवकलन करना सहज होता है।'

कृष्ण में प्रीति और उनकी प्रतीति पाण्डवों को इसी तरह यदा-कदा होती रही।

**

नित्य प्रवाही प्रकृति की भाँति पाण्डवों को एक जगह चिपके रहना जीवन धर्म नहीं बन पाया।इन लोगों का जीवन-प्रवाह सदैव प्रकृति से जुड़ा रहा।इन सबकी गहरी मानवीय सोच भूगोल की देन बनकर समाजिक पहचान बन गई।काम्यक वन से पाण्डव लोग द्वैतवन आ

गये।शुद्ध पेयजल से भरा सरोवर, रंग-बिरंगे पुष्प, यथेष्ट फल इत्यादि के अतिरिक्त चकोर, मयूर, चक्रवाक, क्रौंच इत्यादि के कलरव से परिपूर्ण सुहावनी पारिस्थितिकी में तपस्वी, क्रियावान, महात्मा इत्यादि के साथ पाण्डव लोग द्वैतवन में रहने लगे। व्यास, मार्कण्डेय, दाल्भ्यबक, भृगु, अंगिरा, वसिष्ठ, कश्यप, अगस्त, अत्रि इत्यादि ऋषिगण यदा-कदा पाण्डवों से मिलने आते रहे और प्रबोधन देते रहे।

द्रौपदी के साहचर्य में एक अतीन्द्रिय सुख का अनुभव अर्जुन करता रहा, जिसके प्रखर और पुनीत रंग में अपमान, अनादर और आपदा के सभी श्वेत-श्याम रंग फीके पड़कर इन्द्रधनुषी रंग में परिवर्तित होने लगे।

इतने सारे छल-कपट करने के बाद भी दुर्योधन की कुंठा शांत नहीं हुई।गौओं का निरीक्षण करने के बहाने सेना, रथ, हाथी इत्यादि के साथ दुर्योधन घोष-यात्रा करने संध्या होते-होते द्वैतवन आ गया। पत्नी, दासी के अतिरिक्त कर्ण, दु:शासन इत्यादि भी साथ में थे। रानियों और दासियों के साथ घूमते-घामते दुर्योधन उस सरोवर के किनारे पहुँच गया, जहाँ पाण्डव लोग रहते थे। पाण्डवों का उपहास उड़ाना दुर्योधन का ध्येय था।छल-कपट की एक सीमा होती है।उस सीमा के आगे सत्य चट्टान की तरह अडिग रहता है, जिसे विदीर्ण करना असंभव होता है। सरोवर के निकट गन्धर्वों ने रोक-टोककर कौरवों पर आक्रमण कर दिया। रानियों और दासियों के साथ दुर्योधन, दु:शासन, दुर्जय इत्यादि को गन्धर्वों ने बंदी बना लिया। पाण्डवों को अपमानित करने चले कौरव लोग स्वयं अनादर के पात्र बन गये।

पाण्डवों को दुर्योधन के बंदी हो जाने का संवाद जैसे ही मिला, वे सब कौरवों के बचाव के लिए चल पड़े। कुटुम्बों के बीच नोक-झोंक होते ही रहते हैं, मन-मुटाव भी हो जाते हैं, किन्तु कुल का अनादर होने पर कुल के संबंधी आप्तजनों के ऊपर आये किसी अपमान को सहन नहीं करते हैं। अर्जुन ने क्रोध में आकर गन्धर्वों को कहा, 'गन्धर्वों! तुम सब दुर्योधन को और उसके परिवार को छोड़ दो।'

इसपर गन्धर्वों ने अनुनयपूर्ण स्वर में कहा, 'अर्जुन! आप कहते तो ठीक हैं, किन्तु अपने राजा की आज्ञा के बिना दुर्योधन को हमलोग नहीं छोड़ेंगे।'

'नारी को बंदी बनाना गन्धर्वों को शोभा नहीं देता है,' यह कहकर अर्जुन बाणों से गन्धर्वों पर प्रहार करने लगा। भीम, नकुल और सहदेव भी गन्धर्वों पर आक्रमण करने लगे। तिलमिलाते हुए गन्धर्वों के राजा चित्रसेन ने कहा, 'अर्जुन! मैं तुम्हारा मित्र चित्रसेन हूँ। अपना दिव्यास्त्र लौटा लो। तुम्हारी यदि इच्छा है तो मैं कौरवों को मुक्त कर देता हूँ।'

वस्तुतः इन्द्र ने ही दुर्योधन की कपटी नीयत और कुत्सित नीति जानकर कौरवों को बंदी बना लेने के लिए गन्धर्वों को आदेश दिया था। गन्धर्वों ने कौरवों को छोड़ दिया। रानियों और दासियों सहित सभी कौरव हस्तिनापुर सुरक्षित लौट आये।

पाण्डवों की इस कृपा को दुर्योधन ने अपना अपमान समझ बैठा। जैसे पराजित राजा अपनी हार स्वयं नहीं कहा करता है, वरन् उसके हाव-भाव से ही सब कुछ व्यक्त हो जाते हैं, उसी प्रकार पराजित दुर्योधन की स्थिति हो गई। अपने को अपमानित समझकर उसने प्रायोपवेशन करने का मन बना लिया। समृद्ध भाषा भी मन की सभी भावों को जब व्यक्त नहीं कर पाती है, तब देहभाषा कुछ इंगित कर ही देती है। दुर्योधन की देहभाषा ने सब कुछ इंगित कर डाला। कर्ण के समझाने-बुझाने पर उसने आमरण अनशन करना छोड़ दिया।

दुर्योधन को प्रबोध करने में कर्ण स्वयं को प्रबोधन देने लगा। गन्धर्वों से पराजित और पाण्डवों के आगे अपमानित होने से उद्विग्न कर्ण ने दिग्विजय करने का मन बना लिया। दुर्योधन तो यही सब चाहता था।

सर्प चिह्नयुक्त श्वेत पताका और श्वेत घोड़ों वाले जैत्ररथ से दिग्विजय करते हुए वह पांचाल, नेपाल, वंग, कलिंग, शुण्डिक, मिथिला, मगध, कर्कखण्ड, मृत्तिकावली, त्रिपुरी, कोसल, श्रीशैल, केरल, अवन्तिका, यवन इत्यादि देशों को पराजित कर ढ़ेर सारे रत्न, स्वर्ण, रजत, मणि,

राजमुकुट इत्यादि लेकर हस्तिनापुर लौट आया।साथ में कलिंग देश से एक सुंदर युवती को भी ले आया, जिसे उसने दुर्योधन को भेंट में दे दिया।दुर्योधन ने उस सुन्दरी से विवाह कर लिया।इस विजय पर उत्साहित होकर दुर्योधन ने ऋषि-मुनियों से अपनी मंशा जताते हुए कहा, 'मैं भी युधिष्ठिर की तरह इस दिग्विजय के पश्चात राजसूय यज्ञ करना चाहता हूँ।मुझे यज्ञ करने की तिथि आप लोग कृपाकर निर्धारित कर दें।'

ऋषि-मुनिगण यह सुनकर स्तब्ध रह गये।उन लोगों ने दुर्योधन से कहा, 'राजन्! कुल में एक ही राजसूय यज्ञ वर्ष भर में होना चाहिए। आपने दिग्विजय के पूर्व यज्ञ का अनुष्ठान तो किया नहीं।हाँ, वैष्णव यज्ञ किया जा सकता है।यह यज्ञ राजसूय यज्ञ की ही तरह होता है।'

अगले एकादशी तिथि को वैष्णव यज्ञ कर दुर्योधन प्रफुल्लित हो गया। मंत्रों का सही रीति से उच्चारण और सही स्वराघात नहीं होने से यज्ञ का विपरीत परिणाम होने लगता है। अधर्म की ओट में किया गया सुकर्म अन्ततः कुफल को ही जन्म देने लगा। सुदृढ़ प्रशासनिक प्रबंधन और सुख-शांति से रह रही प्रजा के देशों पर आक्रमण कर दिग्विजय करने पर पराजित राजाओं से वैमन्यसता बढ़ गई।

इधर दिव्यास्त्र प्राप्त करने के परिप्रेक्ष्य में निर्णय हुआ कि अर्जुन हिमालय जाकर तप करे। द्रौपदी के हाथों विदाई का दधि-गुड़ स्वीकार कर उसने हिमालय की ओर जाते समय कहा, 'कृष्णा! मैं हिमालय से सफल होकर लौट आऊँ, यह केशव से प्रार्थना करते रहना।'

द्रौपदी उत्साहित करते हुए अर्जुन को विदा करते समय बोली, 'स्वामी! यद्यपि आपके क्षणिक वियोग का दुःख भी मुझे कष्ट देता है, तथापि वृहत्तर लक्ष्य के लिए लम्बे समय तक के लिए भी आपको जाने की सहमति मैं देती हूँ। केशव से प्रार्थना करती रहूँगी कि आप सफल होकर लौटें।'

तभी कृष्ण वहाँ पधार गये।आते ही द्रौपदी से बोले, 'सखी! मात्र सफल ही नहीं, सार्थक होकर भी अर्जुन लौटेगा।' उस समय कृष्ण की मुस्कुराहट नितान्त ही भिन्न थी।

द्रौपदी चिहुँक कर बोली, 'सार्थक!'

'हाँ, सखी! अर्जुन का सार्थक होना सफल होने की भाँति है।' यह कहकर अर्जुन को कृष्ण ने गले लगाते विदा किया। अर्जुन को विदा करने ही वे आये थे।

प्रतिस्मृति विद्या के सहयोग से अर्जुन भगवान् शंकर को प्रसन्न करने गन्धमादन पर्वत के निकट इन्द्रकील जा पहुँचा। शेष पाण्डव व्यास के निर्देश पर द्रौपदी सहित द्वैतवन से बाहर आकर सरस्वती नदी के तटवर्ती क्षेत्र काम्यकवन चले गये।

गन्धमादन पर्वत के हिमाच्छादित श्रेणियाँ, चीड़, फड़, ओक, देवदारु, महोगनी, सागवान इत्यादि के लम्बे-लम्बे वृक्षों से सम्पन्न अरण्य और शीतोष्ण जलवायु, स्वच्छन्द विचरण करते पशु-पक्षी अर्जुन के मन को भाने लगे। यहीं निकट ही सुमेरु पर्वत और मंदार पर्वत भी हैं। प्राचीन काल में सुमेरु पर्वत पर ऋषि-मुनि तपस्या किया करते थे और इसी मंदार पर्वत का मथानी बनाकर सागर-मंथन हुआ था। ये दोनों पर्वतें प्राचीन कठोर चट्टानों के बने हुए हैं जबकि हिमालय बाद के नवीन कोमल चट्टानों का बना हुआ पर्वत है। इन्द्रकील के निकट तप करते-करते देवराज इन्द्र के दर्शन से अर्जुन उपकृत हो गया। इन्द्र ने अर्जुन को कहा, 'पुत्र! तुम्हारी तपस्या से प्रसन्न होकर तुम्हें शंकर के दर्शन शीघ्र होंगे। उनके दर्शन के पश्चात तुम्हें दिव्यास्त्र भी मिल जायेंगे।'

इन्द्र के दर्शन हो जाने के पश्चात अर्जुन हिमालय के उस पार मंदराचल चले आया। यहाँ की स्वच्छ और पवित्र कन्दरा में अर्जुन कुश, मृगछाला और रेशम वस्त्र के आसन पर बैठ गया। उसने विषय भोगों का चिन्तन न कर दोनों नेत्रों के बीच भृकुटि के मध्य दृष्टि स्थित करके नासिका में विचरण कर रहे प्राण और अपान वायु को सम करते हुए योगाभ्यास करने लगा। महर्षि व्यास से प्राप्त मंत्र की दीक्षा और क्रिया योग की अनुश्रृणुयात युक्तियाँ युधिष्ठिर से अर्जुन को मिल चुकी थी। वह औंकार ब्रह्म की उपासना योगाविष्ट होकर कई वर्षों तक करता

रहा। क्रिया की परावस्था में सत्, रज, तम के अतीत होते ही तेज पुंज के बीच किसी आहट से वह चौंक पड़ा। भगवान् शंकर किरात का रूप धारण कर घनुष-बाण सहित अर्जुन के निकट प्रकट हो गये। तभी एक मूक दानव जंगली शूकर का वेश धारण कर अर्जुन को मार डालने की घात में आ टपका। अर्जुन ने गाण्डीव धनुष पर बाण चढ़ाकर शूकर को जैसे ही मारना चाहा, वैसे ही किरात ने गरजते हुए कहा, 'ठहरो! रुको! बाण मत चलाओ।'

अर्जुन उधर ही देखने लगा, जिधर से कर्कश ध्वनि आयी। किरात ने अर्जुन की ओर दृष्टि डालते हुए कहा, 'तुमसे पहले मैं इसे मारने का निश्चय कर चुका हूँ।'

किरात के द्वारा रोक-टोक करना अर्जुन को सहन नहीं हुआ। बिना विलम्ब किये उसने शूकर पर बाण चला दिया। उसी समय किरात ने भी बाण चला दिया। दोनों के बाण उस मूक शूकर के शरीर में चुभ गये। अब तो किरात और अर्जुन में वाकयुद्ध होने लगा। पहले मेरा बाण लगा है तो पहले मेरा बाण लगा है।

अर्जुन ने उत्तेजित होकर किरात पर बाण चला दिया। बाण व्यर्थ चला गया। फिर अर्जुन ने कई बाण चलाये, किन्तु उसके सभी बाण व्यर्थ चले गये। अर्जुन के सभी बाण असफल हो जाने पर उसने शिवलिंग की स्थापना कर शिव की पूजा करना आरम्भ कर दिया। ऐं एतत् पाद्यं समर्प्यामि शिवाय नमः। ऐं एषोऽर्घः समर्प्यामि शिवाय नमः । ऐं इदं स्नानीयं जलं समर्प्यामि शिवाय नमः। ऐं एतत् सगंधपुष्पं समर्प्यामि शिवाय नमः। ऐं एतत् सगंध बिल्वपत्रं समर्प्यामि शिवाय नमः। परन्तु जो भी पत्र-पुष्प उसने शिवलिंग पर चढ़ाया, वह सब किरात के माथे पर स्वतः अर्पित होते चले गये। विस्मित, अचम्भित और आश्चर्यचकित अर्जुन को अन्ततः सभी रहस्य समझ में आ गया, 'ओहो! ये तो कोई और नहीं, साक्षात शिव हीं हैं!'

उसने वहाँ रखे पूजन सामग्रियों में से बिल्वपत्र, पुष्प, जल, दूर्वादल,

चन्दनादि का अर्घ्य उस किरात के चरणों में समर्पित किया और उनके चरणों में भूमिष्ठ होकर प्रणाम किया। फिर बोला, 'प्रभु! अहंकारवश ही मैं अपने आराध्य को भी नहीं पहचान पाया।क्षमा करें, प्रभु! कृपया अन्यथा न सोचें!'

अर्जुन की बात सुनकर तिलक त्रिपुंड देह में भस्म लगाये शंकर भगवान् मुस्कुरा उठे।उन्होंने कहा, 'समदर्शी हुए बिना अहंकार शून्य होना असंभव है।इसके बिना तो ईश दर्शन भी होना असंभव है, अर्जुन!'

उन्होंने प्रसन्न होकर अर्जुन को पशुपतास्त्र देकर उस पर अपना वरदहस्त भी फेर दिया। इस दिव्यास्त्र के प्रयोग और उपशमन विधि भी बतलाकर शिव ने कहा, 'अर्जुन! तुम दिव्यास्त्र प्राप्त करने के सच्चे अधिकारी हो।तुम स्वर्ग जाकर इन्द्र से भी दिव्यास्त्र प्राप्त करो।' यह कहकर शिव कूटस्थ से अदृश्य हो गये।

अर्जुन ने भृगतुंग में क्रिया योग के योनिमुद्रा साधन कर कूटस्थ में जलाधीश वरुण, धनाधीश कुबेर, सूर्यपुत्र यमराज सहित अनेक गुह्यक गन्धर्वों का दर्शन किया। उसी समय दिव्य नूतन और सुगंधित पुष्पों की वर्षा होने लगी। तभी देवराज इन्द्र ऐरावत पर चढ़कर इन्द्राणी के साथ वहाँ पधारे। दिव्य दृष्टि से अर्जुन को सभी लोकपालों के दर्शन हुए।यमराज से दण्ड, वरुण से वरुणपाश और कुबेर से अन्तर्धानास्त्र अर्जुन ने प्राप्त किया।

सभी देवताओं के अदृश्य हो जाने के पश्चात इन्द्र का सारथी मतालि दिव्य रथ लेकर आ गया।उसने अर्जुन के निकट आकर प्रणिपाद् कहते हुए प्रणाम किया और कहा, 'इन्द्रनन्दन! देवराज अमरावती में आपसे मिलना चाहते हैं।अमरावती में आपकी प्रतीक्षा है।आपके लिए दिव्य रथ आया है।'

'हाँ, सारथी! मैं भी अमरावती जाने के लिए उत्सुक हूँ।' यह कहकर अर्जुन उस रथ पर जैसे ही आरुढ़ हुआ, वह रथ क्षणभर में ऋषि-मुनियों की दृष्टि से ओझल हो गया।

अर्जुन ने देखा कि वह ऐसे लोक में पहुँच गया है, जहाँ सूर्य, चन्द्रमा या अग्नि की उपस्थिति नहीं रहने पर भी दिव्य प्रकाश है। वहाँ अनेकानेक पुण्यात्मा पुरुषों के टिमटिमाते निवास स्थान है। उसके आगे जाने पर अति दिव्य प्रकाश से चमचमाते राजर्षियों के पुण्यवान लोक को उसने देखा। तत्पश्चात वह इन्द्र की दिव्य पुरी अमरावती पहुँचा। वहाँ अप्सरायें और गन्धर्वगण उसकी स्तुति करने लगे। क्रियायोग के योनिमुद्रा साधना से कूटस्थ दर्शन क्रम में अर्जुन ने साध्य देवता, विश्वेदेवा, पवन देव, अश्विनी कुमार, आदित्य, वसु, अनेक ब्रह्मर्षि, अनेक राजर्षि, देवर्षि नारद इत्यादि का दर्शन किया। सभा में अर्जुन ने देवराज इन्द्र के चरणों का स्पर्श कर निर्दिष्ट आसन ग्रहण किया। संगीत और सामगान के गायकगण मधुर गीत गाकर अर्जुन का मनोरंजन करने लगे। अप्सरायें नृत्य करने लगीं। चित्रलेखा, प्रजागरा, तिलोत्तमा, चित्रसेना, मेनका, रम्भा, उर्वशी, मिश्रकेशी, अलम्बुषा, प्रम्लोचा, वरुथिनि, धृताची, गोपाली, सहजन्या, इत्यादि एक से बढ़कर एक रूपवती अप्सराओं ने गुरुवन्दना कर अपने बायें पैर का थाप देकर दायें पैर से हलचल करते हुए सम्पूर्ण लय में भाव-भंगिमापूर्ण नृत्य किया। अर्जुन उस भावपूर्ण नृत्य को देखते-देखते बहुत कुछ नृत्य सीखा भी और उसी में खो भी गया।

अर्जुन ने वहाँ इन्द्र से प्राप्त दिव्यास्त्रों और वज्र के प्रयोग, शमन और प्रत्यावर्तन का अभ्यास किया। चित्रसेन गन्धर्व से नृत्य और गीत सीखा। संगीत बतलाने के क्रम में चित्रसेन ने कहा, 'अर्जुन! संगीत विद्या नहीं, कला है। यह अभ्यास से सीखा जाता है। सा रे ग म प ध नि सप्त सुर हैं। षड्ज, पंचम, सप्तक, इत्यादि गतियाँ हैं। भू, मल्हार, यमन, मालकोस, आसावरी, भैरवी इत्यादि राग रागीनियाँ हैं। न जाने संगीत के कितनी जानकारियाँ अर्जुन ने वहाँ प्राप्त की, कहना कठिन है।

अर्जुन का स्वर बहुत ही उच्च कोटि का था। एक दिन चित्रसेन ने कहा, 'अर्जुन! तुम्हारा स्वर बड़ा मधुर है। यही कारण है कि राग और ताल के साथ तुम्हारा गायन मधुर लगता है।'

चित्रसेन से अपनी प्रशंसा सुनकर अर्जुन ने कहा, 'गन्धर्वराज! तीनों लोक में आपके जैसा गायक कौन होगा? मैंने तो जो भी सीखा है, आपसे ही सीखा है।'

एक दिन सदैव की तरह चित्रसेन को शुभ रात्रि कहकर जब अर्जुन अपने विश्रामकक्ष में आया, तब सुगन्ध स्नान कर, सुगन्धित पुष्पों की माला पहन, दिव्य वस्त्राभूषणों से अलंकृत होकर उन्मादिनी की तरह उर्वशी मुस्कराती हुई अर्जुन के निभृत शयन कक्ष में आ गई।वह अर्जुन को निकट से देखकर उस पर मुग्ध हो गई और कामासक्त भी।उद्दीपन करने वाली सुवासित गंधलेप से सम्पूर्ण कक्ष महक उठा।कामातुर होकर बिना किसी हिचकिचाहट के उसने अर्जुन से कहा, 'श्रेष्ठ पुरुष!'

तभी अर्जुन ने मुड़कर उर्वशी को देखा और कहा, 'श्रेष्ठ तो मात्र ब्रह्म है।ब्रह्म के आगे न कोई श्रेष्ठ है और न कोई भ्रष्ट।मैं तो अकिंचन एक आत्मा हूँ।'

'मैं तुम्हें देव सभा में देख चुकी हूँ।तुम्हारे रूप और गुण पर मैं मोहित हो गई हूँ। मन के दर्पण में झांककर देखो तो जान पाओगे कि उर्वशी सृष्टि की कैसी अनुपम निधि है!' यह कहकर उर्वशी अर्जुन के और निकट चली आयी।

अर्जुन ने उत्तर देते हुए कहा, 'मन के दर्पण में तो आत्मा का स्वरूप परिलक्षित होता है।और आत्मा से बढ़कर सुन्दर ब्रह्म है और तो कुछ है ही नहीं।'

अर्जुन को उर्वशी के प्रत्येक प्रश्न का प्रांजल उत्तर ज्ञात था।तब उर्वशी बिना किसी हिचकिचाहट के बोली, 'कामपीड़िता का त्याग मत करो तुम!'

उर्वशी ने देखा कि अर्जुन आँखें मिलाकर बात करने से कतरा रहा है।वह हर तरह से अर्जुन को अपनी ओर आकर्षित करने का प्रयास करती रही।अन्ततः अर्जुन उसकी बातों को सुनकर विचलित और विक्षुब्ध हो उठा। असहज स्थिति में घबराकर वह थरथराते अधरों से

बोला, 'माते! तुम मेरे पूर्वजों की जननी हो। तुम तो शची माता की तरह पूजनीया हो।'

माता शब्द सुनकर कामातुर उर्वशी क्रोध में जलने लगी। उसके दोनों नेत्र लाल हो गये। वह इसे अपना अनादर समझ बैठी। अपनी आपा खोकर वह अर्जुन को शाप देती हुई बोली, 'तुम नपुंसक हो जाओगे।'

अर्जुन चिन्तित हो उठा। वह सोचने लगा, 'इन्द्रलोक में उपकृत होने के बदले वह अपकृत हो गया! आखिर क्यों?'

तभी इन्द्र ने वहाँ आकर सांत्वना देते हुए कहा, 'पुत्र! मन के स्वच्छ रहने से अभिशाप भी वरदान बन जाता है। यह अभिशाप नहीं वरदान है। बारह वर्षों के वनवास उपरान्त तेरहवें वर्ष अज्ञातवास काल में नपुंसक बनने से छिपकर रहने में यह शाप तो वरदान ही होगा। घबराओ नहीं, यह शाप मात्र एक वर्ष के लिए ही है।'

लोमश ऋषि जब इन्द्रलोक आये तो अर्जुन को यहाँ देखकर वे आश्चर्य में पड़ गये। उन्होंने इन्द्र से पूछा, 'देवराज! सहस्त्रों वर्षों तक वन में रहकर तपस्या करने से जो पुण्य महर्षिगण प्राप्त करते हैं, वही पुण्य गार्हस्थ्य में रहकर अर्जुन कैसे प्राप्त कर लिया?'

महर्षि का प्रश्न सुनकर इन्द्र ने कहा, 'महाऋषे! अर्जुन ने युक्ति पूर्वक घोर तपस्या कर मानव देह में ही देवत्व प्राप्त कर लिया है। देवगण भी इसीलिए मानव देह के जिए तरसते रहते हैं।'

'किन्तु यहाँ आने का इसका प्रयोजन क्या है?' लोमश ऋषि विस्मय में इन्द्र से पूछ बैठे।

इन्द्र ने कहा, 'ब्रह्मन्! आप अन्यथा न सोचें। इन्द्रलोक में अर्जुन की ही आवश्यकता है। इसने तप कर शंकर से दिव्यास्त्र प्राप्त कर लिया है। निवात कवच नामक दैत्य और उसके अनुचरों का नाशकर अर्जुन मनुष्य लोक में लौट जायेगा।'

सारी कथा इन्द्र से जानकर महर्षि प्रसन्न हो गये। वे अर्जुन की ओर देखने लगे। तभी अर्जुन ने महर्षि को प्रणिपाद् कहकर प्रणाम किया और

अनुनय पूर्वक कहा, 'महामुने! पृथ्वी लोक में मेरे भ्राता युधिष्ठिर से मिलकर मेरा संवाद सुना देने की कृपा करेंगे।उनसे यह भी कह देने का कष्ट करेंगे कि किसी से द्वेष बुद्धि न रखें।मन की शुद्धि ही पूर्ण शुद्धि है।इसी से विजय सुनिश्चित होगी।'

तत्त्वज्ञान के इस रहस्य को सुनकर लोमश ऋषि समझ गये कि अर्जुन साधारण मानव नहीं, अपितु क्रियायोग के शिखर तक पहुँच चुका एक महान योगी है।

**

घोसलों पर अधिकार प्राप्त करने के लिए इधर-उधर से लौटते पक्षियों के कलरव के बीच पहाड़ियों की श्रृंखलाएं समाधिस्थ योगियों की पंक्ति के सदृश दिखायी दे रही थीं।अंतरिक्ष में आसनस्थ होते तारे पाण्डवों को अपना अधिकार प्राप्त करने के लिए प्रेरित कर रहे थे।

महर्षि वृहदश्व को जब अर्जुन के सार्थक होने संबंधी रहस्य की जानकारी रात में मिल गई, तब वे सुबह में स्नान करने के लिए जाते समय युधिष्ठिर को देखकर हर्षित हो गये।उनके चरणों के खड़ाऊँ की खटखटाहट सुन युधिष्ठिर सहित सभी लोग उधर ही देखने लगे। उन सभी ने महर्षि को प्रणिपाद् कहकर प्रणाम किया। नैमिषारण्य, गया, पुष्कर, प्रयाग इत्यादि तीर्थों का महात्म्य पुरोहित धौम्य से सुन रहे युधिष्ठिर से उन्होंने कहा, 'धर्मराज! तीर्थों का महात्म्य सुनने और तीर्थ यात्रा करने से जीवन के कष्ट दूर होते हैं। अब तो थोड़े ही दिनों में तुम्हारा राज्य और सगे संबंधी मिलने वाले हैं।तीर्थ करने से संयम और तपस्चर्या करते ही अध्यात्म को समझना सहज हो जाता है।'

युधिष्ठिर यह सुनकर प्रसन्न हो गये।फिर द्युत क्रीड़ा के कारण आगे कोई अनहोनी न हो जाये, अतः द्युत के पासों की वशीकरण विद्या और

अश्वविद्या युधिष्ठिर को बतलाकर महर्षि स्नान करने चले गये। उनके चरणों के खड़ाऊँ की खटखटाहट अब भी सुनायी दे रही थी। धीरे-धीरे वह खटखटाहट शांत हो गई। उनके चले जाने के पश्चात लोमश ऋषि भी वहाँ पहुँच गये। ऋषि को देखते ही युधिष्ठिर ने कहा, 'प्रणिपाद्, ऋषिवर!'

ऋषि ने कहा, 'यशस्वी भव।'

उन्होंने हर्षित होकर इन्द्रलोक की कथा युधिष्ठिर को सुनाते हुए अर्जुन का संवाद भी कह डाला। तब युधिष्ठिर ने उत्सुकतावश ऋषि से पूछा, 'ऋषिश्रेष्ठ! अर्जुन ने जो संवाद भेजा है, वह तो आपने मुझे सुना दिया, किन्तु उसने इन्द्रलोक में क्या-क्या प्राप्त किया है, वह भी तो कृपाकर सुना दीजिए।'

इस पर लोमश ऋषि ने मुस्कुराते हुए कहा, 'युधिष्ठिर! अर्जुन ने जो कर दिखाया है, वह बड़े-बड़े ऋषि-मुनियों के लिए भी कठिन है। इसने शंकर को प्रसन्न कर दिव्यास्त्र प्राप्त कर लिया है। उसके प्रयोग और प्रत्यावर्तन की विधि भी सीख ली है। कर्ण अब तो अर्जुन के सोलहवें अंश के बराबर भी नहीं है।'

युधिष्ठिर सतत कर्ण के कारण ही भयाक्रांत रहा करते थे। उन्हें अब भरोसा हो गया कि पौरुष और पराक्रम के बल पर कर्ण प्रज्ञाशील पार्थ को पराजित नहीं कर पायेगा। किसी के प्रति द्वेषबुद्धि न रखकर सबके प्रति मित्रभाव रखते हुए अपने बंधु-बांधव के साथ वे तीर्थ यात्रा पर निकल पड़े। वे पहले विनशन तीर्थ गये। यहाँ सरस्वती नदी के सूख जाने पर भी यमसोद्भेद में यह नदी दिखाई देती थी। त्रेता युग के प्रारम्भ होने के पूर्व काल में नदी अपहरण प्रक्रिया में सरस्वती नदी की मुख्य सहायिका शतद्रु नदी (सतलज) को सिन्धु नदी ने अपहृत कर लिया है। प्रायः नदी अपने जलग्रहण क्षेत्र में अपक्षरण करते-करते अपनी पड़ोस की नदी के जलग्रहण क्षेत्र में प्रवेश कर उसकी सहायिका के जल को बहा ले जाती है। सरस्वती नदी की दूसरी मुख्य सहायिका यमुना नदी भी हिमालय पर्वत के प्रोत्थान प्रक्रिया में सरस्वती नदी से संबंध विच्छेद

करके पूरब की ओर बहती हुई प्रयाग के निकट गंगा में जा मिली। हिमालय पर्वत की तीसरी प्रोत्थान प्रक्रिया में सरस्वती नदी की शेष छोटी-छोटी सहायक धाराएं गंगोत्री शिखर के निकट भागिरथी नदी और मंदाकिनी नदी की सहायिका बन कर रह गई।इस तरह हिमालय के प्रोत्थान से सरस्वती नदी की मुख्य धारा सूख जाने के लिए विवश हो गई। वस्तुतः सरस्वती नदी जो दक्षिण वाहिनी थी, उसकी धारा पूर्वाभिमुख होकर कुछ यमुना नदी में और कुछ गंगा नदी में मिल गई और प्रयाग के निकट त्रिवेणी संगम के रूप में सुविख्यात हो गई।कच्छ प्रदेश के पश्चिमी समुद्र में गिरने वाली सरस्वती नदी हिमवद्रण्य के निकट कुछ यमुना में और कुछ गंगा नदी में जा मिली। अर्थात् सरस्वती नदी ब्रह्मवर्त भूमि से ब्रह्मर्षि प्रदेश में आकर गंगा-यमुना की वेणी रुप में बहने लगी।

पुष्कर, हरिद्वार इत्यादि तीर्थों की यात्रा करते-करते युधिष्ठिर, भीम, द्रौपदी, धौम्य इत्यादि गंधमादन पर्वत पर जा पहुँचे। अर्जुन के आगमन की भनक लगते ही कृष्ण भी वहाँ आ गये। यहीं निकट ही सरस्वती नदी का उद्गम स्थल हिमवद्रण्य भी है।

गलबहियाँ डाले घने वृक्षों के झुरमुट, नदी के उसपार झरझर गिरते जलप्रपात, नीले आकाश का चंदोवा, श्यामल वर्ण का योगविष्ट पर्वत, पत्र-पुष्प से लदी लताएं, मेघ विभूति स्वच्छन्द वृष्टि, बंधनमुक्त जीवन के रहस्य ढूंढते पशु-पक्षी, कुल मिलाकर पारिस्थितिकी का सुन्दर दृष्टांत। प्रकृति का यह पर्यावरण प्रबंधन प्रदूषण से नितान्त मुक्त। इस प्रशस्त पारिस्थितिकी में हिमाच्छादित गंधमादन पर्वत पर अर्जुन दिव्य ज्योतिर्मय रथ से उतरा। इन्द्र, अग्नि, वरुण, चन्द्रमा, वायु, विष्णु, शंकर, ब्रह्मा, यम, धाता, सविता, कुबेर इत्यादि से अस्त्र-शस्त्र पाने पर वह सभी को प्रफुल्लित दिखाई दिया। युधिष्ठिर यह समझ गये कि अर्जुन मात्र सफल ही नहीं सार्थक होकर लौटा है।आते ही अर्जुन ने पहले युधिष्ठिर फिर धौम्य और भीम को प्रणिपाद् कहकर प्रणाम किया। नकुल और

सहदेव से मिलने के बाद वह कृष्ण से भक्ति-भावपूर्वक मिला। देवराज इन्द्र से प्राप्त अनेक दिव्य और बहुमूल्य आभूषण द्रौपदी को मुस्कुराते हुए दे दिया। द्रौपदी उन आभूषणों को देखकर प्रसन्न हो गई। विगत सात वर्षो से वह आभूषण पहनना भूल चुकी थी। उसी समय इन्द्र भी पधारे। उन्होंने ही पुत्रवधू द्रौपदी के लिए सभी दिव्य आभूषणों को अर्जुन के द्वारा भेजवाया था। वे आते ही युधिष्ठिर से बोले, 'धर्मराज! तुम अब पृथ्वी पर शासन करोगे। द्रौपदी राजरानी बनेगी। अर्जुन को अब कोई पराजित नहीं कर पायेगा। तुम लोग अब काम्यक वन लौट जाओ।'

प्रेरणादायिनी सती-साध्वी पत्नी द्रौपदी तिरछी नेत्रों से अर्जुन को देखकर निहाल हो गयी। उसको भले ही अर्जुन के संग रहने और अंकशायिनी बनने का सुख बहुत ही अल्प मिला हो, किन्तु उनके शौर्य, वीरत्व, व्यक्तित्व और पुरुषार्थ को लेकर वह गर्वित हो गयी। पति पर गर्व करना और पति का सुख पाना दोनों में पार्थक्य है।

काम्यक वन पहुँचने के बाद धर्म परायण युधिष्ठिर को बारबार इन्द्रलोक के विषय में ही जानने की उत्सुकता बढ़ने लगी। उन्होंने एक दिन अर्जुन से पूछा, 'फाल्गुनी! स्वर्गलोक में इतनी बड़ी उपलब्धियाँ तुमने कैसे प्राप्त कर ली? सभी ऋषि-मुनिगण तुम्हारी सफलता पर अचम्भित हैं।'

इस पर अर्जुन ने स्वर्गलोक की कथा संक्षेप में सुनाते हुए कहा, 'भ्राताश्रेष्ठ! क्रियायोग का साधन कर शंकर को प्रसन्न करने के बाद ही स्वर्ग लोक पहुँचने का मार्ग प्रशस्त हुआ। देवलोक में वज्रास्त्र को अभिमंत्रित कर उसे छोड़ना मैंने सीख लिया है। गाण्डीव से निवात कवचों को जब मैंने मार गिराया तब उन सबका एक जैसा रंग-रूप देखकर मैं विस्मित हो गया। सभी दैत्यों को मारकर लौटते समय पुलोम और कालिका नामक दो दानव स्त्रियों के पुत्रों को पाशुपतास्त्र से ही मैंने मारा।'

युधिष्ठिर क्रिया-योग की युक्ति जानकर भी उसका अभ्यास नहीं कर

पाये। धर्म को ही समझने और उसके पालन में उनका समय बीतता चला गया। उन्होंने बीच में ही प्रश्न कर डाला, 'अर्जुन! इन्द्रलोक में यह सब देखकर और सुनकर देवराज अत्यन्त ही प्रसन्न हो गये होंगे?'

'हाँ,' कहकर अर्जुन फिर सबों की ओर देखते हुए बोला, 'भ्राताश्रेष्ठ! उन सब दैत्यों की मृत्यु मनुष्य के हाथों ही होती। इस कार्य के लिए इन्द्रलोक में मेरी ही प्रतीक्षा थी।'

द्रौपदी सब कुछ मग्न होकर सुन रही थी। कुछ देर रुककर अर्जुन ने फिर कहा, 'भ्राताश्रेष्ठ! देवराज ने प्रसन्न होकर मुझे दिव्य अभेद्य कवच, देवदत्त शंख और स्वर्ण मण्डित दिव्य मणिमय माला भेंट स्वरूप दी है।'

यह सब सुनकर युधिष्ठिर आश्वस्त हो गये और द्रौपदी गौरवान्वित।

**

समाधिस्थ पंक्तिबद्ध योगियों की तरह आसनस्थ पर्वतों की श्रृंखलाओं के ऊपर चहचहाते पक्षी पंक्तिबद्ध होकर एकता का अपूर्व दृष्टांत प्रस्तुत कर रहे थे। संघर्षमय जीवन में भी पक्षी एकता में रहना नहीं भूल पाते हैं। पाण्डवगण संघर्षमय जीवन में भी कृष्ण का स्मरण करना भूल नहीं पाये। कष्टों में कृष्ण का स्मरण करते रहना माता कुन्ती ने सिखाया था पाण्डवों को।

गंधमादन पर्वत पर कुबेर के अनुग्रह से निर्मित भवन में पाण्डवों ने चार वर्षों तक निवास किया। वनवास के कुल दस वर्षों के बीत जाने पर वे लोग वृषपर्वा आश्रम चले गये। फिर बद्रिकाश्रम जा पहुँचे। गर्म जल का तप्त कुण्ड, हिमाच्छादित पर्वत, कलकल करतीं नदियाँ, सब कुछ मन भावन। रास्ते में अगस्त पर्वत, झरनों, नदियों इत्यादि को पार करने में भीम के पुत्र घटोत्कच ने अपने कंधे पर बैठाकर सभी लोगों की सहायता की।

एक माह बद्रिकाश्रम में रहने के बाद वे लोग लौटकर किरात राज सुबाहु के यहाँ ठहरे। यमुना के उद्गम यमुनोत्री होते हुए वनवास का ग्यारहवाँ वर्ष पूरा कर वे लोग सूख रही सरस्वती नदी के तटीय क्षेत्र होते हुए कार्तिक के कृष्णपक्ष आरम्भ होते ही काम्यक वन चले आये।

एक दिन काम्यक वन होकर सिन्धु सौवीर देश के अधिपति जयद्रथ विवाह की कामना से अपने सैनिकों के साथ शाल्व के मार्तिकावती नगरी जा रहा था। वह वृद्धक्षत्र का पुत्र था। उस समय द्रौपदी काम्यक वन में कदम्ब की डाली को झुकाकर स्वरचित गीत गा रही थी–

'अंबर ओढ़
ली सुहानी चादर
हल्की सी नीली

सरसों फूल
से हरित धरती
हो गई पीली

फैली सुगंध
आम्र मंजरियाँ की
हुई रंगीली

प्रकृति मानो
अब बन गई है
मेरी सहेली।

मलयज का
झोंका करने लगा
है अठखेली

देखो सखियाँ
ऋतुराज करने
आये ठिठोली'

द्रौपदी के गाते ही सम्पूर्ण काम्यक वन निनादित हो उठा। चिरसुंदरी द्रौपदी का श्यामल शरीर अप्सरा की तरह दिव्य तेज से दमक रहा था। किसी भी कामातुर की दृष्टि में द्रौपदी की देहकांति मेघविद्युत की तरह चमक उठती थी। जयद्रथ गीत सुनकर रुक गया। उसकी दृष्टि द्रौपदी पर पड़ी। उसे स्त्री देहगंध में आसक्ति थी। उसके इंगित मात्र से राजा सुरथ का पुत्र कोटिकास्य ने द्रौपदी के निकट जाकर कामुक शब्दों में कहा, 'वन सुंदरी! अब वन को छोड़कर सिंधुराज की महारानी बन जाओ। चलो सिंधुराज तुम्हारी प्रतीक्षा में खड़े हैं।'

भाषा भावनाओं को व्यक्त करने का साधन है और मन उन भावनाओं का स्रोत। विचारों के सम्प्रेषण से संस्कृति की पहचान होती है। अपसंस्कृति फैलाने वाले मर्यादा का ध्यान नहीं रखते हैं। नैतिकता का मानदण्ड उनके लिए कोई अर्थ नहीं रखता है।

द्रौपदी क्रोध में आकर उसे फटकार लगायी। तब जयद्रथ उत्तेजित होकर बल पूर्वक उसे रथ पर बिठाने लगा। स्थिति की गंभीरता को देखते हुए द्रौपदी अपनी रेशमी साड़ी संभालती हुई कर्कश स्वर में बोली, 'दुष्ट! मुझे छूना मत।'

ब्रह्मा ने नारी को सौंदर्य और पुरुष को सौंदर्य पिपासा देकर मैथुनी सृष्टि का प्रावधान सुनिश्चित किया है। किन्तु कामातुर पुरुष ने इस प्रक्रिया का दुरुपयोग कर ब्रह्मा की इस पवित्र प्रावधान को घिनौना बना दिया है। ऐसे लोगों को प्रकृति भी दण्डित करने से नहीं चूकती है।

द्रौपदी को घसीटकर जयद्रथ ने उसे अपने रथ पर बिठा लिया। तभी द्रौपदी चिल्लायी, 'बचाओ! बचाओ!!'

वहाँ भृत्यादि भी नहीं। बचायेगा कौन? दासी धात्रेयिका ने धौम्य पुरोहित को सारी बात बतायी। वे चिल्लाते हुए रथ के पीछे दौड़ पड़े।

तब तक भीम और अर्जुन भी आ गये। भीम ने मघा मेघ की भाँति तीव्र गर्जना करते हुए कहा, 'पांचाली! घबराना नहीं। मैं आ गया हूँ।'

भीम की गर्जना सुनकर द्रौपदी की घबराहट कम हो गयी। इतने में अर्जुन का बाण हनहनाता हुआ आया और जयद्रथ के रथ के सामने जाज्वल्यमान अवरोधक बनकर आ टपका। भीम और अर्जुन ने जयद्रथ के सैनिकों को मार गिराया। तब भीम ने जयद्रथ को पकड़कर उसकी पिटाई की। तब तक युधिष्ठिर, नकुल और सहदेव भी आ गये। जयद्रथ की हो रही निर्मम पिटाई को देखकर युधिष्ठिर ने कहा, 'भीम! दुःश्शला के पति को जितना दण्ड मिलना था, मिल चुका। इस दुष्ट को क्षमाकर छोड़ दो। क्षमाशील हृदय में ईश्वर का वास होता है।'

उस दिन भीम का उत्तेजित होना जितना कठिन था, उतना ही दुष्कर था उत्तेजित भीम को नियंत्रण में लाना। द्रौपदी ही भीम को शांत कर पायी। अन्त में जयद्रथ के माथे पर के केश को बाण से मूंड कर उसे छोड़ दिया गया। अपमानित होकर जयद्रथ वहाँ से चला गया और पाण्डवों से प्रतिशोध लेने के लिए भगवान् शंकर की आराधना करने लगा। उसकी आराधना से शंकर प्रसन्न हो गये। जयद्रथ ने वर मांगा, 'सभी पाण्डव मुझसे पराजित हों।'

द्वेषबुद्धि से की जाने वाली आराधना की परिणति अन्ततः अनिष्टकारक ही होती है। शिव ने जयद्रथ को सीमित वरदान देते हुए कहा, 'जयद्रथ! अर्जुन को पराजित करना असंभव है। हाँ, मात्र एक दिन तुम अर्जुन को छोड़कर शेष पाण्डवों को पराजित कर दोगे।'

इस घटना के बाद काम्यक वन छोड़कर पाण्डव लोग द्वैत वन आ गये। किसे क्या अच्छा लगता है और किसे किस वस्तु की आवश्यकता है, इसी के अनुरूप कृष्ण कार्य को मूर्तरूप देते थे। इसी उद्देश्य से द्वैत वन में सत्यभामा के संग कृष्ण पधारे। सत्यभामा कृष्ण की सौभाग्यवती पत्नी थी और माननी भी। कृष्ण युद्ध में भी सत्यभामा को अपने संग ले जाते थे और विजयी होते थे। रुक्मिणी और सत्यभामा में सदैव वर्चस्व

पर नोक-झोंक होते रहने से कृष्ण द्रौपदी से मिलाने सत्यभामा को साथ में ले आये। रुक्मिणी की ही भाँति द्रौपदी खाते-पीते, सोते-जागते, चलते-फिरते अनुक्षण कृष्ण का ही स्मरण किया करती थी।कृष्ण तो भाव के भूखे! भक्तों के प्रेमपाश में बंध जाने वाले! दूरस्थ कृष्ण की प्रतीति द्रौपदी को होती रहती थी।

धनाढ़्य सत्यभामा तो कृष्ण को भी ऐश्वर्य की तरह ही तौलने लगती थी, किन्तु सफल नहीं हो पाती थी। ईश्वर तो भाव के भूखे होते हैं, वस्तु नहीं तौलने की।वन में आते ही उसे द्रौपदी से गपशप करने का मन होता था, किन्तु द्रौपदी सदैव कार्य में व्यस्त रहती थी।दासी, भृत्यादि के बावजूद उसकी व्यस्तता सत्यभामा के लिए किसी अचम्भे से कम नहीं थी।द्रौपदी अष्टमूर्ति की पूजा किया करती थी।जब वह पांचाल देश में थी तब पत्थर की मूर्ति की पूजा करती थी।इन्द्रप्रस्थ में स्वर्ण मूर्ति की आराधना किया करती थी और जब वन में आई तो काष्ठ की मूर्ति की।इसे वस्तु मूर्ति पूजा कहा जाता है।दूसरी तरह की उसकी मूर्ति पूजा होती थी लेख्या मूर्ति की।ईश्वर के रुप-गुण को कविता द्वारा दर्शाकर गाती रहती थी।तीसरी मूर्ति पूजा उसकी थी लेप्या मूर्ति पूजा।भगवान् के रुप-गुण को विविध प्रकार के चित्रों में दर्शाकर आराधना।चौथी उसकी मूर्ति पूजा थी श्रवणा मूर्ति आराधना।जब कभी भी कोई ऋषि-मुनि पाण्डवों को दर्शन देने आते तो उनसे ईश्वर के रुप-गुण की चर्चा सुनकर मग्न हो जाती थी।पाँचवीं मूर्ति पूजा थी पाठ्या मूर्ति पूजा।अर्थात् ग्रन्थों को पढ़कर भगवान् के रुप-गुण की आराधना।छठी मूर्ति पूजा थी स्पर्शा-दृश्या मूर्ति पूजा।जब कभी भी कृष्ण को देखती तो टकटकी लगाये उन्हें निहारती रहती थी और उनके चरणों का स्पर्श कर प्रणाम करती थी।सातवीं मूर्ति पूजा उसकी थी नृत्य-भाव पूजा।नाचकर भगवान् के रुप-गुण को अभिव्यक्त करती थी।आठवीं मूर्ति पूजा उसकी थी मनोमय मूर्ति पूजा।मन में भगवान् की मूर्ति को स्थापित कर पूजा किया करती थी।इस तरह की मूर्तियों की पूजा करने से ईश की उपस्थिति पर

विश्वास होने लगता है। कई दिनों की प्रतीक्षा के बाद कुछ पल के लिए जब द्रौपदी कार्य से निवृत्त हुई, तब जाकर कहीं सत्यभामा को उससे वार्त्तालाप करने का अवसर मिल पाया। बातचीत के क्रम में उसने अचानक द्रौपदी से पूछा, 'बहन! मैं तुम्हारे जीवन के विषय में कुछ पूछना चाहती हूँ। बतलाओगी?'

'हाँ, हाँ! पूछो। मेरा जीवन खुला ग्रंथ है। जो भी जानना है, पढ़ लो।' यह कहकर द्रौपदी मुस्कुरा दी। उस समय द्रौपदी की मुस्कुराहट अलग किस्म की थी, नितान्त कृष्ण की मुस्कुराहट की भाँति।

सत्यभामा ने अपनी हिचकिचाहट को दबाते हुए पूछा, 'बहन! द्वारका में आठ-आठ पटरानियों के रहते हम सब एक द्वारकाधीश को वश में नहीं कर पाते हैं। तुम अकेली पाँच-पाँच पतियों को कैसे अपने अनुकूल कर लेती हो?'

द्रौपदी प्रश्न सुनकर चकरा गई। वह बोली, 'छि:! पति को अपने अनुकूल करने संबंधी किसी बात को तो सोचा भी नहीं जा सकता है।' फिर वह क्षणभर के लिए कुछ सोचने लगी।

द्रौपदी की बात सुनकर सत्यभामा लजा गई। कुछ क्षण के पश्चात द्रौपदी बोली, "भामे! सखा को व्रज में ललिता क्या कहती रही है? जानती हो! 'ममैव त्वम्'। तुम मेरे हो। परन्तु राधा कहती रही है, 'तवैवाहम्'। मैं तेरी हूँ। यही दोनों में अन्तर है। राधा भाव से स्वयं पति के वश में रहोगे तो पति स्वत: वश में हो जायेंगे। यही प्रेम का रहस्य है।"

इस तरह का तत्त्वज्ञान सुनकर सत्यभामा चकित हो गइं। द्रौपदी फिर बोली, 'भामे! मैं अपने पतियों की कठिनाईयों को जानकर अपने हित के लिए कभी उन्हें दुर्वचन नहीं कहती अपितु स्मित मुख से पतियों का स्वागत करती हूँ ताकि वे अपने कष्टों को भूल सके।'

यह सब सुनकर सत्यभामा चकित हो गई। पारिजात पुष्प को लेकर कृष्ण से उसकी जो नोक-झोंक हुई थी, उसका स्मरण हो आया। कुछ क्षण के बाद उसने फिर पूछा, 'बहन! तुम्हारे पाँचों पतियों की प्रकृति और प्रवृत्ति तो अलग-अलग हैं, फिर वे लोग तुम पर कैसे प्रसन्न रहते हैं?'

बिना विलम्ब किये द्रौपदी बोली, 'भामे! सबकी प्रवृत्तियों और प्रकृतियों से सामंजस्य बनाये रखना पड़ता है।इसलिए मेरी हर अभिलाषाओं की पूर्ति के लिए वे सब सदैव तत्पर रहते हैं।'

तभी भीम निकट के सरोवर से दुर्लभ प्रजाति के नील कमलों का एक गुच्छा द्रौपदी के लिए लेते हुए वहाँ पहुँच गये। सत्यभामा जानती थी कि कृष्ण को नील पंकज पसंद है। द्रौपदी के पास तत्त्वज्ञान की सीख प्राप्त करने के लिए कृष्ण अपनी पटरानी को द्वैत वन ले आये थे।कुछ दिन के बाद वे अपनी सौभाग्यवती पटरानी सत्यभामा के साथ द्वारका लौट आये और पाण्डव लोग काम्यक वन आ गये।

वन में रहते-रहते पाण्डवों का बारहवाँ वर्ष भी बड़े कष्ट से ही बीता।सुख भोगने योग्य होकर भी दुःख झेलते रहे।सत्यनिष्ठ लोगों को कष्ट में डालने वालों का सौभाग्य अन्ततः दुर्भाग्य में परिवर्तित हो जाता है, इसे कौरव लोग अन्ततः समझ नहीं पाये।

पाण्डवगण किसी भी परिस्थिति से घबराते नहीं थे। मुख पर दुःख का भाव प्रकट हाने नहीं देते थे।इन सबके कष्टों को देखकर व्यास के नेत्रों में आंसू भर आये।निकट ही सरस्वती नदी के पश्चिमी तट पर उनका सम्याप्राश आश्रम था।वे यदा-कदा पाण्डवों के पास आते-जाते रहते थे।पाण्डवों के कष्टों को देखकर वे बोले, 'युधिष्ठिर! तपस्या से तो संसार के श्रेष्ठतम सुख भी प्राप्त हो जाते हैं।तप करने से जब ब्रह्म तक की प्राप्ति हो जाती है तो तुम्हारे इस कठोर तप से तुम्हें निश्चय ही अपना राज्य मिल जायेगा।'

युधिष्ठिर ने कहा, 'महाऋषे! मात्र राज्य पाना मुख्य ध्येय नहीं, वरन् आवश्यकता है जनहित में राज्य का समग्र विकास कैसे हो।संस्कारित मानसिक विकास भी समग्र विकास के अन्तर्गत ही आते हैं।'

यह सुनकर व्यास मुस्कुराने लगे।उन्होंने कहा, 'युधिष्ठिर! मार्कण्डेय, दाल्भ्यबक, भृगु, अंगिरा, वसिष्ठ, कश्यप, अगस्त, अत्रि इत्यादि ऋषिगणों ने अरण्य में जो कुछ तुम्हें सिखाये हैं, वे सब तो जनहित में प्रशासन

प्रबंधन की ही शिक्षा है। इस तरह की शिक्षा सौभायवान् राजा को ही मिलती है। पाण्डवों को बारह वर्षों तक अरण्य में जनहित के लिए ही आना पड़ा है ताकि जनमानस के लिए श्रेष्ठतम प्रशासन प्रबंधन सुनिश्चित किया जा सके।'

व्यास के इस बात पर युधिष्ठिर चिहुँक उठे।वे विस्मित होकर सोचने लगे, 'तो यह ध्येय था हम सभी का वनवास में आने का! ईश्वर की लीला ईश्वर ही जाने!!'

वनवास का बारहवाँ वर्ष समाप्त हो गया।एक ब्राह्मण के अरणी सहित मंथन काष्ठ एक हिरण के सींग में फँस गया।अग्निहोत्र की रक्षा के लिए उस मृग के पीछे भागते हुए पाण्डव लोग गहन वन में पहुँच गये। अन्ततः मन्थन काष्ठ मिला।परन्तु वे सब प्यासे हो गये।प्यास बुझाने के लिए गंधर्व सरोवर के निकट जल लाने नकुल गया।कुछ समय के पश्चात भी जब नकुल नहीं लौटा तो सहदेव उसे ढूंढने के लिए गया। फिर अर्जुन और भीम भी एक-एककर गये, किन्तु कोई भी वापस नहीं लौटा। युधिष्ठिर चिंता में पड़ गये।

यक्ष के प्रश्नों का उत्तर नहीं देकर सभी भ्राता जल स्पर्श करते ही भूमि पर गिर कर निश्चेष्ट हो गये थे। युधिष्ठिर वहाँ पहुँचकर निश्चेष्ट भ्राताओं को देखकर चिहुँक उठे।तभी एक वक पक्षी ने कहा, 'युधिष्ठिर! मेरे प्रश्नों का उत्तर नहीं देने पर तेरी भी यही स्थिति होगी।'

वक पक्षी का ध्येय युधिष्ठिर से जनहित में प्रशासन प्रबंधन की परीक्षा लेने का था। युधिष्ठिर ने उस वक पक्षी से कहा, 'आप प्रश्न पूछें। मैं यथासंभव उत्तर दूँगा।'

वक पक्षी के राज्य-प्रबंधन संबंधी सभी प्रश्नों का सही उत्तर देने के पश्चात अज्ञातवास के समय छुपकर रहने के लिए विराटनगर ही उपयुक्त स्थल निर्धारित हो गया। तब तक सभी पाण्डवगण की चेतना लौट आयी। वे सब जल लेकर सकुशल अपने निवास स्थल पर लौट आये।

**

कर्ण जब अंगराज बना और दिग्विजय कर लौटा, तब से प्रत्येक दिन मध्याह्न के समय जल में खड़े होकर अपनी अंजुरि से सूर्य को अर्घ्य देकर स्वर्ण दान देने लगा।

'नमो विवस्वते ब्रह्मण भास्वते विष्णु तेजसे।
जगत्सवित्रे शुचये सवित्रे कर्मदायिने ।।
इदमर्घ्यं समर्पयामि भगवते श्री सूर्यनारायणाय नमः।'

कर्ण एक दिन सूर्य को अर्घ्य दे रहा था, तभी इन्द्र याचक बनकर आ टपके। सूर्य प्रणाम के पश्चात ही वह ब्राह्मणों को दान देता था। जैसे ही वह सूर्य को अर्घ्य देकर पीछे पलटा ब्राह्मण के वेश में इन्द्र ने गंगा के तट पर आकर कर्ण से कहा, 'भिक्षां देहि।'

इन्द्र को देखकर मेघगंभीर बाणी में कर्ण ने पूछा, 'क्या दान दूँ? ब्रह्मन्!'

'सुना है, आप दानी हैं।यदि आप सत्य प्रतिज्ञ हैं तो अपना कवच और कुण्डल उतार कर मुझे दे दें।' यह कहकर वह ब्राह्मण याचक की भाँति प्रार्थी भाव से कर्ण की ओर देखने लगा।

उस समय सूर्य एक निस्तेज मणि के सदृश प्रतीत होने लगे।यह जानते हुए भी कि यह याचक इन्द्र है, दानी कर्ण ने वैसा ही किया, जैसी मांग उस ब्राह्मण ने की थी।वृक्ष की छाल को जैसे उतारा जाता है, वैसे ही कर्ण ने अपने देह से कवच छीलकर उतार लिया और दोनों कानों के कुण्डलों को काटकर इन्द्र को दान में दे दिया।प्रसन्न होकर इन्द्र ने रक्त से लथपथ कर्ण को वैजयन्ती शक्ति दे दी। किन्तु उन्होंने शर्त रखी और कहा, 'कर्ण! प्राणान्त संकट आने पर ही इसका उपयोग करना। एक ही प्रहार के पश्चात यह शक्ति मेरे पास लौट आयेगी। यह सदैव स्मरण रखना।'

**

पक्षीगण सुचारु रुप से आकाश में उड़ पाने हेतु पर्याप्त विस्तार और प्रचुर वायु प्राप्त करने के ध्येय से अर्ध त्रिकोण बनाकर अपने दलपति की अगुवाई में गन्तव्य की ओर बढ़ रहे थे।पाण्डवगण भी कृष्ण की अगुवाई में लक्ष्य की ओर सुचारु रुप से बढ़ रहे थे।बारह वर्षों के पश्चात पाण्डवों का अज्ञात वास का समय आया।घटित होने वाली घटनाओं के निवारणार्थ कृष्ण अचूक निराकरण में व्यस्त हो गये।शीघ्र ही समाधान भी उन्होंने ढूंढ लिया।पाण्डवों के सभी दासियों और रसोइयों को पांचाल भेज दिया गया।धौम्य पुरोहित भी पांचाल चले गये।

आज्ञात वास के लिए द्रौपदी संग पाँचों पाण्डव द्वैतवन से विराटनगर की ओर चल पड़े। शाल्व वंशीय राजा विराट को दो पुत्र और एक पुत्री थी। पहला पुत्र भूमिंजय और दूसरा श्वेत।पुत्री का नाम उत्तरा। पाण्डवों ने मत्स्य देश के विराटनगर के निकट शमी के सघन वृक्ष पर गदा, गाण्डीव, तरकश, खड्‌ग, शूल इत्यादि अस्त्र-शस्त्र छिपाकर रख दिया। उर्वशी के शाप ने वरदान बनकर अर्जुन को नपुंसक बना दिया। द्रौपदी सहित सभी भ्राताओं के साथ युधिष्ठिर राजा विराट के राजप्रासाद आये और उनसे भेंटकर उन्होंने अनुनयपूर्ण स्वर में कहा, 'राजन्! हम सब आपकी ख्याति सुनकर आपके सेवार्थ यहाँ आये हैं। यदि आप कोई सेवा करने का अवसर हमें दें तो बड़ी कृपा होगी।'

राजा विराट प्रसन्न हो गये युधिष्ठिर के वाक्‌चातुर्य पर।उन्होंने पूछा, 'तुम सब किस तरह की सेवा करने के इच्छुक हो?'

तब युधिष्ठिर ने कहा, 'राजन्! मेरा नाम कंक है। मैं आपको सुचारु रूप से राजकाज चलाने में अपना परामर्श दिया करुँगा। आपके मनोरंजनार्थ द्युत भी आपके साथ खेलूँगा।'

राजा विराट वृद्ध और कृश होने के बावजूद विलासिता में डूबे रहते थे।राजकाज उनके साले कीचक की देखरेख में सम्पादित होता था।युधिष्ठिर

का यह प्रस्ताव वे मान गये।तब युधिष्ठिर ने भीम की ओर हस्त संकेत कर कहा, 'राजन्! यह बल्लव है।बहुत ही स्वादिष्ट भोजन बनाता है। आप इसे रसोई बनाने के लिए रख सकते हैं।'

राजा विराट धीरे से अपना कण्ठ खखारते हुए बोले, 'अति उत्तम।आज से ही यह रसोइया का कार्य करेगा।और ये दोनों नारियाँ क्या करेगीं?'

'यह नृत्य की शिक्षा देती है।इसका नाम वृहन्नला है,' अर्जुन की ओर हस्त संकेत करते हुए युधिष्ठिर ने कहा।

'हाँ, ठीक है।यह राजकुमारी उत्तरा को नृत्य सिखायेगी,' राजा विराट प्रसन्न होकर बोले।

'राजन्! यह दूसरी नारी सैरन्घ्री है।रानी की सेवा करने के लिए यह इच्छुक है।' द्रौपदी की ओर मुड़कर युधिष्ठिर ने कहा।

राजा विराट ने पूछा, 'ये दोनों सुन्दर युवक कौन सा कार्य करेंगे?'

तब युधिष्ठिर ने कहा, 'राजन्! ये आपके अश्वों और गौओं की देखरेख करेंगे।'

राजा विराट स्वीकृति में सिर हिला दिये।उनके साथ द्युत खेलने के लिए युधिष्ठिर बन गये प्रधान सभासद कंक।रसोई बनाने के लिए भीम बने बल्लव।अर्जुन राजकुमारी उत्तरा को नृत्य की शिक्षा देने के लिए वृहन्नला, द्रौपदी रानी सुदेष्णा की परिचर्या के लिय सैरन्घ्री, नकुल अश्व की देख-रेख के लिए ग्रन्थिक और सहदेव गौओं को संभालने के लिए तन्तिपाल बन गये।सैरन्घ्री का अर्थ होता है, श्रृंगार सेविका।द्रौपदी का सांकेतिक नाम पड़ा मालिनी।पाँचों पाण्डवों का सांकेतिक नाम क्रमशः जय, जयेश, जयेन्द्र, जयत्सेन और जयदबल रखा गया।

राजा विराट के यहाँ वृहन्नला केशों की वेणी में श्वेत पुष्प खोंस लेता और अधर पर रक्तिम रंग। माथे पर कुमकुम का टीका, पैरों में महावर, हाथों में कंगना और नेत्रों में काजल लगाकर नारी सुलभ देह से राजमहल के आंगन में छमक-छमक कर चलता और नारी सुलभ स्वर में बातें करता रहता। राजकुमारी उत्तरा को वह 'ता थै तत् थै' बतलाकर नृत्य सिखाने लगा।

शनैः शनैः गुप्तवास का समय समाप्त होने लगा।इसी बीच विराट के साले कीचक को द्रौपदी पर आसक्ति हो गई।उसके कामुक आचरण पर आक्रोश करते हुए गुप्त वास के समाप्त होते ही भीम ने लगातार वज्रमुष्टि के प्रबल प्रहार से उसका वध कर दिया। उसके भाइयों का भी उसी तरह रात में भीम ने वध कर डाला। सवेरे कोलाहल मच गया कि गन्धर्वों ने रात्रि में कीचक को मार डाला है।

उधर दुर्योधन के गुप्तचरों ने हस्तिनापुर में संवाद लाया कि कीचक मारा गया। नगरों, गाँवों, पहाड़ों और वनों में पाण्डवों को ढूंढने के क्रम में गुप्तचरों को यह जानकारी मिली कि कीचक का वध हो गया है। अब तो दुर्योधन मत्स्य देश पर आक्रमण कर अपना आधिपत्य जमाने की मंशा से त्रिगर्तों को उकसाने लगा। सुना है, नीच मन में खोट होने से नीति में भी खोट आ जाती है। कीचक जब तक जीवित रहा त्रिगर्तो पर बारबार आक्रमण करता रहा। अब त्रिगर्तों ने भी मत्स्य देश पर आक्रमण करने का मन बना लिया। समय अनुकूल देखकर कृष्ण पक्ष की सप्तमी तिथि को त्रिगर्तों ने भी मत्स्य देश पर अग्नि कोण की ओर से आक्रमण कर दिया। राजा विराट के कनिष्ट भ्राता शतानीक विराट की आज्ञा से कंक, बल्लव, तन्तिपाल और ग्रन्थिक को भी अपने सेना में सम्मिलित कर गौओं को छुड़ाने के लिए चल पड़ा।

दूसरे दिन कृष्ण पक्ष की अष्टमी तिथि को कौरवों ने विपरीत दिशा से मत्स्य देश पर आक्रमण कर दिया।राजा विराट इस आक्रमण से घबरा गये।उन्होंने विवश होकर राजकुमार भूमिंजय को युद्ध में जाने का आदेश दे डाला।भूमिंजय अर्थात् उत्तर को युद्ध भूमि में जाने के लिए एक सारथी की आवश्यकता आ पड़ी।विराट के सभी सारथी और सैनिक त्रिगर्तो से युद्ध करने के लिए शतानीक के साथ जा चुके थे।राजकुमार उत्तर चिन्ता में पड़ गये।उसने राजा विराट से पूछा, 'पिता जी! मै युद्ध से घबराता नहीं हूँ, किन्तु सारथी बिना मेरे रथ को युद्ध में कौन ले जायेगा?'

राजा विराट सोचने लगे कि सारथी किसे बनाया जाय। सैरन्ध्री सब कुछ सुन रही थी। उसने कहा, 'राजकुमार! आप चिन्तित न हों। वृहन्नला बहुत अच्छा सारथी है। उसे सारथी बनाकर ले जाइए और निश्चिन्त होकर युद्ध कीजिए। आपकी जीत सुनिश्चित है।'

इतना सुनते ही राजकुमार उत्तर उछल पड़ा। राजा विराट ने अन्ततः वृहन्नला को सारथी बनने का आदेश दे दिया। अर्जुन को सारथी बनाकर राजकुमार युद्ध करने चला गया। अब तक अर्जुन की नपुंसकता समाप्त हो चुकी थी। उसके सारथ्य कौशल को देखकर राजकुमार उत्तर अचम्भित हो गया।

अर्जुन ने रथ को शमी वृक्ष के पास ले जाकर गाण्डीव सहित सभी अस्त्र-शस्त्रों को उतरवाया। दो हजार दो सौ वर्ष पुराना गाण्डीव देखकर राजकुमार उत्तर चौंक पड़ा। वह चिहुँककर बोला, 'ऐं!! यह तो अर्जुन का गाण्डीव है!'

'हाँ, यह गाण्डीव साढ़े बत्तीस वर्षों से मेरे पास है।' अर्जुन यह कहकर गाण्डीव, गदा, तरकश, शूल इत्यादि को रथ पर रखने लगा।

राजकुमार उत्तर को अर्जुन की बातों पर विश्वास ही नहीं हो रहा था। वह विस्मित होकर बोला, 'यह गाण्डीव तुम्हारे पास! क्या तुम अर्जुन हो?'

'हाँ, मैं ही पृथापुत्र अर्जुन हूँ। तुम्हारे यहाँ प्रधान सभासद कंक, मेरे ज्येष्ठ भ्राता युधिष्ठिर हैं। रसोई करने वाला रसोइया बल्लव, भीम है। अश्वपाल ग्रन्थिक, नकुल है। गोपालक तन्तिपाल, सहदेव है और सैरन्ध्री है द्रौपदी।'

'आप मिथ्या तो नहीं कह रहे हैं? इसका क्या प्रमाण है कि आप जो भी कह रहे हैं, वह सब सत्य है?' यह पूछकर राजकुमार कुछ क्षण के लिए चुप हो गया।

प्रत्यक्ष को प्रमाण की क्या आवश्यकता? जब अर्जुन कुछ नहीं बोला, तब उसने फिर पूछा, 'अच्छा, यदि आप अर्जुन हैं तो आपका दस नाम क्या है? बतलाइए तो!'

अर्जुन ने विश्वास दिलाते हुए कहा, 'सुनो, सारे देशों को जीत लेने से मेरा नाम विजय, श्वेत अश्वों वाले रथ पर चढ़ने के कारण श्वेतवाहन, उत्तरा फाल्गुनी नक्षत्र में जन्म लेने के कारण फाल्गुनी, इन्द्र से किरीट मिलने के कारण किरीटी, युद्ध में वीभत्स कार्य नहीं करने के कारण वीभत्सु, गाण्डीव की प्रत्यंचा सुरक्षित खींच पाने के कारण सव्यसाची, शुद्ध कर्म और शुद्ध वर्ण के कारण अर्जुन, इन्द्र पुत्र होने के कारण जिष्णु और पिताजी द्वारा नामकरण नाम कृष्ण है।केशव मुझे पार्थ कह कर पुकारते हैं।'

'केशव!' राजकुमार उत्तर चिहुँककर बुदबुदाते हुए बोल पड़ा।

केशव का नाम सुनते ही विस्मित होकर राजकुमार उत्तर ने अर्जुन का चरण छू लिया।वह मन ही मन सोचने लगा, 'उज्ज्वल कृष्ण वर्ण के अर्जुन ने तो कालकेय दानव को भी मार डाला है।यदि ये मेरी ओर से युद्ध करने के लिए तैयार हो जाये तो मेरी जीत सुनिश्चित है!'

उसने प्रार्थी भाव से अपने दोनों हाथ जोड़कर अर्जुन को कहा, 'पुरुषश्रेष्ठ! अब तो मेरी जीत निश्चित है।मैं ही आपका सारथी बनूँगा और आप ही मेरी ओर से युद्ध कीजिए।'

इस समय तक छद्म वेश में छिपे पाण्डवों का तेरहवाँ वर्ष समाप्त हो चुका था।शतानीक अपने सैनिकों और भीम, नकुल, सहदेव इत्यादि के साथ सूर्य ढ़लते-ढ़लते त्रिगर्तों के निकट पहुँच गये।दोनों ओर से अस्त्र-शस्त्रों से प्रहार होने लगे।भीम ने अपनी गदा से अनेक त्रिगर्तों को मार डाला और उसके राजा सुशर्मा को पकड़ कर बंदी बना लिया।

इधर अर्जुन ने कौरवों से युद्ध करने के लिए मन ही मन सभी अस्त्र-शस्त्रों को अभिमंत्रित करने के पश्चात अपने मन में उन सबको निवास करने के लिए निर्देश दे डाला।फिर शमी वृक्ष की परिक्रमा कर अग्निदेव की कृपा से प्राप्त कपिध्वज वाले रथ का ध्यान किया।आयुधों से सुसज्जित श्वेत रथ जब प्रकट हो गया, तब उसने पर्वतों और चट्टानों को विदीर्ण कर देने वाली देवदत्त शंख की प्रदीर्घ ध्वनि की।शंख की

यह ध्वनि आक्रमण करने की पूर्व सूचना थी। राजकुमार उत्तर यह सब देखकर खड़ा-खड़ा थर्रथर्र काँपने लगा। जब अर्जुन ने रथ की वल्गाएं राजकुमार के हाथों में सौंप दी तो राजकुमार की थरथराहट और बढ़ गई। अर्जुन जब युद्ध करने के लिए चल पड़ा, तब जाकर राजकुमार कुछ सामान्य हो पाया। कौरवों ने शंख की प्रदीर्घ ध्वनि सुनकर एक दूसरे को देखते हुए उत्क्रोश में एक साथ चिल्लाकर कहा, 'यह तो अर्जुन की शंख ध्वनि है!'

'अर्जुन!' कर्ण बुदबुदाकर बोला और चौंक भी गया।

अर्जुन का नाम सुनकर वह युद्ध करने के लिए उतावला हो गया। गेरुआ वस्त्रधारी कृपाचार्य ने इस उतावलेपन के लिए उसे डाँटा और कहा, 'कर्ण! तुम न तो युद्ध के स्वरूप पर ध्यान देते हो और न उसके परिणाम पर। कभी-कभी अपनी अंतश्चेतना का भी तो प्रयोग किया करो। युद्ध में पुरुषार्थ और पराक्रम के अतिरिक्त प्रज्ञा की भी आवश्यकता होती है। बुद्धि और प्रज्ञा दो अलग-अलग चीजें होतीं हैं। बुद्धि का प्रयोग तो तुम करते हो, किन्तु प्रज्ञा का नहीं। अहंकार से तेरा प्रज्ञा-प्रक्षेत्र प्रशमित हो गया है।'

भीष्म ने भी कृपाचार्य के विचारों से सहमत होते हुए कहा, 'कर्ण! यह अर्जुन है। तीनों लोक में इसकी तूती बोलती है। भगवान् शंकर के अतिरिक्त इससे टकराने का साहस किसी में नहीं है।'

इस पर कर्ण ने कहा, 'पितामह! प्रतिकूलताओं में ही पराक्रम की परख होती है। मैं भी कर्ण हूँ, कर्ण! आज परख लूँगा इसकी प्रत्यंचा को और इसकी प्रज्ञा को भी।'

यह सब सुनकर दुर्योधन चकरा गया। वह घबरा भी गया, किन्तु उसने धैर्य नहीं खोया। उसमें अदम्य साहस था। उसने अपनी असहजता को छिपाकर कहा, 'पितामह! यदि यह अर्जुन ही है तो इन सबका अज्ञातवास अभी बीता भी नहीं है। अब तो पाण्डवों को बारह वर्षो का वनवास पुनः करना होगा।'

भीष्म की गर्जना में अब भी धाक थी।उन्होंने दुर्योधन को डाँटते हुए कहा, 'नहीं, दुर्योधन! नहीं।कला, काष्ठा, मुहूर्त, दिन, पक्ष, माह, नक्षत्र, ग्रह, ऋतु और संवत्सर ये मिलकर एक कालचक्र को बनाते हैं। कलाकाष्ठादि के विभागतः ही कालचक्र घूमता है।सूर्य और चन्द्रमा नक्षत्रों को लांघ जाते हैं तो काल की कुछ वृद्धि हो जाती है।फलतः प्रत्येक पाँचवें वर्ष दो चन्द्रमास बढ़ जाते हैं।पृथ्वी अपने अक्ष पर घूमती-घामती गुरुत्वाकर्षण वश पथच्युत भी हो जाती है और पुनः अपने अक्ष पर लौट भी जाती है।प्रायः प्रत्येक ग्रह यदाकदा पथच्युत हो जाते हैं और पुनः अपने अक्ष पर लौट आते हैं।इस क्रम में एक ग्रह दूसरे ग्रह का मार्गक्रमण भी कर लेते हैं।इस तरह पाण्डवों का अब तेरह वर्ष से पाँच महीने और बारह दिन का समय अधिक हो गया है।'

दुर्योधन चकरा गया भीष्म की बात सुनकर, किन्तु यह सब मानने के लिए तैयार नहीं हुआ। उसने कहा, 'पितामह! आप पाण्डवों के बचाव में कुछ भी कहें किन्तु सत्य तो यही है कि पाण्डवों ने शर्त पूरी नहीं की है।'

भीष्म ने दुर्योधन को फिर डाँटा और समझाते हुए कहा, 'पाण्डवगण बड़े धर्मनिष्ठ, कर्तव्यनिष्ठ और सत्यनिष्ठ हैं। वनवास के समय भी वे पराक्रम पूर्वक राज्य प्राप्त करने में समर्थ थे। गन्धर्वों के साथ युद्ध करते समय अपने पराभव को तुमने देख भी लिया है। द्युत क्रीड़ा की जो-जो शर्तें थीं, पाण्डवों ने उनका ठीक-ठीक पालन किया है।'

अब तक अर्जुन का रथ कौरवों के सामने आ चुका था। भीष्म ने चिल्लाकर कहा, 'दुर्योधन! व्यर्थ समय मत गवांओ।अब शीघ्र युद्धोचित निर्देश सैनिकों को दो। अर्जुन सामने आ चुका है।देर मत करो, अन्यथा प्राण से हाथ धो बैठोगे।'

अर्जुन आकाश और धरती को गुंजायमान करता हुआ आ धमका। इतने में ही द्रोण ने चिल्लाकर कहा, 'देखो, सैनिकों! एक साथ ही ये दो बाण मेरे पैरों पर आकर गिरे हैं और दो बाण मेरे कानों को स्पर्श

कर निकल गये हैं। बाण के माध्यम से ही अर्जुन ने मेरे चरणों में प्रणाम किया है और मुझसे कुशल समाचार पूछकर आशिष मांगा है।'

जब तक कौरवों की सेना संभल पाती, तब तक उसकी सेना पर सहस्त्रों टिड्डियों के समान बाणों की वर्षा होने लगी।मृगशिरा की वृष्टि की भाँति बाण टपकने लगे। यमुना नदी के किनारे खड़ी कौरवों की सेना का संहार होने लगा। शत्रुओं के रथों को अर्जुन ने उसी प्रकार भस्म कर दिया, जैसे अग्नि अरण्य को जला डालती है।जब भीष्म, दुर्योधन, कर्ण सहित कई वीर युद्ध करते-करते निश्चेष्ट हो गये और कुछ भाग खड़े हुए, तब राजकुमार उत्तर सभी कौरव योद्धाओं के देह पर से उत्तरीय उतारकर विराटनगर ले आया। कौरवों के उत्तरीय को पाकर राजकुमारी उत्तरा प्रसन्न हो गई और राजप्रासाद में थिरकने लगी।

विजयोन्माद में विराट ने एक छोटी सी भूल होने पर द्युत का पासा उठाकर युधिष्ठिर के मुँह पर दे मारा। युधिष्ठिर के नाक से रक्त बहने लगा। जिसने एक वर्ष तक पाण्डवों को आश्रय दिया उसका वध हो जाय, यह द्रौपदी नहीं चाहती थी। अतः धरती पर रक्त की एक भी बूंद न गिरे, द्रौपदी स्वर्ण की कटोरी में सब रक्त समेट कर अन्दर अन्तःपुर चली गई।अर्जुन की प्रतिज्ञा थी कि युधिष्ठिर का रक्त युद्ध के अतिरिक्त धरती पर जो गिरायेगा, उसका प्राण ले लूँगा।राजा विराट यह सब देखकर आश्चर्य में पड़ गये। राजा विराट को आश्चर्य में देखकर युधिष्ठिर ने कहा, 'राजन्! यदि यह रक्त पृथ्वी पर गिर पड़ता तो आज आपका वध हो जाता।'

'हूं..ऽ', इतना कहकर राजा विराट चुप हो गये।तभी राजा विराट को उनके पुत्र राजकुमार उत्तर ने सब कुछ कह डाला।राजा विराट यह जानकर आश्चर्यचकित हो गये कि द्रौपदी सहित पाँचों पाण्डवों का उनके यहाँ ही अज्ञातवास बीता हैं।उन्होंने सम्मानपूर्वक पाण्डवों को उप्पलाव्य नगर में उन सबके अनुरूप रहने की व्यवस्था कर दी।इन्द्रप्रस्थ के निकट ही अर्बुद पर्वत वाले मत्स्य देश की सीमा पर सुसज्जित उप्प्लाव्य नगर बसाया गया। फिर राजकुमारी उत्तरा का विवाह उन्होंने अभिमन्यु से कर

दिया। उस विवाह में कुन्ती भी हस्तिनापुर से आयी। कृष्ण ने भी विराटनगर आकर नव वधू को आशीर्वाद दिया। पाण्डवों की कीर्त्ति ध्वजा और भी ऊँची हो गई।

विराट की सभा में कृष्ण, राजा विराट, पाँचों पाण्डवों के अतिरिक्त धौम्य आदि ने निर्णय लिया कि राज्य प्राप्त करने के लिए एक पुरोहित को युधिष्ठिर का संवाद लेकर हस्तिनापुर भेजा जाय। तदनुरूप पुष्य नक्षत्र के विजय मुहूर्त में संवाद लेकर एक पुरोहित हस्तिनापुर गया। किन्तु जब पुरोहित संवाद लेकर हस्तिनापुर पहुँचा तो दुर्योधन युद्ध के बिना कुछ भी लौटाने के लिए तैयार नहीं हुआ। भीष्म चिंतित हो उठे। कृष्ण उप्पलाव्य नगर से द्वारका लौट आये।

धृतराष्ट्र ने युद्ध का मेघ घिरते देख पाण्डवों को समझाने के लिए संजय को उप्पलाव्य नगर भेजा। संजय ने यहाँ आकर सभी पाण्डवों सहित राजा विराट को प्रणिपाद् करने के पश्चात मधुर स्वर में पाण्डवों से कहा, 'महाराज ने संवाद भेजा है कि स्वजनों से युद्ध नहीं करना चाहिए अपितु युद्ध करने की अपेक्षा भिक्षाटन कर जीवन-यापन करना उचित होता है।'

सभी पाण्डव यह सुनकर स्तब्ध रह गये। द्रौपदी अवाक्! कुन्ती अल्पभाषिणी थी। अधिक बोलना वह चाहती भी नहीं थी, किन्तु जब बोलती थी, तो सबको निरुत्तर कर देती थी।संजय की बात सुनकर वह बोली, 'संजय! महाराज से कहना कि कौरवों से भिक्षा नहीं, न्याय मांगा जा रहा है। हस्तिनापुर का सिंहासन न्याय के लिए विख्यात है, यह महाराज को स्मरण करवा देना।'

* *

घटाएं पश्चिम दिशा में रह-रहकर गर्जना कर रही थी और विद्युत की चमक आकाश को उद्वेलित कर रही थी।वर्षा होने की संभावना

दूर-दूर तक स्पष्ट दिखायी दे रही थी। युद्ध होने की संभावना को देखते हुए दुर्योधन कृष्ण से सहायता प्राप्त करने के लिए अत्यन्त ही अलंकृत रथ से द्वारका पहुँचा। अर्जुन भी एक भव्य नौका में द्वारका की खाड़ी पारकर नन्दीघोष रथ से द्वारका के शुद्धाक्ष महाद्वार होकर वहाँ पहुँचा। शयनकक्ष में दुर्योधन सिरहाने में बैठकर कृष्ण के जागने की प्रतीक्षा करने लगा। जब अर्जुन वहाँ पहुँचा तो वह कृष्ण के चरणों की ओर खड़ा रहा। जागते ही कृष्ण की दृष्टि अर्जुन पर पड़ी। उन्होंने अलसाये स्वर में अर्जुन से पूछा, 'कब आये? पार्थ!'

अर्जुन ने उन्हें हस्त संकेत से प्रणाम किया और कहा, 'अभी ही आया हूँ, केशव!'

यह सुनकर कृष्ण मुस्कुरा उठे। अर्जुन प्रार्थी भाव से वहीं खड़ा रहा। उसी समय दुर्योधन ने हँसते हुए बड़ी चतुराई से कहा, 'कृष्ण! आया तो पहले मैं ही हूँ और आपके निकट ही बैठा हूँ। मेरे आने का कारण है कि पाण्डवों के साथ हमारा जो युद्ध होने वाला है, उसमें आपको हमारी सहायता करनी होगी। आज पहले मैं आया हूँ। सत्यनिष्ठ पुरुष उसी का साथ देते हैं, जो पहले आया हो।'

सम्भाषण का चातुर्य कृष्ण में बचपन से ही था। मृदु-मृदु मुस्कुराते हुए उन्होंने कहा, 'आप पहले तो आये अवश्य हैं, किन्तु मैंने पहले देखा है अर्जुन को। एक ओर मेरी नारायणी सेना और दूसरी ओर मैं स्वयं अकेला। परन्तु मैं स्वयं न तो युद्ध करुँगा और न शस्त्र ही धारण करुँगा।'

दुर्योधन मन ही मन सोचने लगा, 'यदि ये युद्ध करेंगे ही नहीं तो इनको साथ में रखने से लाभ ही क्या? अच्छा तो यही होगा कि नारायणी सेना ही मैं ले लूँ!'

कुछ क्षण के बाद कृष्ण ने अर्जुन पर प्रेमिल दृष्टि डालते हुए कहा, 'अर्जुन! धर्मानुसार तुम्हें ही चुनने का अधिकार है, क्योंकि तुम दुर्योधन से और मुझसे भी छोटे हो।'

कृष्ण का यह निर्णय सुनकर दुर्योधन घबरा गया।कहीं अर्जुन नारायणी सेना ही न ले ले! वह चिन्ता में पड़ गया।तभी अर्जुन ने अनुनयपूर्ण स्वर में कहा, 'केशव! आपके कैङ्कर्य के आगे तो त्रैलोक्य का राज्य भी तुच्छ है। मैं तो सदैव आपको ही चाहूँगा।'

दुर्योधन तो नारायणी सेना चाहता ही था।उसने मन में उठे आनन्द के उबाल को छिपाते हुए कहा, 'मुझे सेना ही स्वीकार है।'

दुर्योधन को जब नारायणी सेना ले जाने की स्वीकृति मिल गई तो वह प्रसन्नचित होकर हस्तिनापुर लौट गया।उसके चले जाने के बाद कृष्ण ने हँसते, मुस्कुराते हुए अर्जुन से पूछा, 'पार्थ! मैं तो लड़ूँगा नहीं, फिर क्या सोचकर मुझे मांग लिया तुमने?'

अर्जुन ने नम्रतापूर्वक कहा, 'केशव! आप युद्ध में अस्त्र नहीं उठाइएगा, किन्तु हमारा निर्देशन तो कीजिएगा। युद्ध में सारथ्य भी तो अहम होता है।'

'ठीक है, पार्थ! मैं तुम्हारा सारथ्य ही करुँगा,' यह कहकर कृष्ण पुनः मुस्कुराने लगे।

कृष्ण की मुस्कुराहट से लग रहा था, मानो सार्थक मांग की सार्थक स्वीकृति। रुक्मिणी के आग्रह पर और सुभद्रा की अभिलाषा जान कुछ दिन द्वारका में रहकर अर्जुन उप्पलाव्य नगर लौट आया।

कुछ ही दिन द्वारका में रहने के बाद कृष्ण बुआ कुन्ती से भेंट करने हस्तिनापुर आये।युद्ध होने की संभावना जानकर कुन्ती चिंता में पड़ गई। अब कर्ण का क्या होगा? इधर पाण्डवों का पराक्रम और दुर्योधन का युद्ध-उन्माद देखकर गांधारी भी चिन्ता में पड़ गई। महर्षि मैत्रैय द्वारा दुर्योधन को दिये गये शाप के कारण वह और भी चिन्तित रहा करती थी।उसने दुर्योधन को अपने कक्ष में बुलवाकर कहा, 'पुत्र! भीम के भय से मैं भयाक्रांत हूँ। मैं अपनी आँखों पर की पट्टी खोलकर जब तेरे नग्न शरीर को देख लूँगी तो तेरी देह वज्र बन जायेगी। फिर भीम की गदा से तेरी देह के अंग-प्रत्यंग सुरक्षित हो जायेंगे। तुम अभी निर्वस्त्र होकर मेरे सामने खड़े हो जाओ।'

दुर्योधन की कंजी आँखें यह सुनकर चमक उठीं।वह निर्वस्त्र होने के लिए चला गया।उसी समय कृष्ण भी हस्तिनापुर राजप्रासाद पहुँच गये। गांधारी की मंशा की भनक उन्हें लग गई।वे गांधारी के अभिप्राय को जान गये। जब दुर्योधन नंग-धड़ंग होकर अपनी मां के पास जाने लगा तो मार्ग में ही कृष्ण ने उसे टोका और कहा, 'दुर्योधन! इस तरह तुम कहाँ जा रहे हो? राजप्रासाद में नग्न रहना उचित नहीं है।यह तो मर्यादा का हनन है।'

दुर्योधन ने कहा, 'माँ के पास जा रहा हूँ।'

कृष्ण ने चतुराई करते हुए कहा, 'मां के सामने! इस तरह! कम से कम गुप्त अंग को केले के पत्तों से तो ढ़क लो।'

दुर्योधन ने वैसा ही किया।वह अपनी देह के कटि प्रदेश में केले के पत्ते लपेट कर गांधारी के सामने जाकर खड़ा हो गया और बोला, 'मां! मैं निर्वस्त्र होकर आ गया हूँ।अपने नेत्रों पर बांध रखी पट्टी को तुम खोल दो।'

नेत्रों पर बांध रखी पट्टी को खोलकर गांधारी ने दुर्योधन को जैसे ही देखा, वैसे ही उसके पुत्र की देह वज्र सदृश हो गई। मात्र केले के पत्तों से आच्छादित अंग को छोड़कर दुर्योधन के सभी अंग-प्रत्यंग कठोर हो गये। गांधारी अपने पुत्र के कटि में बांधे केले के पत्तों को देखकर चिहुँक उठी और सिहर भी गई।कृष्ण की आहट हस्तिनापुर के राजप्रासाद में गूँज रही थी। वह कृष्ण की चतुराई जान गई।उसने दुर्योधन को कहा, 'यह क्या किया तुमने? मां के पास निर्वस्त्र आने में लाज कैसी? केले के पत्तों से आच्छादित अंग तो कठोर नहीं हो पाया, पुत्र!'

युद्ध की संभावना को देखकर नकुल के मामा शल्य एक अक्षोहिणी सेना लेकर पाण्डवों के सहायतार्थ चल पड़े।दुर्योधन को इसकी भनक लग गई। उसने बड़ी चतुराई से मार्ग में ही शल्य का सत्कार करके अपने पक्ष में उसे कर लिया।छल-कपट अन्ततः अनर्थकारी ही होता है। शल्य का दुर्योधन के पक्ष में जाना कौरवों के लिए अनिष्टकारी हो जायेगा,

यह दुर्योधन समझ नहीं पाया। शल्य के अतिरिक्त दुर्योधन के पक्ष में प्राग्ज्योतिषपुर के नरकासुर का पुत्र भगदत्त, नारायणी सेना के सेनापति और सिन्धुराज जयद्रथ के अतिरिक्त सुदक्षिण, नील, बिन्द इत्यादि के कुल ग्यारह अक्षोहिणी सेना इकट्ठी हो गई। पाण्डवों के पक्ष में द्वारका से अनाधृष्टि, सोमवंश के सात्यकि, कृतवर्मन्, चेदिराज धृष्टकेतु, जरासंध के पुत्र जयत्सेन, पांचालराज द्रुपद, मत्स्य देश के राजा विराट, काशीराज सुबाहु, केकयराज वृहत्सेन इत्यादि अपनी-अपनी सेना लेकर युधिष्ठिर के पक्ष में आ गये। कुल सात अक्षोहिणी सेना एकत्र हो गई।

युधिष्ठिर अभी भी युद्ध नहीं चाहते थे। धर्म रक्त बहाने के लिए नहीं, अपितु रक्त की रक्षा के लिए है। अर्जुन ने भी इस नीति का समर्थन किया। किन्तु कृष्ण की सोच थी कि न्याय की रक्षा करने से न्याय भी मानव की रक्षा करता है। भक्तों की रक्षा के लिए दुष्टों का संहार कर निकृष्ट प्रशासकीय प्रबंधन को परिवर्तित करना आवश्यक है। पतनशील प्रवृत्तियाँ प्रजा में नहीं, शासनाधीशों में है।

यह सब जानकर अर्जुन ने पूछा, 'केशव! आप यह कैसे सुनिश्चित करेंगे कि वर्तमान प्रशासकीय प्रबंधन को परिवर्तित करने से नये प्रबंधन में पतनोन्मुख प्रवृत्तियाँ पुनः नहीं पनपेंगीं?'

कृष्ण ने कहा, 'पार्थ! संस्कार संपन्न व्यक्तियों में पतनोन्मुख प्रवृत्तियाँ नहीं पनपती है। यदि पतनशील प्रवृत्तियाँ पनपेगी तो वे प्रवृत्तियाँ धर्म नहीं अधर्म कहलायेगी। इसीलिए जनहित में उत्तरदायी प्रशासन लाने के लिए परिवर्तन लाना आवश्यक है। मात्र दुष्टों का संहार करना ही ध्येय नहीं है, वरन् प्रशासन की संवेदनशीलता का भरोसा भी प्रजा को दिलाना है।'

माद्रीनन्दन सहदेव जानता था कि असंख्य दुष्टों का संहार होना तो अटल सत्य है, अतः उसने इस प्रकरण पर चुप रहना ही उचित समझा। नकुल भी कुछ नहीं बोला। अर्जुन वर्तमान प्रशासकीय प्रबंधन को परिवर्तित करने के पक्ष में नहीं था, उसे सुधारने के पक्ष में था। अतः उसने पूछा, 'केशव! आप जिस जनहित की बात सोच रहे हैं, क्या उसमें असंवेदनशीलता, अहंकार, अकर्मण्यता और अन्याय नहीं पनपेंगे?'

'पनपेंगे, अर्जुन! पनपेंगे।मैंने अभी तुम्हें कहा है न कि जब ये सब प्रवृत्तियाँ पनपेंगीं तो वह अधर्म कहलायेगा।यदि अन्याय, अत्याचार, अहंकार इत्यादि पनपेंगे तो पुनः परिवर्तन करना होगा। जनहित के लिए न्याय की पुनर्स्थापना क्रम में हानि-लाभ का अंकेक्षण नहीं किया जाता है। प्रारब्ध कर्मों के क्षय होते ही मृत्यु निश्चित है।दुष्टों के उद्धार का समय भी अब आ गया है।' यह कहकर कृष्ण झांकने लगे अर्जुन की आँखों में।

अर्जुन ने दृढ़तापूर्वक अपनी बातें दर्शाते हुए फिर कहा, 'केशव! क्या इन पतनशील प्रवृत्तियों को सुधारा नहीं जा सकता है? इतने लोगों का विनाश क्या अमानवीय नहीं कहलायेगा?'

'युद्ध समस्या का अन्तिम निराकरण नहीं है।यह तो मैं भी जानता हूँ। सृष्टि रक्त बहाने के लिए नहीं, अपितु रक्त की रक्षा के लिए है। ऋषि-मुनिगण इन शासनाधीशों में व्याप्त पतनशील प्रवृत्तियों को सुधारने के लिए बहुत सारे उपाय किये, किन्तु जब वे सब भी निराश हो गये और पृथ्वी को अक्षुण्ण रख पाना भी दूभर हो गया, तब असंख्य दुष्टों का संहार करने के लिए यह सब सुधारात्मक प्रबंधन सुनिश्चित किया गया है। मानव यदि शक्तिमान् बनकर पूर्व जन्मों के कुसंस्कारवश अमानवीय आचरण कर रक्त बहाते रहे तो उसे दुष्ट कहा जाता है।दुष्ट अपनी दुष्टता कभी नहीं त्यागता है। ऐसे दुष्टों का वध करना ऋषि-मुनियों के लिए भी अत्यन्त ही असंभव होता है, अर्जुन!' यह कहकर दीर्घ निःश्वास लेते हुए कृष्ण सभी पाण्डवों की ओर एक-एककर देखने लगे।

द्रौपदी प्रसन्न हो गई कृष्ण के इस निर्णय पर। किन्तु युद्ध न हो अतः पाण्डवों ने निर्णय लिया कि कृष्ण को एक बार शांतिवार्त्ता के लिए हस्तिनापुर भेजा जाय। वे तैयार भी हो गये। जब वे हस्तिनापुर जाने लगे तो द्रौपदी अपनी खुली केशराशि को हाथों से सहलाती और संभालती हुई बोली, 'सखा! हस्तिनापुर में शांतिवार्त्ता करते समय मेरी खुली केशराशि को अवश्य स्मरण कर लीजिएगा। कुरु-सभा में मैंने

प्रतिज्ञा की है कि जब तक दु:शासन के रक्त से अपनी इस केशराशि को पखार कर पवित्र नहीं कर लूँगी, तबतक यह केशराशि खुली रहेगी। कबरी नहीं बांधूँगी। कब तक इतनी बड़ी केशराशि को संभालती रहूँगी? तेरह वर्षों की संचित मनोव्यथा आज आपके चरणों पर अर्घ्य बनाकर अर्पित कर रही हूँ।' यह कहकर द्रौपदी फफक्-फफक्कर रोने लगी।

द्रौपदी का रोना भीम को सहन नहीं हुआ। पति होने का वास्तविक कर्तव्य भीम ही सदैव निभाता रहा। उसने गरजते हुए युधिष्ठिर और अर्जुन के परामर्श को ठुकरा दिया और बोला, 'अब शांति-वार्त्ता का कोई अर्थ नहीं, युद्ध ही एक मात्र विकल्प है।'

इस पर युधिष्ठिर ने समझाते हुए कहा, 'शांतिवार्त्ता के उपरान्त ही अन्तिम निर्णय करना उचित होगा, भीम!'

द्रौपदी को रोते देख कृष्ण ने कहा, 'सखी! अपने इन आँसूओं को रोको। जिस हस्तिनापुर की तुम सम्राज्ञी बनने वाली हो, कहीं इन आँसूओं के कारण वह नगरी ही बह न जाये। उस नगरी को बचाये रखो, सखी! बचाये रखो। तुम अपने शत्रुओं के मारे जाने के पश्चात कबरी भी बांधोगी और अपने पतियों को हस्तिनापुर में सिंहासनारुढ़ होते भी देखोगी।'

* *

शरद् ऋतु आई। कार्तिक माह के रेवती नक्षत्र और मैत्र मुहूर्त में कृष्ण ने हस्तिनापुर की यात्रा की। शैब्य, सुग्रीव, मेघपुरुष और बलाहक अश्वों वाले रथ में सोमवंश के सात्यकि के साथ कई रथों और अश्वारोही सैनिकों को लेकर वे हस्तिनापुर पहुँचे। हस्तिनापुर के चौक-चौक में लगे विविध प्रकार के वृक्ष रंग-बिरंगे पुष्पों से लहलहा उठे। राजमार्ग

के किनारे-किनारे के सभी वृक्षों की पत्तियाँ कृष्ण के स्वागत में झूमने लगीं। रथ के पहियों और घोड़ों के खुरों पर हस्तिनापुर की सुहागिनों ने पवित्र जलकुंभ उड़ेल कर परिवर्तन की मंगल कामना की और कृष्ण की पूजा-अर्चना कर उनकी आरती भी उतारी। घर-घर में ठौर-ठौर पर अलंकृत अल्पनाएं धरती की शोभा बढ़ाती रहीं। प्रत्येक अटारियों पर से नगरजन पुष्पों की वर्षा करने लगे। सभी नगरजन 'अभिनन्दनम्, अभिनन्दनम्' का जयघोष करने लगे। राजमार्ग पर पुष्पों के ढ़ेर लग गये। हस्तिनापुर में इतना बड़ा स्वागत अभी तक न कृष्ण का और न किसी अन्य गणमान्य का हुआ था। कपटाचारी दुर्योधन ने कृष्ण के स्वागत में कोई कमी नहीं होने दी। बड़े-बड़े गणमान्य कृष्ण की आगवानी के लिए आगे आये।

किन्तु कृष्ण ने राजा दुर्योधन के निमंत्रण और उसके पकवान, पायसान्न एवं मिष्टान्न को त्यागकर विदुर के यहाँ उनकी पत्नी पारशवी के हाथों का भोजन किया। यह सब कुछ दुर्योधन को सहन नहीं हुआ।

बड़े-बड़े ऋषि-मुनि हस्तिनापुर की राजसभा में धर्म और अर्थ के अनुकूल कृष्ण की शांतिवार्त्ता सुनने के लिए आये। सम्पूर्ण सभा भवन राजाओं, महाराजाओं, राजनीतिज्ञों इत्यादि से खचाखच भर गया। दुर्योधन, कर्ण, शकुनि इत्यादि भी आसनस्थ हुए। दुर्योधन ने आज आरक्त वर्ण का वस्त्र पहन रखा था। कर्ण का वस्त्र सुनहला था जबकि शकुनि का वस्त्र काला और मटमैला। कृपाचार्य गेरुवा वस्त्र में थे और द्रोणाचार्य श्वेत वस्त्र में। भीष्म का वस्त्र रुपहला था और अश्वत्थामा ने हरित वस्त्र पहन रखा था। जयद्रथ आज नीला वस्त्र में था। इसी तरह रंग-बिरंगे वस्त्रों में सभी सजे-सजाये सभा भवन में उपस्थित थे। कृष्ण जब द्वारका के सेनापति सात्यकि के साथ सभा में पधारे, तभी सभी नगरजन खुसुर-फुसुर करने लगे। कुछ तो कृष्ण की ओर इंगित कर हस्त संकेत करने लगे, 'यही कृष्ण हैं! यही द्वारकाधीश हैं!'

अचानक अमात्य वृषवर्मा ने उच्च स्वर में उद्घोषित करते हुए कहा, 'पुरुषश्रेष्ठ हस्तिनापुराधिपति कौरवराज महाराज धृतराष्ट्र सभा में पधार रहे हैं ऽऽऽ!'

सभी सजग हो गये। खुसुर-फुसुर होना बंद हो गया।सभा में महाराज धृतराष्ट्र आये और अपने राजसिंहासन पर आसनस्थ हुए।संजय ने महाराज को राजसिंहासन पर बैठने में सहयोग किया।भीष्म, द्रोण, कृप, विदुर इत्यादि भी अपने-अपने आसन पर आसनस्थ हुए।अमात्य वृषवर्मा ने राजदण्ड उठाकर कृष्ण के आगमन का प्रयोजन बताते हुए उनका स्वागत किया।फिर अमात्य ने राजदण्ड भूमि पर ठोका।सभी स्थिर और शांत हो गये।सभा की कार्रवाई आरम्भ हुई।

सभी गणमान्यजनों के विचार सुनने के बाद कृष्ण ने मेघगंभीर वाणी में कहा, 'सभासदों! सम्पूर्ण आर्यावर्त्त में हस्तिनापुर का राज-सिंहासन न्याय करने के लिए विख्यात है।इसी कारण आज तक हस्तिनापुर चहुँओर से सुरक्षित है। युद्ध न हो, अतः न्याय पाने के लिए ही पाण्डवों ने हमें भेजा है। इस सिंहासन पर शर्मिष्ठापुत्र पुरु, तपतिपुत्र कुरु, शुभांगीपुत्र विदुरथ, सुवर्णापुत्र हस्ती, सुकुमारीपुत्र प्रतीप, सुनन्दापुत्र शान्तनु, अम्बालिकापुत्र पाण्डु इत्यादि ने राज किया है।वीर पुरुषों की जननी वीर माता ही होती है।अब कुन्ती पुत्र युधिष्ठिर राज करेंगे।अतः कौन्तेय को पाण्डु का राज्य लौटा दें।'

इतना सुनते ही दुर्योधन तिलमिला उठा।बगल में बैठा शकुनि ने उसे शांत किया।वह अपने आसन के सिंह मुखों को अपनी मुट्ठियों में पकड़ते हुए छटपटाहट व्यक्त करता रहा।भीष्म अपनी सहमति में अपना सिर हिलाते रहे।धृतराष्ट्र अपना मुँह लटका लिए।

खनखनाते शब्दों में निरुत्तर कर देने वाले यथार्थ वाणी में कृष्ण ने आगे कहा, 'अपनी-अपनी अंतश्चेतना में झांककर सभी गणमान्य देखें तो यह ज्ञात हो जायेगा कि यह राज्य महाराज पाण्डु का ही है।द्युत शर्त्तानुसार भी यह राज्य अब पाण्डवों का ही है।कुरुवंश के नहुष-पुत्र

ययाति ने सक्षम राजकुमार अपने छोटे पुत्र पुरु को राजसिंहासन पर बिठाया। उसी तरह सक्षम छोटे पुत्र पाण्डु भी राजसिंहासन पर बैठे। पाण्डु के पितामह प्रतीप के सबसे छोटे पुत्र शांतनु को ही उसके भाई देवापी ने राजसिंहासन सौंपा। पाण्डु ने भी वन जाते समय धृतराष्ट्र को राज्य सौंपा। पाण्डु द्वारा सौंपा हुआ राज्य अब पाण्डुपुत्र को लौटा दें।'

दुर्योधन अपनी गदा की मूँठ पर बारबार हाथ फेरता रहा और उत्तेजित होकर अपने सिंहासन से उठ जाने का प्रयास करता रहा। शकुनि हर बार उसे संभालता रहा। तभी अन्नुच्च स्वर में दुर्योधन बुदबुदाया, 'देवाहुत मंत्र से उत्पन्न पाण्डवगण कुरुवंशीय कैसे हो गये?'

दुर्योधन की उच्छृंगखलता, उद्दण्डता और उत्तेजना देखकर कृष्ण ने ऋजतापूर्ण स्वर में कहा, 'वैदिक रीति से अग्नि को साक्षी रखकर विवाह होने से कुवांरी कन्या धर्मपत्नी होने की अधिकारिणी बन जाती है। दुर्योधन! यदि तेरे अभिप्राय से यह मान भी लिया जाय कि अन्तिम कुरुवंशीय अधिकारी मात्र पितामह हैं, दूसरा कोई नहीं, तो इस आश्रय विहीन राज्य के उत्तराधिकारी का निर्णय क्या युद्धभूमि में ही होगा? युद्ध समस्या के निराकरण का अंतिम निष्कर्ष नहीं है, दुर्योधन!'

यह सुनकर दुर्योधन ने अपना माथा झुका लिया। अनेक बातों को कम शब्दों में व्यक्त करने की क्षमता कृष्ण में थी। विषयान्तर करवाने में पटु और सभा में अपनी वाकपटुता से मंत्रमुग्ध कर देने वाले कृष्ण ने कहा, 'भविष्य का आकलन अतीत के अध्ययन पर आधारित होता है। कुरुवंश के अतीत के अनुसार युधिष्ठिर में राजाओं के सभी गुण हैं। क्षमा, तितिक्षा, दम, सरलता, सत्यनिष्ठा, शास्त्रज्ञान, अप्रमाद, जीवदया, सदुपदेश करने की क्षमता इत्यादि युधिष्ठिर में है। सम्पूर्ण राज्य के बदले आधा राज्य ही लौटा दो, दुर्योधन! कम से कम अविस्थल, वृकस्थल, माकन्द, वारणावत और शालीभान ये पाँच गाँव ही दे दो। पाण्डव लोग इतने में ही प्रसन्न हो जायेंगे।'

इतना सुनते ही दुर्योधन ने क्रूर अट्टहास करते हुए कहा, 'हूँहsss!

पाँच गाँव तो क्या बिना युद्ध किये इस राज्य का सूई के अग्रभाग बराबर भी कोई भूमि नहीं दूँगा।'

भीष्म प्रक्षुब्ध हो उठे।दुर्योधन का हठ देखकर वे विचलित हो गये।विवशता में उन्होंने अपना माथा झुका लिया।कृष्ण की अर्थपूर्ण वार्त्ता सुनने के बाद दुर्योधन को भय होने लगा कि कहीं महाराज धृतराष्ट्र और पितामह भीष्म उसे बंदी न बना ले! अतः दुर्योधन, दुःशासन, शकुनि और कर्ण ने निर्णय लिया कि यदि यह बात है तो उससे पहले कृष्ण को ही बंदी बना लिया जाये।द्वारका के कुशल सेनापति सात्यकि को इसकी भनक लग गई। उसने इंगित से कृतवर्मा को अपनी सेना को सतर्क रहने के लिए बाहर भेज दिया।उसने कृष्ण को भी नेत्रभाषा से सब कुछ इंगित कर दिया।तभी दुर्योधन ने कृष्ण की ओर हस्त संकेत कर चिल्लाते हुए कहा, 'सेनिकों! पकड़ लो इस ग्वाले को।बंदी बना लो।'

यह सब जानकर कृष्ण ने क्रोधित होकर सभा में ही कहा, 'दुर्योधन! तुम यदि समझ रहे हो कि मैं अभी अकेला हूँ तो तुम भ्रम में हो।तुम मुझे बंदी नहीं बना पाओगे।तुम समझ लो कि समस्त पाण्डवगण और मेरे वृष्णिवंश के लोगों के अतिरिक्त अन्धकवंशीय यादव भी यहीं हैं।' इतना कहते-कहते कृष्ण का मुखमंडल आरक्त हो उठा।

उन्होंने दिव्यवाणी में फिर कहा, 'मात्र इतना ही नहीं, आदित्य, रुद्र, वसु और समस्त महर्षिगण भी यहाँ उपस्थित हैं, दुर्योधन!'

इसके बाद अपनी बात की सत्यता प्रमाणित करने के लिए कृष्ण ने भयंकर अट्टहास करते हुए अपना रूप दिखाने लगे।भीष्म, द्रोण, विदुर, संजय और ऋषिगण को छोड़कर सभी की दृष्टि चौंधिया गई।कृष्ण के सभी अंगों में बिजली की कांति वाले अंगुष्ठाकार देवगण दिखाई देने लगे।आदित्य, साध्य, वसु, अश्विनीकुमार, इन्द्र, मरुद्गण, विश्वेदेवा, यक्ष, गन्धर्व, राक्षस इत्यादि उनके शरीर से अभिन्न जान पड़ने लगे।उनकी दाहिनी भुजा में अर्जुन, बाँयीं भुजा में बलराम, पृष्ठभाग में भीम, युधिष्ठिर, नकुल और सहदेव दिखाई देने लगे।अन्धक और वृष्णि वंशीय यादव

तथा प्रद्युम्न आदि भी जो बाहर उपस्थित थे, वे सब भी कृष्ण के अंग में आश्चर्यजनक रूप में दिखाई देने लगे। शंख, चक्र, गदा, पद्म, धनुष, खड्ग इत्यादि से शोभित उनके अंग-अंग से अग्नि की ज्वाला और सूर्य की प्रखर किरणें निकलने लगीं।

इस भयंकर रूप को देखकर सभा में उपस्थित राजागण थर्रथर्र काँपते हुए अपने-अपने नेत्र बंद कर लिये। बिजली कौंध गई। मेघ की गर्जना होने लगी। पृथ्वी डगमगाने लगी। समुद्र में हलचल मच गई। पर्वतों में दरारें पड़ गई। वृक्ष काँप उठे। वायु की गति रूक गई। अग्नि बुझ गई। उसी समय आकाश से देवगणों के द्वारा पुष्पों की वृष्टि होने लगी और दुन्दुभियाँ, शंख, मृदंग इत्यादि बजने लगे।

धृतराष्ट्र की प्रार्थना पर कृष्ण ने अदृश्य दो नेत्र थोड़ी देर के लिए उन्हें देकर अपने रूप का दर्शन दिया। भयंकर रूप देखकर महाराज भयाक्रांत हो उठे। कृष्ण के ईश्वरीय स्वरूप को देखकर वे सिहर उठे। फिर कृष्ण अपनी माया को समेट कर ऋषि-मुनियों की स्वीकृति लेकर सात्यकि और कृतवर्मा के साथ सभा भवन से चले गये।

उप्पलाव्य नगर लौटते समय सारथी दारुक को रथ के निकट छोड़कर बुआ कुन्ती से मिलना वे नहीं भूल पाये। कुन्ती राजमहल छोड़कर विदुर के यहाँ रहती थी। कुन्ती से मिलकर उन्होंने कहा, 'बुआ! अब पाण्डवों के कष्ट के दिन समाप्त होने वाले हैं। दुर्योधन ने युद्ध करना अपना लक्ष्य बना लिया है।'

कुन्ती युद्ध से घबराती नहीं थी। उसको कितने ही युद्धों का अनुभव प्राप्त था। उसे चिन्ता थी तो मात्र कर्ण की। उसने कहा, 'अब कर्ण का क्या होगा? कृष्ण!'

'मैं कर्ण के पास ही अभी जा रहा हूँ।' यह कहकर कृष्ण अकेले ही कर्ण से भेंट करने चले गये।

कर्ण मार्ग में ही मिल गया। वह कुरुसभा से लौट रहा था। उससे अकेले में मिलकर कृष्ण ने सारी कथा सुनाते हुए कहा, 'कर्ण! तुम अब

यह रहस्य जान ही लो कि तुम राधेय नहीं, कौन्तेय हो। चलो, कर्ण! पाण्डव लोग अपने ज्येष्ठ भ्राता को पाकर आनन्दित हो जायेंगे। चलो, कर्ण! चलो। सम्भ्रमित होने से अपने को बचा लो, कर्ण! धर्म की रक्षा के लिए चलो, कर्ण!'

आज यह जानकर कर्ण प्रक्षुब्ध हो उठा कि वह वस्तुतः ज्येष्ठ कौन्तेय है। उसका हृदय विदीर्ण होने लगा। किन्तु अपने को संभालते हुए वहीं खड़ा रहा।

'नहीं, कृष्ण! नहीं,' यह कहते हुए कर्ण की आँखों से आंसू छलक पड़े।

आज तक किसी ने भी कर्ण की आँखों में आँसू नहीं देखा था। उसने अपने वाष्पाच्छादित नेत्रों को पोंछते हुए कहा, 'मधुसूदन! क्या यह रहस्य पाण्डव जानते हैं?'

'नहीं, कर्ण! यदि वे सब जान गये होते तो ऐसी परिस्थिति आती ही नहीं।' यह कहकर कृष्ण देखने लगे कर्ण को।

कर्ण गंभीर होकर बोला, 'युधिष्ठिर जैसा कर्तव्यनिष्ठ को ही राज्य का प्रशासन संभालने का अधिकार है, प्रजा का शोषण करने वालों को नहीं। संवेदनशील प्रशासन प्रजा और राज्य दोनों के लिए हितकर होता है। यह युधिष्ठिर अच्छी तरह जानता है।'

कर्ण का निर्णय सुनकर कृष्ण स्तब्ध रह गये। इधर कर्ण अनजाने में अपने भाईयों के प्रति किये गये अपने सभी कृत्यों पर मन ही मन पश्चाताप करने लगा। कुछ क्षण के बाद अपने अश्रुपूर्ण नेत्रों को पोंछते हुए कर्ण ने अनुरोधपूर्ण स्वर में कहा, 'कृष्ण! पाण्डवों को कभी मत बताना कि कर्ण उन सबका ज्येष्ठ भ्राता है। धर्मराज युधिष्ठिर यदि यह जान गया तो वह हस्तिनापुर राज्य पर विजय प्राप्त करते ही सम्पूर्ण राज्य मुझे सौंप देगा और मैं कर्तव्यवश यह विशाल साम्राज्य दुर्योधन को ही दे दूँगा। कुरुक्षेत्र के युद्ध भूमि में अब स्वाहा होकर सूर्यलोक प्राप्ति की कामना है मुझे। तुम स्थितप्रज्ञ पार्थ को मेरे साथ युद्ध करने के लिए निश्चय ही ले आना। संसारी लोग देख तो ले कि युद्ध कैसा भयांनक

होता है! मेरी अन्त्येष्टि कुमारी भूमि पर ही हो, यह मेरा अन्तिम निवेदन है।' यह कह कर कर्ण वहाँ से अश्रु बहाता हुआ चला गया।

रथ के घोड़ों की पीठपर पर्याण चढ़ाकर वल्गाएं खींचते हुए सारथी दारुक रथ को कृष्ण के निकट ले आया।सात्यकि के साथ कृष्ण उप्पलाव्य नगर लौट आये।

**

कौर्य यदि सम्पूर्ण पृथ्वी पर छा जाये तो इसके उन्मूलनार्थ युद्ध ही एक मात्र सशक्त पद्धति है, जिसमें अधर्म, अन्याय, अहंकार असंवेदनशीलता सब एक साथ स्वाहा हो जाते हैं।सहस्त्रों दुष्टों का संहार एक ही स्थल पर हो जाता है।नये रूप में न्याय को प्रस्फुटित होने की अनुकूलताएं मिलने लगते हैं।

कुन्ती भी कर्ण के मन को पाण्डवों के प्रति अनुकूल करने के लिए गंगा तट पर उसके पास गई।सूर्य की प्रदीर्घ सुनहली किरणों में गंगा का जल कर्ण के पराक्रम की तरह चमक रहा था।वह पूर्वाभिमुख होकर दोनों भुजाएं ऊपर उठाये आदित्य-स्त्रोत का पाठ पढ़ रहा था। 'नमः सवित्रे जगदेकचक्षुषे जगत्प्रसूतिस्थितिनाशहेतवे........।'

सूर्य को अपनी अंजुरि से अर्घ्य देकर वह ज्योंही पीछे मुड़ा, उसे कुन्ती दिखाई पड़ी।कुन्ती को देखते ही उसने कहा, 'मैं राधेय, वृषसेन आपको प्रणाम करता हूँ।'

कुन्ती विह्वल होकर रोती हुई बोली, 'मेरे लाल! तुम राधेय नहीं हो, कौन्तेय हो।तुम सूर्यपुत्र हो।मेरे पुत्र हो।चलो अपने अनुज भ्राताओं के पास चलो।अब युद्ध होने ही वाला है।'

तभी सूर्यमण्डल से भी गंभीर वाणी सुनायी पड़ी, 'कर्ण! तुम अपनी माता कुन्ती की बात मान लो।अपना अहंकार छोड़ न्याय का साथ दे तुम!'

कर्ण ने प्रांजल उत्तर में कहा, 'मां! तुमने मुझे त्यागकर अनाश्रित, अनुतप्त और अपमानित जीवन जीने के लिए विवश कर दिया।'

कुन्ती यह सुनकर भी कुछ नहीं कहने के लिए विवश हो गयी। वह कर्ण के मुख से मां शब्द सुनकर रो पड़ी।रुधिर संस्कार शीलता का परिचायक होता है।वह रोती हुई बोली, 'हस्तिनापुर में युद्धाभ्यास काल तुझे देखकर ही मैं पहचान गई थी।दुर्योधन के हाथों तुझे संभ्रमित होते देखकर भी मैं न कर्तव्य का प्रयोग कर पायी और न अधिकार का।'

पुण्यशीला कुन्ती के पुत्र कर्ण ने कहा, 'तुम्हारी विवशता की भाँति आज मैं भी विवश हूँ।दुर्योधन के पक्ष में युद्ध करने के लिए विवश हूँ, माँ!'

'इस विवशता को तोड़ा जा सकता है, पुत्र!' कुन्ती रोती हुई बोली।

'कथापि नहीं, माँ! अब बहुत विलम्ब हो चुका है।दुर्योधन के प्रति मैं विश्वासघात नहीं कर सकता हूँ,' यह कहकर कर्ण सूर्यमंडल की ओर देखने लगा।

'विश्वासघात! न्याय का पक्ष लेना विश्वासघात नहीं है, पुत्र! विश्वासघात का अर्थ यदि तुम समझते हो तो फिर अपने गुरु परशुराम के प्रति विश्वासघात कैसे कर लिया था तुमने?' यह कहकर कुन्ती देखने लगी कर्ण की ओर।

कर्ण भी चौंककर देखने लगा कुन्ती की ओर।उसके पास इस कठोर प्रश्न का कोई प्रांजल उत्तर था ही नहीं।छल से उसने परशुराम से धनुर्विद्या सीख ली थी।

कुन्ती फिर बोली, 'जो गुरु से विश्वासघात कर सकता है, वह किसी अन्य से विश्वासघात न करने का विचार मन में कैसे संजोये रख सकता है? पुत्र! यह विश्वास नहीं, अंधविश्वास है।क्या तुम्हारी यह सोच प्रलाप है या प्रमाद?'

कर्ण ने अपना अंतिम निर्णय सुनाते हुए कहा, 'यह न प्रमाद है और न प्रलाप'। मैं दुर्योधन के पक्ष में युद्ध करने के लिए विवश हूँ।

'किन्तु, सभी पाण्डव तेरे अनुज है, पुत्र!' यह कहकर कुन्ती अपनापन दर्शाने का प्रयास करने लगी।

'मैं वचन देता हूँ कि तुम्हारे सभी पुत्रों को मार देने की क्षमता मुझमें रहते हुए भी एक अर्जुन को छोड़कर शेष सभी पाण्डवों को नहीं मारुँगा।मैं मारा गया तो अर्जुन जीवित रहेगा और अर्जुन मारा गया तो मैं जीवित रहूँगा।हर परिस्थिति में तुम्हारे पाँच पुत्र जीवित रहेंगे,' अहंकार में कर्ण बोल पड़ा।

'अर्जुन ने तुम्हारा क्या बिगाड़ा है? कुन्ती विह्वल होकर कर्ण से पूछ बैठी।

'अर्जुन!!!' कर्ण मुँह टेढ़ाकर क्रोध में चिल्लाया और फिर कहा, 'उसने द्रौपदी स्वयंवर में मेरे प्रिय पुत्र सुदामन को मार डाला है। प्रत्येक युद्ध में उससे मुझे अपमानित होना पड़ा है।श्रेष्ठ धनुर्धर! श्रेष्ठ धर्नुधर! सुन-सुनकर मैं तो बचपन से ही अपने को अवहेलित समझने लगा हूँ।'

'वह तो यह जान ही नहीं पाया है कि तुम उसके ज्येष्ठ भ्राता हो, अन्यथा युधिष्ठिर की आज्ञा का पालन वह जितनी तत्परता और तन्मयता से करता है, उससे भी बढ़कर तेरा अनुगामी बनकर वह तुझे सम्मान देता और तेरी सुरक्षा भी करता, पुत्र! अर्जुन को तुम अब तक पहचान नहीं पाये हो,' यह कहकर कुन्ती रोने लगी।

'सुरक्षा और सम्मान तो मुझे दुर्योधन देता आया है, कोई पाण्डव नहीं।पाण्डव तो स्वयं कृष्ण के संरक्षण में जीना चाहता है।अब रोने से क्या होगा? युद्ध ही निर्णय करेगा मेरे अभिशप्त और अनुतप्त जीवन की विवशता को।' यह कहकर कर्ण ने अपना मुँह घुमा लिया।

इस पर कुन्ती बोली, 'सम्पूर्ण सृष्टि ईश्वर के ही संरक्षण में है।'

जाते-जाते कर्ण को आशिष देना नहीं भूली।उसने कर्ण को कहा, 'यशस्वी भव।'

तत्क्षण कर्ण ने पलटते हुए कहा, 'माँ! अब भी तुम पाँच पुत्रों की

कोटि में अर्जुन को ही चाहती हो, मुझे नहीं। आयुष्मान् होने का आशीर्वाद तो तुमने अन्ततः नहीं दिया। ठीक है! तुम्हारा आशिष सत्य हो! मैं सदैव निःस्वार्थ और निष्काम कर्म करता हूँ। यशस्वी बन कर अवश्य दिखाऊँगा।'

'पुत्र! दिग्विजय के नाम पर निर्दोष राजाओं पर आक्रमण करना क्या उस समय निस्वार्थ कर्म था? या क्या वह निष्काम कर्म था? वह दिग्विजय नहीं, आज की भाँति वह भी तेरा दिग्भ्रम ही था।' यह कहकर कुन्ती चली गई।

जो अहंकार और अंधविश्वास में पड़कर मां को ठुकरा देता है और पिता का वचन भी नहीं सुनता, वह दुर्गति के पथ पर चलकर नष्ट हो जाता है।

**

शरद् ऋतु में वंशी से कर्तव्यपूर्ति की अतीन्द्रिय धुन बजने लगे। अब कृष्ण की वंशी से प्रेमातुर धुन नहीं, कर्तव्यपूर्ति की धुन ही निकलती थी। प्रेम की कथा-व्यथा सुनाने वाली मुरली तो वे राधा के पास ही छोड़ आये थे। सम्पूर्ण वातावरण कर्तव्यपूर्ति की धुन से निनादित होने लगा। उस संगीत योग में सुखद विश्राम योग नहीं, युद्ध प्रेरक उन्माद झंकृत होने लगे। अर्जुन न जाने कितने समय तक उस धुन को सुनता रहा, उसे पता ही नहीं चल पाया। अचानक कृष्ण बाँसुरी फूँकना बंदकर अर्जुन के निकट आ गये। उनके आते ही अर्जुन का ध्यान टूट गया। उसने कृष्ण से पूछा, 'केशव! क्या इतना बड़ा महायुद्ध मात्र द्रौपदी के निष्कलंक जीवन को अपमानित करने वालों को दण्डित करने के लिए होगा?'

'नहीं, यह कैसे सोच लिया तुमने? पार्थ! यह प्रतिशोध तो भीम भइया स्वयं लेने में सक्षम हैं।' यह कहकर कृष्ण मुस्कुराते हुए अर्जुन की आँखों में झांककर देखने लगे।

'तो फिर पितामह से प्रतिशोध लेने में भड़की शकुनि की क्रूर और

कपट मंशा को नष्ट करने के लिए युद्ध होगा ताकि हस्तिनापुर को विनष्ट होने से बचाया जा सके?' अर्जुन ने विश्वास के साथ कहा।

'नहीं, यह भी नहीं।' दीर्घ निःश्वास लेकर कृष्ण ने कहा और फिर वे मुस्कुरा उठे।

'सम्भवतः हम पाण्डवों को न्याय दिलाने के लिए या फिर आचार्य और पितामह की प्रक्षुब्धता और विवशता को मिटाने के लिए युद्ध होगा?' अर्जुन यह कहकर कृष्ण को देखने लगा।'

'यह सब सोचकर तुम व्यर्थ में अपने मन को सम्भ्रमित क्यों कर रहे हो? पार्थ! तुम मात्र कर्म के अधिकारी हो परिणाम के नहीं', कृष्ण ने लगभग डाँटते हुए अर्जुन को कहा और वंशी पर फिर युद्ध प्रेरक ध्वनि बजाने लगे।

इस पर भी अर्जुन चुप रहने वाला नहीं था।उसकी जिज्ञासा बढ़ती ही गई।कृष्ण के और निकट जाकर उसने कहा, 'केशव! आप जिस तरह कर्ण के प्रति उत्सुक हैं, उससे तो मुझे लगता है, कर्ण के सम्भ्रमित जीवन को सुधारने के लिए यह युद्ध होगा!'

तभी कृष्ण ने बाँसुरी फूँकना बंद कर दिया और मुस्कुराते हुए कहा, 'पार्थ! कर्ण विवशता में सम्भ्रमित हुआ है।उसका सुधरना या नहीं सुधरना उसकी निजी सोच का परिणाम है।'

'तो फिर इतने व्यापक स्वरूप में विनाश क्यों? इतना बड़ा भयंकर युद्ध क्यों? केशव! मात्र कुछ ही दुष्ट शासकों का वध कर नये प्रशासकीय प्रबंधन सुनिश्चित किया जा सकता है।' अर्जुन यह कहकर प्रक्षुब्ध हो उठा और झुँझला भी गया।

अर्जुन को प्रक्षुब्ध होते देख कृष्ण ने कहा, 'इनमें से कोई भी कारण नहीं है।यह सब तो कोई भी पराक्रमी अपने पुरुषार्थ के बल पर पूरा कर सकता है। युद्ध तो तुम सब पर दुर्योधन द्वारा थोपा गया है।यह तो अप्रार्थित युद्ध है।पृथ्वी पर अहंकारी शासनाधीशों ने निरंकुश सत्ता से प्रजा को आक्रांत कर अन्याय फैला रखा है।प्रजा का न्याय पर से भरोसा

उठ गया है। प्रजा त्राहि माम्! त्राहि माम्! कर रही है।प्रजा की सुध लेने वाला कोई नहीं है।मात्र कुछ दुष्टों को मारकर इसे सुधारना असंभव है।अन्याय, अत्याचार और अहंकार से प्रजा को मुक्त करने के लिए कई अक्षोहिणी दुष्टों का संहार एक ही युद्धस्थल में करना है, ताकि नये रूप में महाभारत साम्राज्य स्थापित कर उत्कृष्ट प्रशासन प्रबंधन सुनिश्चित किया जा सके।'

विदुर युद्ध से अपने को अलग रखकर तप करने में व्यस्त हो गये।बलराम तीर्थ यात्रा पर चले गये।अन्ततः पुष्य नक्षत्र में युद्ध के लिए भीष्म के सेनापतित्व में कौरवों की ग्यारह अक्षोहिणी सेना जब एकत्र हो गयी, तब पाण्डवों की ओर से धृष्टद्युम्न के सेनापतित्व में सात अक्षोहिणी सेना भी इकट्ठी हो गयी।

हिरण्यवती नदी के तट पर समन्तपंचक तीर्थ से थोड़ा हटकर पाण्डवों ने अपना पड़ाव डाला।दुर्योधन ने पाँच योजन घेरे में ओघवती नदी के तट पर जगह-जगह अपनी छावनियाँ डालीं।भीष्म, द्रोण, कृप, कर्ण, दुःशासन, शल्य, जयद्रथ, सुदक्षिण, भूरिश्रवा, बृहद्रथ, नील, सत्यरथ, शकुनि, अश्वत्थामा, भगदत्त इत्यादि दुर्योधन की ओर से मुख्य योद्धा तैयार हो गये।पाण्डवों की ओर से युधिष्ठिर, सात्यकि, भीम, अर्जुन, नकुल, सहदेव, अभिमन्यु, घटोत्कच, धृष्टद्युम्न, द्रुपद, विराट, जयत्सेन इत्यादि योद्धा सम्मिलित हो गये।धृतराष्ट्र पुत्र युयुत्सु पाण्डव पक्ष में आ गया।पाण्डवों की पूरी सात अक्षोहिणी सेना के प्रधान सेनापति धृष्टद्युम्न हुए।इसमें से एक अक्षोहिणी सेना के प्रमुख धृष्टद्युम्न स्वयं हुए, एक अक्षोहिणी सेना के प्रमुख द्रुपद, एक अक्षोहिणी सेना के प्रमुख राजा विराट, एक अक्षोहिणी सेना के प्रमुख शिखण्डी, एक अक्षोहिणी सेना के प्रमुख सात्यकि, एक अक्षोहिणी सेना के प्रमुख चेकितान और एक अक्षोहिणी सेना के प्रमुख भीम हुए।श्वेत वर्ण के नन्दीघोष रथ के पीछे पत्ती, सेनामुख, गुल्म, गण, वाहिनी, पृतना, चमू, अनाकिनी इत्यादि विभागों में विभक्त सभी सातों अक्षोहिणी सेना त्रयोदशी तिथि को प्रातः काल रणभूमि की ओर मार्गस्थ हुई।

कुरुक्षेत्र पहुँचकर जब पाण्डवों के प्रधान सेनापति के रूप में धृष्टद्युम्न का चयन किया गया तो द्रुपद और कृष्ण मुस्कुराने लगे। द्रुपद यह सोचकर मुस्कुराने लगे कि द्रोण के वध के लिए ही धृष्टद्युम्न यज्ञकुण्ड से प्रकट हुआ है। किन्तु कृष्ण की मुस्कुराहट किसी की समझ में नहीं आयी। धृष्टद्युम्न एक स्वर्ण सिंहासन पर आसनस्थ हुए। सात नदियों के पवित्र जल से धौम्य पुरोहित ने मंत्रघोष कर अभिमंत्रित जल से पाण्डव सेनापति के मस्तक का प्रेक्षण किया। फिर मंत्रोच्चारण के साथ वे यज्ञकुण्ड में आहुतियाँ डाले। इसके पश्चात सेनापति का वेश धारण कर धृष्टद्युम्न पूर्वाभिमुख आसन पर बैठा। विजयी माला पहनाकर सेनापति का विधिवत अभिषेक किया गया। दूर्वाक्षत मंत्र से पुरोहितों ने 'विजयी भव' कहकर अंतरिक्ष तक को निनादित कर डाला। भीम ने उसके माथे पर तिलक लगाकर अभिषेक अनुष्ठान का समापन किया। उसी समय धृष्टद्युम्न ने यज्ञघोष नामक गगनभेदी शंख फूंककर विजयी उद्घोष किया।

प्रत्येक रथ के ध्वजदण्ड पर उसकी नूतन ध्वजा लगायी गयी। रणभूमि का विधिवत पूजन किया गया। पुष्प, धूप, दीप, ताम्बूल इत्यादि अर्पित कर नारिकेल फल फोड़ा गया।

मार्गशीर्ष माह के कृष्णपक्ष की द्वितीया तिथि को सरस्वती नदी और दृषद्वती नदी के संगम पर कुरुक्षेत्र युद्ध आरम्भ हुआ। इसी वर्ष कार्तिक के पूर्णिमा को राहु सूर्य पर केतु चित्रा पर और धूमकेतु पुष्य नक्षत्र पर स्थित हो गये। मंगल वक्री होकर मघा नक्षत्र पर और शुक्र पूर्वाभाद्रपदा पर विराजमान हो गये। मार्गशीर्ष माह में पक्ष के तेरहवें दिन पर ही अमावस्या होने वाली थी। एक ही माह के अनन्तर दोनों पक्षों में अमावस्या को सूर्यग्रहण और पूर्णिमा को चन्द्रग्रहण। सब अशुभ लक्षण!

कुरुक्षेत्र में कौरव सेना का मुख पश्चिम की ओर और पाण्डव सेना पूर्वाभिमुख होकर खड़े हुए। सभी अश्वसाद, गजाति, पदाति, रथी, अर्धरथी, महारथी और अतिरथी अनुशासनबद्ध युद्ध भूमि में एकत्र हुए।

नगाड़े, तुतही आदि रणवाद्य बजने के बीच गगनभेदी जयघोष और शंखनाद से रणक्षेत्र गूंज उठा।रथ के पार्श्व भाग में बाण-तूणीर और आयुधों से सुसज्जित कपिध्वज वाले नन्दीघोष रथ पर बैठे अर्जुन ने रथनीड़ पर बैठे सारथ्य करते हुए कृष्ण से कहा, 'अच्युत! मेरे रथ को दोनों सेनाओं के बीच खड़ा कीजिए ताकि उन योद्धाओं को भली-भाँति मैं देख लूँ, जिनसे हमें युद्ध करना है।'

रथ के घोड़ों की वल्गाएं बायें हाथ में और प्रतोद को दाहिने हाथ में लेकर रथ पर बैठे कृष्ण दोनों सेनाओं के बीच भीष्म और द्रोण के ठीक सामने रथ को ले आये।रथ के घोड़े हिनहिनाते हुए मन्द-मन्द स्पन्दित होते गये और फिर स्थिर होकर खड़े हो गये।रथ के स्थिर होते ही कृष्ण ने गंभीर स्वर में कहा, 'पार्थ! युद्ध के लिए एकत्रित इन सेनाओं को देखो।'

दोनों ओर की सेनाओं को अर्जुन ने देखा।सेनाओं को देखते ही वह विषादग्रस्त होकर प्रकम्पित स्वर में बोला, 'केशव! स्वजनों को देखकर मेरे अंग शिथिल हो रहे हैं।हाथ से गाण्डीव धनुष छूटा जा रहा है।मैं इन सबको मारकर विजय नहीं चाहता हूँ और न राज्य ही।युद्ध से तो कुल के नाश और कुलधर्म के क्षय हो जाने पर पितरों को श्राद्ध और तर्पण से वंचित होना होगा!'

शोक से उद्विग्न अर्जुन बाण सहित धनुष त्यागकर जब रथ में बैठ गया, तब कृष्ण स्तब्ध रह गये।युद्ध भूमि में आकर पलायन! उन्हें अर्जुन से ऐसी अपेक्षा नहीं थी।सकारात्मक और सृजनात्मक सोच मानव को जीवन में नई ऊँचाइयों तक ले जाकर सफल और सार्थक बना डालती है।किन्तु आज अर्जुन के ऐसे वचनों को सुनकर कृष्ण चकित हो गये।जिस पर भरोसा था, वही विचलित हो गया! आज तक तो इसने किसी युद्ध में ऐसा नहीं किया था! मत्स्य देश की सीमा पर कौरवों के विरुद्ध ही हुए युद्ध में भी ऐसा नहीं किया था।आज ऐसा क्यों? कृष्ण की श्यामल आभा आरक्त हो गई।विषाद का निवारण कैसे किया जाता

है, वे यह जानते थे। उन्होंने अनुग्रहविष्ट, अश्रुपूर्ण और आकुल नेत्रों वाले विषादग्रस्त अर्जुन पर कटु शब्दों का प्रहार करते हुए कहा, 'पार्थ! यह अनर्थ सेवित, अपमानजनक और अपयशकारक मोह कैसे हो गया तुम्हें? हृदय की तुच्छ और अधर्मजनक दुर्बलताओं को त्यागकर युद्ध के लिए खड़े हो जाओ!'

इस पर विषादग्रस्त अर्जुन द्रोण और भीष्म की ओर देखकर उद्विग्न स्वर में कहा, 'मधुसूदन! पितामह और आचार्य के विरुद्ध मैं कैसे लड़ूँ? मैं तो यह भी नहीं जानता हूँ कि ये लोग मुझे पराजित करेंगे या मैं इन्हें परास्त करुँगा। मैं आपका शिष्य आपके शरणापन्न हूँ। कृपया आप बतलाइये कि इस स्थिति में मेरे लिए यथार्थ कर्तव्य क्या है?'

मत्स्य देश की सीमा पर भीष्म और द्रोण के ही विरुद्ध हुए युद्ध में ये सभी प्रश्न तो इसके मन में नहीं उठे थे! फिर आज क्यों? यदि वह युद्ध करना कर्तष्य था तो यह थोपा गया युद्ध करना तो महान कर्तव्य है। विषादयोग की व्याख्या करते हुए कृष्ण ने कहा, 'अर्जुन! समदर्शी हुए बिना प्रज्ञावान होना असंभव है। यह शोक नहीं, वस्तुतः यह तो तुम्हारा प्रलाप मात्र है। तुम, मैं और ये राजागण जन्म मृत्यु रहित ब्रह्म हैं। देह नाश के पश्चात देहान्तर प्राप्ति में आत्मा का नाश नहीं होता है। कुमार, युवा और वृद्ध होना अवस्था का परिवर्तन मात्र है। फिर तर्पणादि के लिए शोक क्यों? जब आत्मा का नाश नहीं होता है और न आत्मा का सुख-दुख से कोई संबंध है तो मोह जनित प्रलाप को त्यागकर युद्ध करो।'

कृष्ण हर तरह से अर्जुन को बताने लगे कि आत्मा तो निरावयव है, अमूर्त है, अशोष्य है, अविनाशी है, सर्वव्यापी है, स्थाणु है, अनन्त है, अरूपान्तरणीय है, अपरित्यागी है और अनादि है। आत्मा अव्यक्त, अचिन्त्य और अविकार्य है।

प्रशान्त वातावरण में कृष्ण ने अर्जुन से पुनः कहा, 'पार्थ! न आत्मा का कोई हनन करता है और न कोई आत्मा से हत होता है। सर्वव्यापक आत्मा का न तो जन्म होता है और न मृत्यु। तुम ही सोचो, ब्रह्म ही ब्रह्म

का हनन कैसे कर सकता है? जीर्ण वस्त्र को त्याग कर जैसे नया वस्त्र व्यक्ति धारण करता है, उसी तरह शरीरी जीर्ण देह को त्याग कर नये शरीर को धारण करता है।तुम्हें तो मात्र देह का हनन करना है।'

कुछ पल बाद उन्होंने पुनः कहा, 'सुनो, अर्जुन! निराकार आत्मा को न काटा जा सकता है और न दग्ध किया जा सकता है।इसे भिगाया भी नहीं जा सकता है और न इसको सुखाया ही जा सकता है।तुम तो इस युद्ध में निमित्तमात्र पंचमहाभूतों वाली देह को नष्ट करोगे, आत्मा को नहीं।'

परन्तु इतना सब सुनने के बाद भी अर्जुन शोकाकुल और संशयग्रस्त होकर कृष्ण को टकटकी लगाये देखता रहा।उसकी थरथराहट बढ़ती ही गई।तब कृष्ण ने अर्जुन के विषाद को गहराई से दूर करने के लिए कहा, 'पार्थ! प्रारब्ध कर्म के क्षय होते ही जीव की मृत्यु निश्चित है और उनका तद्देहकृत कर्मो के आधार पर जन्म भी निश्चित है।फिर शोक क्यों? उत्पत्ति के पूर्व अव्यक्त सारे पंचमहाभूतों के उत्पन्न होने पर आत्मा जीव के रूप में व्यक्त होती हैं।जीव की मृत्यु के पश्चात आत्मा पुनः अव्यक्त हो जाती हैं।'

कुरुक्षेत्र की रणभूमि में दोनों सेनाओं में किसी प्रकार की हलचल नहीं, किसी प्रकार का प्रकम्पन्न नहीं, किसी प्रकार का कोलाहल नहीं, नितान्त प्रशान्त सन्नाटा पसरा हुआ।सम्पूर्ण रणक्षेत्र स्थिर हो गया।युद्ध में अश्वसाद, गजाति, पदाति, रथी, अर्धरथी, महारथी और अतिरथी सबके सब अनुशासनबद्ध खड़े।जो भी हलचल, जो भी प्रकम्पन्न, जो भी कोलाहल, मात्र कृष्ण और अर्जुन के बीच हो रही वार्त्ता के अतिरिक्त कुछ भी नहीं।

कृष्ण ने शनैः शनैः सांख्ययोग्य को स्पष्ट करते हुए कहा, 'अर्जुन! आत्म साक्षात्कार के बिना आत्मा के संबंध में यथार्थ ज्ञान नहीं होता है।यह देहधारी आत्मा जब देह में चिरकाल तक नहीं रहती है तो पंचमहाभूतों के लिए शोक क्यों? सुनो, पार्थ! मेरी बातों को समझने

की चेष्टा करो। अप्रार्थित धर्मयुद्ध सौभाग्यवान् को प्राप्त होता है। यदि यह थोपा गया धर्मयुद्ध तुम नहीं करते हो तो शत्रु ही तुम सबको नष्ट कर देंगे। स्वधर्म और कीर्ति के क्षय से तुम्हें पाप लगेगा। अपयश तो मृत्यु से भी कष्टकर होता है। यदि तुम युद्ध करते मारे जाते हो तो स्वर्ग मिलेगा और यदि तुम युद्ध में विजयी होते हो तो राज्य पाओगे। अतः युद्ध करने के लिए उठो, पार्थ! जय-पराजय, सुख-दुःख और हानि-लाभ को त्यागकर युद्ध करने से पाप नहीं लगेगा।'

कृष्ण का कहना था कि निष्काम योग करते यदि मृत्यु हो जाये तो श्रेष्ठ कुल में जन्म होगा और यदि इसमें विजयी हो जाओगे तो परम पद की प्राप्ति होगी। अर्जुन को यह समझ में नहीं आया। कृष्ण संशयग्रस्त अर्जुन के मन की बात जान गये। उन्होंने तत्त्वज्ञान के निष्काम कर्मयोग की व्याख्या करते हुए कहा, 'अर्जुन! निष्काम कर्म करने से कर्मबंधन से मुक्त रहोगे। मन को कर्म का साक्षी नहीं बनाकर निष्काम रखो। कर्म देह से करो, किन्तु मन को निष्काम रखो, नितान्त अछूता। इन्द्रियों द्वारा किए गये कर्म से मन को अलग रखो तो पाप नहीं लगेगा। युद्ध करो किन्तु निष्काम होकर। मात्र ईश्वरोद्देश्य से किये जाने वाले कर्मयोग का थोड़ा भी अनुष्ठान संसारात्मक भय से रक्षा करता है। स्वल्पमप्यस्य धर्मस्य त्रायते महतो भयात् ।'

संसार हो या संन्यास या संघर्ष हर स्थिति में स्थितप्रज्ञता आवश्यक है। जीवन में विहित कर्म करते हुए उससे निर्लिप्त रहना स्थितप्रज्ञता है। भोगैश्वर्य से अभिनिविष्ट लोगों की बुद्धि चित्त की एकाग्रता में निविष्ट नहीं होती है। इसलिए कृष्ण ने कहा,, 'अर्जुन! तुम निष्काम बनो। निष्काम बनने का उपाय है कि तुम द्वन्द्वभाव से रहित हो जाओ। सत्वगुणशाली बनो। योगक्षेम रहित बनो। तुम अप्रमत्त बनो। ईश्वर परायण बनो।'

अर्जुन सोचने लगा कि युद्ध और वह भी निष्काम! इसका क्या अर्थ हुआ? इसी को स्पष्ट करते हुए कृष्ण ने कहा, 'धनंजय! परमेश्वरपरता ही योग है। परमेश्वर में बुद्धि अचल होने से तत्त्व ज्ञान की प्राप्ति होती

है। योग में अवस्थित होकर स्थितप्रज्ञ बनो। फलाकांक्षा रहित होकर कर्म करने से ब्रह्मपद की प्राप्ति होती है। मोहरहित होने से श्रोतब्य और श्रुत बातों से वेदना नहीं होगी।'

अर्जुन को युद्धविद्या और तत्त्वज्ञान में कोई अन्तर दिखायी नहीं पड़ा। मोहरहित होने पर अपमान और अनादर से वेदना नहीं होगी! युद्ध में भी स्थितप्रज्ञ होकर युद्ध करना है तो युद्ध के बदले उसने तत्त्वज्ञान ही समझने के लिए ज्ञानोत्सुक होकर पूछा, 'केशव! आपने जो कहा है कि स्थितप्रज्ञ बनो तो स्थितप्रज्ञ के लक्षण, अवस्थान और विचरण कैसे-कैसे होते हैं?'

गुरु जिस तरह शिष्य को तत्त्वज्ञान के सभी रहस्यों को उन्मोचित्त कर देते है, उसी तरह स्पष्ट कर समझाते हुए कृष्ण ने कहा, 'पार्थ! मन में स्थित कामनाओं के त्यागने वाले स्थितप्रज्ञ कहलाते हैं। ये आत्मा द्वारा आत्मा में तुष्ट रहते हैं। दुःख में अनुद्विग्न, सुख में स्पृहा नहीं, भय क्रोध रहित पुरुष स्थितधी होते हैं। जो सर्वत्र आसक्ति रहित रहते हैं, उनकी प्रज्ञा प्रतिष्ठित रहती है। कछुआ भयाक्रांत होने पर जैसे अपने अंगों को समेट लेता है, उसी प्रकार विषयाक्रांत होने पर सभी इन्द्रियों का जो प्रत्याहार कर सके, उसी की प्रज्ञा प्रतिष्ठित होती है। स्थितप्रज्ञ पुरुष विषयों को ग्रहण करते हुए भी आसक्त नहीं होते हैं। योगी पुरुष ईश्वर में चित्त समर्पण कर अवस्थान करते हैं, स्थितधी पुरुष इन्द्रियों को वशीभूत करके अवस्थान करते हैं।'

अर्जुन किंकर्तव्यविमूढ़ होकर सब कुछ सुनता रहा। टकटकी लगाकर कृष्ण की ओर निर्निमेष देखता रहा। कृष्ण ने आगे कहा, 'अर्जुन! कामोपभोग ही बंधन है। कामना का ध्यान करने से आसक्ति और आसक्ति से लोभ पैदा होता है। कामना में अड़चन पड़ने से ही क्रोध और क्रोध से अविवेक होने पर स्मृति का विचलन होता है। ऐसे में बुद्धि का नाश होता है, जो मृत्यु तुल्य है।'

इस समय तक अर्जुन को वास्तविक स्थितप्रज्ञता प्राप्त करने के संबंध में अभिरुचि बढ़ने लगी। यद्यपि गन्धमादन पर्वत पर तप करने के बाद लोग उसे स्थितधी ही समझते थे, तथापि कृष्ण उसे स्थितप्रज्ञता प्राप्त करने के लिए प्रेरित करते रहे। इसलिए अर्जुन ने पूछा, 'केशव! स्थितप्रज्ञ होना कैसे संभव है, जबकि इन्द्रियों का निरोध अत्यन्त ही दुष्परिहार्य है?'

तब कृष्ण ने अर्जुन को समझाते हुए कहा, 'अर्जुन! प्रसन्नचित्त पुरुष की प्रज्ञा शीघ्र प्रतिष्ठित हो जाती है क्योंकि उनमें द्वेषबुद्धि का आभाव रहता है। स्थितप्रज्ञ व्यक्ति आत्मा के वशीभूत होकर इन्द्रियों के द्वारा विषयोपभोग भी करते हैं। जो आत्मध्यान नहीं करता है, उसको मोक्षानन्द की प्राप्ति नहीं होती है। मन वशीभूत नहीं रहने पर व्यक्ति की प्रज्ञा को इन्द्रियाँ हर लेती है। जिनकी इन्द्रियाँ विषयों से निगृहीत हो जाती है, उन्हीं की प्रज्ञा प्रतिष्ठित होती है। आत्मनिष्ठा वाले ही क्रिया की परावस्था में रहते हैं। अत: अर्जुन! तुम भी अपनी इन्द्रियों के निग्रह का प्रयत्न करो।'

यह सुनकर अर्जुन विषयनिष्ठा और आत्मनिष्ठा के अभिप्राय को समझने के लिए उत्कण्ठित होने लगा। कृष्ण यह जान गये। वे किसी की आँखों में झांककर उसके मन की बातें जान लेते थे। उसी समय कृष्ण ने कहा, 'अर्जुन! साधारण लोग आत्मनिष्ठा को रात्रि स्वरूप समझकर निश्चेष्ट रहते हैं, जबकि जितेन्द्रिय व्यक्ति आत्मनिष्ठा के प्रति अनुक्षण सचेष्ट रहते हैं। वे विषयनिष्ठा को ही निशा स्वरूप समझकर अपने को विषय से अलग-थलग रखते हैं। क्रिया की परावस्था की स्थिति ही ब्रह्मज्ञान निष्ठा है। मृत्यु के समय क्षणमात्र भी ब्रह्मज्ञान में अवस्थान करने से ब्रह्म में लय हो जाने की स्थिति प्राप्त हो जाती है। इसलिए क्रिया की परावस्था कर्मयोग की अपेक्षा श्रेष्ठ है।'

यह सुनकर संशयग्रस्त अर्जुन ने पूछा, 'जनार्दन! यदि कर्मयोग की अपेक्षा क्रिया की परावस्था में रहना श्रेष्ठ है तो बारम्बार हिंसात्मक कर्म में मुझको क्यों प्रवृत्त करवा रहे हैं? युद्ध करो! युद्ध करो! आप कभी

कर्म की प्रशंसा कर रहे हैं, कभी ज्ञान की प्रशंसा कर रहे हैं। मैं तो भ्रमित हो रहा हूँ। मेरी भ्राँति दूर करें, प्रभु!'

अर्जुन के ऐसे प्रश्नों से प्रसन्न होकर मन्द-मन्द मुस्कुराते हुए कृष्ण ने कर्मयोग के विषय में कहा, 'अनघ! मैंने कर्म और ज्ञान के द्वारा एक ही ब्रह्मनिष्ठा की बात कही है। पहला प्रणायामादि क्रियायोग और दूसरा योनिमुद्रादि ज्ञानयोग। दोनों साधनों के द्वारा ब्रह्मनिष्ठा ही होती है। गुरुपदिष्ट क्रियायोग में षट्चक्रों में प्राणकर्म करना पड़ता है जबकि ज्ञानयोग में सुषुम्ना भेदन होता है। कर्मयोग की सहायता से ही ज्ञानयोग में आत्मदर्शन होता है। कर्म के अनुष्ठान के बिना तो कोई भी व्यक्ति क्षणमात्र भी नहीं रहता है। जब ऐसी बात है तो फलाकांक्षा रहित होकर निरन्तर ईश्वरोपासना अर्थात् प्राणकर्म ही क्यों न किया जाये?'

अर्जुन सोचने लगा कि ऐसे में तो कहीं जीवन भर के लिए अकर्मण्यता को प्रश्रय न मिल जाये! कृष्ण यह जान गये। वे सोचने लगे कि ईश्वरोपासना का अर्थ अकर्मण्यता समझकर अर्जुन कर्म नहीं करना चाहता है। इसी परिप्रेक्ष्य में कृष्ण ने कर्म की श्रेष्ठता प्रतिपादित करते हुए कहा, 'अर्जुन! ब्रह्मा ने सृष्टि करते समय कर्मयोग की सृष्टि की है, अकर्म की नहीं। अतः तुम कर्म करो। कर्म करने से प्रकृति का संवर्द्धन होता है। प्रकृति के संवर्द्धनार्थ देवताओं को हविर्भाग देकर संवर्द्धन करो। देवगण भी वृष्टि, शीत, ताप इत्यादि कर अन्नोत्पत्ति करके तुम सबका संवर्द्धन करेंगे। परस्पर संवर्द्धन से अभीष्ट फल की प्राप्ति होती है। उस अन्नादि को पंचयज्ञादि द्वारा देवताओं को न देकर स्वयं ही उपभोग कर लेना चौर्य कर्म है।'

यज्ञादि के द्वारा पर्यावरण संवर्द्धन कर पारिस्थितिकी तंत्र में जीव मंडल का संरक्षण होता है। जैव विविधता को अक्षुण्ण रखने के लिए प्रवर्तित चक्र का अनुवर्तन नहीं होने से ही पर्यावरण प्रदुषित होता है। प्रकृति का दोहन आपत्तिजनक न होकर न्यायोचित होना चाहिए। पर्यावरण आवश्यकताओं की प्रतिपूर्ति ही सम्पोषित विकास है।

अर्जुन की नेत्रभाषा से लग रहा था मानो जीवनभर प्रवर्तित चक्र की तरह निरर्थक कर्मानुष्ठान ही करना होगा! इसी भ्रम को मिटाने के लिए कृष्ण ने ज्ञानकर्म-संन्यास योग बतलाते हुए कहा, 'अर्जुन! क्रिया-योग तभी तक की जाती है, जब तक आत्मा की टोह नहीं मिल जाती। यद्यपि सम्यक ज्ञान प्राप्त हो भी जाये, तथापि जनहित में कर्मानुष्ठान करते रहना चाहिए।'

अर्जुन यह सुनकर चकित हो गया। वह सोचने लगा कि प्रकृति में प्रवर्तित चक्र का भी तो यही विधान है। तभी कृष्ण ने कर्तव्य तथ्य को और भी स्पष्ट करते हुए कहा, 'देखो, अर्जुन! श्रेष्ठ व्यक्ति जो कार्य करते हैं, साधारण व्यक्ति भी अनुसरण वही करते हैं। यद्यपि मेरे लिए कुछ भी करना कर्तव्य नहीं है, तथापि मैं भी कर्म करता हूँ। अज्ञानियों में भ्रम पैदा न हो कि आत्मा तो अकर्त्ता है तो वे भी अकर्त्ता बनकर रहें! सुनो, अर्जुन! कदाचित अतेन्द्रित: मैं कर्म न करूँ तो लोग मेरा अनुवर्तन और अनुसरण करने लगेंगे। इस तरह धर्म लोप से जो वर्णसंकर की स्थिति उत्पन्न होगी, उसका दायित्व मुझ पर ही लोग थोप देंगे।'

कर्म का दर्शनशास्त्र सुनकर अर्जुन चकरा गया, किन्तु शीघ्र ही उसने इसी अनुरूप कर्म करने का मन भी बना लिया। तभी देहभाषा अर्जुन की जानकर कृष्ण ने मुस्कुराते हुए अर्जुन को पहले टोका और फिर कहा, 'यही अहंकार है, अर्जुन! यही कर्तृत्वाभिनिवेश है। इसी के कारण अज्ञ लोग भ्रमवश समझते हैं कि सभी कर्म वही करते हैं। देखो अर्जुन! कर्म करते समय यदि ऐसी स्थिति उत्पन्न हो जाये तो मन को आत्मा में लगाओ। इससे ऐसा भ्रम या कर्तृत्वाभिनिवेश नहीं होगा।'

अर्जुन यह सुनकर फिर चकरा गया। उसने सोचा, 'क्या कृष्ण स्वयं आत्मा हैं?'

उसे भ्रमित होते देख कृष्ण ने कहा, 'हे महाबाहो! इसलिए मैं तुम्हें कहता हूँ कि इन सब पचरे में न पड़कर आध्यात्मचित्त के द्वारा मुझमें सारे कर्मों को समर्पित करके निष्काम और त्यक्त शोक होकर तुम संघर्ष करो।'

उसी समय अर्जुन प्रशान्त बने कौरव सेना की ओर देखने लगा। रणभूमि में अश्वत्थामा की ध्वजा में धनुष का चिह्न था। दुर्योधन की ध्वजा में स्वर्णमय हाथी का चिह्न था। भीष्म की नीली ध्वजा में स्वर्णमय पाँच मण्डल वाला ताड़ का चिह्न था। कृपाचार्य के रथ में लाल-लाल घोड़े और नीली पताका लगी हुई थी। द्रोण की ध्वजा में स्वर्णमय कमण्डलु का चिह्न था। इसी तरह सभी योद्धाओं के अलग-अलग पहचान चिह्न थे। किन्तु सभी रथों, घोड़ों, हाथियों और पदातियों में किसी प्रकार की हलचल, किसी प्रकार का स्पन्दन, किसी तरह का उत्क्रोश अब भी नहीं हो रहा था।

युद्ध करने के लिए अर्जुन को बार-बार प्रेरित कर तत्त्वज्ञान समझाते हुए कृष्ण ने कहा, 'पार्थ! ज्ञानी पूर्व के संस्कारों से बने हुए स्वभाव के अनुसार कर्म करते हैं। इसलिए मैं तुझे कहता हूँ कि स्वाभाविक प्रवृत्ति का परित्याग कर तुम धर्म में प्रवृत्त हो जाओ। सम्यक रूप से अनुष्ठित परधर्म से स्वधर्म श्रेष्ठ है। स्वधर्म में रहकर मरना कल्याणकारक है, परन्तु परधर्म अनर्थ कारक है।'

अर्जुन को अब आश्चर्य लगने लगा कि इतना स्पष्ट और महत्वपूर्ण ज्ञान के बावजूद लोग पाप क्यों करते हैं! क्यों अनाचार, अत्याचार और अन्याय का साम्राज्य फैला हुआ है? प्रश्न का उत्तर ढूँढे भी जब उसे नहीं मिला, तब उसने कृष्ण से पूछा, 'हे वृष्णिकुलोत्पन्न! पाप करने की इच्छा नहीं होते हुए भी किस अदृश्य शक्ति से प्रेरित होकर मनुष्य पाप करता है?'

यद्यपि अर्जुन ने एकाएक मूल प्रश्न को ही छू लेने का प्रयास किया तथापि कृष्ण ने बिना विलम्ब करते हुए उत्तर के निष्कर्ष को झट से कह देना ही उचित समझा। वे जानते थे कि सत्, रज और तम ये त्रिगुण ही सृष्टि के आधार हैं। यदि ये रहे ही नहीं तो जगत लीला चलेगी कैसे! अर्जुन की परिवर्तित हो रही मनःस्थिति को अच्छी तरह समझते हुए कृष्ण ने आत्मसंयमयोग बतलाते हुए उत्तर दिया, 'रजोगुण से उत्पन्न काम के

कारण यह सब होता है।जब प्राण इड़ा में रहते है, तब रजोगुण की उत्पत्ति होती है।अन्त:करण में आवृत इच्छारूपी अग्नि वायु के सहयोग से भक् से प्रज्वलित हो उठती है और अहं बुद्धि से क्रोधान्वित होकर जीव विमुग्ध हो जाता है।इन्द्रियाँ, मन और बुद्धि यह सब कामना का आश्रय स्थल हैं और यही ब्रह्म प्राप्ति का साधन भी।भरतश्रेष्ठ! इसलिए तुम्हें मैं कहता हूँ कि तुम इन्द्रियों को संयत करके कामना का परित्याग करो।देह से श्रेष्ठ है इन्द्रियाँ।इन्द्रियों से श्रेष्ठ है मन और मन से भी श्रेष्ठ है बुद्धि।जो बुद्धि से भी श्रेष्ठ है, वही आत्मा है।आत्मा के प्रकृतिस्थ होने पर मन बनता है।बुद्धि से परे आत्मा को जानने के लिए बुद्धि के द्वारा ही मन को स्थिर करके तुम युद्धर्ष शत्रु का नाश करो।'

कृष्ण की वाणी में अचूक और असरदार धार थी।उनकी एक मुस्कुराहट पर कोई भी उन पर अपने को न्योछावर कर देने के लिए विवश हो जाता था।उस दिन उनके प्रत्येक शब्द ने अर्जुन को अगने भीतर झांकने के लिए विवश कर दिया।अर्जुन अभिभूत होकर सोचने लगा, 'इतना गुह्यतम योग मानव अब तक क्यों नहीं समझ पाया है? मैं कितना भाग्यशाली हूँ कि भगवान् स्वयं ऐरो गुह्यतम योग के विषय में मुझे बतला रहे हैं!'

कृष्ण ने अर्जुन के मन की बात भाँप कर ज्ञानकर्म संन्यास योग बतलाते हुए कहा, 'पार्थ! मैंने इस योग को पहले सूर्य से कहा था।सूर्य ने अपने पुत्र मनु को और मनु ने अपने पुत्र इक्ष्वाकु को बतलाया था।निमि आदि राजर्षिगणों ने पितृ परम्परा में इस योग को प्राप्त किया।किन्तु अब कालवश यह योग विच्छिन्न हो गया है।चूँकि तुम मेरे भक्त हो और सखा भी, अत: यह पुरातन योग आज तुम्हें मैंने बतलाया है।'

अर्जुन यह सुनकर प्रसन्न तो हो गया किन्तु उसने शंका करते हुए पूछा, 'केशव! आपका अवतरण इस द्वापर युग में हुआ है और सूर्य का जन्म आपसे बहुत पहले ही हो चुका है! फिर आपने सूर्य को कैसे उपदेश किया है?'

मृदु-मृदु मुस्कुराते हुए कृष्ण ने कहा, 'अर्जुन! मेरे और तुम्हारे बहुत से जन्म बीत चुके हैं। प्रज्ञान के कारण मैं यह सब जानता हूँ और तुम अविद्या के कारण पूर्व जन्मों के वृत्तान्त को नहीं जानते हो। यद्यपि मेरा जन्म नहीं और नाश भी नहीं, तथापि सब भूतों का कर्त्ता मैं प्रकृति का आश्रय लेकर अवतीर्ण हुआ हूँ। जब-जब धर्म की हानि होती है और अधर्म का प्रादुर्भाव होता है, तब-तब मैं अपने को सृजित कर लेता हूँ। साधुओं के परित्राण के लिए, दुष्टों के विनाश के लिए और धर्म की प्रतिष्ठा के लिए युग-युग में अवतीर्ण होता हूँ। जो मेरे अलौकिक जन्म और कर्म को प्रविद्या द्वारा तत्त्वत: जान लेता है, वह देह त्याग करके पुनर्जन्म प्राप्त नहीं करता है, बल्कि मुझको ही प्राप्त कर लेता है।'

अब तक अर्जुन का मनःक्षोभ कम होने लगा था। उसने पूछा, 'केशव! ईश्वर को तत्त्वत: कैसे प्राप्त किया जा सकता है?'

कृष्ण ने सहज तरीके से समझाते हुए कहा, 'अर्जुन! आसक्ति, भय और क्रोध को त्यागकर मुझमें एकचित्त होकर क्रियायोग के द्वारा व्यक्ति मेरे स्वरूप को प्राप्त कर लेता है। जो जिस प्रकार मुझको भजता है, उनको मैं उसी प्रकार अभीष्ट प्रदान कर उन पर अनुग्रह करता हूँ। निष्काम होकर क्रियायोग करने से आत्मा को कूटस्थ में देखते रहने से ईश का दर्शन होता है।'

यह कहकर कृष्ण मुस्कुरा उठे। उनकी मुस्कुराहट एक जैसी नहीं होती थी। कभी निश्छल मुस्कुराहट तो कभी नटखट मुस्कुराहट, कभी निराभिमानी मुस्कुराहट तो कभी नैसर्गिक मुस्कुराहट। कुछ क्षण रूककर कृष्ण ने रहस्य को स्पष्ट करते हुए कहा, 'अर्जुन! अग्नि, कर्त्ता, क्रिया, यज्ञपात्र इत्यादि जो भी तुम देखते हो, वे सभी ब्रह्म है। ब्रह्मात्म कर्म करने से ब्रह्म को लोग प्राप्त कर लेते हैं। इसके लिए प्रच्छर्द्दन और विधारण करके प्रणव के द्वारा प्राण की आहुति की क्रिया कर क्रिया की परावस्था में रहना पड़ता है। यह युक्ति गुरु बतला देते हैं।'

आत्मा को ब्रह्म में अर्पण कर देना ही क्रिया की परावस्था है। इसी

संदर्भ में कृष्ण ने कहा, 'पार्थ! समस्त कर्म अन्ततः क्रिया की परावस्था अर्थात् आत्मा में ही जाकर समाप्त होते हैं। इसलिए मैं तुझे कहता हूँ कि सभी यज्ञों की अपेक्षा ज्ञान यज्ञ श्रेष्ठ है।'

अर्जुन ज्ञान यज्ञ के संदर्भ में संन्यास की विशेषताओं से परिचित था, अतः उसने पूछा, 'केशव! संन्यास कर्म अच्छा है कि योग कर्म?'

'संन्यास और योग दोनों ही अच्छे हैं, किन्तु योग सहज और सरल होने के कारण अधिक अच्छा है।' यह कहकर कृष्ण अर्जुन की आँखों में झांकने लगे और पुनः बोले, 'अर्जुन! तपसियों, ज्ञानियों या अन्य इष्टकर्म करने वालों से योगी श्रेष्ठ होता है। सत्त्वगुण या रजोगुण या तमोगुण से युक्त कोई भी प्राणी समदर्शी की दृष्टि में समान होते हैं। अतः तुम समदर्शी बनो, योगी बनो।'

अर्जुन को स्पष्टतः सब कुछ समझ में नहीं आ रहा था। अतः उसने कहा, 'मधुसूदन! बुद्धि को स्थिर करके ध्यानपूर्वक आपकी बातें सुनने पर भी मैं ठीक-ठीक योग को समझ नहीं पाया। मन बड़ा चंचल है। मन जो चाहता है, कर डालता है। मन का निरोध बड़ा दुष्कर जान पड़ता है।'

सदैव की भाँति मुस्कान बिखेरते हुए उन्होंने कहा, 'अर्जुन! किसी भी मानव को निराश नहीं होना चाहिए। अभ्यास और वैराग्य के द्वारा अनावश्क इच्छाओं से रहित होने पर मन की पकड़ संभव है।'

तब अर्जुन सोचने लगा कि यह तो अति दीर्घ प्रक्रिया है। योगाभ्यास करते-करते यदि अचानक किसी कारणवश आगे अभ्यास नहीं कर पाऊँ तो कुछ हानि भी हो सकती है! योगभ्रष्ट भी हो सकता हूँ! अतः उसने अपनी शंका को मिटाने के लिए कृष्ण से पूछा, 'केशव! क्या योगभ्रष्ट पुरुष की दुर्गति हो जाती है?'

'कथमपि नहीं, अर्जुन! कथमपि नहीं,' कहते हुए उन्होंने कहा, 'शुभकर्म करने के कारण उसकी दुर्गति नहीं होती है। मद्‌गतचित्त के द्वारा मुझ वासुदेव को श्रद्धायुक्त होकर भजन करने के कारण वे श्रेष्ठ होते हैं। अतः तुम इन सब चिन्ताओं को त्याग कर मेरे भक्त बनो।'

यह सब सुनने के बाद अर्जुन सोचने लगा, 'भक्त बनूँ तो कैसे?'

कृष्ण ने संशयग्रस्त अर्जुन को ज्ञान-विज्ञान योग के विषय में कहा, 'आत्मा में ही आश्रय करके जिस क्रिया के द्वारा असंशयित भाव से ऐश्वर्य सहित मुझे जान पाओगे, उसे सुनो।योनिमुद्रा और क्रिया की परावस्था को जान लोगे तो कुछ भी जानने के लिए शेष नहीं रहेगा।ये अनुश्रृणुयात युक्तियाँ गुरु बतला देते हैं।गुरु में श्रद्धा का अर्थ है ब्रह्म में श्रद्धा।क्षिति, अप्, तेज, मरुत और व्योम क्रमशः मूलाधार, स्वाधिष्ठान, मणिपुर, अनाहत और विशुद्धाख्य के अतिरिक्त मन, बुद्धि और अहंकार ये आठों प्रकृति है।इसके परे सूक्ष्म रूप में पराप्रकृति है।किन्तु यह जान लो तुम कि अपराप्रकृति निकृष्टा है।ब्रह्म ही ब्रह्मयोनि से महाभूतों के रूप में उत्पन्न होकर सृष्टि बनकर स्थित है।मुझमें ही यह संसार गुम्फित है, ग्रथित है।सत्त्वगुण, रजोगुण और तमोगुण वाले मुझमें नहीं है, किन्तु मैं उनमें हूँ।जो कोई इस त्रिगुणातीत आत्मा में रहता है, वही मेरी माया अर्थात् अपराप्रकृति से उतीर्ण हो पाता है।'

अब अर्जुन को सही अर्थों में भक्त बन जाने की इच्छा होने लगी।उसने पूछा, 'केशव! किस प्रकार के भक्त आपको प्रिय हैं?'

'सभी भक्त मुझको प्रिय है।किन्तु ज्ञानी भक्त तो मेरी आत्मा ही है।मेरे अतिरिक्त अन्य किसी का आश्रय वे नहीं करते हैं।' यह कहकर कृष्ण ने अपनी करुणा दृष्टि अर्जुन पर डालने के पश्चात अध्यात्म की हर दृष्टि से व्याख्या करते हुए कहा, 'अर्जुन! मेरे परमात्म स्वरूप को न जानकर भक्त लोग मत्स्य, वाराह, कुर्मादि भाव को मानने लगते हैं।यद्यपि किसी भी देवी-देवता की पूजा-अर्चना मेरी ही आराधना है, तथापि ज्ञानी भक्त मेरे परमात्मा स्वरूप को ही भजते है।पुण्याचरणशील लोग द्वन्द्व निमित्त सभी मोह से विनिर्मुक्त होकर मुझको भेजते हैं।वस्तुतः अधिभूत, अधियज्ञ और अधिदैव को जो जानता है, वही ब्रह्म पद पाता है।'

यह सब सुनकर अर्जुन ने इस तारक ब्रह्मयोग को जानने के लिए उत्कण्ठित और उत्सुक होकर पूछा, 'केशव! अध्यात्म, अधिभूत और अधियज्ञ इत्यादि क्या है?'

तब कृष्ण ने अक्षरब्रह्म योग बतलाते हुए कहा, 'अर्जुन! योग क्रिया करने का नाम आध्यात्म है। परम अक्षर ही ब्रह्म है।क्षरभाव ही अधिभूत है और पुरुष ही अधिदैव है। इस देह में अधियज्ञ रूप में हूँ।जो लोग कूटस्थ का स्मरण करते हुए देह त्यागते हैं, वही मेरे स्वरूप को प्राप्त करते हैं। इसमें संशय नहीं करो, पार्थ! मरने समय में जो जिस भाव में रहता है, उसी भाव से युक्त उसका परजन्म होता है। गुरोपदिष्ट योनिमुद्रा के द्वारा सब कुछ समझ में आ जाता है। मृत्युकाल में भक्ति भाव से धारणा, ध्यान, समाधि पूर्वक भ्रूमध्य में प्राणवायु में प्रवेश करने से ब्रह्मरन्ध्र फट जाता है और परमपद की प्राप्ति हो जाती है।'

अर्जुन निर्निमेष कृष्ण की ओर टकटकी लगाये देखता रहा।उसने जब क्रियायोग के सभी विशेषताओं से परिचित होने के लिए उत्सुकता जतायी, तब कृष्ण ने अर्जुन के अनुरोध से विवश होकर कहा, 'अर्जुन! जो अनन्यचित्त होकर प्रतिदिन योनिमुद्रा और महामुद्रा कर मेरा स्मरण करता है, उसके लिए मैं सुलभ हूँ।'

यह कहकर कृष्ण ने राजविद्या-राजगुह्य योग के संबंध में कहा, 'सुनो, अर्जुन! मैं तुमको विज्ञ ज्ञान अर्थात् वैज्ञानिक ज्ञान बतलाता हूँ।यह विदित आध्यात्म ज्ञान सर्वश्रेष्ठ विद्या अति गुह्यतम है।गुरु के द्वारा सारी अनुश्रृणुयात युक्तियाँ शिष्य को बतलायी जाती है।ये युक्तियाँ अक्षय और प्रत्यक्ष फलप्रद है।इस योग क्रिया में अश्रद्धाकारी मुझको प्राप्त नहीं कर संसार पथ में परिभ्रमण करता रहता है।इस भटकती देह के उद्धार के लिए आत्मा में तुम मन को अटका दो।दायें सूर्य और बायें चन्द्र के मध्य मन को लगा दो।'

कृष्ण की ओजस्विता उनके व्यक्तित्व के अनुरूप थी।उन्होंने समझाते हुए कहा, 'मुझ अव्यक्त मूर्त्ति के द्वारा सारा जगत व्याप्त है।कण-कण में व्याप्त ब्रह्म से लेकर ब्रह्मलोक पर्यन्त जो सृष्टि है, सबका जन्म-मृत्यु निश्चित है।सारे चराचर भूत मुझमें अवस्थित है, परन्तु मैं उन सबमें अवस्थित नहीं हूँ।क्योंकि मैं तो त्रिगुणातीत हूँ।योगमाया के प्रभाव से

ही लोगों को भ्रम होता है कि सब भूत मुझमें अवस्थित नहीं है। प्रलयकाल में भूतगण अष्ट प्रकृति में लीन हो जाते हैं और सृष्टिकाल में सभी महाभूतों का मैं सृजन करता हूँ। प्रकृति को वशीभूत करके अवश होकर भूत समूह की सृष्टि मैं करता हूँ।'

यद्यपि अर्जुन वेद का सम्पूर्ण अध्ययन कर चुका था, तथापि वेद के गुह्य रहस्य को इस तरह उन्मोचित्त होते देख वह अभिभूत हो गया। कर्म सिद्धांत पर आधारित वेद ईश्वरीय प्रावधान है। कृष्ण ने इस तथ्य को और भी विस्तार से उन्मोचित्त करते हुए कहा, 'अर्जुन! कोई-कोई तंत्र योग, कोई-कोई हठ योग, कोई-कोई कीर्तन, कोई-कोई योनिमुद्रा और कोई-कोई प्रणायामादि अन्य क्रिया करते हैं। सबका अभिप्राय एक ही है। इस देह में जिह्वाग्रन्थि, हृदयग्रन्थि और मूलाधार ग्रन्थि इस त्रिविद्या को जो जान लेता है, वह त्रैविद्य कहलाता है। यह वेदत्रय विहित ज्ञान वस्तुतः मेरी ही पूजा है।'

वेद पढ़ना और वेद का निदिध्यासन करना दोनों दो बातें होती हैं। इसलिए कृष्ण ने निदिध्यासन के परिप्रेक्ष्य में तथ्य को स्पष्ट करते हुए कहा, 'पार्थ! जो सदा आत्मा में रहता है, सूर्य और चन्द्र के मध्य में प्रत्यक्ष अटका रहता है, उनका योगक्षेम मैं वहन करता हूँ। जो प्रेम और भक्तियुक्त होकर अन्य देवता का भजन करता है, वह भी मेरी ही उपासना करता है।'

अर्जुन हस्त संकेत कर प्रणाम करते हुए कृतांजलिबद्ध हो गया। यह देखकर कृष्ण ने भक्तों द्वारा अर्पण करने के विषय को विस्तार से बताया, 'अर्जुन! जो भक्त मुझको भक्ति पूर्वक पत्र, पुष्प, फल, जल इत्यादि अर्पण करता है, मैं भक्तिपूर्वक उपहृत उस वस्तु को स्वीकार करता हूँ। अर्थात् उस अर्पण में जो प्रेमभाव संलिप्त रहता है, उस प्रेमभाव का मैं भूखा हूँ। इसलिए तुम्हें मैं कहता हूँ कि तुम जो खाते हो, होम करते हो, दान करते हो, तपस्या करते हो, वे सब मुझे प्रेमपूर्वक अर्पित कर दो। कर्म समर्पण करने पर कर्म निमित्त इष्टानिष्ट फल से तुम मुक्त हो जाओगे। ब्रह्म

में आत्मा का अर्पण ही भक्ति है।यही है निष्काम भक्ति।मैं सब भूतों में समान रूप से विराजमान हूँ।जो भक्तिपूर्वक मुझे भजता है, उसके मनमें मैं सतत निवास करता हूँ।दुष्ट भी यदि अनन्यचित्त से आत्मा में रहता है, तो उसको साधु ही समझो।मेरा भक्त प्रनष्ट नहीं होता है।स्त्री, वैश्य और शूद्र भी आत्मा का आश्रय कर परमगति को प्राप्त कर सकते हैं।'

सूर्य अपनी प्रदीर्घ और प्रखर किरणों से सम्पूर्ण कुरुक्षेत्र को आलोकित कर रहा था।नन्दीघोष रथ मनभावन सुनहली किरणों में चमकते हुए चित्रवत स्थिर था।रथ के घोड़ों की हिनहिनाहट या रथ के हिलने-डुलने तक की आवाज नितान्त ही निःशब्द जान पड़ते थे।

कुछ क्षण पश्चात कृष्ण ने अह्लाद जताते हुए कहा, 'तुम चिन्ताओं को त्यागकर क्रियायोग करो, मेरे भक्त! मेरी आराधना में संलग्न हो जाओ! मुझको नमस्कार करो!! मुझमें रत रहकर मन को मुझमें समाहित करो!! ऐसा करने पर मुझको ही प्राप्त कर लोगे।'

अब तो अर्जुन को ईश्वर के विभूति, कैङ्कर्य, रूपनिधि इत्यादि का प्रत्यक्ष अनुभव करने की इच्छा होने लगी।इसीलिए कृष्ण ने विभूति योग की चर्चा करते हुए कहा, 'अर्जुन! देवगण और महर्षिगण भी मेरी उत्पत्ति नहीं जानते हैं।सप्त महर्षि और सनकादि चारों महर्षिगण तथा चौदहों मनु मेरे संकल्प से उत्पन्न हुए हैं।जो कोई भ्रूमध्य में स्थित विन्दु में दृष्टि रखकर मुझमें प्राण अवस्थित करके मेरा स्तवन, कीर्तन कर आनन्दित होते हैं, आत्मा में अटका रहकर भजन करते हैं, उन सबको मैं बुद्धियोग देता हूँ।ब्रह्म से प्रेमातुर अनुभव प्राप्त होने का नाम ज्ञान है।ब्रह्म का अनुसंधान करते-करते पराबुद्धि के अद्भुत अनुभवों का जो बोध करता है, मैं उसके संसार रूपी अन्धकार को नष्ट कर देता हूँ।'

अर्जुन को जब सब कुछ समझ में आने लगा, तब उसने कहा, 'केशव! आप जो कुछ कह रहे हैं, वे सब सत्य ही होंगे।पर मैं किस भाव से आपका चिंतन करूँ?'

कृष्ण ने अपनी सार्थक मुस्कान बिखेरते हुए कहा, 'अर्जुन! सत्य

होंगे नहीं, सत्य है।मैं श्वास स्वरूप हूँ।अतः तुम सदैव वसंत ऋतु का बोध करते हुए शाम्भवी मुद्रा द्वारा चिन्तन कर मेरे विश्वरूप को प्राप्त करो।तुम देखोगे कि मेरी विभूतियों का अन्त नहीं है।'

यह सुनकर अर्जुन को विश्वरूप दर्शन की ललक बढ़ने लगी।ईश्वर तभी कृपा करते हैं जब भक्त चाहता है।उसने विश्वरूप दर्शन योग को जानने के लिए अनुनय पूर्वक कहा, 'प्रभो! आत्मा का जो ईश्वरीय रूप है, उसको मैं देखना चाहता हूँ।यदि मैं ईश्वरीय रूप को देखने योग्य हूँ, तो आत्मा का दर्शन कराओ।'

कृष्ण तो अर्जुन से यही सुनना चाहते थे।ईश्वर के दर्शन करने की अकुलाहट जब होगी, तभी तो दर्शन होंगे।उन्होंने अर्जुन को दिव्यदृष्टि देकर कहा, 'अर्जुन! मेरे शतसहस्त्र रूपों को कूटस्थ में देखो।टकटकी लगाये देखते रहो।इधर-उधर मन को भटकने मत दो।सूर्य, अष्टवसु, एकादश रुद्र, दोनों अश्विनी कुमार, उनचास मरुत इन सबको देखो।जो भी तुम देखना चाहते हो और समझना भी चाहते हो, वह सब तुम देख-सुन लो।'

दिव्य दृष्टि पाकर अर्जुन कूटस्थ में विश्वरूप देखने लगा।कुरु सभा में जो विराट रूप कृष्ण ने दिखाया था, उससे भी अति वृहत्तर रूप अर्जुन देखने लगा। कूटस्थ में अनेक लोग, अनेक चक्षुएं, अनेक आकाश दिखाई देने लगे।कूटस्थ के अतिरिक्त कुछ था भी नहीं।विस्मयापन्न होकर कृताञ्जलि पूर्वक रोमांच के साथ अर्जुन ने कहा, 'हे देव! तुम्हारे शरीर में ब्रह्मा, महेश, विष्णु, ऋषिगण, पक्षीगण को देख रहा हूँ। अनेक हाथ, अनेक उदर, अनेक मुख, अनेक नेत्र सर्वत्र देख रहा हूँ।जहाँ तक देखना चाहता हूँ, वहाँ तक देख रहा हूँ।किरीटधारी, गदाहस्त, चक्रधारी, दीप्तिशाली तेजपूँज, दुर्दर्शनीय, अग्नि और सूर्य समान द्युतिमान अप्रमेय तुमको देख रहा हूँ।तुम्ही तो कूटस्थ अक्षर हो, प्रभो! यद्यपि तुम उत्पत्ति, स्थिति और विनाश रहित हो, तथापि सारे देवगण डरकर तेरे शरणापन्न हो रहे हैं।सब कोई विस्मित और अचम्भित हैं। तुम्हारा महद् कूटस्थ रूप देखकर मेरा मन भय से विचलित हो रहा है।हे देव! प्रकृष्ट रूप से अब शांत हो जाओ।'

विश्व रूप दर्शन करते-करते प्रकम्पित अर्जुन ठीक-ठीक समझ ही नहीं पाया कि यह सब क्या हो रहा है और ये जो उग्ररूपधारी दिखायी पड़ रहे हैं, ये हैं कौन? भीष्म, द्रोण, कर्ण और बड़े-बड़े योद्धा तथा धृतराष्ट्र के सभी पुत्र सबके सब विराट मुख के भीतर भासते हुए प्रविष्ट हो रहे हैं।जैसे नदियाँ समुद्र में गिरती रहती है, वैसे ही वीरगण मरने के लिए इन मुखों में प्रवेश कर रहे हैं।सभी इन मुखों में जाकर भस्म होते हुए मरते जा रहे हैं।यह सब देखकर प्रकम्पित अर्जुन ने गह्वरित कंठ से पूछा, 'हे उग्ररूपधारी! तुम कौन हो?'

इस पर कृष्ण ने रोमांचित और भयाक्रांत अर्जुन को कहा, 'उग्रकाल रूप मैं हीं हूँ, अर्जुन! तुम भय मत करो! इन सबको तुम नहीं भी मारोगे तो भी ये सब बचने वाले नहीं हैं।अतः तुम युद्ध के लिए खड़े हो जाओ! यश प्राप्त करो! तुमको जो शंका है, उस शंका को मिटाने के लिए देख लो तुम! तुमने अभी-अभी देख भी लिया है कि ये द्रोण, कर्ण इत्यादि सब मेरे द्वारा मारे जा चुके हैं।'

तब अर्जुन गद्गद् होकर और हाथ जोड़कर रुँधे स्वर में बोला, 'सारे सिद्धलोग तुमको नमस्कार कर रहे हैं।तुम कूटस्थ हो! पुराण पुरुष हो! बारम्बार सर्वत्र तुमको नमस्कार।मैंने जो तुमको यादव, सखा इत्यादि संबोधन कर कहा है, वे सब प्रमादवश या स्नेहवश ही कहा है।तुम इसे अन्यथा न लेना।तुम तो इन सबसे परे हो।तुम्हारी उपमा अप्रतिम है, अद्वितीय है, अतुल्यनीय है।प्रसन्न हो जाओ, प्रभु! अब अपने चतुर्भुज रूप का दर्शन कराओ।'

इस पर उग्ररूपधारी कृष्ण ने कहा, 'अर्जुन! जिस रूप को तुम देख रहे हो, तुम्हारे अतिरिक्त पहले किसी ने नहीं देखा है।वेद पढ़ने से, यज्ञ करने से, तपस्या करने से या दान करने से भी यह रूप देखा नहीं जा सकता है।भय मत करो! निर्भय होकर कूटस्थ में देखो!'

अर्जुन ने कूटस्थ में स्वयं ही स्वयं को भी देखा और कहा, 'सोऽहमस्मि' ।

कुछ क्षण के पश्चात कृष्ण ने अपना चतुर्भुज रूप दिखलाते हुए कहा, 'पार्थ! केवल अनन्य भक्ति से आत्मा में मन को अटकाकर यह रूप देखा जा सकता है।'

अनन्य भक्ति वाला अर्जुन जब प्रकृतिस्थ हुआ तब उसको समझ में आ गया कि संन्यास से श्रेष्ठ योग ही है।उसने कृष्ण से पूछा, 'प्रभु! कौन सा योगी श्रेष्ठ होता है?'

इस पर कृष्ण पहले तो मुस्कुराये और फिर बोले, 'जो आत्मा में अटका रहता है, वही श्रेष्ठ योगी है।जो सारे कर्मों को मुझमें समर्पण करके मत्परायण होकर मेरा प्रेमपूर्वक ध्यान करते हुए अनन्य योग द्वारा अर्थात् भक्तियोग द्वारा उपासना करता है, वही श्रेष्ठ योगी है।क्रिया की परावस्था में जो बुद्धि को स्थिर कर पाता है, वही श्रेष्ठ योगी है।पार्थ! अभ्यास करने से यह सब संभव है।अतः तुम फलाकांक्षा रहित होकर क्रिया का अभ्यास करो।योनिमुद्रा की अपेक्षा प्राणायाम करते रहना उत्तम है और इन सबसे भी उत्तम है क्रिया की परावस्था में रहना।क्रिया की परावस्था ही आत्मा है, और उस आत्मा को अभी-अभी तुमने अपने कूटस्थ में देखा भी है।द्वेष-शून्य, दृढ़निश्चयी, प्रेम-भावापन्न, अहंकार-शून्य योगी मेरा भक्त है।जो सर्वदा ब्रह्म में रहता है, कूटस्थ को देखता रहता है, इच्छारहित, फलाकांक्षा शून्य होकर ब्रह्मानन्द में निमग्न रहता है, ऐसे भक्त मुझे अतिशय प्रिय है।'

यह सब सुनकर जब अर्जुन अभिभूत हो गया और कृष्ण यह जान गये कि अर्जुन की अकुलाहट क्रिया-योग को गहराई से जानने के प्रति बढ़ गई है, तब उन्होंने शरीर-शरीरी, क्षेत्र-क्षेत्रज्ञ, देह-आत्मा के विषय में क्षेत्र-क्षेत्रज्ञ विभाग योग का उल्लेख करते हुए कहा, 'कौन्तेय! अंगुष्ठ परिमाण में निर्वात दीपशिखा के समान भ्रूमध्य में जो पुरुष दिखायी देता है, वही ब्रह्म है।आत्मा को ब्रह्म में अर्पण कर देना ही क्रिया की परावस्था की परावस्था है।ब्रह्म समुद्र से बुदबुद की तरह जगत की उत्पत्ति हुई है और उसी ब्रह्म में अन्ततः विलीन हो जाती है।'

प्राण के स्पन्दन से मन स्पन्दित होता है। प्राण के स्थिर होते ही मन भी स्थिर हो जाता है। मन को कूटस्थ में अटकाने पर ही जानकारी मिलती है कि ब्रह्म कूटस्थ स्वरूप है। इसी कूटस्थ में सब कुछ दिखाई देता है। गुरु जो युक्तियाँ बतलाते हैं, उसके द्वारा प्राणायाम, महामुद्रा, योनिमुद्रा इत्यादि करके साधक आत्मज्योति का नित्य दर्शन कर सकता है। क्षेत्र-क्षेत्रज्ञ अर्थात् शरीर और शरीरी की जानकारी कूटस्थ में योनिमुद्रा के द्वारा होती है। इसलिए कृष्ण ने अर्जुन से कहा, 'पार्थ! गुरुवाक्य में विश्वास और श्रद्धा करके भलीभाँति मन लगाकर साधन क्रिया करने पर मन ब्रह्म में अटक जाता है। आत्मा को ब्रह्म में अटकाने का अभ्यास करो!'

इसके बाद कृष्ण ने गुणत्रय विभाग योग को समझाते हुए कहा, 'भरतर्षभ! ब्रह्म, परमात्मा और भगवान् से संबंधित ज्ञान को तत्त्वज्ञान कहा जाता है। ब्रह्म से आत्मा के प्रकृतिस्थ होने पर प्राण देहस्थ होते हैं। तब मन से प्रपंचात्मक सृष्टि होती है। यह देह और ब्रह्माण्ड एक ही नियम के अधीन है। रज अर्थात् इड़ा, तम अर्थात् पिंगला और सत्त्व अर्थात् सुषुम्ना रूपी यन्त्र में रहकर पंचभूत, मन, बुद्धि और अहंकार सहित इस देह में बहत्तर हजार नाड़ियों के साथ कूटस्थ ब्रह्म आबद्ध है।'

कृष्ण ने अध्यात्म के रहस्य को समझाते हुए आगे कहा, 'कुरुनन्दन! क्रिया की परावस्था में सत्, रज, तम के अतीत होते ही उमा रूपी इसी देह में शंकर प्रकट हो जाते हैं।'

यह सुनकर अर्जुन को हिमालय के मदरांचल की शुद्ध भूमि पर शंकर के दर्शन होने का स्मरण हो गया। उसे यह भी स्मरण हो गया कि कैसे क्रियायोग करने से सत्, रज, तम के अतीत होते ही अन्यान्य देवताओं से उसे दिव्यास्त्र मिला है। तभी कृष्ण ने मुस्कुराते हुए कहा, 'पार्थ! क्रमशः तम, रज और सत् के परे सूर्य नाड़ी और चन्द्र नाड़ी के मध्य ब्रह्मनाड़ी में प्रवेश करने पर परमधाम की प्राप्ति होती है। कूटस्थ के परे शिव है।'

कृष्ण बार-बार कौरव सेना की ओर देखते रहे। वे पुरुषोत्तम योग,

दैवासुर सम्पद्वि विभाग योग, श्रद्धात्रय विभाग योग और मोक्ष संन्यास योग की चर्चा करते हुए बोले, 'अश्वत्थ वृक्ष रूपी संसार की जड़ ऊपर और शाखा, पत्ते इत्यादि नीचे है।इस प्रकार के रहस्य को जो जान लेता है, मानो उसने वेद को जान लिया।'

यह सब युक्तियाँ वेद में उत्कीर्ण है।वेद के निदिध्यासन करने से सब कुछ समझ में आ जाता है।इसी तथ्य को समझाते हुए कृष्ण ने कहा, 'पार्थ! सुख-दुःख की इच्छा से रहित होकर क्रिया की परावस्था में आठों प्रहर रहने से जहाँ सूर्य, चन्द्र और अग्नि की रश्मि नहीं रहने पर भी ज्योतिर्मय रहता है, वही मेरा परमधाम है।'

अर्जुन को पुनः स्मरण हो आया कि कैसे हिमालय के भृंगतुंग में क्रिया योग के योनिमुद्रा करने से वह ज्योतिर्मय धाम में पहुँच गया था, जहाँ सूर्य, चन्द्र और अग्नि की रश्मि नहीं रहने पर भी अनेक ज्योतिर्मय धाम थे।कृष्ण ने आगे कहा, 'अर्जुन! आत्मा में रहकर कूटस्थ में रहना, अक्षर है, अविनाशी है।जिसकी स्थिति त्रिकूट में नहीं रहकर अन्यत्र है, वह क्षर है, नाशवान है।पार्थ! कूटस्थ में देखते-देखते परमात्मा का दर्शन हो जाता है।'

यह सब सुनकर अर्जुन को विराट रूप दर्शन के रहस्य को समझना सहज हो गया।तब कृष्ण ने कहा, 'पार्थ! जो कोई मेरा भजन मन लगाकर करता है, वह सुषुम्ना में रहकर सब कुछ देख पाता है।वह सदैव ब्रह्म में रहता है।तब मैं हूँ, यह भी बोध नहीं रहता है।जब मैं भी नहीं, तब इच्छा करेगा कौन? और कौन दिखेगा? संक्षेप में यही समझ लो, पार्थ! जो कूटस्थ में नहीं रहता है, वह अधम है।धृति, बुद्धि, श्रद्धा, तप, दान, यज्ञ, आहार, त्याग, कर्म, कर्त्ता, सुख इत्यादि सात्विकी, राजसी और तामसी होते हैं।जगत का कोई भी वस्तु या प्राणी इन तीनों गुणों से मुक्त नहीं है।इन्हीं त्रिगुणों के अतीत होने के लिए मन को आत्मा में अटका दो। तत् सत् अर्थात् ॐकार स्वरूप शरीर, तत् अर्थात् कूटस्थ, सत् अर्थात् ब्रह्म।अतः क्रिया करना कर्म है और नहीं करना अधर्म है।'

अब अर्जुन धर्म का वास्तविक सिद्धांत समझ गया। वह यह भी समझ गया कि अप्रार्थित युद्ध नहीं करना अकर्म है और अधर्म भी। इसी को स्पष्ट करते हुए कृष्ण ने कहा, 'अर्जुन! प्राण क्रिया ही मानव का सहज कर्म है। विषय में आसक्ति न कर आत्मा के द्वारा क्रिया रूपी युद्ध करके आत्मा को जीत लेना चाहिए। आत्मा में अपने आप स्थिर रहने का नाम है ब्रह्म में अटके रहना। जीवन का समस्त कार्य करते हुए मेरे आश्रय में रहकर अर्थात् आत्मा में रहकर जो क्रिया करता है, वह ब्रह्मपद प्राप्त कर लेता है। मै युद्ध नहीं करुँगा, काई संघर्ष नहीं करुँगा, कोई क्रिया नहीं करुँगा, यह विचार, यह सोच, यह समझ तुम्हारी निरामिथ्या है, निरर्थक है, निष्प्रभावी है। पार्थ! तुम्हारी रजोगुण प्रकृति तुमको थोपे गये युद्ध में ढ़केल देगी, यह जान लो तुम।'

अर्जुन को सोचते हुए देखकर कृष्ण ने उसकी ओर से अपनी दृष्टि हटा ली। कुछ रुककर उन्होंने अर्जुन का ध्यान अपनी ओर आकर्षित करते हुए कहा, 'पार्थ! मैंने गुह्य से भी गुह्यतम ज्ञान तुझे बतलाया है। अब तुम्हारी जो इच्छा हो, वही करो। कर्म करो या कर्म से पलायन करो!' यह कहकर उत्तेजना में उन्होंने घोड़ों की वल्गाएं हाथ में लेकर आगे बढ़ने के प्रयास में एक बार फिर पीछे मुड़कर अर्जुन पर हो रही प्रतिक्रिया को देखने लगे।

उन्होंने अर्जुन के रथ का सारथ्य करते हुए कुछ क्षण के बाद प्रेमातुर स्वर में कहा, 'पार्थ! चूँकि तुम मेरे इष्ट सखा हो, अतः पुनः कहता हूँ तुम मुझमें ही मन रखो! मेरा ही भजन करो!! मैं प्रतिज्ञा करके कहता हूँ कि तुम मेरे ही हो जाओगे। मैं तुम्हें सब पापों से मुक्त कर दूँगा।'

कृष्ण ने जैसे ही कहा कि तुम मेरे ही हो जाओगे, अर्जुन यह सुनकर गद्‌गद् हो गया। कृष्ण ने फिर कहा, 'पार्थ! जो अनिष्टकारी मुझ पर दोषारोपण करता है, आक्षेप लगाता है, उसको यह ज्ञान मत बतलाना। जो भी इस क्रियायोग सिद्धांत का अनुसरण करेगा या मेरे भक्तों को इसे समझाते हुए व्याख्या करेगा, वह मेरा हो जायेगा। यह साधन क्रिया करने

वाला मेरा प्रिय होगा। उसका कल्याण होगा। उसका अज्ञान नष्ट हो जायेगा। वह मुझे प्राप्त कर लेगा।'

य इमं परमं गुह्यं मद्भक्तेष्वभिधास्यति।
भक्तिं मयि परां कृत्वा मामेवैष्यत्यसंशयः।।

अर्जुन पर हो रही प्रतिक्रिया को समझना उतना सरल नहीं था। कभी कौरव सेना की ओर और कभी अर्जुन की ओर देखते हुए कृष्ण ने पूछा, 'पार्थ! अब तुम कहो, क्या तुम्हारा अज्ञान नष्ट हुआ? बोलो, अर्जुन!'

अर्जुन की आँखें खुल गई। वह मुस्कुरा उठा। वह प्रफुल्लित और उत्फुल्ल होकर कहा, 'हाँ, प्रभु! मेरा संदेह दूर हो गया। जो भी आप कहेंगे, मैं वही करुँगा।'

अर्जुन ने जैसे ही यह कहा, कृष्ण ने पांचजन्य शंख बजाकर युद्ध प्रेरक ध्वनि निकाली। अर्जुन के देवदत्त शंख ने भी स्वर में स्वर मिलाकर पांचजन्य शंख का अनुसरण किया। उस समय दोनों शंखों की प्रखर ध्वनि इतनी प्रणव धुन सम्पन्न थी कि अश्व अपने-अपने कान खड़े कर हिनहिनाने लगे, हाथी अपनी सूँड़ को उठाकर रोमहर्षक चिंघाड़ करने लगे और उष्ट्र गरदन उठाये अपने नथुने फड़काकर युद्धगंध टोहने लगे।

अकस्मात टस-से-मस न हो रही दोनों ओर की सेनाओं में हलचल होने लगी, मानो गहरी नींद से सभी योद्धा जाग गये हों। रणवाद्य, जयघोष, हाथियों की चिंघाड़, घोड़ों की हिनहिनाहट, धनुष के प्रत्यंचों की टंकार, रथ चक्रों की घरघराहट और अस्त्र-शस्त्रों की झंकार से निकली मिश्रित उत्क्रोश ध्वनि कोलाहलपूर्ण हो गई। आक्रमण! आरोह!! इत्यादि शब्द सुनायी देने लगे।

**

क्रौर्य और शौर्य को नियंत्रण में रख पाना बहुत ही कठिन हो गया। कौरवों की ओर से भीष्म और पाण्डवों की ओर से भीम के नेतृत्व

में युद्ध होने लगा। भीष्म ने अर्धरथी कहकर कर्ण को दस दिनों तक युद्ध से बचाये रखा। वे जानते थे कि कर्ण राधेय नहीं कौन्तेय है।

भीष्म के रथ में नीली ध्वजा पर स्वर्णमय पाँच मण्डल वाला ताड़ का चिह्न था। अर्जुन क्रौंचारुण व्यूह की रचना कर दूर से ही नीली ध्वजा को देखते हुए भीष्म पर टूट पड़ा। गदाओं की ठनठनाहट, खड्गों की खनखनाहट, गजघंटों की टनटनाहट, अश्वों की हिनहिनाहट से अंतरिक्ष गूँज उठा। अब तो हाथियों के कटे सूँड़, रथों की कटी ध्वजा, योद्धाओं के कटे पैर, सैनिकों के कटे सिर, चूर-चूर हो गये रथों, क्षत-विक्षत अनेकानेक शरीरों और रक्त की नदियों से रणभूमि इतना पट गया कि युद्ध के दूसरे दिन थोड़ा दक्षिण हटकर युद्धभूमि में दोनों ओर के सैनिकों को युद्ध करना पड़ा। युद्ध के दूसरे दिन सूर्योदय होते ही द्रोण के साथ हो रहे युद्ध में अर्जुन का पराक्रम देख कोलाहल मच गया। न भीष्म और न द्रोण का ही वध हो पाया। तीसरे दिन गरुड़ व्यूह की रचना कर भीष्म आगे बढ़ते गये। वे अपने गंगनाभ शंख फूँककर पश्चिमी विक्षोभ से उत्पन्न वृष्टि जल की भाँति बाणों की वर्षा करते रहे। पाण्डवों के सैनिकों का विध्वंस करते हुए उन्होंने कुरुक्षेत्र में हाहाकार मचा डाला। अर्जुन अब भी माया-मोह में पड़कर भीष्म का वध करने से कतराता रहा। कृष्ण सब देखते रहे। पाण्डवों की सेना को रणभूमि से भागते देख कृष्ण ने रथ के घोड़ों की वल्गाएं खींचकर मण्डलाकार घुमाते हुए अर्जुन को कहा, 'पार्थ! इस तरह युद्ध करने से काम नहीं चलेगा। प्रचण्ड प्रहार करो। ऐसे कतराने से तो तुम अपने प्राण से ही हाथ धो बैठोगे।'

अगले दिन रणभूमि में आते ही भीष्म ने प्रतिज्ञा कर रखी, 'आज रणभूमि में पार्थसारथी को अस्त्र उठाने के लिए विवश न कर दूँ तो गंगा पुत्र न कहाऊँ।'

कृष्ण यह जानकर मुस्कुरा उठे। उन्होंने भीष्म की ओर देखते हुए अर्जुन के वृषभ कंधे पर हाथ रखकर कहा, 'पार्थ! लगता है तुम गंगापुत्र के बाणों से भयाक्रांत हो उठे हो। भय पराजय को प्रश्रय देता है।'

'नहीं, केशव! कथमपि नहीं।मैं निर्भय होकर और पूरी शक्ति लगाकर युद्ध कर रहा हूँ।'

'तो फिर अब तक किसी महान योद्धा का वध क्यों नहीं हो पाया है? पार्थ!' कृष्ण यह पूछकर रथ को भीष्म के आगे ले गये।

अर्जुन की निष्क्रियता को देखकर कृष्ण को चिन्ता होने लगी।वे बोले, पार्थ! यह युद्ध मात्र नारी अवमानना करने वालों को दण्डित करने के लिए नहीं है और न ही कौरव-पाण्डवों के राज्याधिकार के लिए।मात्र कुछ दुष्टों के निर्दलन के लिए भी नहीं है।यह युद्ध है, धर्म रूपी न्याय की पुनर्स्थापना के लिए।यह सदैव स्मरण रखना।'

कृष्ण रथ को शीघ्रतापूर्वक और त्वरित गति से मण्डलाकार घुमाते हुए भीष्म के बाणों को विफल करते रहे।अचानक अर्जुन पूरी तरह से शत्रुओं से घिर गया।कुछ ही क्षण में वह भीष्म के बाणों के प्रहार से अचेत हो गया।अर्जुन के प्राण संकट में पड़ गये।कृष्ण ने जो कहा, वही होने लगा।वे इस स्थिति को सहन नहीं कर पाये।वे अति उतावले हो गये।वे इतने उतावले भी हो जायेंगे, यह कोई सोच भी नहीं सकता था।अकस्मात वे घोड़ों की वल्गाएं और हाथ के प्रतोद को छोड़कर रथ से स्वयं नीचे कूद पड़े।फिर हाथ में टूटे रथ का पहिया लेकर भीष्म की ओर दौड़ पड़े। पहिया सूर्य के समान जाज्वल्यमान हो उठा, मानो वज्र के सदृश अमोघ हो।जब वे भीष्म की ओर झपट पड़े तो पृथ्वी काँपने लगी।उन्हें क्रोध में भरा देख कोरवों में हाहाकार मच गया।कौरवों की सेना भागो! भागो!! कह कर इधर-उधर बिखरने लगी।परन्तु भीष्म को भय नहीं हुआ।माथे पर के प्रस्वेद कणों को पोंछकर वे धनुष की टंकार करते हुए विजयी मुस्कान करने लगे।उनके हँसने से ऐसा लगा कि उनकी शुभ्र धवल दाढ़ी और श्वेत दन्तपंक्तियाँ मानो हिमालय ही सूर्य किरणों से आलोकित होकर झिलमिला रही हों।वे गंगनाभ शंख फूँककर बोले, 'आइए! आइए, प्रभु!! आइए, जगदीश्वर!!! आज मेरी जीत हो गई।मैं आपको नमस्कार करता हूँ।हे चक्रधारी माधव! प्रणिपाद्। मुझे आज रथ से निश्चय ही मार गिराइए।'

तभी दुर्योधन ने हाथी पर के अम्मारी से चिल्लाकर कहा, 'पितामह! कृष्ण ने आज अपना वचन तोड़ डाला है।मेरे ही समक्ष वचन दिया है इसने।'

'नहीं, दुर्योधन! ऐसा नहीं सोचो।इन्हें पहचानने में तुम बार-बार भ्रमित हो जाते हो।इन्होंने मेरी प्रतिज्ञा पूर्ण करने के लिए अपना वचन तोड़ा है।'

भीष्म ने कृष्ण की ओर मुड़कर नमस्कार मुद्रा में कहा, 'वासुदेव! भक्त के लिए भगवान् अपना वचन तोड़ डालते हैं, यह तो मैंने सुना था, किन्तु आज मैं प्रत्यक्ष देख कर अभिभूत हो गया हूँ।आपके हाथों यदि मैं मारा गया तो इहलोक और उहलोक दोनों में मेरा कल्याण हो जायेगा।प्रभु! स्वयं मुझे मारने आकर आपने तीनों लोक में मेरा गौरव बढ़ा दिया है।'

तभी अर्जुन की चेतना लौट आयी।रथ पर केशव नहीं! कहाँ गये? वह चौंककर इधर-उधर देखा और रथ से उतरकर घायल अवस्था में भी कृष्ण के पीछे लड़खड़ाते दौड़ा।निकट जाकर उसने उनकी दोनों बाँहें पकड़ ली और कहा, 'केशव! शांत हो जाइए।आप अपना वचन न तोड़ें।मैं हूँ न!'

अर्जुन के रोके भी कृष्ण रुके नहीं।तब उसने उनकी बाँह छोड़कर उनके चरणों को पकड़ लिया।उनके दसवें कदम पहुँचते-पहुँचते हाथ जोड़कर उन्हें प्रणाम करते हुए अर्जुन ने अनुनयपूर्ण स्वर एवं प्रार्थीभाव से कहा, 'केशव! अपना क्रोध शांत कीजिए।मैं शपथ खाकर कहता हूँ कि युद्ध में अब और ढ़िलाई नहीं करुँगा।कोई अवहेलना भी नहीं करुँगा।विपक्षी सेना को नष्ट करने में कोताही नहीं करुँगा।यहाँ तक कि हनिष्यामि पितामह।'

अर्जुन ने जैसे ही कहा हनिष्यामि पितामह, कृष्ण यह प्रतिज्ञा सुनकर प्रसन्न हो गये।उन्हें अर्जुन के वचन की परख थी।वे प्रमुदित होकर रथ पर बैठ गये।घोड़ों की वल्गाएं और प्रतोद को हाथ में लेकर सारथ्य करने

लगे। अब तो रक्त की नदी बहने लगी।कौरव सेना के प्रमुख वीरों का नाश होने लगा।अगले दिन अर्जुन, भीम और अभिमन्यु की बराबरी कोई नहीं कर पाया।

अर्जुन का पराक्रम और पुरुषार्थ देखकर दुर्योधन भयभीत हो गया।उसके रथ की ध्वजा में स्वर्णमय हाथी का चिह्न था।उसने भयाक्रांत होकर गंगौध रथ के निकट गया और भीष्म पर दोषारोपण मढ़ते हुए कहा, 'पितामह! युद्ध के प्रकार्य को देखकर तो यही लगता है कि आप अर्जुन का वध करना नहीं चाहते हैं।यदि यही बात थी तो युद्ध करने से पहले ही बता दिया होता।'

असफल व्यक्ति अपनी त्रुटियों को सुधारने के बदले आप्तजनों पर ही आक्षेप लगाने लगता है।भीष्म यह आरोप सुनकर स्तब्ध रह गये।उन्होंने क्षुब्ध होकर विचलित, विभ्रमित और विमूढ़ दुर्योधन से कहा, 'आक्षेप मत लगाओ, दुर्योधन! अर्जुन का पराक्रम देखकर तुम भयाक्रांत हो रहे हो।अरे! मैंने परशुराम मुनि, ऋषि मार्कण्डेय, महर्षि व्यास, देवर्षि नारद इत्यादि से सुना है कि जहाँ धर्म है, वहीं कृष्ण हैं।जहाँ कृष्ण हैं, वहीं जय है।नर अर्जुन है और नारायण कृष्ण।तीनों लोक में शंकर को छोड़कर ऐसा कोई नहीं है, जो अर्जुन को पराजित कर सके।'

दुर्योधन अपने रथ पर से ही तुनक कर बोला, 'लगता है आप भी अर्जुन से भयभीत हो गये हैं।पराजित होने के लिए युद्ध नहीं किया जाता है, पितामह!'

पितामह ने प्रक्षुब्ध होकर अपना माथा ठोक लिया और झुँझलाकर बोले, 'रणभूमि में इस तरह की चर्चा कर तुम स्वयं सैनिकों को हतोत्साहित कर रहे हो, दुर्योधन! मैंने तो युद्ध के पहले ही बार-बार तुझे समझाया कि युद्ध मत करो, पाण्डवों से समझौता कर लो।परन्तु तुम तो किसी की बात सुनते ही नहीं हो।'

कुछ क्षण रुककर भीष्म ने खिन्न मुद्रा में कहा, 'मै तो अपने पराक्रम के बल पर पूरा पुरुषार्थ लगा रहा हूँ, किन्तु होगा तो वही जो प्रारब्ध है।'

'फिर प्रारब्ध! पुरुषार्थ क्यों नहीं?' यह कहकर दुर्योधन क्रोध में भरकर देखने लगा भीष्म की ओर।

दुर्योधन से प्रक्षुब्ध भीष्म प्रतिदिन युद्धभूमि में थोड़ा दक्षिण खिसकते-खिसकते व्यूह परिवर्तित करते रहे। कभी मानव व्यूह, कभी देव व्यूह, कभी गन्धर्व व्यूह, कभी आसुर व्यूह, कभी क्रौंच व्यूह इत्यादि का निर्माण कर पाण्डव सेना का संहार करते रहे। भीम, घटोत्कच, इड़ावान, अभिमन्यु इत्यादि ने कौरवों के एक अक्षोहिणी सेना को धराशायी कर डाला। तभी भीष्म के आते ही प्रलय मचा देने वाला घनघोर युद्ध होने लगा। सामने अभिमन्यु आ गया। भीष्म के प्रहार को जब उसने निरस्त्र कर दिया, तब भीष्म ने कहा, 'जय हो अर्जुन पुत्र अभिमन्यु! धन्य है तेरा पराक्रम!! भीष्म के प्रहार को निरस्त्र कर देने का पराक्रम अर्जुन या अर्जुन पुत्र में ही हो सकता है।'

युद्ध के सातवें दिन धृतराष्ट्र के आठ पुत्रों को भीम ने मार डाला। अर्जुन पुत्र इड़ावान ने कौरव के सहस्त्रों सैनिकों को मार गिराया। वह नागकन्या उलूपी का पुत्र अन्ततः आठवें दिन युद्ध करते हुए मारा गया। युद्ध के नववें दिन भी जब कुछ निर्णय नहीं हो पाया तो दुर्योधन सदैव की भाँति भीष्म पर आक्षेप लगाता रहा। दोषारोपण से खिन्न होकर भीष्म ने प्रतिज्ञा कर डाली, 'कल पृथ्वी को निष्पाण्डव न कर डालूँ तो रणभूमि में अपने देह को ही रणयज्ञ के लिए अर्पित कर दूँगा।'

कृष्ण यह जान गये। उन्होंने युक्ति निकाली। युद्ध के नववें दिन की आधी रात को पाण्डवों के शिविर में उन्होंने अनुच्च स्वर में द्रौपदी को पुकारा, 'सखी! कहाँ हो?'

कृष्ण के स्वर में घरघराहट और घबराहट भाँपकर द्रौपदी अपने शिविर से बाहर आ गई और उसने कृष्ण के निकट आकर अनुच्च स्वर में पूछा, 'क्या बात है? सखा! ऐसी घबराहट क्यों?'

'मेरे साथ चलो, सखी! अन्यथा अनर्थ हो जायेगा।' यह कहकर वे इधर-उधर देखने लगे मानो काई कुछ सुन तो नहीं रहा है।

द्रौपदी ने पूछा, 'कहाँ?'

'अभी यह मत पूछो।' कृष्ण यह कहते हुए द्रौपदी के बाँयें हाथ को पकड़ कर चलने लगे।

द्रौपदी अकचका गई।वह बोली, 'अकेली! आधी रात को?'

हाँ, सखी! अभी, आधी रात को ही।घबराओ नहीं।मैं हूँ न।' इतना कहकर वे द्रौपदी के साथ कौरवों के शिविर की ओर चल पड़े।

रणभूमि में झींगुरों की ध्वनि गूँज रही थी।जहाँ-तहाँ जुगनू की चमक हो रही थी।वहाँ छावनी में तैनात कौरवों के सैनिक यहाँ-वहाँ आ जा रहे थे।घायल सैनिकों का उपचार चल रहा था।सैनिकों की दृष्टि से बचते हुए भीष्म के शिविर के निकट वे द्रौपदी के संग पहुँच गये।उन्होंने अनुच्च स्वर में द्रौपदी से कहा, 'सखी! अपनी पादुका यहीं उतार लो, कहीं कोई पदचाप सुन न ले।'

द्रौपदी ने विवश होकर अपनी दोनों पादुकाएं वहीं खोल दी।जाती हुई द्रौपदी को कृष्ण ने हस्त संकेत कर धीरे से कहा, 'पितामह का यही शिविर है।वे अभी सोये नहीं हैं।उनके शिविर में जाकर उन्हें प्रणाम कर लेना।मैं यहीं हूँ।'

कुछ अधिक ही घूंघट डालकर भीष्म के शिविर में द्रौपदी गई और उनके चरणों को छूकर खड़ी हो गई।उसी समय दुर्योधन की पत्नी भानुमती आशिष लेने के लिए भीष्म के शिविर में आने वाली थी।गुप्तचरों से यह सूचना कृष्ण को मिल गई थी।

पलीतों के मन्द-मन्द प्रकाश में कंकणों की खनखनाहट सुनकर भीष्म ने पाण्डवों का वध करने वाले पाँचों बाणों को अलग रखते हुए कहा, 'अखण्ड सौभाग्यवती भव।'

द्रौपदी अपनी घूंघट कुछ हटाकर बोली, 'पितामह! आज ही आपने पृथ्वी को निष्पाण्डव करने की प्रतिज्ञा की है और अभी-अभी मुझे अखण्ड सौभाग्यवती होने का आशीर्वाद भी दे दिया है! दोनों में से कौन असत्य होगा?'

द्रौपदी का मुख देखकर भीष्म अवाक्! वे स्तब्ध होकर बोले, 'तुम! पांचाली! अकेली शत्रु के शिविर में! आधी रात को!!'

उन्होंने मन ही मन सोचा, 'नारी को समझ पाना असंभव है।' फिर प्रकट होकर बोले, 'पांचाली! आज तक तो मुझसे इस भाँति से ऐसा प्रांजल प्रश्न कभी नहीं किया है तुमने? फिर आज कैसे अनहोनी बातें कर ली? यह युक्ति और उक्ति तुम्हें किसने बतायी? निश्चय ही उस माखन चोर की ही यह सोच है!

तभी अपने हाथ में द्रौपदी की पादुकाओं को पीछे छुपाते हुए कृष्ण भी वहाँ पहुँच गये।उनकी नटखट मुस्कान को देखकर भीष्म हँसने लगे।वे हँसते हुए बोले, 'कृष्ण! नारी को अपनी अस्मिता की पहचान दिलाने में आपको जो आनन्द मिलता है, उसे मेरे जैसा आजन्म ब्रह्मचारी कभी नहीं जान पाया।हाँ, वृंदावन की गोपिकाएं अवश्य जानती होगी!'

द्रौपदी यह सुनकर झेंप गई और खड़ी-खड़ी मुस्कुराती हुई भीष्म को निहारती रही।भीष्म ने इंगित कर बतलाया, 'यदि निष्पाण्डव नहीं कर पाऊँगा तो अपने को रणयज्ञ में आहुति ही दे डालूँगा।अर्जुन से कह देना कि मैं स्त्री पर प्रहार नहीं करता हूँ।मात्र ऐसे में ही कल मेरे दोनों वचन सत्य होंगे।'

यह सुनकर द्रौपदी चकरा गई, किन्तु कृष्ण मुस्कुराने लगे।शिविर से बाहर आते ही कृष्ण से द्रौपदी ने अनुच्च स्वर में पूछा, 'सखा! पितामह ने कहा है कि उनके दोनों वचन सत्य होंगे।इसका क्या अर्थ हुआ?'

कृष्ण ने द्रौपदी को समझाते हुए कहा, 'सखी! सीधी सी बात है।शिखण्डी तो शिखण्डिनी ही है।शिखण्डी के आगे ही रणयज्ञ में अपनी आहुति देकर वे पृथ्वी को निष्पाण्डव नहीं कर पायेंगे और तुम्हें दिये गये अपने अखण्ड सौभाग्यवती का आशीर्वाद को वे सत्य कर दिखायेंगे।अब तो यह भी सुनिश्चित हो गया कि पाण्डवों का वध कोई नहीं कर पायेगा और तुम अखण्ड सौभाग्यवती बनी रहोगी।'

पाण्डवों के शिविर में आकर कृष्ण ने अर्जुन से कहा, 'पार्थ!

पितामह के परलोक गमन का समय आ चुका है। नियति का विधान टाला नहीं जा सकता है। केवल तुम ही पितामह को धराशायी कर सकते हो।'

शिखण्डी प्रतिशोध की ज्वाला में दमकने लगा। वर्षों से वह इसी क्षण की प्रतीक्षा में था। युद्ध के दसवें दिन सूर्योदय होते ही जब रणभेरी, मृदंग, नगाड़े इत्यादि बजने लगे तो पाण्डवों के प्रधान सेनापति धृष्टद्युम्न ने अपना यज्ञघोष शंख फूँककर कुरुक्षेत्र को गूंजायमान कर डाला। उसी समय कृष्ण ने पांचजन्य शंख, अर्जुन ने देवदत्त शंख और भीष्म ने गंगनाभ शंख बजाकर रणभूमि को निनादित कर डाला। फिर तो चारों ओर शंख की ध्वनि होने लगी। शिखण्डी को आगे करके पाण्डव सेना युद्ध के लिए निकल पड़ी। भीष्म को सामने देख अर्जुन का हाथ फिर थरथराने लगा। स्पन्दित होने लगा। प्रकम्पित होने लगा। तब कृष्ण ने कहा, 'पार्थ! मन में माया को पनपने न दो। देह से युद्ध करने से कतराओ नहीं, किन्तु मन को निर्लिप्त रखो।'

अर्जुन को उत्साहित और उत्तेजित करने के ध्येय से अतिरथी भीष्म पाण्डव सेना का संहार करते रहे। अचानक अपने सामने शिखण्डी को देखकर भीष्म ने मुस्कुराकर कहा, 'मैं स्त्री पर प्रहार नहीं करता हूँ। मैं तुम्हें अभी भी शिखण्डिनी ही मानता हूँ।'

तब शिखण्डी ने कहा, 'युद्धभूमि में इस तरह की निरर्थक बातें कर मृत्यु के भय से अपने को छुपाना न पराक्रम कहलाता है और न पुरुषार्थ।'

भीष्म ने शिखण्डी की ओर से अन्यमनस्क होकर दूसरी ओर शत्रु संहारिणी अस्त्र के द्वारा पाण्डव सेना का संहार आरम्भ कर दिया। प्रलय मचा देने वाला घनघोर युद्ध में तपता सूर्य भी मलिन पड़ गया। अभी तक ऐसा प्रलयंकारी युद्ध कुरुक्षेत्र में किसी ने नहीं देखा था। अभी भी भीष्म का वध करने में अर्जुन ने निष्क्रियता दिखायी। वह भीष्म का वध करने से कतराता रहा। तब कृष्ण ने नन्दीघोष रथ को भीष्म के गंगौध रथ के आगे लाकर अर्जुन को डाँटते हुए कहा, 'पार्थ! बहुत हो

चुका। सहन करने की भी एक सीमा होती है। ये शान्तनुनन्दन पाण्डव सेना का संहार कर रहे हैं और तुम इनका वध करने से कतरा रहे हो! इनको शीघ्र धराशायी करो।'

अब तो सम्पूर्ण रणक्षेत्र में शतघ्नी, परिध, फरसा, मुगदर, मूसल, प्रास, बाण, शक्ति, तोमर, कम्पन, नाराच, वत्सदन्ती, भुशुण्डी इत्यादि अस्त्र-शस्त्रों से दोनों पक्ष एक दूसरे पर तीव्र प्रहार करने लगे।

तभी भीष्म ने सोचा कि हस्तिनापुर का साम्राज्य अब निश्चय ही पाण्डवों के हाथों में सुरक्षित रह पायेगा। अभी कृष्ण सामने हैं। अन्तकाल में भगवान् के दर्शन हो रहे हैं। कितने सौभाग्य से मुनि का शाप आज वरदान बन कर आ टपका है। अष्ट वसुओं को मुनि की गाय चुराने का शाप लगा था। भीष्म ने जैसे ही यह सोचकर निर्णय लिया, 'कृष्ण के सामने स्वच्छन्द मृत्यु स्वीकार कर लूँ,' वैसे ही मन्द सुगन्ध पवन चलने लगा। वृष्टिजल की फुहारें पड़ने लगीं। देवताओं की दुन्दुभियाँ बज उठी और वसुलोक से भीष्म पर पुष्पों की वर्षा होने लगी। भीष्म ने अपनी माता गंगा को मन ही मन प्रणाम किया।

उसी समय शिखण्डी ने भीष्म की छाती में लगातार नौ बाण मारे, किन्तु भीष्म ने शिखण्डी पर प्रहार नहीं किया। तभी अर्जुन ने भी अगणित बाणों से भीष्म के सारे अंगों को बींध डाला। दुर्योधन अपने रथ पर से सब देखता रहा। वह खीझता रहा, बड़बड़ाता रहा, अपना पैर पटकता रहा। युद्ध के दसवें दिन मार्गशीर्ष माह के कृष्णपक्ष एकादशी उपरान्त द्वादशी तिथि को सूर्यास्त के समय भीष्म रथ पर से नीचे गिर पड़े। शर-सय्या पर योगधारणा का आश्रय लेकर वे प्रणव का अजपा जप करते हुए उत्तरायण काल की प्रतीक्षा करने लगे।

शर-सय्या पर पड़े भीष्म को देखकर अर्जुन रो पड़ा। पितामह का स्नेह उसे स्मरण हो आया। पितामह तो अर्जुन की ओर ही देख रहे थे। उनका मस्तक नीचे लटक रहा था। लोग उत्तम-उत्तम उपधान ले आये। भीष्म उन तूल निर्मित तकियों को पसन्द नहीं कर अर्जुन की ओर

अर्थपूर्ण दृष्टि से देखने लगे। अर्जुन उनकी दृष्टि का तात्पर्य समझ गया। उसने बिछौने के अनुरुप उपधान के लिए गाण्डीव धनुष पर तीन अभिमंत्रित बाणों को रखकर इस तरह चलाया कि भीष्म का लटका हुआ मस्तक ऊँचा उठ गया। दूसरे दिन जब भीष्म को प्यास लगी तो उन्होंने कहा, 'अर्जुन को बुलाओ, प्यास लगी है।'

एक सैनिक ने पाण्डवों के शिविर में जाकर अर्जुन से कहा, 'पितामह आपको बुला रहे हैं, उन्हें प्यास लगी है।'

अर्जुन शीघ्र ही भीष्म के निकट पहुँच गया। वहाँ आकर उसने एक दिव्य बाण अपने तरकश से निकाला और गाण्डीव पर रखने के पश्चात मंत्र से अभिमंत्रित करके उसे पार्जन्य अस्त्र से संयोजित किया। फिर भीष्म की बगल में स्थित भूमि पर उस बाण को मारा। बाण के लगते ही पृथ्वी से अमृत तुल्य मधुर और दिव्य गंधयुक्त शीतल जल की निर्मल धारा निकलने लगी। उस जल को पीकर भीष्म तृप्त हुए।

अर्जुन के बाणों का यह सब चमत्कार देख बड़े-बड़े योद्धा अचम्भित हो गये। कर्ण तो विस्मित होकर अपना माथा झुकाये वहाँ से चला गया। अर्जुन आग्नेय, वारुण, सौम्य, वायव्य, वैष्णव, ऐन्द्र, पाशुपत, ब्रह्म, पारमेष्ठय, प्रजापात्य, धात्र, त्वष्ट्रि, सावित्र, वैवस्वत इत्यादि अस्त्रों को मात्र चलाना ही नहीं उनके उपशमन और प्रत्यावर्तन भी जानता था।

**

शरद् ऋतु के अन्त होते ही शारदीय पुष्पों का खिलना बंद हो गया। हेमन्त ऋतु की पदचाप सर्वत्र सुनायी देने लगी। हेमन्त ऋतु की आगवानी वसंत की आगवानी का सूचक होता है। भीष्म के धराशायी होते ही पाण्डव सेना में उत्साह का संचार होने लगा। पूरब क्षितिज पर सूर्य एक बड़ा सा धधकता हुआ गोला बनकर निकल

आया। रक्तवर्ण का वह गोला उस दिन कुछ अधिक ही बड़ा दिखायी दिया। भीष्म के धराशायी हो जाने के पश्चात युद्ध के ग्यारहवें दिन द्रोण कौरव सेना के प्रधान सेनापति हुए। वे स्वर्णमय कमण्डलु के चिह्नयुक्त ध्वज वाले रथ से युद्ध करने आये। पहली बार उस दिन कर्ण कुरुक्षेत्र के युद्ध में उतरा। उसने अपने जैत्ररथ से रणभूमि में हाहाकार मचाना आरम्भ कर दिया। उसी समय द्रोणाचार्य को सामने देखकर अर्जुन उनका वध करने से कतराने लगा। द्रोण का सामना करने के लिए अर्जुन के अतिरिक्त कोई था ही नहीं। कृष्ण सोच में पड़ गये। उसी दिन त्रयोदशी तिथि को संशप्तकों ने अर्जुन को युद्ध करने के लिए ललकारा। उन सब की ललकार सुनकर अर्जुन ने कहा, 'केशव! इन दुष्ट संशप्तकों का रथ से कृपया पीछा करें। इन सबका वध आवश्यक है।'

कृष्ण ने कहा, 'जैसी तुम्हारी इच्छा।'

उन सबका पीछा करने में कृष्ण और अर्जुन कुरुक्षेत्र से दक्षिण दिशा की ओर बहुत दूर निकल गये। द्रोण ने इसी अवसर पर चक्रव्यूह रच डाला। युधिष्ठिर की चिन्ता बढ़ गई। वे चिन्तातुर होकर बोले, 'अब क्या होगा? अर्जुन के बिना कौन चक्रव्यूह का भेदन करेगा?'

भीम, नकुल, सहदेव, धृष्टद्युम्न इत्यादि को चिन्तित देख सोलह वर्ष की अवस्था वाले सुभद्रानन्दन अभिमन्यु ने कहा, 'चक्रव्यूह का भेदन तो मैं जन्म से ही जानता हूँ, किन्तु....,' यह कहकर वह चुप हो गया।

तभी भीम उत्फुल्ल होकर बोला, 'किन्तु, क्या? अभिमन्यु! बोलो, बोलो। हमें तो बताओ।'

अभिमन्यु विवशता में बोला, 'चक्रव्यूह से लौटने की विधि मैं नहीं जानता हूँ।'

भीम ने अपनी गदा को घुमाते हुए कहा, 'इसकी चिन्ता तुम मत करो, अभिमन्यु! मैं तुम्हारे पीछे-पीछे रहूँगा। अपनी गदा के प्रहार से चक्रव्यूह से तुझे निकाल लूँगा। घटोत्कच, धृष्टद्युम्न, सात्यकि इत्यादि भी साथ में ही रहेंगे।'

युधिष्ठिर ने शंकाकुल होकर पूछा, 'किन्तु तुमने चक्रव्यूह की वेधन प्रक्रिया सीखी कहाँ से?'

इस पर अभिमन्यु ने कहा, 'जब मैं गर्भ में था तो पिता जी चक्रव्यूह वेधन की युक्ति मां को सुना रहे थे। किन्तु चक्रव्यूह से लौटने की युक्ति बताने समय मां सो गयी थी। अतः लौटने की युक्ति मैं नहीं जान पाया।

पाण्डवों ने निर्णय लिया कि अभिमन्यु के नेतृत्व में चक्रव्यूह भेदने के लिए आक्रमण किया जायेगा। युद्ध के ग्यारहवें दिन त्रयोदशी उपरान्त चतुर्दशी तिथि को पाण्डवगण अपने सैनिकों के साथ चक्रव्यूह भेदने के लिए आक्रमण कर बैठे। परन्तु अभिमन्यु को छोड़कर कोई भी योद्धा चक्रव्यूह में प्रवेश नहीं कर पाये। भगवान् शंकर से प्राप्त वरदान के बल पर जयद्रथ ने शेष पाण्डवों को परास्त करते हुए चक्रव्यूह के बाहरी मुख पर ही भीम, घटोत्कच इत्यादि को रोक दिया। द्रौपदी हरण में असफल और अपमानित होने पर जयद्रथ ने शंकर की आराधना की थी। जयद्रथ की तपस्या से प्रसन्न होकर शंकर ने वरदान देते हुए कहा था कि मात्र एक दिन तुम अर्जुन को छोड़कर शेष पाण्डवों को परास्त कर दोगे। वह वरदान आज सत्य हो गया।

चक्रव्यूह में प्रवेश कर अभिमन्यु कौरव सेना का विध्वंस करने लगा। कर्ण का पुत्र भी जब इसी क्रम में मारा गया, तब कर्ण क्रोधित होकर अभिमन्यु का वध करने दौड़ा। युद्ध के सभी नियमों की अवहेलना करते हुए बृहद्बल, कृत, द्रोण, कृपाचार्य, कर्ण, अश्वत्थामा और दुःशासन इन सातों ने मिलकर अकेले पड़ गये निःशस्त्र अभिमन्यु को निर्दयता पूर्वक मार डाला।

सूर्य की प्रदीर्घ किरणें पश्चिमी क्षितिज पर रुक गई। पश्चिमी क्षितिज की रक्तिम किरणें कुरुक्षेत्र के रुधिर से और भी आरक्त हो गई। संशप्तकों को परास्त कर कृष्ण और अर्जुन सन्ध्या में जब अपने शिविर में लौट आये तो पाण्डवों को अपना-अपना माथा झुकाये शोकाकुल देखकर वे दोनों दुःख में डूब गये। अर्जुन का मन विषाद से विचलित हो उठा, किन्तु

कृष्ण का हृदय अनुतापवश विगलित नहीं हुआ। चिन्ता थी तो मात्र यह कि कृष्ण अब अपनी बहन सुभद्रा को क्या उत्तर देंगे! सांत्वना देने के लिए उनके पास शब्दों का कोश ही रिक्त हो गया था। किन्तु दूसरे ही क्षण अभिमन्यु का युद्ध कौशल और तदनुरूप पराक्रम सुनकर उनका मुख मलिन नहीं हुआ, अपितु उनका पौरुष और भी अधिक महिमामय हो गया। जब अर्जुन को यह जानकारी मिली कि सारे विषाद का मूल दोषी जयद्रथ है, तब उसी रात्रि में वह प्रतिज्ञा करते हुए बोला, 'कल सूर्यास्त तक यदि जयद्रथ को न मार डालूँ तो प्रज्वलित अग्नि में प्रवेश कर जाऊँगा।'

एक ही रणभूमि पर अगले दिन लड़ना कठिन होने के कारण प्रतिदिन युद्ध स्थल परिवर्तित होते रहा। युद्ध के बारहवें दिन अमावस्या तिथि को अर्जुन ने जयद्रथ को ढूंढ़ने के क्रम में कौरवों की आठ अक्षोहिणी सेना को मार डाला। उस दिन अर्जुन का रौद्र रुप देखने योग्य था। सरस्वती नदी का श्वेत जल कुछ अधिक ही रक्तमय हो गया। प्राग्ज्योतिषपुर के नरकासुर का पुत्र भगदत्त को अर्जुन ने मार डाला। अवन्ती के विन्द-अनुविन्द का भी वध हो गया। परन्तु जयद्रथ का वध नहीं हो पाया। वह कहीं दिखायी दिया ही नहीं। वह दिखने वाला भी नहीं था। द्रोण ने पद्मगर्भ व्यूह के गुप्त स्थान में सूचीमुख के मध्य कर्णिका के बीच जयद्रथ को छुपा रखा था। सूर्य उस दिन कुछ पहले ही अस्ताचल की ओर बढ़ने लगा। कृष्ण ने अर्जुन से अनुच्च स्वर में कहा, 'पार्थ!'

'हाँ, केशव! आज्ञा करें। क्या करना होगा अब?' अर्जुन घबराते हुए तत्क्षण बोल पड़ा।

'इस समय जयद्रथ को छः महारथियों ने घेर कर सुरक्षित कर रखा है। यदि सूर्य छिप जाये और कौरवों को भ्रम हो जाये कि सन्ध्या हो गई, तभी जयद्रथ उस घेरे से बाहर निकल सकता है, अन्यथा नहीं,' यह कहकर कृष्ण कुछ सोचने लगे।

यह सुनकर अर्जुन सोच में पड़ गया। वह बुदबुदाया, 'आकाश

मेघाच्छन्न भी तो नहीं है! कहीं घटा भी तो नहीं है।कैसे सूर्य छिप पायेगा?'

मार्गशीर्ष माह के कृष्णपक्ष मात्र तेरह दिन का ही हुआ।अचानक अर्जुन को भान हुआ मानो सुदर्शन चक्र ने आकाश में जाकर सूर्य को ढ़क लिया है। सभी ने देखा कि आकाश से सूर्य अदृश्य हो गया है, जैसे सूर्यास्त हो गया हो।कौरव लोग हर्ष प्रकट करते हुए अर्जुन के अग्नि-प्रवेश दृश्य को देखने की उत्कट अभिलाषा में बाहर निकलकर प्रतीक्षा करने लगे।तभी सैनिकों ने सहस्त्रों पलीते जलाकर युद्ध भूमि को प्रकाशित कर डाला।भ्रमवश कौरव लोग जयद्रथ को भी बाहर ले आये।चन्दन काष्ठों के प्रज्वलित अग्नि में अर्जुन जैसे ही गाण्डीव और तरकश सहित प्रवेश करने लगा, कृष्ण ने पहले टोका और फिर कहा, 'पार्थ, ठहरो! रुको, पार्थ! वह देखो सूर्य और वह रहा जयद्रथ।शीघ्र उसका वध करो।वह भागने नहीं पाये।'

सिन्धुराज जयद्रथ आश्चर्यचकित होकर सूर्य को देखने लगा।सूर्य और पृथ्वी के बीच चन्द्रमा के आने पर जब तीनों एक सीध में होते हैं, तब सूर्यग्रहण लगता है।किन्तु ऐसा प्रत्येक माह की अमावस्या को नहीं होता है।चन्द्रमा के अपने अक्ष पर ५ अंश झुका रहने के कारण विशेष स्थिति आने पर किसी-किसी अमावस्या को चन्द्र-छाया अर्थात् राहु के कारण सूर्य ग्रहण लगता है।यह राहु चन्द्रमा की उत्पत्ति के पूर्व स्वरभानु दैत्य कहलाता था।अमावस्या को आप्राह्न में सूर्यग्रहण रहने से सूर्य कुछ क्षण के लिए चन्द्रमा की ओट में छिप गया।कृष्ण ने चिल्लाकर कहा, 'पार्थ! शीघ्र करो।सूर्य अस्ताचलगामी हो रहा है।सन्ध्या के बाद युद्ध करना वर्जित है, इसे स्मरण रखना।'

जयद्रथ को मारने के लिए अर्जुन जैसे ही बाण चलाने लगा, कृष्ण ने समझाते हुए कहा, 'पार्थ! इन्द्र के वज्र के समान प्रचण्ड दिव्यास्त्र को अभिमंत्रित कर त्वरित गति से गाण्डीव पर चढ़ाकर इस प्रकार से छोड़ो कि बाज की तरह बाण जयद्रथ के सिर को काटकर उड़ जाये

और समन्तपंचक क्षेत्र के बाहर सन्ध्योपासना कर रहे इसके पिता वृद्धक्षत्र की गोद में ही जा गिरे।'

तब तक जयद्रथ सचेत होकर भागने लगा।कौरव सेना में कोलाहल मच गया।तभी अर्जुन ने वैसा ही किया जैसा कि कृष्ण ने कहा।वृद्धक्षत्र की गोद में जयद्रथ का मुण्ड जैसे ही गिरा, वह अकचका उठा और चौंकते हुए उस कटे मुण्ड को पृथ्वी पर झटक दिया।पृथ्वी पर मुण्ड के गिरते ही वृद्धक्षत्र के सिर के सहस्त्र टुकड़े हो गये।उसी के द्वारा दिया गया आशीर्वाद उसके लिए ही अभिशाप बन गया।

कृष्ण के कैंङ्कर्य के आगे क्रौर्य भी कांप उठा।उन्होंने युधिष्ठिर से कहा, 'धर्मराज! आपकी उग्र तपस्या, पांचाली की पतिपरायणता और अर्जुन की स्थितप्रज्ञता के प्रभाव से ही जयद्रथ मारा गया।इस दुष्ट को मारना अत्यन्त ही असंभव था।कृष्ण से अपनी प्रशंसा सुनकर युधिष्ठिर का रोम-रोम पुलकित हो उठा।

कृष्ण का रथ चलाना बड़ा अद्‌भुत रहा।वे रथ के घोड़ों की वल्गाएं खींचकर कभी आगे बढ़ाते और कभी अचानक पीछे ले जाते।कभी मण्डलाकार और कभी आगे बढ़ाकर रथ को अचानक झुका लेते या हवा में रथ को उछाल कर त्वरित गति से कहीं दूर निकल जाते।

द्रौपदी पुत्र प्रतिविन्ध्य, सुतसोम, श्रुतकीर्ति, शतनीक और श्रुतसेन पाँच पर्वत श्रेणियों की भाँति एक पंक्ति में कौरवों पर झपट पड़ते।वे सब आगे बढ़ते-बढ़ते अचानक पीछे पलट कर प्रहार करने लगते।इन पाँचों के युक्तिपूर्ण प्रहार से कौरवों के सहस्त्रों सैनिकों का विनाश होते देख दुर्योधन हतप्रभ रह गया।वह खीझता रहा, बड़बड़ाता रहा, पैर पटकता रहा।

भूरिश्रवा ने द्वारका के सात्यकि के दस पुत्रों को मार डाला।सात्यकि का नाम युयुधान भी था।वह द्वारका के सत्यक का पुत्र था।भूरिश्रवा का वध करने के लिए सात्यकि रणभूमि में उसे ढूंढ़ता रहा।उधर घटोत्कच ने अभिमन्यु की मृत्यु के बाद कौरवों का संहार करना अपना

लक्ष्य बना लिया।वह रणभूमि में चिल्ला-चिल्लाकर कहने लगा, 'जिसे अपने प्राण प्यारे लगते हैं, वह मेरे सामने से हट जाये।'

यह सुनकर कर्ण इसे अपने पुरुषार्थ का अपमान समझ बैठा।वह रणभूमि में घटोत्कच के आगे चट्टान की तरह खड़ा हो गया।कौरव सैनिकों का वध होते देख कर्ण को चिन्ता होने लगी।रात्रि में असुरों की शक्ति प्रलय मचा देने वाली हो जाती है।संध्या होने के पूर्व इस असुर का वध आवश्यक है।कौरव के सैनिक अपने-अपने प्राण बचाने के लिए इधर-उधर भागने लगे और चिल्लाकर कहने लगे, 'भागो-भागो, दानवाकार कोई दैत्य आ गया है।'

जब कर्ण के प्राण भी संकट में पड़ गये तो उसने संध्या में इन्द्र से प्राप्त वैजयन्ती शक्ति का प्रयोग घटोत्कच पर कर डाला।वह शक्ति इन्द्र ने कर्ण को कवच-कुण्डल दान कर देने के अवसर पर दिया था।अन्ततः युद्ध के तेरहवें दिन मार्गशीर्ष माह के शुक्ल पक्ष प्रतिपदा तिथि को घटोत्कच मारा गया।उसके देह के नीचे कौरवों के कई सैनिक दबकर मर गये।इन्द्र के दिव्यास्त्र के ऐसे प्रयोग से विषण्ण होकर दुर्योधन ने कर्ण को कहा, 'मित्र! इस वैजयन्ती शक्ति का प्रयोग अर्जुन के लिए करना था।इसे तुमने क्यों व्यर्थ कर दिया?'

'नहीं, राजन्! ऐसा न कहो।यदि इस शक्ति का प्रयोग आज मैं नहीं करता तो घटोत्कच सम्पूर्ण कौरव सेना को ध्वस्त कर डालता और पाण्डवों की जीत आज सुनिश्चित हो जाती।' कर्ण यह कहकर दुर्योधन को प्रबोधन देने लगा, किन्तु दुर्योधन दुःख से विषण्ण होकर खींझता रहा।

घटोत्कच की मृत्यु के पश्चात भीम ने क्रोध में आकर धृतराष्ट्र के इक्कतीस पुत्रों को मार डाला।मृगशिरा की प्रलयंकारी आँधी जैसे आम्रवृक्षों को झकझोर कर आम्र को धरती पर गिरा देती है, उसी प्रकार भीम कौरव सैनिकों को रणभूमि पर गिराने लगा।उसी समय मालवराज के राजा इन्द्रवर्मा के अश्वत्थामा नामक हाथी को भी भीम ने मार

डाला। रणभूमि में घोषणा कर दी गई कि अश्वत्थामा मारा गया। भीम चिल्ला-चिल्लाकर कहने लगा 'अश्वत्थामा मारा गया! अश्वत्थामा मारा गया!!'

द्रोण के पुत्र का नाम था अश्वत्थामा। द्रोण ने व्यथित, विषण्ण और व्याकुल होकर युधिष्ठिर से पूछा, 'युधिष्ठिर! तुम बोलो। तुम सत्यवादी हो। क्या वास्तव में अश्वत्थामा मारा गया?'

युधिष्ठिर ने कहा, 'हाँ, अश्वत्थामा मारा गया, किन्तु नर या कुंजर......।'

अन्तिम शब्द नर या कुंजर कहते-कहते ही जय-जयकार के कोलाहल और शंख की ध्वनि में नर मारा गया या हाथी स्पष्ट नहीं सुना द्रोण ने। विषण्ण होते ही वे सारे अस्त्र-शस्त्रों को फेंककर रथ के पिछले भाग में बैठ गये और ध्यानमग्न हो गये। सारे इन्द्रिय द्वारों को प्रत्याहृत करते हुए मन को भ्रूमध्य में प्राण के साथ स्थापना कर वे योनिमुद्रा करने लगे। विशुद्ध सत्त्व में स्थित होकर एकाक्षर ब्रह्म प्रणव की धारणा करके परमात्मा का वे चिन्तन करने लगे। इसी समय युद्ध के चौदहवें दिन धृष्टद्युम्न ने अपने खड्ग से नब्बे वर्ष की अवस्था वाले द्रोण के सिर को धड़ से अलग कर दिया। यज्ञकुण्ड से सम्भूत धृष्टद्युम्न का अविर्भाव तो द्रोण की मृत्यु के लिए ही हुआ था। राजा द्रुपद प्रमुदित होकर सोचने लगे, 'अब मेरे प्रतिशोध की ज्वाला सदा के लिए समाप्त हो गयी।'

सुना है, प्रतिशोध की ज्वाला समाप्त नहीं होती है, बढ़ती ही जाती है। द्रोणपुत्र अश्वत्थामा को जब द्रोण की हत्या का पता चला तो वह क्रोध में उतावला हो गया। उसके माथे पर जन्म से ही मणि थी, जिसे वह श्वेत पट्टी से बाँध कर ढ़क लेता था। वह क्रोध में आकर नीली ध्वजा पर धनुष के चिह्न वाले रथ पर चढ़कर आया और आते ही नारायणास्त्र का प्रयोग कर डाला। आँधी उठ गई। बिना मेघ के गर्जना होने लगी। पृथ्वी डोलने लगी। समुद्र में ज्वार आ गया। नदियों की धारा परिवर्तित होने लगी। पर्वत टूट-टूटकर गिरने लगे।

आयुध का प्रयोग विकास के लिए भी होता है और विध्वंस के लिए भी। यदि इसका प्रयोग समझ-बूझकर नहीं किया जाय तो यह जनहित में अनिष्टकारी होता है। आयुध यदि दायित्वविहीन लोगों के अधिकार में होगा तो उसके भयंकर परिणाम को कोई टाल नहीं सकता है। कृष्ण ने नारायणास्त्र की विध्वंसकता देखकर सैनिकों से तीव्र स्वर में कहा, 'योद्धाओं! अपने-अपने अस्त्र-शस्त्र नीचे झुका लो। सभी वीरों!! अश्वसाद अपने-अपने घोड़े पर से, गजाति अपने-अपने हाथी पर से और रथी अपने-अपने रथ पर से शीघ्र नीचे उतरकर भूमिष्ठ हो जायें।'

सभी भूमिष्ठ हो गये। कुछ सैनिक भूमिष्ठ तो हो गये किन्तु उन सबमें योद्धाओं की तरह अकड़ अभी भी थी।। अर्जुन ने कहा, 'अकड़कर नहीं, सम्मान देते हुए कृतांजलिबद्ध होकर भूमिष्ठ हो जाओ। इस अस्त्र के उपशमन की यही विधि है।'

सभी योद्धाओं ने वैसा ही किया। नारायणास्त्र का उपशमन हो गया। इसके बाद अर्जुन महर्षि व्यास से मिलने के लिए चला गया। उसने व्यास से मिलकर कहा, 'ऋषिश्रेष्ठ! मुझे मेरी शंका का समाधान नहीं मिल पा रहा है। जब भी मैं युद्ध करता रहता हूँ, मुझे यह भान होता रहता है, मानो जाज्वल्यमान अग्नि के समान एक तेजस्वी पुरुष मेरे आगे-आगे चलकर शत्रुओं का संहार कर रहा हो।'

यह सुनकर महर्षि व्यास मुस्कुराने लगे। उन्होंने कहा, 'अर्जुन! शंकर सम्पूर्ण संसार के स्वामी हैं। उनकी ही आराधना से ये सब उपलब्धियाँ तुझे मिल पायी है।'

**

द्रोण के वध हो जाने के पश्चात युद्ध के पन्द्रहवें दिन कर्ण कौरवों का प्रधान सेनापति बना। सामर्थ्य का पुजारी दुर्योधन यही चाहता था। श्वेत

घोड़े और सर्प चिह्न अंकित ध्वजा वाले जैत्ररथ से युद्धभूमि में आकर कर्ण ने हिरण्यगर्भ शंख फूका और मगराकार व्यूह रच डाला। रणक्षेत्र में सरस्वती नदी की सूख रही धारा दक्षिण की ओर कुछ ढ़ालवाँ था। दलदल भूमि होने के कारण सारथी मद्रराज शल्य ने वहीं रथ ले आया। वह कर्ण के रथ का सारथी बनना नहीं चहता था। वह विवशता में सारथी बना था। वह कटु संभाषण कर कर्ण को हतोत्साहित करने लगा। वह नकुल का मामा था। क्रोध में आकर कर्ण भ्रमित होने लगा। कवच-कुण्डल दान में देकर कर्ण युद्ध में उतर आया था। इन्द्र से प्राप्त वैजयन्ती शक्ति भी अब उसके पास नहीं थी। इन सबके बावजूद युधिष्ठिर उससे भयभीत थे।

अगले दिन सुबह में युधिष्ठिर जब कर्ण के सामने युद्ध करने आये तो कर्ण ने बुरी तरह से उन्हें घायल कर दिया। भय असफलता को प्रश्रय देता है। भयाक्रांत युधिष्ठिर घायल होकर हतोत्साहित हो गये। कर्ण ने कुन्ती को वचन दिया था कि वह अर्जुन को छोड़कर उसके किसी भी पुत्र को नहीं मारेगा। आज उसने युधिष्ठिर का वध नहीं किया, अपितु बुरी तरह घायल कर छोड़ दिया। कर्ण के बाणों के आघात से लथपथ युधिष्ठिर अपने शिविर में उपचार कराने चले आये। कृष्ण को जब इसकी जानकारी मिली तो घायल युधिष्ठिर को देखने वे अर्जुन के साथ शिविर में आये। अकेले भीम ने युद्ध में मोरचा संभाले रखा। उस दिन भीम ने अद्‌भुत पराक्रम, अद्‌भुत वीरता और अद्‌भुत पौरुष का परिचय दिया। उसकी दमित आकांक्षा उसदिन विकराल बनकर उभर आयी।

कृष्ण और अर्जुन की देहभाषा से युधिष्ठिर को लगा मानो कर्ण मारा गया है। देह भाषा को शब्दों की आवश्यकता नहीं होती है। परन्तु उस निःशब्द भाषा को समझना थोड़ा कठिन होता है। वे यह सोचकर घायल अवस्था में भी प्रसन्न हो गये। परन्तु जब उन्हें यह पता चला कि कर्ण अभी भी जीवित है तो उन्हें बहुत दुःख हुआ। विषण्ण होकर उन्होंने कहा, 'अर्जुन! जब तुम सात दिन के थे, तब ऋषियों से मैंने सुना था

कि समस्त शत्रुओं पर यह बालक विजय पायेगा। शतश्रृंग पर्वत पर सुनी वह भविष्यवाणी अब असत्य लग रही है। धिक्कार है तुम्हारे इस गाण्डीव को। किसी वीर को अपना गाण्डीव धनुष दे दो।'

इतना सुनते ही क्रोध में आकर अर्जुन खड्ग से युधिष्ठिर का वध करने दौड़ा। गाण्डीव के विषय में अपमानजनक शब्द कहने वालों का वध कर देने की प्रतिज्ञा अर्जुन ने कर रखी थी। कृष्ण ने उसे रोका और टोका। उन्होंने अर्जुन से कहा, 'कुन्तीनन्दन, ठहरो! रुको, पार्थ! तुम धर्म और अधर्म की गहराई का अवकलन नहीं कर पा रहे हो। युधिष्ठिर पूज्य हैं। तुम्हारे अग्रज हैं। यदि गाण्डीव के विषय में अपमानजनक शब्दों का प्रयोग इन्होंने किया है तो इनका वध करने के बदले अपनी प्रतिज्ञा पूर्ण करने के लिए और भी बहुत तरह के उपाय हैं। ये संबोधनार्थ 'आप' कहने योग्य हैं। यदि 'तुम' कहकर इन्हें संबोधन कर दोगे तो यह संबोधन इनका वध कर देने के समान ही होगा।'

अब अर्जुन शांत हुआ। वह युधिष्ठिर को 'आप' कहने के स्थान पर 'तुम' संबोधन कर दिया। किन्तु वह शीघ्र ही पश्चाताप करने लगा कि ज्येष्ठ भ्राता का उसने अनादर किया है। उसने पुनः खड्ग उठा लिया। कृष्ण ने पूछा, 'अब क्या हुआ? खड्ग क्यों फिर उठा लिया?'

तब अर्जुन ने कहा, 'माधव! मैंने क्रोध और उतावलेपन में आकर शौर्य का अपमान किया है। मर्यादा का अपमान किया है। ऐसा तो शौर्य का नहीं, क्रौर्य का स्वभाव होता है। मैंने धर्म का अनादर किया है। धिक्कार है मुझे। उफ! अपने इस देह को ही अभी मैं नष्ट कर डालता हूँ।'

कृष्ण ने अर्जुन को फिर समझाया, 'रुको, पार्थ! रुको! धर्म को समझना और मर्यादा की व्याख्या करना इतना सहज नहीं है। यह देह ज्ञान प्राप्ति का साधन है। इसे यों ही नष्ट नहीं करना चाहिए। देवगण भी देह प्राप्ति की कामना करते रहते हैं। अपने मुख से अपना गुणगान तुम स्वयं कर डालो। बस यह आत्महत्या के ही समान हो जायेगा।'

तब अर्जुन आत्मप्रशंसा करते हुए बोला, 'पिनाकधारी शंकर के अतिरिक्त दूसरा कोई भी मेरे समान धनुर्धर इस संसार में नहीं है।'

कुछ क्षण के पश्चात अर्जुन ने हाथ जोड़कर युधिष्ठिर से कहा, 'भ्राताश्रेष्ठ! मैंने अभी जो भी उच्छृंगखलताएं की है, उस मर्यादाहीन व्यवहार के लिए मुझे क्षमा कीजिए।'

युधिष्ठिर ने अह्लाद जताते हुए कहा, 'अर्जुन! तुमसे अमर्यादित व्यवहार हो ही नहीं सकता है।अपनी प्रतिज्ञा निभाने के लिए ही तुमने ऐसा किया है।'

अर्जुन के चरणों में रथ और ध्वजा के चिह्न थे।उसके एक हाथ में बाण और दूसरे हाथ में बाण सहित धनुष के चिह्न स्पष्ट दिखाई देते थे।इसी के आधार पर ऋषियों ने कहा था कि यह त्रिबार दिग्विजयी होगा।

युद्ध में कर्ण की थकान को बढ़ाने के लिए और उसे श्रांत करने के लिए कृष्ण घायल युधिष्ठिर को देखने का बहाना ढूंढकर अर्जुन को शिविर में ले आये थे।आप्राह्न होने जा रहा था।कर्ण का वध आवश्यक था।कृष्ण ने कहा, 'पार्थ! कर्ण का वध सिर्फ तुम ही कर सकते हो, दूसरा कोई नहीं।वह युद्ध करते-करते श्रांत हो चुका है।आज ही उस क्रूर को मारकर अपना मनोरथ पूर्ण करो।'

अर्जुन ने तत्क्षण कहा, 'हाँ, माधव! मेरी भी यही अभिलाषा है।'

अर्जुन के देह का गठन सिंह के समान ऐंठनदार था।वह अग्नि के समान तेजस्वी और वायु के समान वेगवान था।उसके मुकुट में सर्प के सदृश मणि थी। गाण्डीव धनुष के दण्ड में चन्द्रमा और तारों के चिह्न होने से उसके हाथ बाण चलाने से आये प्रस्वेद-जल के कारण भीगता नहीं था।वह इतनी त्वरित गति से बाण हाथ में लेता, संधान करता और तत्परता से बाण छोड़ता कि बहुत सावधानी से देखने वाले भी उसकी इन सब गतिविधियों की तारतम्यता को देख नहीं पाते।उसके द्वारा बाण चलाने से किसी प्रकार का कम्पन न बाण में, न धनुष में और न हाथ में होता। ऐसे प्रज्ञाशील पार्थ को कर्ण पराक्रम और पुरुषार्थ के बल पर पराजित करना चाहता था।युद्ध में विजयी होने के लिए पुरुषार्थ और

पराक्रम के साथ-साथ प्रज्ञा की भी आवश्यकता होती है। कर्ण ने इसे समझने की कभी चेष्टा ही नहीं की।अंधविश्वास ने उसके प्रज्ञाप्रक्षेत्र को क्षतिग्रस्त कर डाला था।

क्रौर्य को शौर्य से ही परास्त किया जा सकता है।इन्हीं दोनों के बीच प्रतिस्पर्धा का परिणाम बन गया उस दिन का युद्ध।कृष्ण उत्साहित करते हुए अर्जुन को रणभूमि में ले आये।द्वैरथ युद्ध करने के लिए अर्जुन का रथ रथघोष करता हुआ आगे बढ़ा।गदाओं की ठनठनाहट, खड्गों की खनखनाहट, गज घंटों की टनटनाहट, अश्वों की हिनहिनाहट और वाणों की सनसनाहट से अंतरिक्ष गूँजता रहा।

कर्ण युद्ध करते-करते श्रांत हो चुका था।वह थक चुका था।क्लांत भी हो चुका था।रक्त से लथपथ क्लांत और श्रांत कर्ण की रक्षा के लिए अर्जुन के सामने गेरुआ वस्त्रधारी कृपाचार्य आ टपके।लाल-लाल घोड़े और नीली पताका वाले रथ से उन्होंने अर्जुन को रोक लिया।अर्जुन ने मार्ग में आये कृपाचार्य के धनुष, ध्वजा, घोड़े और सारथी सहित रथ को नष्ट कर डाला।

इसी समय भीम ने दु:शासन के शरीर पर गदा से भयंकर चोटकर उसे घायल कर दिया।गदा के प्रचण्ड प्रहार से दु:शासन का कवच टूट गया।उसके आभूषण और हीरे के हार बिखर गये।उसके वस्त्र फट गये और उत्तरीय गिर पड़ा।वह कांपता हुआ, थरथराता हुआ प्रकम्पित होकर धरती पर गिर पड़ा।जैसे सिंह बहुत बड़े हाथी को भी दबोच लेता है, उसी प्रकार भीम दहाड़ता हुआ उछला और विशाल दु:शासन को दबोच लिया।दु:शासन की आर्त्त चीत्कार सुनकर कर्ण भयाक्रांत होकर यह सब देखता रह गया।कर्ण को इतना भयभीत होते हुए आजतक किसी ने नहीं देखा था।दुर्योधन अपने बलाढ़्य हाथी की अम्मारी में जा दुबका।भीम ने अपने दोनों हाथों से दु:शासन के दाहिने बाँह को उखाड़ फेंका।दु:शासन घिंघियाता रहा, कराहता रहा, तड़पता रहा।तब भीम ने गुर्राते हुए कहा, 'दु:शासन! मुझे तुम बैल कहकर चिढ़ाता था।विष खिलाकर तुम्हीं ने गंगा

में मुझे फेंका था। लक्षागृह में जलाने का षड्यंत्र रचा था। द्युतक्रीड़ा में कपट से राज्य हड़प लिया था। अरण्य में रहने के लिये विवश किया था। इन सबका मूल कारण तुम थे, दु:शासन! केवल तुम थे!! स्मरण है तुझे कि पांचाली का केश खींचकर उसे तुमने भरी सभा में अपमानित किया था। आज उसी हाथ को मैंने तोड़ डाला है और अब तुम्हारे रक्त से पांचाली अपनी केशराशि पखार कर पवित्र करेगी और अपनी प्रतिज्ञा पूर्ण करेगी।'

भीम की भयाक्रांत कर देने वाली दहाड़ और उसके भयंकर अट्टहास से युद्धभूमि गूँजता रहा। कर्ण और दुर्योधन यह सब देखकर और भी भयाक्रांत हो उठे। उसी समय भीम मघा मेघ की भाँति गर्जना करते हुए दु:शासन की छाती को फाड़कर उसका तप्त रक्त पीने लगा। हस्तिनापुर में राजसिंहासन पर बैठे धृतराष्ट्र को संजय ने जब यह दृश्य देखकर इसका वर्णन किया तो वे आर्त्त चीत्कार कर उठे। गान्धरी यह सुनकर विचलित हो उठी। यहाँ रणभूमि में कौरव सेना में भगदड़ मच गई। हाहाकार मच गया। शत्रुओं के सैनिक इधर-उधर भागने लगे। भयंकर अट्टहास करते हुए भीम ने युद्ध के सोलहवें दिन सिंहनाद करते हुए खड्ग से दु:शासन का सिर धड़ से अलग कर दिया। फिर अपनी अंजुरि में उसके रुधिर को लेकर अपने शिविर में गया। वहाँ बैठी द्रौपदी ने उस रुधिर से अपनी केशराशि पखारी। उस दिन द्रौपदी की प्रसन्नता देखने योग्य थी। पति होने का वास्तविक दायित्व भीम ने ही निभाया।

इधर रणभूमि में सूख रही सरस्वती नदी के दलदल में श्वेत वर्ण का नन्दीघोष रथ कर्ण पर आक्रमण करने के लिए घात लगाकर खड़ा था। सारथी शल्य जैसे ही दलदल के निकट जैत्ररथ लेकर पहुँचा, रथ धँस गया। कर्ण के शरीर में अस्त्रों के प्रहार से बहुत सारे घाव हो जाने से उनसे रक्त बह रहा था। सन्ध्या के रक्तिम किरणों में वह आरक्तवर्ण का हो गया था। युद्ध करते-करते वह क्लांत भी हो गया था। उसने विवश होकर अपने रक्षार्थ शत्रुनाशक आथर्वण अस्त्र, जो परशुराम से प्राप्त किया

था, अर्जुन पर छोड़ दिया।उस अस्त्र का प्रयोग होते देख सारथी शल्य चौंक उठा।उसने भ्रमित करने के उद्देश्य से कर्ण को कहा, 'अंगराज! तुम्हारा यह लक्ष्य वेधन सही नहीं है।संधान ठीक करो।'

इतना सुनते ही अभिमान और असूया में कर्ण ने शल्य से कहा, 'मद्रराज! कर्ण दो बार संधान नहीं साधता है और नहीं कपट पूर्ण युद्ध करता है।पराक्रम और पुरुषार्थ के बल पर युद्ध करता है और विजयी भी होता है।'

'फिर अभिमन्यु वध के समय कपट का सहारा क्यों लिया था? अंगराज! उस समय पराक्रम और पुरुषार्थ के बल पर युद्ध करना स्मरण नहीं रहा!' यह कहकर मद्रराज विद्रूप मुस्कान बिखेरते हुए रथ को आगे बढ़ाने का असफल प्रयास करने लगा।रथ आगे बढ़ने वाला भी नहीं था।

सर्पमुख बाण के आते ही कृष्ण ने नन्दीधोष रथ पर अपना भार डालते हुए रथ के दोनों पहियों को दलदल भूमि में धँस जाने दिया।इस कार्य में सरस्वती नदी की दलदल भूमि भी सहयोग करती रही।रथ के सभी घोड़े अनुठे तरीके से घुटने मोड़कर नीचे झुक गये।यह सब इतनी त्वरित गति से हुआ कि कोई जान ही नहीं पाया।रथ के नीचे हो जाने से कर्ण का बाण मात्र अर्जुन के बहुमूल्य मुकुट में जा लगा।इतने में सर्पमुख बाण में छिपे तक्षक का पुत्र अर्जुन को डँसने के लिए रेंगते हुए निकट आ पहुँचा।कृष्ण ने चिल्लाकर कहा, 'पार्थ! आते हुए उस सर्प को पहले मारो।खाण्डव वन का तुम्हारा चिरशत्रु तक्षक का पुत्र कर्ण के तूणीर से सर्पमुख बाण के द्वारा इधर ही आ चुका है।इसका शीघ्र नाश करो, अर्जुन! देर मत करो।'

अर्जुन के अचूक बाण ने उस सर्प को वेध डाला।उसके बाद तो अर्जुन के बाणों के प्रहार से कर्ण का मुकुट और कुण्डल धरती पर गिर पड़े।जब कर्ण के तरकश और धनुष भी धरती पर गिर पड़े, तब काल ने अदृश्य होकर निःशस्त्र कर्ण को ब्राह्मण के कोपवश दिये गये शाप का स्मरण दिला दिया।यह स्मरण होते ही कर्ण घबरा

गया, किन्तु धैर्य नहीं खोया। उसमें जिजीविषा बहुत थी। उसी समय परशुराम द्वारा प्राप्त ब्रह्मास्त्र और उसके मंत्र का स्मरण भी कर्ण के मन से जाता रहा। अर्जुन ने जैसे ही ब्रह्मास्त्र गाण्डीव धनुष पर चढ़ाया कर्ण ने दूसरे धनुष से गाण्डीव की प्रत्यंचा काट डाली। गाण्डीव धनुष के दण्ड को काटना असंभव था। कर्ण ने मात्र प्रत्यंचा ही काटी। अर्जुन ने दूसरी प्रत्यंचा चढ़ाई। कर्ण ने उसे भी काट डाली और लगातार कई बाणों से अर्जुन को बींध डाला। घायल अर्जुन ने तीसरी, चौथी, पाँचमी, छठी और सातवीं बार प्रत्यंचा चढ़ायी और कर्ण ने हर बार उसकी प्रत्यंचा काट डाली। तब कृष्ण ने कहा, 'पार्थ! घबराओ मत। आज ही इस क्रूर को मार डालो। यह अवसर आज जाने नहीं पाये। मैं रथ को आगे बढ़ाता हूँ। अब निकट से प्रचण्ड प्रहार करो।'

अर्जुन जैसे ही रोद्रास्त्र चलाने लगा, वैसे ही कर्ण के जैत्ररथ के दोनों पहिये पृथ्वी में ऐसे धँस गये मानो रथ को धरती ने जकड़ ली हो। वह क्रूरता भूगोल की नहीं, भाग्य की थी। कर्ण के कृत्यों ने उसके सौभाग्य को दुर्भाग्य में बदल डाला। दुर्योधन की कुसंगती से प्रभावित होकर कर्ण जैसा संस्कारी भी दुर्गति के पथ पर चलकर अंधविश्वास का शिकार बन गया। कर्ण रथ से उतरकर रथ के पहिये को ऊपर उठाने लगा और अर्जुन से बोला, 'वीभत्सु! रुको। बाण मत चलाओ। अभी मैं निःशस्त्र हूँ। धर्मतः और नियमतः निःशस्त्र पर प्रहार नहीं किया जाता है। क्या तुम यह नहीं जानते?'

यह सुनकर कृष्ण हँस पड़े। उन्होंने कहा, 'अपनी सुविधानुसार धर्म की व्याख्या करना और न्याय करना अनर्थकारी होता है, कर्ण! दूसरों पर आक्षेप लगाकर अपने बचाव के लिए धर्म की अनर्थकारी व्याख्या नहीं की जाती है।'

इसपर कर्ण ने कहा, 'कृष्ण! प्रारब्धवश जैत्ररथ अभी धँस गया है, अन्यथा मेरा पराक्रम....।'

कृष्ण ने रहस्यात्मक मुस्कान बिखेरते हुए कहा, 'कर्ण! सौभाग्य की

बात है कि तुमको धर्म और न्याय का स्मरण है। प्रारब्ध की निन्दा कर अपने कुकर्मों को ढ़कना भी न न्याय है और न धर्म ही। उस दिन युद्ध में अभिमन्यु वध करते समय, कुरुसभा में द्रौपदी को अपमानित करते समय और वारणावत के लाक्षागृह में पाण्डवों को जलाने का षड्यंत्र रचते समय तुम्हारा धर्म और न्याय कहाँ था? बोलो, कर्ण! बोलो।'

यह सुनकर कर्ण निरुत्तर हो गया और अर्जुन प्रोत्तेजित। पीछे मुड़कर कृष्ण ने अर्जुन की ओर दृष्टि डालते हुए कहा, 'पार्थ! मेरे अभिमन्यु का हत्यारा है कर्ण। इस क्रूर का अभी वध करो।'

कर्ण के रथ में लगे ध्वजा को काटकर युद्ध के सोलहवें दिन अर्जुन ने तीसरे प्रहर आंजलिक बाण से कर्ण का मस्तक काट डाला। कर्ण के देह से एक तेज पूँज निकल कर सूर्यमण्डल में विलीन हो गया।

**

कर्ण की मृत्यु और दुःशासन का वध होते ही दुर्योधन हतोत्साहित हो गया। पराभव की ओर बढ़ते अपने को देख वह चिंतित हो उठा। इन्हीं दोनों पर उसे भरोसा था। अगले दिन कौरवों का प्रधान सेनापति मद्रराज शल्य बना। कौरवों का मुख्य योद्धा भूरिश्रवा युद्ध से क्लांत और श्रांत होकर बाणों का आसन बिछाकर बैठ गया। प्राण को वायु में, नेत्रों को भ्रूमध्य में और मन को ब्रह्म में होम कर दिया। उसी समय द्वारका का सात्यकि भूरिश्रवा को ढूंढते-ढूंढते वहाँ आया और उसने उस आसनस्थ का मस्तक काट डाला। महोपनिषद् संज्ञक ब्रह्म का ध्यान कर रहा भूरिश्रवा उर्ध्वलोक चला गया।

अश्वत्थामा बार-बार दिव्यास्त्र का प्रयोग कर अपनी उच्छृंगखलता का परिचय देता रहा। ब्रह्म के विषय में ग्रंथात्मक जानकारी रहते हुए भी वह ब्रह्मज्ञान को समझ नहीं पाया। उद्दण्ड और उच्छृंगखल की तरह युद्ध

करता रहा। विध्वंसक आयुध यदि ज्ञानवान के हाथों में न रहकर उच्छृंगखल लोगों के हाथ में चला जाये तो उसके भयंकर परिणाम को कोई टाल नहीं सकता है। अर्जुन ने ब्रह्मास्त्र का प्रयोग कर अश्वत्थामा के सभी अस्त्रों के प्रभाव को नष्ट कर डाला। तब अश्वत्थामा खींझकर रणभूमि से चला गया।

युद्धभूमि में सहदेव ने युद्ध के सत्रहवें दिन शकुनि को मार डाला और युधिष्ठिर ने मद्रराजा शल्य को। अट्ठारह अक्षोहिणी सेनाएं अट्ठारह दिनों में मारे चले गये। तब कृष्ण ने युद्ध के अट्ठारहवें दिन अर्जुन को कहा, 'पार्थ! अब कौरवों के कुछ ही सैनिक शेष है। कौरव पक्ष के शेष योद्धा जब तक रणभूमि छोड़कर भाग न जाये, इसके पहले दुर्योधन को मार डालना आवश्यक है। इसका जीवित रहना अनर्थकारी हो जायेगा। यह दायित्व अब भीम का है।'

भीम तो इसी अवसर के लिए वर्षो से लालायित था। दुर्योधन उत्तर दिशा में स्थित शीत प्रदेश के द्वैपायन सरोवर में जा छुपा। सरोवर के जल में प्रवेश कर उसने माया से जल को बांध रखा था। अतिरथी वीर अर्जुन और बलशाली भीम के साथ कृष्ण दुर्योधन को ढूंढते-ढूंढते उस सरोवर के निकट पहुँच गये। तब उन लोगों ने जैसे-तैसे सरोवर से दुर्योधन को बाहर आने के लिए विवश कर दिया। यद्यपि उसने अपनी पराजय स्वीकार कर ली, तथापि युद्ध की ललकार पर अपने गदायुद्ध के गुरु बलराम की उपस्थिति में भीम से गदा युद्ध करने के लिए वह तैयार हो गया। बलराम पुष्य नक्षत्र में तीर्थ यात्रा पर जो निकले थे, अब बयालीस दिनों के पश्चात श्रवणा नक्षत्र में वापस आये थे। गदा युद्ध करते-करते भीम थक गया। गदा की चोट से दुर्योधन की देह को जब कुछ नहीं हुआ तब भीम झुंझला उठा। तभी कृष्ण ने इंगित से अपनी जंघा थपथपाकर कुछ संकेत दे डाला। उसी समय जब दुर्योधन अवस्थान दाँव लगाते ऊपर उछला, तभी भीम ने उसकी जाँघों के ऊपरी भाग पर बड़े वेग से गदा से प्रहार कर डाला। वहीं खड़े बलराम ने आपत्ति जतायी। उन्होंने

अपने शिष्य दुर्योधन का पक्ष लेते हुए आपत्ति जतायी और कृष्ण से कहा, 'कान्हा! इस तरह का प्रहार तो गदा युद्ध के नियमानुकूल नहीं है!'

कृष्ण मुस्कुराकर अपने अग्रज को देखने लगे और बोले, 'दाऊ! दुर्योधन सदैव युद्ध में नियमों को भंग करते रहा है।इसके लिए नियम अब कोई अर्थ नहीं रखता है।'

दुर्योधन तड़प-तड़पकर धरती पर झटपटाने लगा।भीम ने दुर्योधन के मुकुट को पैरों से ठुकराते हुए कहा, 'तुम दुर्मति इस मुकुट के अनुकूल नहीं थे।दुर्योधन! तुमने न्याय के लिए प्रख्यात हस्तिनापुर के सिंहासन को अपवित्र कर दिया है।' फिर भीम उसके सिर को ठुकराकर और उसके सिर को विमर्दित कर विजयी अट्टहास करने लगा।

मार्गशीर्ष माह के शुक्ल पक्ष की षष्ठी तिथि को शिविर में आकर नन्दीघोष रथ के रथनीड़ पर बैठे सारथ्य करते कृष्ण ने अर्जुन से कहा, 'पार्थ! द्वैरथ युद्ध समाप्त हो गया है।अब तुम अपना गाण्डीव और तरकश लेकर इस श्वेत रथ से नीचे उतर जाओ।'

यह सुनकर अर्जुन चकित होकर कृष्ण की ओर देखने लगा।कृष्ण रथारुढ़ होकर जब तक अश्वों की वल्गाएं और प्रतोद हाथ में न ले लेते थे, तब तक अर्जुन रथ पर नहीं बैठता था।उसी प्रकार जबतक रथ से कृष्ण नीचे उतर नहीं जाते थे, तब तक अर्जुन रथ से नीचे नहीं उतरता था।आज विपरीत बात सुनकर कृष्ण की ओर देखते हुए अर्जुन ने आश्चर्यचकित होकर पूछा, 'केशव! क्या आपके उतरने के पहले ही मैं रथ से नीचे उतर जाऊँ?'

'हाँ, पार्थ! आज तुम्हारे उतरने के पश्चात ही मैं रथ से उतरुँगा।शीघ्र करो।' यह कहकर कृष्ण रथ से अर्जुन के उतरने की प्रतीक्षा करने लगे।

कृष्ण के अनुगामी अर्जुन ने कहा, 'ठीक है।आपकी जैसी आज्ञा।' यह कहकर उसने वैसा ही किया, जैसा कि कृष्ण ने कहा।

इसके बाद कृष्ण ने रथ से उतरते ही घोड़ों की वल्गाएं छोड़ दी।रथ

पर बैठे कपि भी अन्तर्धान हो गये। तब रथ स्वतः प्रज्वलित होकर भस्म हो गया। अग्निदेव की कृपा से प्राप्त वरुण-रथ अग्नि में ही विलीन हो गया। रथ को इस तरह दहकते देख अर्जुन ने कृष्ण की ओर देखते हुए पूछा, 'केशव! वरुणदेव से प्राप्त यह रथ स्वतः क्यों भस्म हो गया?'

कृष्ण ने अर्जुन के पुष्ट वृषभ स्कन्ध पर हाथ रखकर कहा, 'पार्थ! यह रथ देवगण से तुझे महाज्ञान युद्ध जीतने के लिए मिला था। रथ तो बहुत पहले ही द्रोण और कर्ण के दिव्यास्त्रों से दग्ध हो चुका था। मात्र मेरे बैठे रहने से अब तक भस्म नहीं हुआ था। मैंने तुमको रथ से नीचे उतर जाने के लिए इसलिए कहा था कि कहीं तुम भी इस ज्वाला से प्रभावित नहीं हो जाओ। उन दोनों के कई दिव्यास्त्रों को मैंने अपने देह पर झेलकर तुझे बचाया है, पार्थ! तुझे बचाया है।'

'केशव! महाज्ञान क्यों कहा आपने?' अर्जुन ने आश्चर्यचकित होकर पूछा।

'अर्जुन! कुरुक्षेत्र में जो उपदेश मैंने तुम्हें दिया था, वह देह रूपी धर्मक्षेत्र के लिए आत्मा को जीतने का महाज्ञान ही था। महाज्ञान प्राप्ति के पश्चात ही कुरुक्षेत्र में निष्काम होकर तुमने युद्ध किया है', यह कहकर कृष्ण मुस्कुराने लगे।

**

सन्ध्या होते ही अपने-अपने घोसलों की ओर जाने वाले पक्षी आकाश में चीखते-चिल्लाते हुए जा रहे थे। चौबीस योजन की रणभूमि में मात्र दक्षिणी भूखण्ड का आधा योजन क्षेत्र युद्ध से अछूता रहा। द्रौपदी के अपमान का प्रतिशोध-कुक्षेप ने कैसा-कैसा रूप दिखाया, यह देखकर देखने वाले का मन विचलित हो उठा। पाण्डवों का विवश होकर रहना कौरवों के लिए विध्वंस का कारण बन गया। कुरुक्षेत्र का हृदय विदारक

दृश्य प्रतिशोध का एक अद्‌भुत ऐतिहासिक दृष्टांत बन गया। सिर विहिन धड़, कटे मुण्ड, विदीर्ण वक्ष, कटे पैर, टूटे रथ और रक्त की नदी से युद्धक्षेत्र पट गया। हर ओर दुर्गन्ध ही दुर्गन्ध। सियारों, गीधों, कौओं के कोलाहल और कल्लोल तथा उन सबके द्वारा मांस नोंचना, रक्त पीना, मांस के लोथ को झिकझोड़ना इत्यादि ने विषाद को और भी वीभत्स बना डाला।

द्रौपदी अपमान के प्रतिशाोध की ज्वाला प्रशमित तो हुई, किन्तु प्रशांत नहीं हुई। उस दुर्गन्ध में भी कोई पिता, कोई पति, कोई भ्राता ढूंढने के लिए विवश थीं। कौरवों की स्त्रियों के रुदन इतने असह्य हो गये कि उन सबके आँखों के आँसू भी कम पड़ गये। कुन्ती और गांधारी अपने-अपने कृत्य पर पछताती रहीं। ये दोनों समझ गई कि स्त्री ही संतान को संस्कार देती है, किन्तु अब पछताना ही भाग्य में लिखा है। स्त्री यदि संतान के प्रति अपने दायित्व को निभा ले तो श्रेष्ठ संस्कार और संस्कृति से सार्थक समाज का निर्माण हो जाये।

विजयश्री दिवस में कृष्ण, सात्यकि, द्रौपदी और पाँचों पाण्डव युद्ध परम्परा के अनुसार परम पवित्र ओघवती नदी के तट पर कौरवों के शिविर में ही रहकर विजयोत्सव मनाकर रात्रि व्यतीत करने लगे।

सुना है, प्रतिशोध की ज्वाला प्रशमित नहीं होती अपितु और भी प्रखर होकर प्रचण्ड बन जाती है। इधर युद्ध के अट्ठारहवें दिन दुर्योधन के धराशायी हो जाने के पश्चात अश्वत्थामा रात्रि में ही कौरवों का सेनापति बन गया। विजयोन्माद में पाण्डवों को इसकी भनक तक नहीं लगी। अश्वत्थामा ने पाण्डवों के शिविर में चुपके से जाकर निशार्ध में धृष्टद्युम्न को पीट-पीटकर मार डाला। उसके बाद उत्तमौजा, युधामन्यु तथा द्रौपदी के पाँचों पुत्र प्रतिविन्ध्य, सुतसौम, शतनीक, श्रुतकर्मा और श्रुतकीर्ति को पाण्डव समझकर सोये में ही उन सबका मस्तक काट डाला। फिर शिखण्डी, राजा द्रुपद के अन्य संबंधियों और सृंजय वीरों को भी उसने मार डाला।

अश्वत्थामा ने रात्रि में ही दुर्योधन के पास आकर जब अपनी क्रूर और कायर करतूत को अपनी वीरता कहकर पाँचों पाण्डवों की मृत्यु का भ्रामक संवाद सुनाया तो कराहते हुए दुर्योधन ने कुटिल मुस्कान के साथ कहा, 'मित्र! तुमको बहुत, बहुत धन्यवाद!! तुमने वह कर दिखाया जो कर्ण या पितामह या आचार्य भी नहीं कर पाये।' यह कहकर दुर्योधन बहुत ही कष्ट से तड़प-तड़पकर छटपटाते हुए अपनी एड़ियाँ धरती पर रगड़ते हुए रात्रि के तीसरे प्रहर अपने प्राण त्याग दिये।

कृतवर्मा ने किसी तरह बचकर ओघवती नदी के तट पर स्थित कौरवों के शिविर में सो रहे पाण्डवों को सारी क्रूर कथा कह सुनायी। यह सुनकर कृष्ण हतप्रभ रह गये। यह कथा पाण्डवों की व्यथा बन गई। द्रौपदी चीत्कार करती हुई विलाप करने लगी। अश्वत्थामा को ढूंढते-ढूंढते अन्ततः अर्जुन ने उसे पकड़ लिया। सभी पाण्डव अब भी जीवित है, यह जानकर उच्छृंगखल अश्वत्थामा ने क्रौर्य में आकर ब्रह्मास्त्र छोड़ते हुए कहा, 'पृथ्वी पाण्डव विहीन हो जाये!'

तभी कृष्ण ने चिल्लाकर कहा, 'अर्जुन! अर्जुन!! इस ब्रह्मास्त्र को रोको। द्रोणाचार्य का सिखाया हुआ ब्रह्मास्त्र के प्रयोग का समय आ गया है। ब्रह्मास्त्र को ब्रह्मास्त्र से ही रोका जा सकता है। शीघ्र करो, अन्यथा अनर्थ हो जायेगा।'

अर्जुन ने ब्रह्मास्त्र छोड़ते हुए श्रद्धापूर्वक कहा, 'आचार्य द्रोण के पुत्र का कल्याण हो! मेरा और मेरे भाइयों का मंगल हो!!'

शीघ्र ही अश्वत्थामा का ब्रह्मास्त्र प्रशमित तो हो गया किन्तु उसका प्रभाव प्रशांत नहीं हुआ। अश्वत्थामा अपने ब्रह्मास्त्र का उपशमन नहीं जानता था। ब्रह्मास्त्र का उपशमन कठिन होता है। अपने पिता द्रोण से उसने अपने प्राण रक्षार्थ ब्रह्मास्त्र को मात्र चलाना सीखा था।

पाण्डव लोग तो बच गये, किन्तु अग्नि की बड़ी-बड़ी ज्वाला फैल गई। पर्वत, नदी, वन सब जगह हलचल मच गयी। सर्वत्र हाहाकार मच गया। तब व्यास ने अश्वत्थामा को फटकार लगायी और कहा, 'दिव्यास्त्र

चलाना यदि सीखा तो उपशमन भी सीख लिया होता। तुम्हारे कुकृत्य के लिए तुम्हें अवश्य दण्ड मिलेगा। तुम्हारे मस्तक पर जो मणि है, वह पाण्डवों को दे दो।'

व्यास के ऐसा कहते ही भीम अश्वत्थामा की मणि उसके मस्तक से निकालने लगा। अश्वत्थामा चिचियात रहा, कराहता रहा, तड़पता रहा, किन्तु भीम ने उसके माथे पर के मणि को निकाल ही लिया और उसे द्रौपदी को दे दिया। उस समय उत्तरा अभिमन्यु के पुत्र की मां बनने वाली थी। दर्द से कराहते अपमानित अश्वत्थामा ने अन्ततः क्रोध में आकर उस दिव्यास्त्र को उत्तरा के गर्भ पर प्रत्यावर्तित कर दिया। तभी कृष्ण ने दिव्यास्त्र को उत्तरा की ओर मुड़ते देख सुदर्शन चक्र के प्रक्षेपण के दिव्य मंत्रों का उच्चारण किया और वह चक्र उत्तरा के गर्भ की रक्षा कर अदृश्य हो गया। पाण्डव वंश को अक्षुण्ण रख कृष्ण ने अश्वत्थामा के क्रूर कृत्य के लिए अभिशाप देते हुए कहा, 'पापी! इन सब करतूतों के लिए तुम तीन हजार वर्षो तक इस पृथ्वी पर भटकते रहोगे। तुम्हारी देह से पीब और रक्त की दुर्गन्ध निकलती रहेगी।'

दृषद्वती नदी में अपने-अपने मृतजनों को तर्पणांजलि देकर सभी आप्तजन अपने-अपने गृह लौट आये। दिग्वंत कर्ण का भी अंतिम संस्कार पाण्डवों ने किया।

**

दुष्टों का संहार और भक्तों का उद्धार कर कृष्ण जनहित में न्याय की पुनर्स्थापना के लिए हस्तिनापुर में स्वर्ण के मणिमय सिंहासन पर युधिष्ठिर को सिंहासनारुढ़ कराने के प्रबंधन में लग गये।। सिंहासन के निकट मृत्तिका, स्वर्ण, पंचरत्न, सर्वोषधि युक्त अभिषेक पात्र, जल भरे हुए कलश, ताँबा, रजत, मिट्टी, आम्र पल्लव इत्यादि रखे गये। कई वर्तनों

में धान, गोरस, पुष्पादि रखे गये। शमी, पीपल, पलाश इत्यादि की समिधाएं, मधु, घृत, शंख, चन्दन इत्यादि सामग्रियाँ भी रखी गई। गूलर वृक्ष का स्रुवा तथा अन्य पूजन सामग्रियाँ एकत्र कर वहाँ रखी गई।

मार्गशीष माह के शुक्लपक्ष की एकादशी तिथि को युधिष्ठिर स्वर्णिम सिंहासन पर पूर्व की ओर मुख करके द्रौपदी के संग विराजमान हुए। द्रौपदी अनूठे तरीके से केश विन्यास कर कबरी बांधी हुई राजसिंहासन पर बैठी। उसने इन्द्रलोक से देवराज इन्द्र द्वारा भेजे गये दिव्य आभूषणों को भी पहन रखा था।। एक स्वर्णयुक्त मणिमय सिंहासन पर कृष्ण और उनके बगल वाले आसन पर सात्यकि बैठे। एक सिंहासन पर भीम और एक पर अर्जुन, एक आसन पर नकुल और एक आसन पर सहदेव तथा साथ वाले सिंहासन पर माता कुन्ती बैठीं। एक आसन पर कौरवों के पुरोहित सुधर्मा, एक आसन पर महात्मा विदुर और एक आसन पर पाण्डवों के पुरोहित धौम्य बैठे। भीष्म पितामह वाले आसन पर धृतराष्ट्र और उनके साथ वाले आसन पर गान्धारी बैठी। आज धृतराष्ट्र हस्तिनापुर के इस सभा में आसनस्थ महाराजा की भाँति अकड़कर नहीं, अपितु अपदस्थ महाराजा की भाँति सिकुड़कर बैठे।

पुरोहित धौम्य ने पूर्व-उत्तर कोण में सिंहासन के बगल वाले सुसज्जित मण्डप में शास्त्रोक्त विधि से वेदी बनायी। उसे अल्पनाओं से अलंकृत किया गया। रंग-बिरंग के सुगंधित पुष्प, अक्षत, भूमि, स्वर्ण रजत और मणियों का स्पर्श कर सर्वतोभद्र आसन पर महाराज युधिष्ठिर बैठे और वहीं पर द्रौपदी भी बैठी। उन दोनों के द्वारा वेद के मंत्रों से विधिपूर्वक पूजन और हवन कराया गया। राजधर्म का गुणगान करने वाली वेदों की ऋचाओं और आशीर्वाद देने वाले श्लोकों का अखण्ड पाठ ब्राह्मणों के मुख से अनवरत निःसृत होते रहे।

कृष्ण ने पांचजन्य शंख में सात नदियों के एकत्र पवित्र जल से युधिष्ठिर का अभिषेक कर उनके मस्तक पर हस्तिनापुर राज्य का स्वर्ण किरीट और द्रौपदी के मस्तक पर महाराज्ञी का अभिमंत्रित किरीट

पहनाया।फिर शांति कुम्भ जल से उन्होंने प्रेक्षण किया।उसी समय सभी ब्राह्मण स्वस्तिवाचन और पुण्याहवाचन करने लगे।जब कृष्ण ने महाराज युधिष्ठिर के मस्तक पर राजतिलक लगाया, तब उनके नेत्रों में कर्तव्यपूर्ति के अश्रु वाष्पाच्छादित हो उठे।उस समय कृष्ण ने अपनी नम दृष्टि कुन्ती बुआ पर डाली।उसका अर्थ और तात्पर्य मात्र कुन्ती ही जान पायी कि कैसे भगवान् अपने भक्तों के लिए अपना दायित्व निभाते हैं।कुन्ती मन ही मन मुनि दुर्वासा की कृपा पर कृतज्ञता अर्पित करती रही।

कण्ठ को फुलाते हुए कृष्ण ने पांचजन्य शंख फूँककर सम्पूर्ण हस्तिनापुर को ही नहीं अंतरिक्ष तक को निनादित कर डाला।सभा में उपस्थित राजा महाराजाओं और ऋषि-मुनियों ने भी आशीर्वाद दिया।मुट्ठी भर-भरकर कुमकुम की वर्षा करती हुई सम्पूर्ण नगरी हर्ष प्रकट करती रही।अनुभवी अमात्य वृषवर्मा ने कुरुवंश के रत्न जटित राजदण्ड उठाकर घोषणा की 'कुरु गणराज्य प्रमुख हस्तिनापुराधिपति पाण्डुपुत्र कौन्तेय महाराजाधिराज युधिष्ठिर और महाराज्ञी द्रुपदनन्दनी याज्ञसेनी कृष्णा की जय हो! जय हो!! जय हो!! विशाल सभा में खचाखच भरे हुए ऋषि-मुनि और जनसमूह भी स्वर में स्वर मिलाकर कह उठे जय हो! जय हो!! जय हो!!!

राज्याभिषेक के बाद ब्राह्मणों और साधु-संतो को भोजन कराने के उपरान्त परिजनों के संग पाण्डवों ने कृष्ण के साथ-साथ भोजन किया।भोजनोपरान्त जब सभी पाण्डव एक स्थान पर एकत्रित होकर वार्त्तलाप कर रहे थे तो उस एकादशी तिथि को पहली वार युद्ध में विजयी होने के रहस्य को उन्मोचित्त करते हुए कृष्ण ने पाण्डवों से कहा, 'निष्काम युद्ध करने से ही विजय सुनिश्चित हो पाई है।अर्जुन को मैंने युद्ध के प्रथम दिन ही निष्काम कर्मयोग का उपदेश दे दिया था।'

युधिष्ठिर यह जानकर प्रसन्न हो गये।द्रौपदी और कुन्ती कृष्ण की कृपा पर मन ही मन कृतज्ञता अर्पित करती रही।

अगले दिन सैनिकों से संरक्षित कई रथों से पाण्डवगण पितामह का

आशीर्वाद लेने कुरुक्षेत्र पहुँचे। संग में महारानी द्रौपदी भी आई। महाराज युधिष्ठिर को भीष्म के निकट राजनीति और धर्म का ज्ञान प्राप्त कराने के लिए कृष्ण ले आये। भीष्म के निकट आकर युधिष्ठिर ने प्रणाम कर उनका आशीर्वाद लिया। द्रौपदी द्वारा प्रणाम करने पर बाणों की शय्या पर से भीष्म आशिष देने के पश्चात बोले, 'महारानी द्रौपदी! दुर्योधन के अन्न खाने से मेरा धर्मलोप हो गया था, किन्तु अर्जुन के बाणों से मेरा रक्तशोधन हो गया है। अब मैं धर्मभय विहीन हूँ। कुरुसभा में हुए तेरे अपमान का दोषी मैं भी हूँ।' फिर प्रसन्न और प्रमुदित होकर कृष्ण को उन्होंने कहा, 'मधुसूदन! हस्तिनापुर को सभी ओर से सुरक्षित, संरक्षित और सविस्तारित देखकर मैं आश्वस्त हो गया हूँ। पिता को दिये गये वचन पूर्ण हो गये हैं। अब इस पृथ्वी को छोड़ने में हमें कोई अड़चन दिखायी नहीं दे रही है।'

कृष्ण ने कहा, 'पितामह! पहले महाराज युधिष्ठिर को राजनीति की युक्तियाँ और धर्म ज्ञान की शिक्षा तो दे दीजिए ताकि पतन्नोमुख प्रवृत्ति मुक्त सुदृढ़ और संवेदनशील राजप्रबंधन सुनिश्चित किया जा सके।'

तब भीष्म ने युधिष्ठिर को राजप्रबंधन की जो शिक्षा दी, वह उन्हें राजकाज चलाने में जीवन भर सहयोग करती रही। उन्होंने कहा, 'युधिष्ठिर! तुम धर्मनिष्ठ, कर्तव्यनिष्ठ और सत्यनिष्ठ तो हो ही, किन्तु इसका उपयोग प्रजा के हित में ही करना उचित होगा। राजा को प्रजा के प्रति पुत्रवत व्यवहार करते हुए संवेदनशील राजनीति का ही निर्धारण करना चाहिए, जिससे कि प्रजा को प्रशासन और न्याय में भरोसा हो। वाह्य आक्रमण के प्रति सचेष्ट रहकर प्रजा को भ्रमित होने से बचाते रहना चाहिए।'

महाराज युधिष्ठिर और महाराज्ञी द्रौपदी अंतिम प्रणाम पितामह को निवेदित कर वहीं खड़े रहे।

भीष्म योगाभ्यासी पुरुष थे। वे जानते थे कि मृत्युकाल में भ्रूमध्य में चक्षु रखकर प्राण और अपान वायु को सम करके नासिका के भीतर ही वायु का संचरण होने से मुक्ति मिलती है। इन्द्रियों के संयत

रहने से इच्छा, भय, क्रोधादि शून्य होते ही व्यक्ति मुक्त हो जाते हैं।ये सब अनुश्रृणुयात् युक्तियाँ उन्हें परशुराम मुनि ने बतायी थी।

जो अहोरात्र के विशेषज्ञ हैं, वे प्रायाणाम कर प्रच्छर्द्दन और विधारण क्रिया करते हैं।इड़ा-पिंगला के स्थिर होते ही श्वास सुषुम्ना में चलने लगते हैं, तो दिन की अवस्था और जब यह अवस्था नहीं रहती है तो रात्रि अवस्था कहलाती है।चराचर प्राणी समूह ब्रह्मा के इस अहरागम दिन में जन्म लेते हैं और रात्रि में प्रलीन हो जाते हैं।अग्नि ज्वाला के अनन्तर श्वेत वर्ण का विद्युत प्रकाश मानो कोटि सूर्य उदय हुआ हो, उसी उत्तरायण में ब्रह्मज्ञ समाधिस्थ होते हैं।निकृष्ट क्षणिक सुख में दक्षिणायन अवस्था में अर्थात् चन्द्रप्रकाश की स्थिति में प्राण नहीं त्यागते हैं।कूटस्थ में चन्द्र को देखते दक्षिणायन स्थिति में वे उत्तरायण की प्रतीक्षा में बैठे रहते हैं।उस समय तक उनका मन आत्मा में अटका रहकर ईश भजन करता रहता है।समस्त तपस्या और यज्ञानुष्ठान के पुण्य फलों का अतिक्रमण कर वे आत्मा में सदैव मग्न रहते हैं।

हेमन्त ऋतु में पोष माह के कुहासों ने अपना शीतल आंचल फैलाया।फिर माघ मास के शुक्ल पक्ष आते ही धनु राशि से सूर्य मकर राशि में प्रवेश करने लगे।वसंत की पदचाप सर्वत्र सुनायी देने लगी।किसलय, कमल कलिका, आम्र मंजरियाँ इत्यादि का अभिनव सिंगार वसंत की आगवानी का संदेश देने लगे।सुरभित पुष्पों के बहुरंगी प्रसाधन ऋषि-मुनियों को भी प्रलोभित करने लगा।प्रकृति मानव को सदैव की भाँति सभ्य और सुसंस्कृत होना सिखाने लगी।

अट्ठावन दिनों तक भीष्म बाणों की शय्या पर शयनावस्था में अजपा यज्ञ और अन्त:प्राणायाम करते रहे।फिर दाहिने सूर्य और बायें चन्द्र के बीच अपने मन को अटका कर उत्तरायण की प्रतीक्षा करने लगे।माघ शुक्ल पक्ष मकर संक्रांति आते ही अपने नौ द्वारों को उन्होंने बंद करके प्राण को सब ओर से उत्तरायण स्थिति आने पर अर्थात् सूर्यनाड़ी के ऊपर रोक लिया।ॐकार क्रिया प्रति चक्र में एक ही नि:श्वास में करने के

पश्चात प्राण को रोकते हुए ब्रह्मरन्ध्र को फोड़कर उनकी आत्मा ज्योति स्वरूप बनकर वसु लोक में चली गयी।

कुरुक्षेत्र के ब्रह्म सरोवर तट पर भीष्म की देह का अंतिम संस्कार हुआ।यद्यपि उनका श्राद्धकर्म उनके द्वारा ब्रह्मरन्ध्र फोड़ लेने से ही हो गया, तथापि महाराज युधिष्ठिर ने वैदिक रीति से भी उनका श्राद्धकर्म वृहद् आयोजन कर सम्पन्न किया।

* *

राज्याभिषेक के पश्चात कृष्ण के संग वनों और तीर्थों में रहकर अर्जुन अपनी देह में तत्त्वज्ञान पर अनुसंधान करते रहा।एक दिन अर्जुन ने कृष्ण से कहा, 'केशव! आपने स्नेहवश कृपाकर कुरुक्षेत्र में युद्ध होने के पूर्व तत्त्वज्ञान का जो उपदेश मुझे दिया था, उस उपदेश को बारबार सुनने की उत्कण्ठा होती रहती है।'

यह सुनकर कृष्ण मुस्कुराने लगे।उन्होंने कहा, 'पाण्डुनन्दन! वह युद्ध नहीं, क्रियायोग समझाने की युक्ति थी।'

'तो क्या युद्ध हुआ ही नहीं? दुर्योधन, दुःशासन, कर्ण, आचार्य इत्यादि कोई थे हीं नहीं? यह कह कर अर्जुन थोड़ी देर के लिए भावशून्य हो गया।

कृष्ण ने मुस्कुराते हुए कहा, 'सब थे।युद्ध भी हुआ।किन्तु तुम सब तो निमित्त मात्र थे। दुर्योधन दुर्मति की भाँति था। दुःशासन दुर्मेधा की भाँति, कर्ण अंधविश्वास की भाँति, भीष्म धर्मभय की भाँति थे।इसी तरह सबकी अलग-अलग पहचान थी।देह ही कुरुक्षेत्र है।इस देह रूपी कुरुक्षेत्र में संघर्ष धर्मक्षेत्र मानकर किया जाता है, अन्यथा मानव देह पाना निरर्थक हो जाता है।उमारूप देह में जो ॐकार की जानकारी मिलती है, उसी का नाम वेद है।यही शिव की आराधना कहलाती है।ब्रह्म

की आराधना कहलाती है।आत्मा की आराधना कहलाती है।इस देह में प्राणकर्म का अभ्यास किये बिना क्रिया की परावस्था में पहुँचना असंभव है।भक्तों की पुकार सुनकर मैं मनुष्याकार देह प्रकृति के आश्रय लेकर धारण करता हूँ और इसी देह में क्रिया योग कर ब्रह्म में पुनः प्रलीन हो जाता हूँ।इस सृष्टि में चर और अचर दोनों मैं हूँ।ध्यान, धारणा और समाधियुक्त होकर आत्मा की क्रिया करने से क्रिया की परावस्था प्राप्त हो जाती है।क्रिया की परावस्था प्राप्त करना ही आत्मा को पाना है, परमात्मा को पाना है।'

अर्जुन ने उत्सुकता जताते हुए पूछा, 'प्रभु! आपने उस दिन कुरुक्षेत्र में मुझपर कृपा करके विश्वरूप दर्शन कराया था, क्या मैं उसी भाँति का दर्शन पुनः कर सकता हूँ।'

'नहीं!' कृष्ण ने त्वरित गति में उत्तर देते हुए कहा और पुनः वोले, 'अर्जुन! आत्मा की अमरता, पाप-पुण्य, संसार-संन्यास, आत्मा-परमात्मा इत्यादि की व्याख्या कर तेरी क्षमता के अनुरूप मैंने जो विश्वरूप दर्शन तुम्हें कराया था, वैसा ही दर्शन अब संभव नहीं है।कुरुक्षेत्र में जिस तरह अट्ठारह अक्षोहिणी दुष्टों का संहार हुआ है, उसी तरह देह रूपी धर्मक्षेत्र के विरोधी ग्यारह अक्षोहिणी दुष्टों और सात अक्षोहिणी हितैषी मित्रों के नष्ट होते ही मानव आत्मा रूपी अमृतसत्ता पर विजय प्राप्त कर लेता है।'

'यदि ऐसा नहीं हो सके तो?' यह कहकर अर्जुन व्याकुल हो गया।

अर्जुन का व्याकुल होना कृष्ण को सहन नहीं हुआ।उन्होंने कहा, 'अर्जुन! स्मरण करो उस उपदेश को।मैंने तब भी कहा था और अब भी कहता हूँ कि तुम इन सब धर्म-अधर्म के पचरे में न पड़कर मात्र मेरी शरण में रहो।मुझसे जो विभक्त नहीं होता है, वही मेरा भक्त है।जो मुझे अति प्रेम करता है, वह अति कष्ट पाने पर भी मेरा स्मरण करना नहीं भूलता, अपितु समदर्शी बनकर अहंकार को भूल जाता है।त्रिगुणातीत हुए बिना ब्रह्म प्राप्ति असंभव है।'

'आप तो मेरे हैं, प्रभु! आप सदैव के लिए अपना भक्त जानकर

त्रिगुणातीत होने के लिए मुझपर कृपा कीजिए।' अनुनय पूर्ण स्वर में अर्जुन ने कहा।

तब कृष्ण ने लगभग डाँटते हुए कहा, 'यहीं पर तुम भूल कर रहे हो, अर्जुन! इतना कुछ बताने पर भी तुम तथ्य को समझने की भूल कर रहे हो। कर्म से मुँह न मोड़ो। इन्द्रियों को कर्म में लगाओ और मन को मुझमें, जैसाकि कुरुक्षेत्र के युद्ध में तुमने किया है। जो सोचता है कि 'कृष्ण मेरे हैं', वह संसार की माया में उलझकर पार्थिव सुख पाता है, जो क्षणिक होता है और जो सोचता है कि 'मैं कृष्ण का हूँ', उसके प्रेम में मैं बंध जाता हूँ। ऐसा ही मानव मात्र स्थायी सुख ही नहीं, स्थायी आनन्द भी पाता है।'

इसी तरह यदा-कदा चर्चा होती रहती। नित्य ब्रह्म मुहूर्त में क्रिया योग का उच्चतम अभ्यास करते; फिर कुछ दिन के बाद कृष्ण द्वारका चले आते और अर्जुन हस्तिनापुर।

स्थितप्रज्ञ अर्जुन हस्तिनापुर आकर कृष्ण की भक्ति में खो जाता। उसे बारम्बार मन कचोटते रहता कि भगवान् ने मेरे यहाँ राजसूय यज्ञ में उच्छिष्ट उठाया। कुछ क्षण पश्चात पछताने लगता कि इन्होंने मेरे रथ का सारथ्य किया। फिर सोचने लगता कि कैसे वे पग-पगपर हम सबों की रक्षा किये? कैसे पाण्डव वंश को इन्होंने अक्षुण्ण रखा? अपमानित होने से बचाया, दुर्वासा द्वारा हम सबको अभिशप्त नहीं होने दिया, कष्टों से छुटकारा दिलाने में भगवान् सहायता करते रहे! अपने भक्तों के लिए इन्होंने क्या-क्या नहीं किया!

अर्जुन के नेत्र भक्ति में निमिलित हो जाते। सोचते-सोचते वह अतीन्द्रिय आनन्द में खो जाता। यही क्रम कई वर्षों तक चलता रहा। कभी कृष्ण हस्तिनापुर आते तो कभी अर्जुन द्वारका चला जाता। फिर दोनों किसी तीर्थ पर निकल जाते।

इधर गांधारी का दमित आक्रोश सारी सीमाएं तोड़कर उसे उद्विग्न करता रहा। वह जब भी कृष्ण को हस्तिनापुर में देखती उसका मन

क्रोधाग्नि से दग्ध हो जाता। उसके हृदय में उठे हाहाकार से वह विभ्रमित और विचलित हो उठती। एक दिन इसी क्रम में जब कृष्ण हस्तिनापुर आये तो गांधारी ने दुःख में उद्विग्न होकर द्वारकाधीश को कहा, 'कृष्ण! मैं तुम्हें तुम्हारे कृत्य के लिए श्राप दूँगी! श्राप दूँगी! श्राप दूँगी!'

परम ब्रह्म को अभिशाप! स्वयं का ही अनिष्ट! अर्जुन स्तब्ध!! कृष्ण अवाक्!! द्रौपदी प्रकम्पित!! अर्जुन कभी कृष्ण को देखता तो कभी गांधारी को। अपने ही कृत्य से हताश व्यक्ति विभ्रमित होकर ईश्वर पर ही आक्षेप लगाने लगता है।

कृष्ण तथ्य को समझ गये। सदैव की भाँति फिर मुस्कुराये और बोले, 'हाँ, यदि अभिशाप देना तुम न्यायोचित समझती हो तो दो अभिशाप। न्याय की पुनर्स्थापना करने, साधुओं के हित में दुष्टों का संहार करने, भक्तों का उद्धार करने में यदि अभिशाप भी मिले तो मैं तैयार हूँ।'

दुःख में आक्रोशित होकर विगलित गांधारी हाथ में जल लेते बोली, 'जिस तरह कौरववंश का नाश तुमने करवाया है, उसी प्रकार तुम्हारे यदुवंशियों का भी नाश हो! नाश हो! नाश हो!' फिर हाथ के जल को भूमि पर प्रक्षेपित कर डाली।

प्रतिशोध का कुक्षेप इतना अनर्थकारी!

कृष्ण यह सुनकर भी मुस्कुराने लगे और बोले, 'तथास्तु! तथास्तु! तथास्तु!'

अर्जुन का मन यह सुनकर विचलित हो उठा। वह क्रोध में आकर गांधारी को अपमान जनक शब्द कहने जा रहा था, किन्तु कृष्ण ने उसे हस्त संकेत से रोका और उसे शांत करते हुए कहा, 'अर्जुन! अपने मन पर नियंत्रण रखो। मन के स्वच्छ रखने से अभिशाप भी हितकर हो जाता है। यह सब तो होना ही है। इस धरती को त्यागने का समय आ चुका है। इसके लिए चिन्ता क्यों? मानव देह प्राप्ति का ध्येय पूरा हो गया। हमें तो प्रसन्नता होनी चाहिए कि हमलोग कर्तव्यपूर्ति कर इस लोक को छोड़ रहे हैं।'

उस दिन से अर्जुन का मन व्याकुल रहने लगा।महायुद्ध होने के बावजूद अभी भी कुछ छिट-फुट दुष्ट जीवित रह गये थे।उन सभी दुष्टों का विनाश आवश्यक था महाभारत साम्राज्य को अक्षुण्ण रखने के लिए।अन्याय का साम्राज्य अभी भी जहाँ तहाँ फैला हुआ था।अपने भक्त अर्जुन के मन को इस घटना से अलग-थलग रखने के लिए कृष्ण व्यास से विचार-विमर्श करने उनके आश्रम चले गये।अश्रम पहुँचकर उन्होंने व्यास से कहा, 'ऋषिश्रेष्ठ! गांधारी के द्वारा मुझपर आक्षेप लगाने पर अर्जुन अति विषण्ण हो गया है।आप पाण्डवों को अश्वमेघ यज्ञ करने के लिए उत्साहित कर दीजिए ताकि दिग्विजय में उलझकर अर्जुन इन सब विषादों को भूल जाय और न्याय के साम्राज्य का भी विस्तार हो जाये।'

'अति उत्तम।जनहित में इस यज्ञ की आवश्यकता भी है।' यह कहकर महर्षि व्यास उसी समय युधिष्ठिर से मिलने हस्तिनापुर चले गये।

युधिष्ठिर अपने भ्राताओं से प्रजा के हित पर चर्चा कर रहे थे।महर्षि व्यास को देखकर उन लोगों ने उन्हें प्रणाम कर उनका स्वागत किया।व्यास की शुभ्र-धवल दाढ़ी और मूँछें उस दिन पाण्डवों को कुछ इंगित कर रहे थे।वे जब आसनस्थ हो गये तब हस्तिनापुर में उनके आने का कारण जानने के लिए युधिष्ठिर ने पूछा, 'महाऋषे! आपके पधारने से हम सभी पाण्डव प्रसन्नता का अनुभव कर रहे हैं।हमारी प्रजा किसी कष्ट में तो नहीं है?'

नहीं, महाराज! प्रजा को कोई कष्ट नहीं है।वरन् भविष्य में प्रजा पर कोई आपदा न हो, अतः एक अश्वमेघ यज्ञ आप शीघ्र कर लें।'

अर्जुन चौंकते हुए पूछा, 'अश्वमेघ यज्ञ?'

महर्षि अर्जुन को देखते हुए बोले, 'यज्ञ से पारिस्थितिकी तंत्र का संवर्द्धन होता है।प्रकृति इतनी संवेदनशील होती है कि यह अनावश्यक छेड़छाड़ और आपत्तिजनक हस्तक्षेप को सहन नहीं करती है।पारिस्थितिकी तंत्र रुपी देवी को हविर्भाग नहीं देना चौर्य कर्म है।'

अर्जुन चकित होकर फिर बोला, 'अश्वमेघ यज्ञ ही क्यों?'

'हाँ, अश्वमेघ यज्ञ करने से प्रजा और राज्य का कल्याण होता है।आप सभी वैशाख शुक्ल पक्ष के मैत्र मुहूर्त में इस यज्ञ का अनुष्ठान कर लीजिए,' महर्षि व्यास यह कहकर अपने आश्रम की ओर चले गये।उनकी खड़ाऊँ की खटखटाहट बहुत देर तक सुनायी देती रही।

युधिष्ठिर को यह पता था कि अर्जुन त्रिबार दिग्विजयी होगा।ऋषि-मुनियों की यह भविष्यवाणी अब सत्य होने वाली थी।अर्जुन फाल्गुन मास में ही यज्ञ-अश्व लेकर दिग्विजय पर निकल पड़ा।उसने त्रिगर्तराज सूर्यवर्मा को पराजित कर उसके दुष्ट भाई केतुवर्मा को उस युद्ध में मार डाला।अर्जुन से अहंकारी धृतवर्मा भी पराजित हो गया।प्राग्ज्योतिषपुर के भगदत्त पुत्र वज्रदत्त को अपने अधीन कर सैन्धव वीरों को भी उसने परास्त किया। सिंधु देशीय वीरों को पराजित कर वह मणिपुर के राजा बभ्रुवाहन से युद्ध करने आ पहुंचा।बभ्रुवाहन अर्जुन की पत्नी चित्रांगदा का पुत्र था।उसने अश्वमेघ यज्ञ के विजयी घोड़े को रोक लिया, किन्तु अपने पिता से युद्ध किये बिना वह बहुत सारा धन अश्वमेघ यज्ञ के लिए अर्जुन को अर्पित करने आ गया।अर्जुन ने अपने पुत्र को फटकार लगायी और कहा, 'यदि तुम पर कोई आक्रमण कर तुम पर युद्ध थोपे तो अप्रार्थित युद्ध में क्या इसी तरह अपनी पराजय स्वीकार कर लोगे? वीरों को बिना युद्ध समर्पण करना शोभा नहीं देता है।'

अब तो पिता-पुत्र दोनों वीरों के बीच भयंकर युद्ध होने लगा।कई दिनों तक युद्ध होने पर भी कोई निर्णय नहीं हो पा रहा था।अन्ततः दोनों युद्ध करते-करते निश्चेष्ट हो गये।चित्रांगदा क्रंदन करने लगी।पुत्र और पति दोनों की यह गति देखकर वह विलाप करने लगी।नागकन्या उलूपी को संवाद भेजा गया।वह स्वयं आयी और संजीवन मणि की सहायता से अर्जुन और बभ्रुवाहन को स्वस्थ करने लगी।अर्जुन के देह से उस मणि के स्पर्श होते ही वह जीवित दिखायी देने लगा।उसके बाद संजीवन मणि के प्रभाव से बभ्रुवाहन की भी मूर्छा टूट गई।

अर्जुन असंख्य दुष्टों का संहार कर दिग्विजय करते हुए मगध, चेदि, काशी, कोसल, गांधार इत्यादि को जीतकर राजधानी हस्तिनापुर लौट आया। सम्पूर्ण दिग्विजय अभियान में वह स्थितप्रज्ञ की भाँति निष्काम युद्ध करता रहा। अब वह पूर्णतः समदर्शी हो गया था। कृष्ण का भी यही अभिप्राय था।

दिग्विजय के पश्चात चित्रांगदा और उलूपी भी अर्जुन के साथ हस्तिनापुर प्रथमतः आयीं। दोनों ने कुन्ती और द्रौपदी के चरणों को छूःकर प्रणाम किया। फिर वे दोनों सुभद्रा से भी मिली। कुन्ती और द्रौपदी ने इन दोनों को कई बहुमूल्य आभूषण देकर प्रेम और स्नेह से ओतप्रोत कर डाला। स्नेह की भाषा में कुन्ती ने पूछा, 'चित्रांगदा! क्या तुम्हें हस्तिनापुर जैसे महाभारत साम्राज्य में आने की इच्छा कभी नहीं हुई?'

'महाभारत साम्राज्य!' चित्रांगदा चिहुँक कर बोली।

'हाँ! भारत का अर्थ होता है ज्ञान। महाभारत का अर्थ है महाज्ञान', कुन्ती मुस्कुराती बोली।

'मां! आप जैसी भारती जिस महाज्ञान साम्राज्य की राजमाता हो, वहाँ आने की आकांक्षा और अभिलाषा किसे नहीं होगी?, किन्तु बहन द्रौपदी से पूछे बिना हीं आर्यश्रेष्ठ के प्रेमपाश में बंध जाने की भूल के कारण यहाँ आने का साहस जुटा नहीं पायी। कहीं बड़ी दीदी अप्रसन्न हो जाती तो?' यह कहकर चित्रांगदा देखने लगी द्रौपदी को और फिर लजा गई।

'और तुम उलूपी! तुम क्यों नहीं आयी?' यह कहकर कुन्ती उलूपी की ओर स्नेहातुर होकर देखने लगी।

'आर्यश्रेष्ठ के साथ हम दोनों में यही तय हुआ था कि जब आवश्यकता होगी, तब राजधानी में बुलाया जायेगा। महायुद्ध में मात्र मेरे पुत्र इड़ावान को ही आने की आज्ञा थी,' यह कहकर उलूपी के नेत्र जुगल अश्रुजल से डबडबा उठे। उस युद्ध में इड़ावान ने अद्भुत पराक्रम का परिचय दिया था। कौरवों के सहस्त्रों पराक्रमी सैनिकों को उसने मार गिराया था। अन्त में वह भी वीरगति को प्राप्त हुआ था।

अश्वमेघ यज्ञ आरम्भ हुआ। यज्ञ में बेल, खेर, पलाश, देवदारु इत्यादि के कुल इक्कीस यूप खड़े किये गये। सूर्य के लिए आक, चन्द्र के लिए पलाश, मंगल के लिए खैर, बुध के लिए अपामार्ग, वृहस्पति के लिए पीपल, शुक्र के लिए गूलर, शनि के लिए शमी, राहू के लिए दूब और केतु के लिए कुश के यूप खड़े किये गये। इसी तरह फल्गू, वट, पाकड़, बेंत, सरल, बेल, चंदन, शाल, देवदारु इत्यादि औषधीय याज्ञिक लकड़ी के यूप अलग-अलग देवताओं के लिए खड़े किये गये। सोने की ईंटों से यज्ञ वेदियाँ बनायी गई। सभी यज्ञ वेदियों पर त्रिकोण कुण्ड बनाये गये। यज्ञ स्थल को तोरणद्वार, आम्रपल्लव के बन्दनवार और पुष्प मालाओं से सजाया गया। दूर-दूर से आमंत्रित राजागण आये। दिग्विजय से प्राप्त सभी राज्यों के राजागण भी आये। वेद मंत्रों से सम्पूर्ण वातावरण निनादित हो उठा। वैदिक मंत्रों का सही रीति से उच्चारण किया गया। यज्ञ की पूर्णाहुति हुई। इस यज्ञ का आयोजन इतना वृहद और प्रभावी हुआ कि गगन मंडल से पुष्पों की वर्षा होने लगी। पारिस्थितिकी तंत्र पर्यावरण प्रदूषण से मुक्त हो गया। युधिष्ठिर को यज्ञ की सफलता पर अहंकार होने लगा। धर्मनिष्ठ को अहंकार! अहंकार तो पतनोन्मुख प्रवृत्ति है! जनहित के लिए यह घातक है। उसी समय वहाँ एक नेवला आया। यज्ञ के परम पवित्र उच्छिष्ट में वह नेवला लोटपोट करने लगा। उसकी आँखें नीली और शरीर का एक हिस्सा सोने का था। उसने मनुष्य की भाषा में कहा, 'राजन्! यद्यपि यह यज्ञ परम पवित्र और जनहितकारी है, तथापि तुम्हारा यह यज्ञ कुरुक्षेत्र निवासी उछवृत्तिधारी उदार ब्राह्मण के सेर भर सत्तू दान करने के समकक्ष भी नहीं है, जिनके उच्छिष्ट सत्तू में लोटपोट करने से मेरे आधे अंग स्वर्णिम हो गये, किन्तु यहाँ के उच्छिष्ट में लोटपोट करने से कुछ नहीं हो पाया।'

यज्ञ में उपस्थित सभी लोग चकित होकर उस नेवला को देखने लगे। यज्ञ में हुए अपार धन व्यय के बावजूद उस नेवला का वक्तव्य बहुत कुछ कह गया, इसे मात्र युधिष्ठिर ही समझ पाये।

इस अश्वमेघ यज्ञ के सम्पन्न होने के पन्द्रह वर्षो के बाद जीवन की अन्तिम अवस्था में धृतराष्ट्र कार्तिक पूर्णिमा को गांधारी और कुन्ती के साथ वानप्रस्थ जीवन बीताने के लिए अरण्य चले गये। वानप्रस्थ कायिक और वाचिक होने के अतिरिक्त मानसिक होने से तप पूर्ण होता है। धृतराष्ट्र ने दिखावे के लिए वानप्रस्थ कायिक और वाचिक तो किया, किन्तु मानसिक नहीं कर पाया, परन्तु कुन्ती का वानप्रस्थ कायिक और वाचिक के साथ-साथ मानसिक भी था। इसी कारण कुछ वर्षो के बाद हरिद्वार के घने पर्वतीय अरण्य में कुन्ती ने समाधि लगाकर देह त्याग किया, किन्तु गांधारी और धृतराष्ट्र दावाग्नि में जलकर भस्म हो गये। इधर विदुर आश्चर्यजनक रूप में युधिष्ठिर की देह में विलीन होकर एक हो गये।

छत्तीस वर्षो के पश्चात गांधारी के शाप को मूर्त्तरूप देने के लिए कृष्ण ने एक मुट्ठी एरका घास उखाड़ लिया, जो अन्ततः वज्र के समान मूसल बन गया। साम्ब की उद्दण्डता के कारण दुर्वासा का शाप भी भयंकर हो गया। साम्ब जाम्बवती का पुत्र था। विधि का विधान ही हुआ कि सात्यकि ने कृतवर्मा का मस्तक काट डाला। यह असंभव घटना हो गई। फिर तो अंधकवंशियों, शिनिवंशियों, भोजवंशियों और वृष्णिवंशियों ने एक दूसरे पर प्रहार कर मृत्यु को आमंत्रण दे डाला। साम्ब, प्रद्युम्न, अनिरुद्ध इत्यादि की भी मृत्यु हो गई। अर्जुन एवं चित्रांगदा का पुत्र बभ्रुवाहन भी इसी क्रम में मारा गया। अन्ततः यादवों के अट्ठारहों कूल विनष्ट हो गये।

सागर पुलिन की बालुकाराशि में पद्मासन लगाकर बलराम के परमधाम गमन के पश्चात भालका के अरण्य में कृष्ण ने मन, वाणी और इन्द्रियों को संयमित कर अश्वत्थ वृक्ष के नीचे महायोग का अवलम्बन कर लिया। उसी समय जरा नामक ब्याध मृग के भ्रम में कृष्ण के पैर में बाण मार दिया। कृष्ण ने सारथी दारुक को आदेश देते हुए कहा, 'दारुक! तुम अति शीघ्र हस्तिनापुर जाकर अर्जुन को मेरे देहावसान का संवाद देकर उसे बुला लाओ। वह अपने संरक्षण में शेष बचे द्वारकावासी को इन्द्रप्रस्थ ले आयेगा।'

'प्रभु! आपको इस स्थिति में छोड़कर मैं हस्तिनापुर कैसे जाऊँ?' यह कहकर सारथी दारुक रोने लगा।

'तुम मेरे सारथी ही नहीं, मित्र भी हो।सेवक बनकर नहीं, मित्र की भाँति यह कार्य तुम शीघ्र करो।अब समय नहीं है।' यह आदेश देकर कृष्ण समाधिस्थ हो गये।सारथी दारुक कृष्ण के अन्तिम क्षण तक साथ ही रहे।

इस तरह कृष्ण युग का अवसान हो गया।उनके देहावसान से अर्जुन विषण्ण रहने लगा।कृष्ण की इच्छानुसार दारुक स्वयं अर्जुन को द्वारका ले आया।मरकत मणि सदृश शोभित डमरु आकार वाले द्वारकाद्वीप से कृष्ण के परिवार को अर्जुन अपने साथ इन्द्रप्रस्थ ले आया।तभी बारह योजन क्षेत्र में विस्तृत द्वारका नगरी समुद्र में डूब कर विलीन हो गई।सभी लोग आश्चर्यचकित होकर समुद्र में उठे जल के असंख्य बुलबुलों को देखते रह गये। हाहाकार मचा देने वाले यह कारुणिक दृश्य हृदय को विदीर्ण कर देने वाला हो गया।आर्यावर्त्त का वह सत्रहवाँ जनपद अपनी श्रेष्ठता का परचम लहरा कर सदैव के लिए अदृश्य हो गया।

हस्तिनापुर राज्य पर सुभद्रा पौत्र उत्तरानन्दन परीक्षित का अभिषेक कर कौरव नन्दन युयुत्सु को राज्य की देखरेख का दायित्व सौंपा गया।इन्द्रप्रस्थ का राज्य कृष्ण के पौत्र अनिरुद्ध नन्दन वज्रनाभ को देकर पाँचों पाण्डव सौभाग्यवती द्रौपदी सहित हिमालय की ओर महाप्रयाण के लिए हस्तिनापुर से निकल पड़े।सत्यनिष्ठ और कर्तव्यनिष्ठ को स्वर्ग की प्राप्ति होती है, किन्तु ब्रह्मनिष्ठ को परमपद की प्राप्ति होती है। स्थितप्रज्ञता के कारण ब्रह्मनिष्ठ से सत्य और कर्तव्य का पालन स्वतः होते रहते हैं।कृष्ण के बिना याज्ञसेनी रुपी सूत्र में पाण्डव रुपी पंचमहाभूतों की माला विसर्जित होने के लिए मार्गस्थ हुई।अर्जुन ने वरुण से प्राप्त गाण्डीव और तरकश को पवित्र सरोवर में विसर्जित कर दिया।कृष्णभक्ति में डूबी द्रौपदी का देहावसान हिमालय पर हो जाने के पश्चात ही हिम में अर्जुन की देह सदा के लिए विलीन हो गयी और उसकी आत्मा विष्णुलोक में।

☆☆☆